BESTSELLER

Violeta Reed nació en Madrid, aunque actualmente reside en Nueva York. Lo de escribir le viene de pequeña: dice que cuando no podía dormir se imaginaba miles de historias de amor. Le encanta viajar y no puede vivir sin música. Antes de ser escritora trabajó en otras áreas como el marketing, pero lo que siempre le ha apasionado es contar historias. Se ha formado en escritura creativa en distintas universidades, entre ellas Stanford.

Es autora de la bilogía Mis Razones, compuesta por *Cien razones para odiarte* y *Mil razones para quererte* (Ediciones B, 2022), y de la bilogía Quererte, formada por *«Yo también» no es «Te quiero»* (Grijalbo, 2023) y *Quizá sí quiero* (Grijalbo, 2024), además de la novela *Todo lo que quiero eres tú* (Grijalbo, 2024).

Para más información, puedes consultar la página web de la autora:

www.violetareed.com

También puedes seguir a Violeta Reed en su cuenta de Instagram:

📷 @violetareed_

VIOLETA REED

Quizá sí quiero

DEBOLS!LLO

Papel certificado por el Forest Stewardship Council®

MIXTO
Papel | Apoyando la
silvicultura responsable
FSC® C117695

Penguin
Random House
Grupo Editorial

Primera edición en Debolsillo: mayo de 2025

© 2024, Violeta Reed
© 2024, 2025, Penguin Random House Grupo Editorial, S. A. U.
Travessera de Gràcia, 47-49. 08021 Barcelona
© Ana Hard, por las ilustraciones del interior
Diseño e ilustración de la cubierta: Ana Hard

Printed in Spain – Impreso en España

ISBN: 978-84-663-8121-5
Depósito legal: B-4.608-2025

Compuesto en Comptex&Ass., S. L.
Impreso en Liberdúplex
Sant Llorenç d'Hortons (Barcelona)

P 3 8 1 2 1 5

*Para todas esas personas que desearían
vivir dentro de una novela romántica:
no dudéis nunca de que os merecéis
el amor que leéis en los libros*

La música es una constante en mi vida y ha sido una fuente de inspiración para esta historia, así que aquí os dejo la *playlist*.

Quizá sí quiero

Grace
«I Can See You» (Taylor's version) — Taylor Swift
«When Emma Falls in Love» (Taylor's version) — Taylor Swift
«New Romantics» (Taylor's version) — Taylor Swift
«Dreams» — The Cranberries
«Kiss Me» — Sixpence None the Richer
«What Was I Made For?» — Billie Eilish

Zac
«Gold on the Celing» — The Black Keys
«Tell Me a Lie» — The Fratellis
«Do I Wanna Know?» — Arctic Monkeys
«Battle Lines» — Bob Moses
«Howlin' For You» — The Black Keys
«West Coast» — Imagine Dragons
«Burning Love» — Elvis Presley
«Suspicious Minds» — Elvis Presley
«A Little Less Conversation» — Elvis Presley

Los dos
«Enchanted» (Taylor's version) — Taylor Swift
«Music for a Sushi Restaurant» — Harry Styles
«Can't Help Falling in Love» — Elvis Presley
«Build Me Up Buttercup» — The Foundations
«Chasing Cars» — Tommee Profitt, Fleurie
«Those Eyes» — New West
«You Belong With Me» (Taylor's version) — Taylor Swift
«Paper Rings» — Taylor Swift

Otras canciones que aparecen en el libro:
«Demons» — Imagine Dragons

CREÍDO:

(adj.)

1. Dicho de una persona que está encantada de conocerse a sí misma.
2. Hombre que consigue todo con una sonrisa.
3. Zac Anderson, el protagonista de esta historia.

Prólogo

Siempre imaginé que, si alguna vez corría de madrugada por el Upper East Side, sería para huir de una fiesta de la alta sociedad neoyorquina. También creí que lo haría llevando un vestido precioso de alta costura, que fuera me estaría esperando una limusina y que Nate Archibald correría detrás de mí para devolverme el zapato que había perdido en mi escapada. Eso habría sido increíble, ¿no?

Por desgracia, mi vida no era un episodio de la mejor serie de la historia. Y tampoco era una comedia romántica escrita y dirigida por Nora Ephron. Mi vida se asemejaba más bien a una *sitcom*, de esas en las que suenan risas enlatadas y no hay un buen equipo de guion detrás. Por eso mi vestido de ensueño era un pijama veraniego de satén, la limusina era un taxi del que había tenido que bajarme antes de tiempo y los zapatos eran unas deportivas desgastadas que me habían hecho rozaduras.

Estaba al límite de mis fuerzas: los ojos me escocían tanto como las heridas de los pies, tenía la garganta seca, la respiración acelerada y el costado me ardía por el flato. No soplaba ni una gota de aire en Manhattan, y el calor de finales de julio se pegaba a mi cuerpo como si fuese miel. Así que, tras unos minutos de carrerita nocturna, estaba sudando la gota gorda.

¿Y por qué estaba corriendo en pijama, a las dos de la madrugada, con una caja vacía apretada contra el pecho y con un vendaje decorándome el brazo?

La respuesta es fácil: cuando eres una persona torpe, con aler gia a las nueces, que ha estado al borde de la muerte un par de veces y que atrae el drama sin querer, esto es una noche de sábado casi normal.

En cuanto divisé la fachada del hospital me forcé a ampliar la zancada.

«Ya casi está, Grace», me animé.

Tenía la adrenalina a tope y los nervios a flor de piel. Estaba intranquila, aterrada y herida. Necesitaba muchas tiritas para los tobillos, pero también para el corazón.

Según atravesé las puertas de urgencias, sin aliento y cojeando, el hombre que estaba tras el mostrador se puso de pie.

—Señorita, ¿se encuentra bien? —me preguntó asustado.

Quizá lo mejor sea retroceder al principio del viaje que cambió mi vida.

\

JEFA (n.): Persona que, después de haberse comido suficientes marrones, cree que por fin vivirá tranquila.

La mayoría de la gente se espera a cumplir los treinta para tener su primera crisis existencial. Yo siempre me había adelantado a mi tiempo y estaba teniendo la famosa «crisis de los treinta» a los veintinueve.

Hace unos meses estuve a punto de morir por culpa de mi alergia a las nueces. En aquel instante pensaba que en mi cabeza se proyectaría un resumen de los mejores momentos de mi vida, pero no fue así. En su lugar, sentí mucho miedo y la mente se me quedó en blanco. Cuando el pánico pasó y estuve fuera de peligro, fui consciente de lo rápido que podía haber acabado todo para mí.

Estaba todavía tumbada en la camilla cuando empecé a replanteármelo todo. Me hice un millón de veces las mismas preguntas:

«¿Realmente llevo la vida que quiero?».

«¿Qué necesito para sentirme realizada?».

«Si muriese ahora…, ¿habría hecho algo distinto?».

Pasé los días siguientes intentando responder a esas preguntas y, al final, entré en esta crisis.

Las respuestas llegaron solas una semana más tarde. Mientras revisionaba *Casper* con mis mejores amigas y suspiraba de amor por Devon Sawa, me di cuenta de que había un millón de cosas que quería hacer antes de morir. También llegué a la conclusión de que, si quería que mi vida fuese una película romántica, tenía que dejar el rol de secundaria graciosa a la que solo le ocurrían desgracias y atreverme a asumir el papel protagonista.

—¡No quiero ser la madre de Kat! —exclamé cuando acabó la película.

—Grace, ¿qué dices? —me preguntó Suzu, extrañada.

—¿Ya te ha subido la limonada? —se rio Raquel.

Observé a mis compañeras de piso unos segundos. Ellas habían sido testigos de mi «casi muerte» y llevaban un par de días escuchando todas mis preguntas retóricas y mis dudas existenciales.

—Cuando muera, no quiero quedarme en la Tierra como un fantasma con asuntos pendientes —expliqué—. Creo que llevo demasiado tiempo sentada y que ya es hora de levantarme y hacer todo lo que me apetezca.

Para ilustrar mis palabras, me puse de pie.

—Voy a hacer una lista de todo lo que quiero hacer antes de morir —anuncié mientras abandonaba la estancia.

Aparté la silla y me senté frente al escritorio de mi habitación. Quería hacer un millón de cosas antes de morir. Tantas que, si empezaba en ese momento a escribir la lista, terminaría cuando fuese una anciana de pelo blanco en lugar de rubio. Después de reflexionar un rato, decidí anotar las cosas que quería hacer ese año, antes de cumplir los treinta. Con la determinación renovada, cogí papel y boli y comencé a redactar:

PROPÓSITOS QUE CUMPLIR ANTES DE LOS 30

❏ Convertirme en editora jefa.
❏ Improvisar un viaje.
❏ Hacerme un tatuaje.
❏ Ver el amanecer en el Gran Cañón.
❏ Bañarme desnuda en el mar.
❏ Tener un multiorgasmo.

- ❏ Acostarme con un escocés.
- ❏ Aprender otro idioma.
- ❏ Colarme en algún sitio.
- ❏ Participar en una competición de baile.
- ❏ Dormir bajo las estrellas.
- ❏ Pedir un deseo en la Fontana di Trevi como Lizzy McGuire.
- ❏ Ver una pedida de mano en Central Park.

Aquella mañana calurosa de junio llegué al trabajo con una sonrisa de oreja a oreja. Habían pasado dos meses desde que redacté la lista y estaba a punto de tachar el primer propósito.

Llevaba siete años trabajando en Evermore Publishers, una de las editoriales más importantes de Estados Unidos. A los veintitrés entré como asistente editorial para cubrir una baja de maternidad mientras terminaba el máster en Edición. Doce meses después me ofrecieron el puesto de editora adjunta, y dos años más tarde ascendí a editora sénior, cargo que había desempeñado durante los tres últimos años. Era el primer día que cruzaba la puerta como editora jefa y un gusanillo de emoción me recorría el estómago. Estaba nerviosa y entusiasmada por empezar una nueva etapa.

Técnicamente llevaba dos semanas en el cargo. Las mismas que me había pasado pegada a Linda, mi jefa, quien me había dado la formación que me faltaba para asumir el puesto. Aquel era mi primer día en solitario y sin su supervisión, por lo que, a efectos prácticos, podía decirse que era «mi primer día» oficial.

Por inercia me dirigí a mi antigua mesa, la del fondo a la izquierda, dentro del Departamento de Edición. Cuando estaba a mitad de camino, me detuvo la voz alegre de Ava:

—Grace, por ahí no se va a tu despacho.

Me di un golpecito en la frente y sonreí a mi nueva asistente.

—La costumbre —contesté.

Ella me respondió con una sonrisa amable.

—He actualizado tu agenda. La reunión que tenías a las tres

se ha aplazado a mañana —me dijo mientras caminábamos hacia su sitio.

—Vale, gracias, ahora acepto la convocatoria.

Cuando se sentó frente a su mesa, que estaba delante de mi puerta, me despedí de ella. Al ver la entrada a mi nuevo despacho, ahogué una exclamación.

—¿Qué pasa? —preguntó Ava a mis espaldas.

—¿Has visto esto? —Señalé con la mano el letrero dorado y reluciente que adornaba la puerta, y en el que podía leerse:

GRACE HARRIS
EDITORA JEFA

—Sí —respondió ella—. Lo pusieron ayer cuando estabas reunida con Linda.

—¡Es lo más bonito que he visto nunca! —comenté visiblemente emocionada. Estiré el brazo y acaricié con las yemas de los dedos las cuatro letras que componían la última palabra—. Soy editora jefa —murmuré para mí misma—. Y tengo mi propio despacho... No me lo puedo creer.

No sé cómo conseguí controlar las lágrimas que amenazaban con desbordarse.

—Por cierto, Grace, tienes que decirme qué café sueles tomar para que pueda traértelo.

Parpadeé confundida y me volví para encararla. Ella, al ver que no respondía, añadió:

—A David se lo traía todas las mañanas.

David, nuestro exjefe, era la definición andante de «tirano». En su reinado del terror no solo se había agenciado el mérito del trabajo de las editoras, sino que, además, a su asistente la trataba como si fuese su criada. Por fortuna, lo habían despedido hacía unas semanas. El resultado de eso era que yo había ocupado su puesto.

—Ava, te lo agradezco, pero no hace falta que me traigas el café —respondí con suavidad—. Puedo comprármelo yo. Entiendo cómo trabajabas con David, pero conmigo esa no será una de tus funciones.

—De acuerdo. —Asintió con una sonrisa.

Se la devolví y le pedí que me sacase una foto al lado del rótulo adornado con mi nombre. Acto seguido, abrí la puerta dispuesta a tener el mejor primer día de la historia.

Mi despacho era enorme y demasiado impersonal. Las paredes estaban pintadas de un blanco cegador y el suelo recubierto de una moqueta gris azulada. Había un escritorio blanco que tenía pinta de costar una fortuna, una silla azul que parecía mullida y una cajonera contra la pared izquierda. Mi parte favorita era el ventanal de suelo a techo que estaba detrás de la mesa. Desde el piso veintitrés, podía admirar los rascacielos de Manhattan, que brillaban bajo el sol abrasador de verano.

La caja de cartón que contenía mis pertenencias estaba encima de la mesa. Esperaba que, al colocarlas, el lugar me resultase más acogedor. Dejé mi *tote bag* en la silla y el portátil en la mesa. Después, saqué mis cosas de la caja. Coloqué la taza de Forks que usaba para guardar los bolígrafos y una torre de pósits de distintos tonos pastel al lado del teléfono fijo. Abrí el calendario rosa y dorado por el mes de junio y lo dejé en una esquina de la mesa. Para no sobrecargar el espacio, guardé el resto de mis cosas en los cajones. Luego, me saqué el móvil del bolsillo de la americana malva y les grabé un audio a mis amigas:

—¡Chicas, han puesto un cartelito monísimo con mi nombre en la puerta del «despacho de los horrores»! —exclamé emocionada—. Ahora que lo pienso, tenemos que dejar de llamarlo así. —Solté una risita y, entonces, me embargó una nostalgia repentina—. Os echo mucho de menos. Si siguieseis trabajando aquí, podríamos desayunar y cotillear en mi despacho… Bueno, espero que vuestro día haya empezado tan bien como el mío. ¡Qué ganas de veros luego en la presentación! ¡Os quiero infinito!

Después de mandarles el audio, subí la foto que me había hecho Ava a mis historias de Instagram acompañada del texto: «¡A por mi primer día como editora jefa 🖤!», y añadí la canción «Best Day of My Life».

No había terminado de guardarme el móvil en el bolsillo cuando sonó el teléfono fijo. Alargué el brazo y descolgué:

—¿Diga?

—Grace, tengo a Linda en la línea tres —me contestó Ava.

—¡Genial, gracias! —Pulsé el botón y pregunté—: ¿Linda?

—Buenos días, Grace. ¿Qué tal?

—Bien, ya estoy pensando cómo decorar el despacho —comenté risueña—. Creo que compraré alguna planta para darle algo de vida.

—Seguro que quedará estupendo. En realidad, solo te llamaba para preguntarte si sabes algo de William Anderson. ¿Te ha dicho ya su agente si se ha replanteado trabajar con nosotros?

William Anderson era uno de los escritores más exitosos del panorama fantástico. Sus libros habían dado la vuelta al mundo y una productora de Hollywood acababa de adquirir los derechos para llevar su saga a la gran pantalla. Por culpa de mi exjefe, Will estaba pensando si cambiarse a otra editorial o continuar publicando con nosotros.

Su agente literaria era Suzu, quien, además de ser una de mis mejores amigas, también era una de mis compañeras de piso.

—Suzu… Quiero decir, su agente —me corregí— no me ha dicho nada todavía, pero ahora mismo le pregunto. Lo último que sé es que iba a reunirse hoy con Red Books, llevan un tiempo intentando ficharle. Te digo algo en cuanto tenga respuesta.

—Perfecto, gracias. —Linda hizo una pausa y suspiró—. Grace, sé que lo sabes, pero no podemos dejar escapar a William.

En cuanto colgué, me dejé caer en la silla y le escribí un correo a Suzu para preguntarle si William había tomado alguna decisión.

Lo siguiente que hice fue dibujar un tic encima del primer propósito de mi lista.

☑ Convertirme en editora jefa.

Con una sonrisa en la cara, me guardé el papel en el bolsillo y me concentré en trabajar.

La respuesta de Suzu tardó un par de horas en llegar y, cuando lo hizo, me cayó como un jarro de agua helada.

De: suzu@neweraliteraryagency.com
Para: gharris@evermorepublishers.com
Fecha: 8 de junio 12.35
Asunto: Re: William Anderson

Buenos días, Grace:

Acabo de salir de la reunión con Red Books. Las condiciones de la oferta para el nuevo libro de Will son tan buenas que es casi imposible decirles que no, pero tengo que verlo con él antes de confirmarte nada.
Estamos en contacto.

Un saludo,
S.

Tragué saliva al leer su mensaje y le respondí con un audio:

—Suzu, sea la oferta que sea, seguro que podemos mejorarla —aseguré con firmeza—. Dile a Will que yo sería su editora, y eso es un plus buenísimo para tener en cuenta.

Aunque terminé el audio con una risita, me quedé bastante intranquila. Conseguir en mi primera semana como editora jefa que un autor tan importante como Will se quedase con nosotros sería un bombazo.

Tuve la mañana llena de reuniones y me fue imposible parar para comer hasta las tres de la tarde. Con las prisas, me había olvidado en casa el táper con la comida. Para mi absoluta desgracia, lo único que quedaba en la cocina de la editorial eran sándwiches de queso con nueces y barritas energéticas que también llevaban nueces. No me daba tiempo a bajar a la calle antes de la siguiente reunión, por lo que tuve que contentarme con el último plátano que quedaba en la cesta de la fruta.

A última hora de la tarde, mi día terminó de irse a la mierda gracias a otra llamada. En esa ocasión, de Caroline, la jefa de audiolibros.

—Theo Huddleston nos ha dejado tirados con la grabación del audiolibro —me dijo de golpe.

—¿Cómo? —pregunté, incapaz de reaccionar.

Theo Huddleston era un actor famoso por hacer de villano de Marvel. Su voz grave le ponía los pelos de punta a cualquiera, y por eso era el candidato perfecto para grabar el audiolibro de la novela erótica más esperada del otoño. Las editoras nunca formábamos parte de los procesos de audio, pero insistí tanto que hicieron una excepción. Lo de Theo había sido una apuesta enorme de la casa, y lo del Departamento de Audiolibros también lo había sido conmigo.

—Lo que oyes —siguió Caroline—. Su mujer podría ponerse de parto en cualquier momento y quiere quedarse con ella.

—¿Y qué vamos a hacer? —pregunté inquieta.

—Voy a contactar con el actor de doblaje que teníamos como segunda opción para ver si está disponible y, si no, tendremos que valorar retrasar la grabación.

Entendía los motivos, pero me daba pena no contar con él. Había peleado mucho por ese proyecto. De hecho, yo misma me había encargado de perseguirlo por Instagram hasta que había aceptado la propuesta.

Suspiré y contesté con voz apagada:

—Si necesitas ayuda con algo, avísame.

—No te preocupes, yo me encargo.

Al colgar, me quité las gafas que usaba cuando tenía la vista cansada y me froté los ojos. Con un suspiro, apoyé los codos sobre la mesa y escondí la cara entre las manos.

Llevaba todo el día hablando por teléfono, haciendo cálculos y viendo todos los marrones abiertos que había dejado David. Estaba agotada y no quería amargar más mi humor antes de la presentación que tenía más tarde. Era un evento importante para mí. Me lo había pasado genial editando esa novela de regencia y estaba ilusionada por el baile de máscaras. Siendo sincera, después del día que llevaba necesitaba que al menos eso saliese perfecto.

Cogí el móvil para despejar la mente cinco minutos. Entre mis notificaciones de Instagram, hubo una que me hizo resoplar.

A zac_anderson le gustó tu historia

Observé ese nombre unos segundos y apreté los labios.

Zac Anderson, también conocido como «el médico buenorro que parecía parte del elenco de *Anatomía de Grey*», había empezado a seguirme en Instagram unas semanas atrás, días antes de que su hermano y mi amiga Raquel se reconciliasen.

Yo no le había seguido a él y no tenía intención de hacerlo.

Hasta el momento, se había limitado a ponerme corazoncitos en las historias.

Me parecía una estrategia de ligue espantosa, pero estaba convencida de que el noventa y nueve por ciento de las mujeres caían rendidas a sus pies. Conmigo no iba a funcionarle esa táctica de primero de «hombre básico».

Solo habíamos coincidido en persona una vez. La noche que nos conocimos estuvo a punto de conquistarme con su labia y sus halagos. Que fuese atractivo y gracioso ya era un riesgo para corazones enamoradizos como el mío, pero es que además tenía una seguridad aplastante que me resultaba irresistible.

«Vaya, una chica guapísima, divertida y que escucha Imagine Dragons, ¿es mi día de suerte?», me había dicho en medio de la cocina.

Y yo, en lugar de contestar como una persona normal, me puse tan nerviosa que me tragué el pastelito que me ofrecía sin preguntar si llevaba nueces. Después de un rato de coqueteo, empecé a encontrarme mal y justo cuando se inclinó para besarme, caí redonda, como en una película romántica de bajo presupuesto. De no haber acabado con él pinchándome epinefrina en la pierna, es probable que hubiésemos terminado en la cama.

Sin embargo, ahora había varios motivos por los que jamás me liaría con Zac: aparte de ser un *playboy* que me rompería el corazón, era el hermano de William Anderson, el autor que tenía que conseguir que se quedase trabajando conmigo.

Ignorando la vocecita de mi mente, presioné sobre la notificación que llevaba su nombre y abrí su cuenta de Instagram. Lo primero en lo que me fijé fue en su foto de perfil: era un primer plano de su cara, salía sonriente y con una gorra azul colocada del revés. Debajo de su foto podía leerse:

Zac Anderson
Residente de Medicina en Stanford
Especialidad hematología
Arriba 49ers!

Sin poder evitarlo, bajé por su muro. En la mayoría de las fotos salía con los que supuse que serían sus amigos. Por la cantidad de veces que se repetía la cara de su hermano mayor en las imágenes y por lo poco que los había visto interactuar, asumí que debían de estar bastante unidos.

Abrí una foto en la que Zac rodeaba con el brazo a una señora de mediana edad. Al leer el texto que acompañaba a la imagen entendí que se trataba de su madre. Me mordisqueé la uña, distraída, con los ojos centrados en su sonrisa encantadora. Era lo bastante atractivo como para quedarte empanada mirándolo.

Deslicé el pulgar hacia arriba para ver la siguiente imagen en grande. En mi pantalla apareció un *selfie* de Zac en lo que parecía ser la sala de un hospital. Sus ojos azules verdosos eran hipnóticos y me recordaban a las playas del Caribe. Tenía una sonrisa descarada por la que matarían los modelos de Calvin Klein. Llevaba el pelo marrón chocolate más corto por los lados que por arriba y peinado hacia atrás. La barba de dos días le favorecía y, pese a que parecía cansado, salía sonriente. Si no fuera por la bata y el uniforme hospitalario que asomaban, ese podría ser perfectamente el anuncio de un perfume masculino, de esos en los que un hombre seguro de sí mismo besa apasionadamente a una modelo en un ascensor.

Zac era tan alto como el Empire State, y tan guapo que podría colgar un póster suyo en la pared de los *crushes*, junto a los de Chris Evans y Robert Pattinson.

Me prometí que vería una foto más y que después escondería el móvil en el cajón y volvería a trabajar. Pasé a la siguiente imagen y me quedé en *shock*. Salía sin camiseta, sujetando un balón de fútbol americano. Lo que hacía que Zac pudiese ser modelo no era solo la altura; la espalda ancha y el torso atlético también ayudaban.

—Pero ¿cómo se puede ser tan perfecto? —susurré indignada para mí misma.

—¿Cómo dices?

La voz de Ava me sobresaltó y se me resbaló el teléfono de las manos. Fue uno de esos momentos donde ves todo pasar a cámara lenta. Con mi mala suerte, si el móvil tocaba el suelo, la pantalla estallaría en miles de pedazos. Todavía no sé cómo conseguí reaccionar con rapidez y atrapar el iPhone al vuelo.

—¡Ava, qué susto! —dije llevándome una mano al pecho en busca de calmar mis latidos.

—Perdón. He llamado a la puerta y, como estaba abierta, he pasado.

Asentí y le resté importancia con un gesto de la mano.

—Solo venía a decirte que me marcho ya. ¿Necesitas algo?

—No. —Negué con la cabeza y me acerqué a ella—. Vete tranquila, yo recojo enseguida.

Al quedarme sola, desbloqueé el móvil y volví a reencontrarme con la foto de Zac. Casi me dio un infarto al ver que debajo había un corazón rojo enorme.

—¡Mierda, mierda, mierda! —Me tapé la boca y observé la fotografía horrorizada.

Sin perder un segundo, salí de Instagram y escribí a mis amigas mientras caminaba inquieta de un lado a otro del despacho.

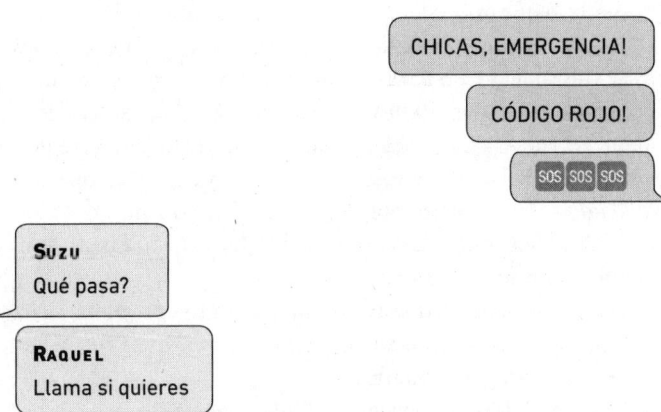

CHICAS, EMERGENCIA!

CÓDIGO ROJO!

SOS SOS SOS

Suzu
Qué pasa?

Raquel
Llama si quieres

No me lo pensé y pulsé el botón de videollamada. Las caras preocupadas de mis amigas aparecieron enseguida en la pantalla. Sin saludarlas siquiera empecé a escupir a toda velocidad lo que había ocurrido:

—Estaba distraída, Ava me ha dado un susto de muerte y se me ha caído el móvil...

—Grace, ¿has vuelto a romper la pantalla? —me interrumpió Suzu—. Si la cambiaste hace nada...

—No. Mi teléfono no ha sufrido daños. —Negué con la cabeza—. La cosa es que tenía Instagram abierto y sin querer le he dado me gusta a una foto de Zac —terminé mortificada.

—Zac... ¿Anderson? —se aventuró a preguntar Raquel.

—Sí, Raquel, Zac Anderson. El hermano de tu novio, el mismo que casi me mató con un pastelito.

Raquel parpadeó sorprendida. Ya habíamos hablado de él en el pasado. De hecho, fue ella quien me confirmó que su cuñado era uno de esos capullos seductores a los que solo les interesaba quitarte las bragas.

—¿Le has seguido entonces? —preguntó Suzu al instante.

—Claro que no.

—Entonces ¿cómo has acabado dándole me gusta a una foto suya? —Raquel metió baza y centró sus ojos marrones en mí.

—Porque estaba cotilleando y se me ha escapado el dedo... —confesé ruborizada—. El problema es que le he dado me gusta a una foto en la que sale sin camiseta, y va a saber que le he *stalkeado* el muro entero porque la subió hace un año.

—¡Ay, Dios mío, Grace! —exclamó Raquel—. ¿Tan atrás has llegado cotilleando?

—¿Estás segura de que ese tío no te gusta? —preguntó Suzu.

Noté como se me ponían las mejillas al rojo vivo.

—Segurísima —respondí.

Ellas me miraron con una cara que parecía decir: «No te lo crees ni tú».

—¿Qué hago? —pregunté, más alarmada que antes—. ¿Quito el *like*? No quiero que se haga ideas equivocadas —continué mientras caminaba—. Y menos darle pie a iniciar una conversación.

—Yo lo dejaba —dijo Suzu colocándose un mechón de pelo negro detrás de la oreja—. Quitarlo es darle una importancia que no tiene. Además, igual ya lo ha visto y, si lo quitas, es peor…

—Pues yo lo quitaría —apuntó Raquel—. Ya te avisé de que Zac es un mujeriego. Si lo ve, te escribirá, pero, si lo quitas rápido y no lo ha visto, creo que le desaparecerá la notificación y problema resuelto.

—Vale, sí, tienes razón —comenté un poco más esperanzada—. Es una buena solución, voy a quitarlo.

—Me parece bien —contestó Raquel—. Aun así, deberías plantearte por qué tenías abierta la foto de un chico que no te interesa… Y, por cierto, ¿no deberías haber salido ya? ¿Vas a pasar por casa o necesitas que te llevemos el vestido a la presentación?

Miré la hora en la esquina superior izquierda de la pantalla y me detuve.

—¡Mierda, es tardísimo! —exclamé.

No me había dado cuenta de la hora.

—Quito el *like* y salgo pitando para casa —agregué a toda prisa antes de colgar.

Abrí Instagram y el estómago me dio otro vuelco. Tenía un mensaje privado esperándome.

—Por favor, que no sea él —le pedí a nadie en particular.

Con el corazón acelerado, abrí el mensaje y se confirmaron mis peores sospechas:

> Enhorabuena por el ascenso, jefa 😎

> Estoy en la ciudad, cenamos?

2

SUERTE (n.): Conjunto de casualidades que favorecen mis intereses.

—¡Me lo han dado! —exclamé contento.

Mi hermano cerró el libro que estaba leyendo y se levantó del banco en el que lo había dejado hacía rato, para recibirme con un abrazo.

—¡Enhorabuena! —Will me felicitó con una palmada amistosa en la espalda—. Estoy muy orgulloso de ti, sabía que te contratarían.

No lo reconocería en voz alta, pero esas palabras significaban mucho para mí.

—Gracias, tío —contesté al separarme.

—¿Cuándo empiezas? —me preguntó.

—Después de nuestro viaje.

Dentro de unas semanas cruzaríamos el país en carretera para traer mi coche desde Palo Alto hasta Manhattan. Organicé la ruta después de pasar a la última fase del proceso de selección, porque siempre había tenido claro que esa plaza llevaba mi nombre. Me alegraba ver que no me había equivocado.

—Tienen que enviarme el contrato, pero en teoría empezaré sobre el diecisiete de julio —añadí con una sonrisa.

—Perfecto entonces.

—Menos mal que voy a cobrar bien, porque la mudanza desde California va a costarme una pasta.

—Zac, si necesitas dinero….

—Qué va, voy bien —lo interrumpí—. De verdad —agregué al ver que Will me miraba poco convencido.

Apenas había ahorrado siendo residente de Medicina en Stanford. Con el cambio al hospital del Monte Sinaí, la mejora de sueldo sería considerable y podría, entre otras cosas, alquilar un piso en Manhattan solo, sin necesidad de compartir.

—¿Seguro? —preguntó vacilante.

—Seguro.

Eché un vistazo alrededor huyendo de su mirada inquisidora. No era la primera vez que visitaba Central Park, el parque era bonito y estaba enfrente del hospital. Respiré hondo y arrugué la nariz. Me costaría habituarme al aire contaminado de Manhattan. La humedad hacía que el calor de media tarde se sintiese más intenso. Aunque estábamos a la sombra, no tardaría en ponerme a sudar.

El sonido de la risa de mi hermano me hizo girar el cuello en su dirección. Will sonreía con la vista clavada en el teléfono.

—Mándale un beso a Raquel de mi parte —le dije.

—¿Cómo sabes que estoy hablando con ella? —Él levantó la cabeza para mirarme.

—Por tu sonrisa de idiota, William. Solo pones esa cara cuando hablas con ella.

Will se guardó el móvil en el bolsillo y suspiró sin llevarme la contraria.

—¿Qué? —Lo señalé con la cabeza y di un par de saltos para descargar energía—. ¿Dónde vas a llevarme para celebrar que he conseguido el curro?

—Como ya te he repetido tres veces —comenzó Will con tono cansado—, hoy no puedo celebrar nada contigo. Tengo que estar a las siete y media en la otra punta de la ciudad y antes necesito pasar a recoger el traje.

—Menudo aguafiestas estás hecho —respondí en el mismo tono cansado que él.

—No soy un aguafiestas, pero tengo que ir al evento, y ya estabas avisado.

—Sí. Ya sé que prefieres ir a la estupidez esa de evento literario antes que cenar con tu hermano… —Suspiré igual que hacía él—. ¿Qué te parece si te acompaño a recoger el traje y de camino nos tomamos algo?

—Odio llegar tarde y ya voy un poco justo —dijo mirando la hora.

—Y por esa misma razón deberíamos irnos ya. —Le eché el brazo al hombro y, sin dejarle replicar, tiré de él hacia la salida que daba a la Quinta Avenida.

En cuanto mi hermano salió del probador, se me escapó una carcajada. Will llevaba unos pantalones claros, un chaleco marrón y un frac azul marino que le hacían parecer un estirado. Pese a que el parecido entre nosotros era notable, yo era más alto y fuerte, y Will tenía el pelo más claro y heterocromía parcial en el ojo derecho.

—Madre mía… Pero ¿qué coño te has puesto? —pregunté entre risas—. ¿De verdad piensas salir a la calle con ese disfraz?

—No es un disfraz —negó con la cabeza y soltó un resoplido—. Es un traje de regencia.

—Disculpe mi equivocación, lord Anderson —hice una reverencia exagerada—, pero no creo que con esos ropajes le dejen entrar en palacio.

—Que te jodan.

Will pasó por mi lado sin mirarme y yo me eché a reír otra vez. Tenía años de experiencia en tocarle los cojones y se me daba fenomenal.

—¿Adónde vas?

—A ver los pañuelos, ahora vengo —apuntó por encima del hombro.

Me saqué el móvil del bolsillo del vaquero y entré en Instagram. No me apetecía cenar solo y quería ver si Grace me había contestado.

No hubo suerte.

Pinché encima del círculo con su cara para ver la historia que había compartido. Grace salía guapísima en la foto. Llevaba el pelo rubio recogido y en su rostro resaltaban unos ojos azules y enormes y unos labios pintados de un rojo cereza que se curvaban en una sonrisa. Bajé la vista un poco más. El escote pronunciado de su vestido morado acaparó toda mi atención.

Estaba buenísima.

Me llevó unos segundos percatarme de que encima de su cabeza había escrito: «Todo listo para la presentación. Nos vemos en un rato. P. D.: No olvidéis la máscara para el baile».

Un momento... ¿Grace y Will iban al mismo evento?

Will me lo había vendido como algo tedioso a lo que asistiría por petición de su novia. Había omitido ciertos detalles, como que era un baile de máscaras al que también iría Grace. De pronto, mi interés en ese acto literario aumentó de manera considerable.

—¿Cuál te gusta más? —oí que me preguntaba Will.

Alcé la vista para encontrármelo sosteniendo dos pañuelos en alto. Uno era blanco, y el otro, azul marino. Ambos eran tan horribles que podrían provocarme pesadillas. Abrí la boca para decírselo cuando se me encendió la bombilla.

—El azul —contesté con determinación—. Ese color te queda bien. Favorece tus ojos.

Will me observó con recelo y entonces dijo:

—Zac, te conozco..., ¿qué quieres?

—Llévame al evento contigo —le pedí sin preámbulos.

A mi hermano le costó unos segundos procesar mi petición.

—¿Qué? —preguntó para cerciorarse de que me había oído bien.

—Que quiero ir al evento de la editorial.

—¿Por qué? —Will entrecerró los ojos—. ¿No decías que era una estupidez?

—He cambiado de opinión. Ha sido un día importante y no me apetece cenar solo.

En otras circunstancias, ese comentario tocaría la fibra sensible de Will, pero algo me decía que veía mis verdaderas intenciones. Inmediatamente esbocé mi mejor sonrisa. Esa en la que enseñaba todos los dientes y que usaba cada vez que quería salirme con la mía.

—Mira, solo tengo una invitación, no puedo llevarte.

—Tío, eres William Anderson. —Hice un gesto despreocupado con la mano—. Seguro que puedes llevar un más uno a la fiesta. Además, ¿ahora no tienen que hacerte la pelota para que firmes con ellos?

Mi hermano asintió, dándome la razón, antes de contestar:

—Aunque quisiera llevarte, no tienes un traje de época. —Se señaló con el dedo índice—. Cuando reservé el mío la semana pasada, me dijeron que era el último que les quedaba.

«Qué putada».

Me acaricié la barbilla con gesto pensativo. Mientras buscaba una solución, esta se materializó delante de mí.

—Perdonen que los interrumpa —nos dijo la dependienta de la tienda—. No he podido evitar oírlos y solo quería decirles que un hombre acaba de cancelar la reserva que tenía de su traje. —Centró sus ojos en mí y me regaló una miradita intensa antes de añadir—: Creo que puede quedarle bien. ¿Quiere verlo?

—Por supuesto.

Ella asintió antes de retirarse.

Con la sonrisa todavía en la cara, me volví para observar a Will.

—¿Has oído eso? —le pregunté—. Una cancelación de última hora, parece que es mi día de suerte.

Will respiró hondo, se colocó delante del espejo de su probador y se concentró en ponerse el pañuelo alrededor del cuello.

Unos minutos después, la chica regresó sujetando una bolsa de traje gris. La acepté con una sonrisa y me interné en el probador libre.

Abandoné la percha en el colgador y bajé la cremallera de la bolsa rogando que fuera un disfraz menos hortera que el de Will.

No tuve suerte.

Me deshice de la ropa a toda prisa y empecé a vestirme. La camisa era blanca y me quedaba holgada. Me dejé los dos primeros botones desabrochados para darme un aire más informal. Traté de no estremecerme al ver las puñetas que decoraban las mangas y que me hacían parecer Ron Weasley en el baile del Torneo de los Tres Magos. Al subirme los pantalones verde oscuro, solté una maldición. Eran de tiro alto y me quedaban algo justos. Por último, me puse la chaqueta a juego. Observé mi reflejo desde distintos ángulos y sonreí satisfecho. Había que reconocer que esa ropa extravagante me quedaba de muerte. Estaba convencido de que a Grace le gustaría verme con ella puesta, y esperaba que también disfrutase quitándomela.

Abrí la cortina de un tirón y salí del probador con decisión, exagerando un poco mis movimientos, como si fuera un modelo caminando por la pasarela.

—¿Qué tal estoy? —le pregunté a mi hermano cuando me detuve a su lado.

—Ridículo. —Esa vez fue él quien se rio por todo lo alto.

—Pues yo creo que a la rubia le voy a encantar —contesté pagado de satisfacción.

—¿La rubia? —Will se puso serio de golpe—. Zac, no estarás hablando de Grace, ¿verdad?

Le dediqué una sonrisa socarrona y no contesté para hacerme el enigmático. Por su parte, él añadió:

—Si estamos hablando de esa Grace, te sugiero que te cambies y te vayas a casa porque pasa de ti. Te recuerdo que me pidió que te dijera que dejases de ponerle corazones en Instagram.

Arqueé una ceja y lo miré incrédulo. De los dos, el que entendía cómo funcionaba la mente femenina era yo. Aparte de eso, estaba el detalle de que la noche que Grace y yo nos conocimos la química entre nosotros fue evidente. De hecho, era muy probable que, si no le hubiese dado una reacción alérgica, hubiésemos acabado follando en medio de su cocina. Por como era, sabía que juntos pasaríamos un buen rato.

—Tanto no pasará de mí cuando le ha dado me gusta a una foto en la que salgo sin camiseta y sudado, ¿no? —le pregunté a mi hermano.

—No te ofendas, pero me parece que no eres su tipo.

Abrí la boca fingiendo sorpresa y me llevé la mano al pecho, haciéndome el ofendido.

—William, yo soy el tipo de todas —contesté poco después.

Mi hermano exageró un escalofrío, pero le ignoré y seguí—: Y eso debería decidirlo ella.

—Zac, acabo de volver con Raquel y no quiero líos. De ningún modo voy a llevarte a esa fiesta para que ligues con la amiga de mi novia.

—Hermanito, piensa en todas las ventajas —aseguré con una sonrisa desvergonzada—. ¿No quieres escribir el romance entre una editora preciosa y un médico sexy?

—Prefiero escribir el thriller de la editora que asesina a sangre fría al médico gilipollas.

Solté una carcajada y negué con la cabeza.

—Si estás aburrido, búscate a otra —me pidió Will.

—Llevo cinco horas en Manhattan y todavía no he abierto Tinder —contesté de manera obvia.

—¿Y quieres un premio por eso?

—Lo que quiero es mi oportunidad con la rubia. Esa chica tiene algo especial.

—No me pintes un cuadro. Solo quieres acostarte con ella. Lo último que necesito es que metas la pata y que me odie por tu culpa. Búscate a otra, por favor.

—Vaaaale —claudiqué a regañadientes—. Si me llevas a la fiesta, te prometo que no intentaré nada con ella.

Mi hermano relajó el ceño.

Por su mirada imperturbable, parecía que no tenía intención de hacerme caso. Al final, no me quedó más remedio que tirar de mi último recurso:

—Venga, tío, para una noche que quiero salir a celebrar, ¿vas a dejarme tirado? —bromeé—. Soy tu hermano pequeño, se supone que tienes que malcriarme y hacer todo lo que yo diga.

Will me observó con detenimiento. En el instante en que abrió la boca para contestar reapareció la dependienta.

—¿Qué tal? —me preguntó—. ¿Le gusta?

—La verdad es que me queda tan bien que sería una pena no llevármelo, ¿verdad, Will?

Lo oí resoplar antes de decirle a la chica:

—Nos lo quedamos, muchas gracias.

Ella sonrió conforme y se alejó en dirección al mostrador.

Me volví para encarar a mi hermano con una sonrisa enorme en la cara.

—Mira, voy a llevarte por dos motivos —me dijo, levantando un dedo en el aire—. Uno, para que te calles ya. Y dos —alzó otro dedo—, para reírme de ti cuando Grace te mande a tomar por el culo.

—Sabía que entrarías en razón —comenté en tono victorioso—. Bueno, no hay tiempo que perder, ¿vamos a por las máscaras?

Quince minutos más tarde, estábamos a punto de salir por la puerta cuando la voz de la dependienta nos retuvo:

—¡Un momento, señor Anderson!

Will y yo nos dimos la vuelta y la vimos caminar hacia nosotros, segura de sí misma. Al llegar a nuestra altura, extendió la mano en mi dirección. Acepté lo que parecía ser una tarjeta de visita de la tienda. Desvié un segundo la vista y vi que había escrito su nombre y su teléfono. Levanté la cabeza para encontrarme con la sonrisa juguetona de Vanessa.

—Si necesita algo, no dude en llamarme —me dijo con voz melosa.

—Gracias —le dije devolviéndole una sonrisa educada.

Ella me guiñó un ojo con descaro antes de volver al mostrador contoneando las caderas.

—¿Qué ha sido eso? —me preguntó Will cuando salimos.

Le enseñé la tarjeta y le dije:

—Ya te lo he dicho, hermanito. Soy el tipo de todas.

Como había sospechado, hicieron la vista gorda cuando Will apareció conmigo. Nadie nos prestó atención cuando entramos al evento. La sala era bastante grande y estaba abarrotada de gente. Al fondo, en unas butacas sobre una tarima, estaban sentadas la autora y Grace. En aquel instante, estaba comentando algo del libro y se la veía ilusionada. Por las risas estruendosas del público parecía estar comiéndose el escenario con su desparpajo habitual. Aunque estaba muy lejos de ella, podía apreciar que iba guapísima con su vestido morado y desprovista de la máscara. No me di cuenta de que estaba sonriendo ligeramente hasta que oí a mi hermano quejarse en voz baja.

—Joder, no hay ni un sitio libre. Si no te hubieses tirado veinte minutos eligiendo el puñetero antifaz, habríamos llegado a tiempo...

Me reí y aparté los ojos de Grace para encararlo.

—¿Vas a culparme porque me guste estar guapo? —le pregunté divertido por su mosqueo—. En un baile de estos, llevar una buena máscara es fundamental.

Mi hermano había escogido una sencilla, que era mitad negra mitad plateada. Yo había optado por una negra más original gracias a los detalles que tenía en relieve.

En aquel momento, Grace debió de decir algo gracioso porque la sala estalló en carcajadas. Dirigí la vista al escenario para verla abanicarse con los papeles que llevaba en la mano.

—Bueno, antes de dejaros con Sophie, que os firmará el libro encantada, os recuerdo que, si necesitáis algo, estaré por aquí —terminó señalando la sala—. Y animaos a bailar, ¿vale?

La multitud que allí se congregaba le regaló un aplauso cálido al que me uní sin dudar. Will y yo esperamos pegados a la pared del fondo mientras la gente formaba una cola para que la autora les firmase el libro. Le presté atención a mi hermano, pero de tanto en tanto buscaba a Grace con la mirada. Se había levantado y pude comprobar que estaba deslumbrante con el vestido morado. La parte superior se ajustaba a su cintura, marcando sus curvas, y la falda larga le llegaba hasta el suelo. Pasado un rato, se puso una máscara morada, se bajó del escenario y se perdió entre la gente.

Aunque me apetecía ir a buscarla, me obligué a mantener los pies pegados al suelo y a no separarme de mi hermano. Aquella mujer no había respondido a mi mensaje y no quería parecer un ansioso. Prefería jugar bien mis cartas y esperar el momento adecuado.

—Cómo me aprietan las mallas en los huevos —comenté fastidiado al tiempo que tiraba con disimulo de la tela que estrangulaba mi entrepierna.

—Te jodes —se rio Will—. Quien algo quiere algo le cuesta.

Ignoré su comentario.

—¿Y Raquel? —le pregunté.

—No lo sé —respondió—. Acabo de escribirle. No ha querido enseñarme su vestido. Quiere darme pistas y que la encuentre.

—Quién te ha visto y quién te ve —me burlé.

Poco después, la música empezó a sonar y unas cuantas parejas se animaron a salir a bailar.

—¿Vamos? —Señalé la pista con la cabeza y Will negó con vehemencia—. Venga, no seas aburrido —pedí al tiempo que me marcaba un bailecito en el sitio.

—Yo no bailo.

—Bueno, pues ahí te quedas —respondí—, yo voy a poner mis habilidades de baile en práctica con la rubia.

Di un paso adelante y él me retuvo del hombro.

—Zac, es posible que Grace sea mi futura editora —me explicó—. Te he traído única y exclusivamente porque has prometido no sacártela de los pantalones.

—Tranquilo. Yo no voy a sacármela —le di una palmada en el hombro y él se confió—, pero, si ella lo hace, no voy a decirle que no. Ya sabes que me cuesta mucho negarme a los encantos de una chica guapa.

Mi sonrisa de engreído salió a la pista antes que yo. Y, sin darle tiempo a replicar, me alejé dispuesto a pasar una noche memorable.

3

MÁSCARA (n.): Accesorio que se pone el sapo para hacerse pasar por príncipe.

En cuanto terminó la firma, me acerqué a la barra porque me moría de sed y de hambre. Se había servido un catering antes de la presentación, pero había estado vigilando que todo estuviese en su sitio y no había probado bocado.

Para llegar hasta el camarero tuve que bordear la pista de baile. Mientras caminaba me abaniqué con la mano, las capas del vestido me estaban dando mucho calor.

—Una botella de agua, por favor —le pedí al camarero cuando fue mi turno.

—Enseguida —me dijo.

El chico llevaba una máscara blanca que le cubría la mitad del rostro y que me recordó a la de *El fantasma de la ópera*.

—Aquí tiene. —Sirvió el agua en un vaso y me lo entregó.

Antes de beber, metí el dedo índice por debajo del antifaz para rascarme el pómulo. Había elegido uno del mismo tono púrpura que mi vestido. El diseño de encaje era elegante, pero me irritaba un poco la piel.

Después de vaciar el vaso de un trago, volví a inclinarme sobre la barra para llamar la atención del camarero.

—¿Ha sobrado algo de comida? —le pregunté por encima de la música—. Hoy casi no he comido y me muero de hambre.

—Creo que no, pero deme un segundo, que pregunto en la cocina.

Mientras esperaba a que regresase, observé a mi alrededor. La sala era espectacular. Las paredes estaban cubiertas de tapiz beige y tenían candelabros de atrezo. Del techo alto colgaba una lámpara dorada en forma de araña que no iluminaba mucho y que propiciaba un ambiente íntimo para bailar. El suelo brillante era de mármol ajedrezado. Sonreí al ver la cantidad de parejas que se habían animado a salir a la pista.

—Disculpe, señorita. —El camarero llamó mi atención—. Se ha terminado la comida. Lo único que queda es la tarta red velvet. —Señaló la mesa del fondo donde esta descansaba—. Pero no se servirá hasta el final del baile.

Después de ponerle ojitos para que me diese un trozo de pastel y de que él me repitiese con amabilidad que no era posible, suspiré resignada y le di la espalda.

Con el móvil en la mano, me acerqué a la mesa para hacerle una foto a la tarta. Tuve que sacar varias porque esa zona del local estaba peor iluminada aún si cabe.

La tarta de cinco pisos era preciosa. Estaba recubierta de *frosting* blanco y decorada con unos corazones rojos de azúcar diminutos que iban a juego con el bizcocho de remolacha del interior. Todo eso lo sabía porque la había elegido yo.

La boca se me hizo agua al recordar lo bien que sabía y me provocó un temblor en las tripas. Al lado de la tarta había distintas montañas de platos y cucharillas. Mirando la vajilla se me ocurrió una idea brillante y, como siempre que estaba a punto de cometer una fechoría, el corazón me latió apresurado. Sin poder contenerme, hice lo mismo que hacía de pequeña en los cumpleaños. Primero miré por encima del hombro para asegurarme de que nadie me prestaba atención. Acto seguido, clavé una cucharilla en el piso inferior, llevándome por el camino algunos de los corazones que la decoraban, y dejé al descubierto el bizcocho rojo del interior. Me metí la cuchara en la boca y mastiqué a toda prisa.

Di un paso atrás para marcharme antes de que me pillasen

con las manos en la masa, con tal mala fortuna que me choqué contra una de las columnas de piedra. Chasqueé la lengua, molesta por mi torpeza, y me llevó unos segundos comprender que acababa de pisar a alguien.

Me di la vuelta despacio, con el pulso acelerado, y me topé con un hombre alto. Debía de pasar del uno noventa porque casi me partí el cuello al echarme hacia atrás para mirarlo a la cara.

Su identidad estaba oculta tras una máscara negra con detalles en relieve que le llegaba prácticamente hasta la punta de la nariz. Lo único que veía de su rostro era una mandíbula cuadrada libre de barba, tan definida que parecía que la habían cincelado en piedra. Tenía una mata de pelo oscuro considerable. Iba peinado de cualquier manera y las puntas de su cabello parecían curvarse en un par de rizos rebeldes.

Cuando nuestras miradas se encontraron, él ladeó ligeramente la cabeza y yo parpadeé confundida. No podía apreciar el color de sus ojos en la penumbra, pero había algo extrañamente familiar en ellos.

Le eché un vistazo rápido. Por cómo se tensaba la chaqueta verde alrededor de sus hombros, parecía que estaba tan fuerte como un jugador de fútbol americano.

«Más que una columna de piedra, parece una muralla», pensé divertida.

—Está claro que no hemos empezado con buen pie —me pareció entender que decía.

Por su sonrisa diría que eso había sido una... ¿broma?

—Siento el pisotón —me disculpé alzando la voz por encima de la música.

Él negó sutilmente con la cabeza en un gesto que parecía significar: «No te preocupes, princesa. Por cierto, estás preciosa y quiero ser el padre de tus hijos».

Respiré hondo. Juraría que su mirada vagó despacio hasta mi escote y, un segundo después, a la tarta que había detrás de mí. Una sonrisa ladeada asomó a su cara y me aventuré a hablar a toda prisa:

—No sé lo que crees haber visto, pero no es lo que parece.

—¿Ah, no? —Se acercó un paso a mí—. ¿No estabas zampándote la tarta a escondidas?

Me puse un poco nerviosa. No tanto porque me hubiera pillado, sino porque tenía la voz áspera y grave. No tenía un acento marcado, pero estaba casi segura de que era de la costa oeste. Hablaba sin prisas y alargaba un poco las vocales.

—Solo estaba haciendo unas fotos para Instagram —contesté haciéndome la inocente.

—¿Y qué es eso que llevas en la mano?

«Mierda...».

Para mi sorpresa, él se adelantó y me arrebató la cucharilla. Al voltearme, le vi clavarla en el extremo opuesto de la tarta al que lo había hecho yo para llevársela a la boca sin un ápice de vergüenza. Luego giró el cuello y me regaló una sonrisa descarada.

—Había que igualar el otro lado —susurró cerca de mi oído—. Ahora somos cómplices.

Tragué saliva y me tomé unos segundos para pensar bien lo que iba a decir. Siempre que me ponía nerviosa me iba de la lengua, acababa soltando la primera tontería que se me pasaba por la cabeza y luego me arrepentía.

—Genial, entonces, si ahora el camarero viene en busca de un culpable, le diré que me has obligado tú —le dije.

—No, si viene le diremos que ha sido aquel tío de allí. —Seguí el curso de su dedo para ver que señalaba a un hombre alto que parecía estar buscando a alguien—. El de la máscara negra y plateada. Tiene pinta de culpable.

—Me parece bien.

En aquel momento, la canción a violín terminó y dio paso a «Enchanted», de Taylor Swift.

—¡Me encanta esta canción! —Por alguna razón manifesté ese pensamiento en voz alta.

Él se colocó delante de mí y extendió en mi dirección la mano más grande y varonil que había visto nunca.

—¿Bailamos?

—Eh... —titubeé unos segundos—. Me encantaría, pero no.

—¿Por qué? ¿Tengo que hacerte una reverencia o algo? —me preguntó con un deje burlón en la voz—. No sé de protocolo de regencia, pero puedes explicármelo si quieres.

Me sorprendió haciendo una floritura exagerada con la mano antes de inclinar la cabeza hacia delante. Eso me confirmó que estaba bromeando.

—No tienes que hacer una reverencia —contesté riéndome.

—Entonces ¿vas a rechazarme así sin más?

—Yo...

«¿Qué le digo? Es muy atractivo y no quiero hacer el ridículo». Terminé de ponerme nerviosa y empecé con la verborrea:

—Es que no se me da muy bien bailar. Voy a clases desde hace tiempo. Pero bailar en pareja no es lo mío —escupí mientras gesticulaba—. En el baile de la graduación pisé a Steven Jones, ¿sabes? Y en la boda de mi hermana pisé al padrino mil veces. Siempre acabo pisando a mi acompañante y al final es un desastre.

—Eso es porque nunca has bailado conmigo —contestó seguro de sí mismo.

¿Había algo más sexy que un hombre directo y decidido?

Observé su mano suspendida en el aire un segundo y entonces lo entendí.

«¡Ay, mi madre, está pasando!».

Un hombre enmascarado se me había acercado en el baile. Un hombre que estaba buenísimo, que tenía pelazo y la voz más sensual de la Tierra y, encima, ¿me sacaba a bailar?

Una de dos. O estaba soñando o claramente...

¡¡¡EMPEZABA MI NOVELA ROMÁNTICA!!!

Llevaba años soñando con vivir un momento así de mágico. Me había criado leyendo romance y viendo comedias en bucle con mi hermana. Tan era así que me sabía los diálogos de algunas de memoria.

«Por fin tengo el *meet-cute* que merezco», pensé emocionada.

Sin perder el tiempo, me guardé el teléfono en el bolsito plateado y, tan pronto como posé la palma sobre la suya, él cerró los dedos alrededor. Un hormigueo me subió por el brazo. Su piel era extremadamente suave y cálida. Él caminó con seguridad, esquivando a las personas que bailaban. En cuanto llegamos al centro de la pista, me dio un suave tirón para acercarme a él. Cuando coloqué la mano en mi cintura, dejé de respirar unos segundos.

Por mi parte, apoyé la mano izquierda sobre su hombro y la dejé ahí plantada.

Él se movió un paso a la derecha y después otro hacia atrás, y yo intenté seguirlo, con cuidado de no pisarlo. Fracasé al segundo paso.

—No mires al suelo —me pidió.

En ese instante me percaté de que estaba tan preocupada de no aplastarle el pie que tenía la vista clavada en sus zapatos.

Levanté la cabeza y, cuando nuestros ojos tropezaron, me sonrió.

Atractiva. Encantadora. Irresistible.

Esos eran los adjetivos que podrían describir su sonrisa.

—Tranquila, tú solo déjate llevar —me dijo antes de hacerme girar sobre mí misma.

Le hice caso y, sin darme cuenta, estábamos bailando. En cuanto cogí un poco de confianza, sentí que conectaba con él. De pronto, me estaba divirtiendo. Era increíble cómo mis movimientos espontáneos encontraban sincronía en los suyos. Parecía que mi cuerpo y el de aquel desconocido habían encontrado la manera de comunicarse al ritmo de la música. Agradecí haberme puesto Converse en lugar de unos tacones incómodos, como Hilary Duff en *Una Cenicienta moderna*, porque había menos riesgo de tropezar.

—Has estado genial ahí arriba. —Señaló el escenario con la cabeza—. Se te da bien hablar en público.

Sonreí halagada.

—Si te digo la verdad, estaba muy nerviosa y lo he improvisado todo —confesé de manera atropellada—. Había escrito un discurso precioso para el final de la presentación, pero he salido corriendo de la editorial y me lo he dejado en la mesa.

—No se ha notado, Grace.

«¿Sabe mi nombre?».

Era cierto que Sophie lo había dicho varias veces en el escenario, pero eso no evitó que sonriese como una idiota.

Me encantaría saber el suyo, pero quizá saberlo rompería el hechizo, y estaba tan a gusto que no quería que sonase la última campanada a las doce ni salir de esa fantasía de golpe.

—Por cierto, estás espectacular con este vestido —apuntó con su voz sensual antes de hacerme girar por segunda vez.

El estómago me dio un vuelco. Como no le conocía y no sabía si le interesaba o si simplemente estaba siendo cordial, se lo pregunté:

—¿Estás intentando ligar conmigo? —cuestioné en cuanto lo tuve de frente otra vez.

—¿Funciona? —Volvió a colocar la mano en mi cintura y sentí un cosquilleo.

—Puede.

—Entonces es que no lo estoy haciendo tan bien como pensaba.

Sonreí ante su tono de indignación y no contesté.

—Tienes una sonrisa preciosa —me dijo.

—Ese cumplido no es muy original.

—Es que me estoy guardando los mejores para cuando te invite a cenar mañana.

Con ese comentario se me dispararon las pulsaciones.

Me iba a dar algo o tendría un orgasmo solo por oírle hablar así. Nunca había escuchado una voz tan sexy en vivo y en directo. No sabía qué responder a eso, y estaba tan agitada que solo supe mantener la calma desviando la atención hacia él.

—¿Cuántas veces te ha funcionado esa frase?

Él se rio, enseñándome todos los dientes.

—Eres la primera a la que se la digo.

—Seguro —ironicé.

—Estás guapísima y no he podido dejar de mirarte desde que he entrado.

Tragué saliva y me tomé unos segundos para contestar:

—Estás hecho todo un Romeo, ¿eh?

Su carcajada alegre y ruidosa relajó un poco la tensión sexual que parecía estar fraguándose entre nosotros.

—Va a sonar un poco cliché, pero interpreté a Romeo en el instituto y todavía recuerdo algunas líneas del libreto.

Esa vez, cuando pasé por debajo de su brazo, me pegó un poco más a él. O quizá fui yo, de manera inconsciente, la que lo hizo. Lo único que tenía claro era que ese hombre parecía interesado en mí y que su rollito seductor me gustaba tanto como el de Heath Ledger en *Diez razones para odiarte*.

Había algo cautivador en él. No me hacía falta verle la cara entera para saber que era atractivo. Tenía la clase de seguridad que tiene un hombre que sabe lo que se hace.

No sé cómo pasó, pero, mientras nos mecíamos de un lado a otro, fuimos reduciendo la distancia que nos separaba hasta estar prácticamente pegados, con mi cara a la altura de su cuello. Inspiré hondo y el olor de su colonia varonil me embriagó.

«Hasta su colonia huele a tío bueno».

¿Había algo en ese hombre misterioso que no fuera atrayente?

Cuando solté el aire que estaba reteniendo, la piel se le erizó.

—Grace —me susurró al oído.

Su aliento calentó mi oreja y la temperatura de la sala subió un par de grados.

—Dime —contesté cuando me hube asegurado de que no me fallaría la voz.

—¿Qué pasa si te beso ahora?

Su voz ronca me provocó un estremecimiento.

—Que me voy a desmayar —murmuré para mí misma.

—¿Cómo?

—Decía que te lo voy a devolver.

Se retiró lo justo para mirarme a la cara y el tiempo se detuvo. Ni siquiera recuerdo si la canción había terminado. Todo parecía haberse quedado en silencio. Lo único que se oía en aquella sala repleta de gente eran los latidos sordos de mi corazón. Me soltó la mano para sujetarme la barbilla y yo reposé la mía sobre su hombro.

Las piernas me temblaron cuando dijo alto y claro:

—Bien. Pues voy a besarte.

Se inclinó en mi dirección, despacio, como saboreando el momento previo a nuestro beso. Ladeó el rostro hacia su izquierda y yo hacia la mía en un movimiento perfectamente coordinado.

—¿Sabes una cosa, Romeo? —susurré sobre su boca—. Es la primera vez que voy a besar a alguien sin saber su verdadero nombre.

Estiré el cuello para cerrar la poca distancia que nos separaba y él se retiró de manera abrupta, dejándome confusa.

—¿Cómo que no sabes mi nombre? —Me quedé rígida mientras se llevaba las manos al borde de la máscara—. ¿Qué estás diciendo, rubia? Soy yo...

Ahí estaba.

La duodécima campanada.

Mi vestido no se convirtió en harapos y el carruaje que decoraba el escenario no se transformó en calabaza. Lo que sí sucedió en este cuento fue que el príncipe azul se destiñó por completo y adquirió el rostro del último sapo al que desearía besar.

4

BAILE (n.): Movimiento acompasado de dos personas que se atraen.

Cuando me quité la máscara, Grace ahogó una exclamación. Abrió la boca de manera exagerada y su cara de confusión se transformó en una de sorpresa. Se quedó rígida como un palo. Pasados unos segundos, retrocedió para salir de mi agarre, rompiendo así la burbuja íntima en la que solo parecíamos existir nosotros.

Respiré hondo mientras trataba de recomponerme. Me había excitado un poco al sentir su aliento sobre el cuello y el pantalón me apretaba la entrepierna.

—No me digas que ya te habías olvidado de mí... —le dije llevándome la mano al pecho como si me sintiese profundamente insultado—. Eso duele, Grace.

Ella tenía los labios apretados y ya no había ni rastro de la sonrisa risueña.

—Ven conmigo. —Me hizo un gesto con la cabeza para que la siguiera y se dio la vuelta.

Para tener las piernas considerablemente más cortas que yo, andaba a toda velocidad. Se tropezó con una pareja mientras abandonaba la pista de baile, pero no se detuvo hasta que llegó a la otra punta del salón, cerca del escenario donde había tenido lugar la presentación. En aquella zona, la música les daba a nuestros oídos el respiro suficiente como para poder conversar tranquilamente. Además, estaba más iluminada y podía verla mejor.

En cuanto me paré delante de ella, se quitó la máscara morada y me quedé pasmado al ver su cara al completo.

Lo que le había dicho bailando era verdad. Estaba espectacular, y desde que había llegado no había podido dejar de mirarla. No sabía si me llamaban más la atención sus ojos azules y enormes, su nariz respingona y pequeña o sus mejillas sonrosadas a juego con esos labios carnosos que me volvían loco.

—¿Qué haces aquí? —me preguntó.

Desvié la mirada de su boca a sus ojos.

—Bailar contigo —respondí.

Ella puso cara de situación.

—¿Qué pasa? —La señalé con el mentón—. ¿No te alegras de verme?

Alcé las cejas, expectante.

Estaba deseando que me dijera que sí, y esperaba que después de eso me besase con pasión y me arrastrase hasta el baño.

En lugar de cumplir mis fantasías, Grace me fulminó con la mirada.

—¿Cómo te has colado? —me preguntó en tono acusador—. Aquí no se puede entrar sin invitación.

«Ja. Esto le va a encantar...».

Con una lentitud pasmosa, metí la mano en el bolsillo interno de la chaqueta y saqué la invitación que me había dado mi hermano.

—¿De dónde la has sacado? —Su tono cambió a uno de sorpresa.

—Un mago nunca revela sus trucos —respondí guardando la invitación—. Y ahora, volvamos a lo importante. —Me incliné en su dirección—. Ibas a besarme. Adelante, no te cortes.

Grace se puso tan roja como el interior de la tarta que descansaba lejos de nosotros, sobre la mesa.

—¿Qué dices? —preguntó arrugando el ceño—. No iba a besarte porque tengo novio.

Le dediqué una mueca burlona.

Sabía que eso era mentira porque se lo había preguntado a Will esa misma tarde. Solo tenía tres reglas: nada de mujeres con pareja o que conociese en el trabajo, nada de quedarme a dormir y nada de repetir con la misma. Por suerte, con Grace no incumpliría ninguna.

Antes de que me diese cuenta, ella volvió a parlotear:

—Se llama Edward... —empezó—. Mi novio. No ha podido venir porque está en Washington. Su hermana Alice estaba de bajón. Así que ha ido a jugar al béisbol con ella y con su familia para animarla.

«¿A quién coño piensa que va a colarle esa?», pensé divertido.

—Perdona, ¿me estás diciendo que tu novio es el vampiro de purpurina de *Escrúpulo*? —dije el nombre mal adrede.

Grace abrió los ojos de par en par.

«Tocada y hundida».

Era tan expresiva que tuve que hacer un esfuerzo terrible para no soltar una carcajada.

—Escucha, rubia, si vas a mentir, intenta ser más original —le aconsejé—, y no improvises, porque se te nota mucho.

—Supongo que lo dices porque tú eres un experto... —comentó por lo bajini.

«¿Acaba de llamarme mentiroso por la cara?».

Abrí la boca para contestar, pero se me adelantó.

—Si me disculpas, estoy trabajando.

Se dio la vuelta para marcharse, pero se detuvo y volvió a encararme.

—Y, por cierto, te agradecería que dejases de dar me gusta a todas mis historias de Instagram —me dijo con algo de acidez.

—¿Por qué debería hacerlo? —le pregunté sin un ápice de vergüenza—. Me gusta lo que veo.

Como quería asegurarme de triunfar, tiré de mi sonrisa cautivadora. Nunca fallaba con las chicas.

—¿En serio? —Grace entrecerró los ojos y me habló con escepticismo—: ¿Te gusta el último libro romántico que he leído? Y el *cupcake* que desayuné ayer también te gustó, ¿verdad?

—¿Sabes lo que me gustaría muchísimo? —respondí con otra

pregunta—. Invitarte a desayunar un *cupcake* mañana, después de haber pasado la noche junt...

—¡Shhh! —Se llevó el dedo índice a la boca—. No termines esa frase porque no me interesa lo que tienes que ofrecer. Ya me han hablado de ti y paso de los hombres que son como tú.

Esa afirmación, lejos de ofenderme, me hizo sonreír. Estaba la mar de contento de haber sido objeto de sus conversaciones.

—¿Has estado preguntando por mí? —cuestioné.

Ella bufó incrédula.

—Te estoy diciendo que me han advertido sobre ti, ¿y eso es con lo que te quedas?

Asentí con una sonrisa de oreja a oreja al tiempo que ella negaba con la cabeza.

—Tanto no pasarás de mí cuando me has cotilleado las fotos del año pasado, ¿no? —respondí.

Ella soltó un gruñido y apartó la mirada. Fui testigo de cómo sus mejillas se teñían hasta adquirir un color rojo vibrante. La Grace mosqueada me ponía igual que la Grace que había bailado conmigo, derrochando encanto, minutos atrás.

—Deberías volver a ponerte la máscara, estás más guapo con la cara tapada —contestó con una mueca.

Di un paso al frente para acercarme a ella.

—Si lo que te pone es el rollito de fingir que no nos conocemos, solo tenías que decirlo —comenté de manera perversa.

Ella se envaró mientras yo hacía amago de hacer lo que me había pedido.

—A mí no me... —comenzó, pero se vio interrumpida por una voz femenina.

—¡Chicos, por fin os encontramos!

Me quedé con el antifaz suspendido a centímetros de la cara. Giré el cuello hacia la izquierda para ver aparecer a Raquel, que todavía llevaba la máscara puesta, y a Will, que sostenía la suya en la mano. Por la mirada acusadora de Grace supe que se había dado cuenta de que el tío que le había señalado antes como posible culpable de la tarta era mi hermano.

—¡Cuñadita, cuánto tiempo! —Abracé a Raquel.

—¡Enhorabuena por el trabajo nuevo! —me felicitó al apartarse poco después—. Will acaba de contármelo.

—Gracias. —Le sonreí antes de volverme hacia mi hermano.

—¿Ya te has pensado lo de la oferta? —oí que le preguntaba Grace a Will.

—Creía que Suzu ya te lo había comentado, pero queremos pensarlo.

—¿Cómo que quieres pensártelo? —Grace se hizo la ofendida—. Will, te recuerdo que estás saliendo con esa persona increíble y preciosa —apuntó a su amiga con el dedo índice— gracias a mí. Así nunca le daré el visto bueno a vuestra relación.

Will contuvo la sonrisa y Raquel intervino:

—Grace, no le hagas chantaje. No es justo.

—Él ya sabe que estoy bromeando. —Grace hizo con la mano un gesto que le restaba importancia.

Raquel se echó a reír y le preguntó:

—Oye, ¿has visto a Suzu? Will y yo queremos hablar un momento con vosotras.

En ese instante, Grace se convirtió en una explosión de energía.

—¡Madre mía! —exclamó dando saltitos—. ¿Le has pedido matrimonio? —le preguntó a Will emocionada—. ¿Vais a casaros y voy a ser la mejor dama de honor de la historia?

—Pero ¿qué dices? —le contestó Will. Ella paró de saltar en el acto—. Llevamos poquísimo juntos. Esto no es una novela victoriana, Harris.

Grace hizo un mohín y refunfuñó algo que solo debió de entender ella.

—Prométeme que, cuando vayas a pedírselo, seré la primera en enterarme.

No le dio tiempo a responder porque Raquel se adelantó, tomando las riendas de la conversación:

—Lo que Will y yo queríamos deciros es que vamos a pasar el Cuatro de Julio en Carmel y nos encantaría que vinieseis vosotros también. —Alternó la mirada de Grace a mí.

—¡Contad conmigo! —exclamó Grace al abrazar a su amiga—. Además, tengo las vacaciones pedidas para esa semana. —Después miró a Will y añadió—: Sabía que tú y yo nos llevaríamos bien. —Le dio un puñetazo cariñoso en el hombro—. Imagínate ya si trabajásemos juntos, ¿eh?

Will asintió sin verbalizar una respuesta. Sabía que estaba cogiéndole cariño a Grace.

—¡Ahí están Suzu y Jared! —señaló Raquel antes de tirar de Will—. ¡Vamos a decírselo! —nos informó—. ¡Enseguida venimos!

En cuanto Grace y yo nos quedamos solos, decidí lanzarle por última vez el balón. Si cogía el pase, estupendo, y si no... tampoco iba a morirme.

—¿Te apetece tomar algo en un sitio más tranquilo? —le pregunté a las claras.

Grace esbozó una sonrisa irónica, que no se parecía en nada a la divertida que me había regalado minutos antes.

—No voy a enrollarme contigo, si eso es lo que estás insinuando.

Aunque me encantaría enrollarme con ella ahí mismo, me apetecía invitarla a cenar, picarla un rato más y después desnudarla sobre una cama mientras me tomaba mi tiempo para besarle el cuerpo entero.

—¿Por qué no vamos a cenar? —le propuse—. Por como has dejado la tarta, yo diría que tienes hambre, ¿no?

—¿De verdad me estás pidiendo una cita?

—Eso depende de lo que vayas a responder. Si tu respuesta es sí, entonces sí, te estoy pidiendo una cita. Si he malinterpretado las señales y no te intereso, entonces te ahorraré que tengas que darme calabazas diciéndote que solo quiero cenar con una amiga, en un italiano, para celebrar su ascenso en un ambiente más íntimo y ver qué pasa después.

Las dos opciones significaban lo mismo.

Un italiano con ambiente íntimo gritaba «cita» a los cuatro vientos.

Me regaló otra sonrisa sarcástica y apartó la mirada.

La tira del bolsito plateado que llevaba colgado le atravesaba el esternón, marcando el escote de su vestido más aún.

Cuando volvió a mirarme, me quedé en vilo y no moví ni un músculo de la cara.

—No me apetece vivir un *enemies to lovers* —comentó con sarcasmo.

—¿Qué dices? —Arrugué las cejas—. Tú y yo no somos enemigos.

—Entonces ¿por qué intentaste envenenarme con un pastelito?

Su tono ofendido me hizo reír.

—No te rías, ¿se te ha olvidado que casi me muero por tu culpa? —me acusó.

—Yo diría más bien que fui el que te salvó la vida.

Grace soltó el aire por la nariz y no dijo nada.

Yo hice acopio de toda mi fuerza de voluntad y me obligué a dejar las bromas y las provocaciones a un lado.

—Mira, no te voy a perseguir para cenar —le dije—. Sé aceptar una negativa.

«Aunque nunca me hayan dado una», me corté de añadir.

—Pero hay una cosa que no puedes negar, y es que tú y yo tenemos muchísima química —continué tranquilo—. Yo sé lo que hay y tú, también. Cuando estés preparada para asumirlo, escríbeme. Estaré aquí hasta la semana que viene.

Sin darle tiempo a protestar, me alejé en dirección a la barra, seguro de que tarde o temprano vendría a buscarme.

5

VOZ (n.): Sonido grave e hipnótico en el que no puedes dejar de pensar.

Al día siguiente salí cansada de la ducha. El agua fría no había conseguido espabilarme del todo y tenía la sensación de que el viernes se sentiría muy lunes. Después de abrocharme el albornoz, escribí un mensaje para mis amigas en el vaho del espejo.

Que tengáis un buen día! ♡

Desde hacía tiempo teníamos la costumbre de dejarnos mensajes las unas a las otras.

Minutos más tarde y ya vestida, arrastré los pies hasta la cocina como una auténtica zombi. Metí una cápsula en la cafetera y me quedé ensimismada mientras el olor a café inundaba la estancia. La noche anterior había dado demasiadas vueltas en la cama. Cada vez que cerraba los ojos, Zac y su voz grave se colaban en mi cabeza.

Al final, el único remedio que encontré para evadirme fue coger *Forastera* de la estantería. Lo había releído cientos de veces, pero estaba profundamente enamorada de Jamie Fraser y entre las páginas de esa historia estaba mi lugar seguro.

Había visto suficientes capítulos de *Anatomía de Grey* como para querer vivir un romance tórrido con un médico seductor. El problema era que Zac parecía ser un hombre de esos que, aparte de romperte las bragas, también te hacían trizas el corazón. Y yo ya había sufrido demasiado.

Me había pasado los últimos años en una relación que no me llenaba. John y yo habíamos empezado muy enamorados, pero habíamos perdido la chispa. Y yo me había aferrado a ese recuerdo con uñas y dientes, confiando en que la recuperaríamos por arte de magia. Cuando reuní la valentía necesaria para dejarlo, me corté la melena a la altura de la barbilla. Era de las que creían que los cambios drásticos requerían un corte de pelo. «Vida nueva, pelo nuevo» era uno de mis lemas.

Meses después llegó Dylan, el piloto, también conocido como mi *crush* del instituto. Me había pasado la mitad de la adolescencia enamorada del chico popular, pero él nunca dejó a la jefa de las animadoras por mí. Al reencontrarnos en la fiesta de antiguos alumnos el pasado febrero, tuvimos una conexión tan increíble que volvió a materializarse ese futuro que imaginaba de adolescente, en el que me casaba con él y teníamos un millón de hijos perfectos.

Pasé más de un mes enganchada a Dylan y a esa fantasía. Cuando desperté de ese sueño, me di cuenta de que estaba protagonizando una película de terror en lugar de una comedia romántica. Resultaba que el hombre que había venido a visitarme a Manhattan, ese que me había propuesto hacer una escapada por el Cuatro de Julio, ese que me había dicho que podría colarme en un vuelo a París y que me había prometido el cielo, estaba casado.

CA-SA-DO.

Con todas las letras y en mayúsculas.

Dylan había alimentado mi fantasía de estar juntos a base de mentiras.

Y yo me había enterado de la verdad de la peor forma posible: cuando su mujer me mandó un mensaje para contarme que yo era LA OTRA y que tenían UNA HIJA.

Esa ruptura me había dolido mucho. Me había sentido engañada y utilizada, había pisoteado mis sentimientos como la colilla de un cigarro.

Volví a cortarme el pelo, y entonces fue cuando me prometí

que sería más selectiva en los asuntos del corazón, que no se lo entregaría a cualquiera.

Eso no quería decir que le hubiese cerrado las puertas al amor. Una romántica empedernida como yo no podría hacer eso. Pese a las desilusiones que me había llevado, seguía esperando encontrar mi romance de película.

Por eso, lo último que pensaba hacer era liarme con el *playboy* californiano.

Zac tenía un punto canalla que volvería loca a cualquier mujer con la que intercambiase unas palabras. Él lo sabía, y eso era peligroso. Cada miradita intensa que me había regalado en el baile consiguió ponerme nerviosa. Y no ayudaba que sus labios carnosos se hubiesen curvado en una sonrisa sexy que parecía significar: «Vas a caer, y lo sabes».

Zac exudaba confianza en sí mismo y eso, unido al envoltorio irresistible, lo convertía en el candidato perfecto por el que me pillaría. Cuando quisiese darme cuenta, le habría dado mi corazón envuelto en papel de regalo.

—¡Grace! —Di un respingo y volví a la realidad al oír la voz alarmada de Suzu—. ¡La taza!

Dirigí la mirada a la cafetera para descubrir que se me había olvidado ponerla y que la encimera estaba llena de café recién hecho.

—¡Mierda! —exclamé fastidiada antes de coger el trapo que descansaba sobre el asa del horno—. Es que soy un desastre.

—No eres un desastre —me contradijo Suzu—. Solo eres un poquito despistada —se rio a la vez que sacaba un par de tazas del armario.

Mientras ella preparaba los cafés, yo me encargué de hacer tostadas con aguacate y pavo para las dos. Sonreí cuando me dio la taza con el patrón de tartán que me había comprado cuando empezó mi obsesión por *Outlander*.

Estaba a punto de darle un sorbo al café cuando Will y Raquel entraron en la cocina. Él ya estaba vestido y tenía el pelo revuelto. Ella seguía en pijama y una sonrisilla adornaba su cara.

Después de intercambiar los buenos días con ellos, extendí mi taza hacia Will. Tenía que aprovechar su buen humor para recordarle lo bien que trabajaríamos juntos y lo maja que era.

—Toma el café. —Le sonreí y añadí—: Lo he preparado con muchísimo cariño para mi autor favorito.

—¡No le hagas la pelota a mi cliente! —exclamó Suzu bajándose del taburete para salir de la cocina y dejar espacio a los recién llegados.

Los ojos de Will se desplazaron de la taza que le tendía, a la caja de cápsulas del Starbucks que reposaba sobre la encimera.

—Harris —entrecerró los ojos al mirarme—, si quieres envenenarme, podrías ser más sutil.

—Yo sí te lo acepto, gracias. —Raquel me quitó la taza antes de que me diese tiempo a reaccionar.

—¡Eh, que iba a bebérmelo yo! —protesté.

De un sorbo se tomó la mitad. Me la devolvió con una mueca insolente en la cara y, después, se volvió hacia su novio.

—Hoy desayuno con las chicas, ¿vale? —le dijo, tras lo que se puso de puntillas para besarlo.

Suspiré, enamorada, y me alejé para darles intimidad.

—Son monísimos —le dije a Suzu.

Cuando me senté a su lado en el sofá, el asiento se hundió debajo de mí y chasqueé la lengua, fastidiada.

—Tenemos que comprar el sofá —le recordé.

—Lo sé.

Mis amigas y yo prometimos que, cuando una de las tres ascendiese, compraríamos uno nuevo, porque el nuestro era diminuto, viejísimo e incómodo. En el último mes las tres lo habíamos hecho de alguna manera: a Raquel la habían contratado en la editorial de sus sueños, Suzu se lo había montado por su cuenta y yo había ascendido.

—Ya tenías uno mirado, ¿no? —me preguntó Suzu.

—Sí, luego te lo enseño. Es precioso, de terciopelo rosa. Os va a encantar.

Unos minutos más tarde, en cuanto Raquel le cerró la puerta de la calle a Will, corrió por el pasillo y exclamó mirándome:

—¡Cuéntanoslo todo!

Se sentó en el suelo, en el extremo opuesto de la mesita del café, y me observó expectante.

—¿Me he perdido algo? —preguntó Suzu extrañada.

—Grace estuvo anoche con Zac —contestó Raquel antes de darle un mordisco a mi tostada.

—No sé lo que estáis pensando, pero no pasó nada entre nosotros —aseguré alternando la mirada de la una a la otra—. Antes que nada, recordad que sois mis amigas. Y que las amigas no se juzgan ni se…

—Grace, dispara —me apremió Suzu.

—Estuve a punto de besarlo en el baile —confesé a toda prisa.

—¡Ay, Dios mío! —exclamó Raquel.

—Serás pillina… —Suzu me dio un codazo suave en las costillas.

—¿Puedes explicarnos cómo pasamos de «no me interesa» a «estuve a punto de besarlo»? —habló Raquel mientras se recogía el cabello marrón en una coleta.

—Es que no sabía que era él… —me defendí con la verdad.

—¿Por qué tengo la sensación de que me he perdido los tres últimos episodios de tu vida? —preguntó Suzu.

—A ver, que empiezo por el principio —dije dejando la taza vacía en la mesa—. Estaba robando un poco de tarta cuando apareció este hombre misterioso que me invitó a bailar. Y, chicas, es que baila tan bien… —suspiré al recordarlo—. Total, que me dijo cosas como que había hablado genial en el escenario, que no podía dejar de mirarme… y yo sentí un flechazo. —Hice un gesto como si le disparase a Raquel una flecha imaginaria—. Una cosa llevó a la otra y, cuando estaba a punto de besarlo, se quitó la máscara y se rompió la magia.

—¿Porque era Zac? —adivinó Suzu.

—Sí.

—¿No te diste cuenta de que era él? —me preguntó Raquel con un deje incrédulo en la voz.

—No —respondí con sinceridad—. Le he visto una vez en persona y acabé en urgencias. Los recuerdos de aquella noche están difusos; además, ayer llevaba la cara tapada por el antifaz y casi no le veía con esa luz.

Suzu y Raquel intercambiaron una mirada cómplice y yo me mordisqueé la uña del dedo índice a la espera de su veredicto.

—¿Cuánto has pagado por esa manicura? —me preguntó Suzu de pronto.

—Cincuenta y cinco dólares.

—Pues no te muerdas las uñas, que te han costado una pasta.

Le hice caso.

—Grace, sabes que Zac me cae genial —Raquel fue la primera en opinar—, pero ya te advertí de que es un picaflor. Y eso no es lo que quieres, ¿no?

—No —le aseguré a Raquel—. Sé que es de los que te olvidan en cuanto se acuestan contigo, y no es lo que estoy buscando. Por eso, cuando me propuso ir a tomar algo a un sitio más tranquilo, le dije que no. ¿Os podéis creer que antes de irse me soltó que teníamos mucha química y que lo llamase cuando estuviese preparada para asumirlo?

A mi lado, Suzu soltó una carcajada y solo dijo:

—Menuda labia.

—¿Te dijo eso y…? —Raquel hizo un gesto con la mano para animarme a continuar.

—Y se fue. —Me encogí de hombros y resoplé—. ¿Se cree que por decirme cuatro tonterías voy a caer?

—Pues sí —confirmó Raquel—. Eso es exactamente lo que piensa. Además, hay una cosa que tienes que saber: se muda a Manhattan. Le han contratado en el Monte Sinaí.

—Bien por él —respondí sin entender por qué mis amigas me miraban compasivas.

—Grace, eres más enamoradiza que la Sirenita —apuntó Suzu.

—Y Zac es tan encantador que… —comenzó Raquel.

Me envaré en el asiento.

—Por enésima vez, la Sirenita ya quería ir a tierra antes de conocer al príncipe Eric —contesté bromeando—. Y tranquilas, que no quedaría con Zac ni aunque apareciese en la puerta con una pancarta como en *Love Actually*.

—No seas mentirosa —se burló Suzu—, te liarías con cualquiera que viniera a buscarte con una pancarta.

Le aguanté la mirada unos segundos y claudiqué con un suspiro:

—Es que es un gesto taaan romántico. —Me abracé al cojín rosa y Raquel me dio la razón con un asentimiento.

—Entonces ¿estás segura de que Zac no te gusta? —preguntó Suzu.

—Reconozco que empezar un *enemies to lovers* en un baile de máscaras es algo muy sexy, pero mantengo lo que os dije. Ahora estoy centrada en mi lista de propósitos y si le abro las puertas al amor es para vivir un *age gap* con un hombre que me saque la edad justa como para tener la vida solucionada y las cosas claras. Es el único cliché romántico que me queda por vivir. Ya he pasado por *friends to lovers*, *instalove*, *fake dating* —enumeré con los dedos—. ¿Cuánta gente puede decir que ha hecho *fake dating* en la vida real?

—Grace, usar al hermano de tu amiga como cita para el baile del instituto, aprovechándote de que el pobre estaba enamorado de ti, para poner celoso al *quarterback* de turno no cuenta como *fake dating* —dijo Suzu riéndose.

La risa que estaba conteniendo salió de mi garganta en forma de carcajada.

—Dylan no era *quarterback*, era receptor —corregí.

—Al final no has contestado a la pregunta —me recordó Raquel.

Pasados unos segundos, entendí a qué se refería.

—El único Zac que me interesa se apellida Efron y protagoniza *High School Musical* —confirmé.

Las tres nos reímos de mi broma.

—Y, de todos modos, se acabó eso de pillarme del primer gilipollas que me haga un poco de caso —agregué—. De hecho, me parece tan buen propósito que voy a apuntarlo en la lista ahora mismo —terminé levantándome.

Entré en mi habitación con paso decidido y saqué la hoja que atesoraba en mi agenda. Cogí un bolígrafo y me incliné para escribir:

❑ Hacer fake dating.
❑ No enamorarme del primer gilipollas que me haga caso.

Observé las palabras unos segundos. Acto seguido, doblé el papel y me lo guardé en el bolsillo de la americana. Estaba decidida a cumplirlo costase lo que costase.

Según entré en la editorial cuarenta y cinco minutos más tarde, llamé a la responsable de audiolibros.

—Buenos días, Caroline —saludé—. ¿Tenemos alguna novedad?

—Ninguna buena —comentó—. Justo iba a llamarte. Ayer contactamos con Colin, el segundo candidato que teníamos en mente para el audiolibro, y no tiene disponibilidad hasta dentro de un mes y medio.

—¿Y qué vamos a hacer?

—Teniendo en cuenta que teníamos que haber empezado a grabar hoy, solo tenemos dos opciones: o retrasamos el proyecto hasta que Colin esté disponible después del verano o lo cancelamos.

Abrí los ojos horrorizada. Las dos sabíamos que retrasar los calendarios de publicaciones era una faena en mayúsculas. El audiolibro tenía que salir el mismo día que el libro.

—Pero ¿cómo vamos a cancelar el proyecto? —pregunté estupefacta—. Si Lisa ya ha grabado su parte y todo. ¿Cuánto tiempo tenemos para encontrar a alguien sin tener que retrasar la publicación?

—Hoy, como tarde mañana. —Hizo una pequeña pausa y suspiró—. Créeme que lo hemos intentado, pero es imposible. Lo siento.

Colgué un poco abatida y me dejé caer en el respaldo de la silla. Se suponía que tenía que estar contenta con el nuevo cargo que desempeñaba, sin embargo, todo se estaba desmoronando.

Había invertido mucho tiempo e ilusión en este audiolibro.

Era una pena que se cancelase de la noche a la mañana, especialmente cuando teníamos grabada toda la parte femenina. Lo que más me dolía era tener que llamar a la autora para darle la mala noticia. Por eso elegí procrastinar y llamarla más tarde. Me apunté esa tarea en un pósit y lo pegué en la mesa, al lado del portátil.

Apoyé los codos en el escritorio, me masajeé las sienes y me tomé unos segundos para mí. Después, abrí el cajón para admirar mi bien más preciado: la foto plastificada que tenía de Ryan Gosling. Encima de su cara estaba escrito el mensaje: «Si estás estresada, mírame cinco segundos y se te pasará». Aunque parezca mentira, funcionaba. Respiré hondo mientras observaba la cara bonita de uno de mis maridos ficticios y llegué a la conclusión de que ser productiva y centrarme en el trabajo sería lo que mejor me vendría.

Sabes que tienes un problema cuando la voz del hombre que no te gusta se reproduce en tu mente sin parar. Y más aún cuando caes en la cuenta de que esa voz grave es lo único que ha conseguido excitarte en el último mes.

Ignorando vilmente mis pensamientos racionales, entré en el perfil de Instagram de Zac. Sentí una punzada de decepción al ver que no había subido ninguna foto de la noche anterior. A una pequeña parte de mí, tan pequeña que era del tamaño de una hormiga, le apetecía volver a verlo vestido de época. La culpa de todo era de su voz sensual y de su maldito acento californiano. La lentitud con la que me había hablado al oído, casi paladeando cada palabra, me había hecho hiperventilar.

En otro momento de mi vida me habría liado con él. Zac tenía cara de haber sido el rey del baile en la graduación, el más guapo del anuario y también de haber sacado matrícula de honor en romper corazones en la universidad. Abrí una de sus fotos más recientes.

—Es tan atractivo que es ridículo —murmuré para mí misma.

Tenía la piel ligeramente bronceada, fruto del sol californiano.

Su cara de chulo en la fotografía parecía decir: «Estoy así de moreno porque atiendo a mis pacientes bajo el sol y sin camiseta».

Bajé por su muro mientras me prometía que esa sería la última vez que visitaba su perfil. Entonces una imagen llamó mi atención. En ella, Zac salía con un micrófono delante. En la esquina superior derecha aparecía el icono que indicaba que se trataba de un vídeo. Me pudo la curiosidad y lo abrí. La voz grave de Zac llenó el ambiente enseguida.

—Se acerca el Día Mundial del Donante de Sangre y solo quería animaros a que os apuntéis a la carrera que hemos organizado en Stanford. Todo el dinero recaudado se destinará a ayudar a niños con cáncer. También quería recordaros que donar sangre salva vidas. Simplemente con acudir al hospital, tú también puedes convertirte en un superhéroe.

Su voz cautivadora era distintiva y muy agradable al oído. No escuchaba un tono tan profundo desde Theo Huddleston. Hacer esa asociación puso los engranajes de mi cerebro a trabajar a toda máquina.

«¡Eso es! ¡Su voz es perfecta!». Me levanté con tanto ímpetu que la silla salió disparada hacia atrás.

Prácticamente corrí al despacho de Caroline.

—¡Lo tengo! —exclamé tras abrir su puerta—. ¡Tengo al candidato perfecto para el audiolibro! —terminé con el móvil en alto.

Me acerqué hasta a su sitio, pulsé el *play* del vídeo de Zac y le entregué el teléfono para que lo comprobase ella misma.

6

FAVOR (n.): Ayuda desinteresada que presto para salirme
con la mía.

Lo primero que noté al despertarme fue que estaba sudando, y lo
segundo, que tenía una tienda de campaña montada dentro de los
calzoncillos. Me quité la sábana que tenía enrollada alrededor de
la pierna y la arrojé al suelo con el pie.

Parpadeé un par de veces para acostumbrarme a la claridad.
La noche anterior había dejado la ventana abierta y el calor de la
mañana se había adueñado de la habitación. Probablemente por
eso, y por el sueño que había tenido, estaba sudando igual que cuando entrenaba en el gimnasio.

Un retazo de mi fantasía apareció en mi mente como el *flash*
de una cámara fotográfica. Grace llevaba puesta mi camisa azul. Le
quedaba un poco grande y le llegaba por debajo del culo. Estaba en
la cocina y sujetaba un plato con un trozo de tarta red velvet. Al
verme, estiró el brazo en mi dirección con una sonrisa sensual en la
cara. Como no tenía una cuchara a mano, metí el dedo índice en
la tarta y se lo acerqué a la boca. Lo chupó sin un ápice de vergüenza mientras me miraba fijamente a los ojos. Lo siguiente que
recuerdo es que ella estaba sentada en la encimera y que estábamos follando como animales.

Bostecé y me froté los ojos. Después, cogí las gafas de la mesilla
de noche y me las puse. Tenía cinco dioptrías y sin ellas no veía

tres en un burro. Luego, me senté en el borde de la cama y apoyé los pies en el suelo.

El cuarto de invitados de Will casi podría considerarse mi segunda casa. Me gustaba el aspecto industrial que alternaba paredes de ladrillo y hormigón. En una de ellas me había permitido la libertad de colgar la camiseta de los 49ers que tenía firmada por Jimmy Garoppolo junto a una foto en la que salíamos mis hermanos y yo de pequeños en el lago Tahoe. Había cosas mías desparramadas por todas partes. A los pies de la cama estaba mi maleta abierta y sin deshacer. Sobre el escritorio de madera estaban el iPad, la funda de las gafas, una bolsa abierta de Skittles y *Sinsonte*, el último libro que me había prestado Will. El traje de regencia estaba tirado de cualquier manera sobre la butaca de cuero de la esquina.

Después de estirarme, miré por la ventana. Desde donde estaba sentado veía el parque Dumbo, el puente de Brooklyn y Manhattan al fondo. Por la cantidad de luz, parecían ser cerca de las diez de la mañana. Cogí el móvil de la mesilla para corroborarlo y descubrí varias notificaciones esperándome. Una en particular me hizo sonreír.

> GraceHarris♡ acaba de seguirte

La misma persona que me había pedido que dejase de dar me gusta a sus historias me había seguido en Instagram hacía exactamente tres minutos.

«Una manera estupenda de empezar el viernes».

Entré en su perfil y vi las historias que había compartido de la noche anterior. La mayoría giraban en torno a darle la enhorabuena por el libro a la autora que había presentado. También había un par de fotos de ella con sus amigas. Le demostré que podía hacer caso a sus peticiones y solo le di me gusta a la foto en la que salía sola.

Abandoné la cama de buen humor y busqué en la maleta la ropa deportiva. Mis planes eran: pasar por el gimnasio del edificio, desayunar y visitar uno de los apartamentos para los que había conseguido concertar una cita.

Cogí el juego de llaves que me había prestado mi hermano y bajé las siete plantas por las escaleras. Una vez que llegué al gimnasio, me puse «Gold on the Ceiling», de The Black Keys, y me subí a la cinta de correr.

Una hora más tarde, dejé las pesas en el soporte del que las había cogido y me situé frente al espejo para estirar. Tenía el pelo pegado a la cabeza por el sudor. Normalmente lucía una barba de varios días que me favorecía bastante, pero me había afeitado antes de la entrevista. Me acaricié la barbilla con gesto pensativo y entonces se me ocurrió.

Le había dicho a Grace que, si quería cenar conmigo, me escribiese ella. Pensaba mantener mi palabra, pero eso no quitaba que no fuese a darle un incentivo para que se animase a hacerlo. A fin de cuentas, ella ya había dado el primer paso de seguirme. Persiguiendo mi instinto, volví a abrir Instagram y creé el grupo de mejores amigos en el que la metí únicamente a ella. Aprovechando que estaba solo en el gimnasio, primero me peiné con los dedos para dejarme el pelo perfecto. Acto seguido, sonreí de medio lado y me saqué un par de fotos frente al espejo sin camiseta. Las inspeccioné con atención y subí una a mejores amigos con el texto: «Entrenando duro 💪 😴». Luego, me guardé el móvil en el bolsillo del pantalón y volví a ponerme la camiseta sudada. Esperaba que mi plan funcionase y que Grace no tardase en escribirme. Le había puesto la miel en los labios, ahora solo tenía que esperar a que viniese a recogerla.

De vuelta en el apartamento de mi hermano, me preparé el desayuno: café y tortitas.

Al cabo de un rato, oí la cerradura de la entrada.

—¡Huele a café quemado desde el rellano! —se quejó Will.

Aparté los ojos de los resultados deportivos que estaba leyendo en el móvil y, cuando alcé la vista, vi que todavía estaba descalzándose.

—Buenos días a ti también, míster *Espresso* —saludé burlón.

Will tenía cara de haber dormido poco y la clase de sonrisa que debería de tener yo después de una noche de sexo apasionado con Grace.

—¿A qué viene esa cara de amargado? —me preguntó Will acercándose—. No me digas que has dormido solo —añadió para devolvérmela.

—No quería traer a nadie a tu casa. No me parecía ético.

—Sí... Seguro que no tiene nada que ver con que Grace pasara de ti ayer, ¿no?

—Bah, estoy seguro de que caerá rendida a mis encantos —dije convencido.

Soltó una carcajada y me dio una palmada en el hombro.

—No te lo crees ni tú.

Will fue al baño a lavarse las manos. Cuando regresó, se puso a trastear con la cafetera. No tardó en ponerme un café humeante delante.

—Ya puedes tirar esa porquería —dijo refiriéndose al que me había preparado yo.

Yo estaba acostumbrado al café aguado del hospital y no le hacía ascos a ninguno. En cambio, mi hermano era bastante especialito y no se conformaba con cualquier cosa. Había sido barista en su juventud, y los cafés le quedaban tan buenos como los que tomamos en Italia el verano que fuimos juntos a Europa.

—Vaya, café de autor —bromeé.

Me reí de mi chiste yo solo.

—Gracias. —Le di un sorbo—. Yo he preparado tortitas de plátano, pero no sabía que ibas a venir y me las he comido todas.

Él negó con la cabeza, como diciendo: «No pasa nada», y metió una rebanada de pan en el tostador.

—¿A qué hora hay que salir para ir a ver el apartamento?

—No sé. —Me encogí de hombros en cuanto lo tuve delante—. Ahora lo miro.

El piso que iba a visitar estaba en Yorkville, una zona ubicada en el Upper East Side. El apartamento pintaba bien y estaba cerca del hospital.

—Pásame la dirección, anda —me pidió.

Le reenvié el mensaje que me habían mandado los de la inmobiliaria y me terminé el café.

—Vale… —comentó Will pasado un instante—. Deberíamos salir en una hora y cuarto para llegar puntuales.

—¿Vas a venir conmigo? —Lo miré extrañado—. ¿No decías que querías aprovechar cada segundo antes del viaje para escribir?

En lugar de contestar, Will siguió a lo suyo.

—Después de verlo, podemos ir a la hamburguesería esa que tanto te gustó…

Mi hermano no solía hacer nada que no le apeteciese y lo de ser espontáneo no se le daba muy allá. Esa oferta por su parte era sospechosa.

—Will, ¿qué pasa? —le pregunté.

—No puedo ir al viaje contigo —me soltó sin rodeos—. Le han dado a Raquel cita en la embajada para actualizar el visado por el cambio de trabajo y quiere que vaya a Madrid con ella para presentarme a su familia.

Parpadeé varias veces mientras asimilaba la información.

—Joder, tío, eres el peor hermano que podía haberme tocado —me quejé—. Estuve días planificando la ruta perfecta, buscando sitios en los que te gustaría parar, y me cambias en el último momento por tu novia.

Yo era más de improvisar y dejarme llevar. No obstante, había invertido mucho tiempo en planificar ese viaje al milímetro porque él no era de los que se embarcaban a la aventura así como así. De hecho, lo hice para animarlo cuando estaba deprimido por la ruptura con su novia y con la excusa de traer el coche a Manhattan.

—Lo sé y te lo agradezco —me dijo—, pero quiero ir con ella. Conocer a su familia me parece un paso importante. Además, estoy seguro de que para ti no será un problema encontrar a alguien que te acompañe. Tienes amigos hasta debajo de las piedras.

Alcé una ceja y lo miré incrédulo.

Faltaban semanas para el Cuatro de Julio y a esas alturas del verano todo el mundo tenía sus vacaciones programadas. Entendía que Will quisiese cruzar el mundo con Raquel, pero me jodía quedar desplazado.

En ese momento, mi móvil se iluminó con una notificación de Instagram. Era un mensaje de Grace.

> Zac, necesito pedirte un favor

Esperé mientras los puntos que indicaban que estaba escribiendo aparecían y desaparecían en la pantalla varias veces.

> Cenamos esta noche?

—¡Ja! —exclamé triunfal—. ¡Lo sabía!
—¿El qué? —se aventuró a preguntar Will.
Lo ignoré y me concentré en contestar un:

> Yo ceno contigo encantado

> Eso no es ningún favor

Aunque el mensaje de Grace era una inyección de adrenalina para mi orgullo lastimado, todavía estaba molesto con Will. Pensaba hacerme el digno un buen rato y por supuesto que me lo cobraría yendo a comer a la hamburguesería que él detestaba.

Al cabo de un instante, recibí otro mensaje de Grace en el que solo me decía:

> Nos vemos ahí a las siete

Al abrir el enlace adjunto de Google Maps me topé con un restaurante llamado Pietro Nolita.

—¡Un italiano, Will! —comenté contento—. Grace me ha pedido que cene esta noche con ella en un italiano. Sabes lo que eso significa, ¿verdad?

Mi hermano suspiró y solo dijo:

—Significa que tendré problemas con mi futura editora antes de empezar a trabajar con ella.

—No. —Negué con la cabeza mientras me levantaba—. Significa que los italianos nunca fallan con las chicas. Voy a ducharme —anuncié antes de marcharme.

Llegué a la cita trece minutos tarde. Esa vez había salido con tiempo porque quería causar una buena primera impresión. Aunque normalmente era de los que decían que estaban saliendo de casa cuando, en realidad, estaban entrando en la ducha. Había cogido el metro para evitar el tráfico horroroso de Manhattan, me había montado en el primer tren y, al bajarme tres paradas después, descubrí que lo había cogido en sentido contrario.

Bajé las escaleras del restaurante de dos en dos. Antes de abrir la puerta, observé mi reflejo en el cristal.

«Flipas lo guapo que estoy».

Me había peinado a conciencia y me había puesto la camisa azul marino que más me favorecía.

Entré en el restaurante cargado de optimismo y con tres condones en el bolsillo. Grace y yo teníamos demasiada química como para que lo nuestro fuese cosa de un solo polvo. La divisé enseguida; el local era pequeño y estaba a reventar. Ella se levantó al verme y yo le sonreí. Me incliné para besarle la mejilla, pero extendió la mano, cortándome a medio camino.

—Me sorprende tanta formalidad —le dije medio en broma.

Grace esquivó mi comentario y se limitó a saludarme.

—Hola.

—Hola. —Le estreché la palma echándole un vistazo a su atuendo.

Llevaba una blusa blanca y unos chinos negros que le sentaban fenomenal.

—Estás guapísima —comenté sin soltarle la mano.

Ella apartó la vista un segundo, pero los vasos sanguíneos de sus mejillas se dilataron lo suficiente como para delatarla cuando se sonrojó. Cuando volvió a mirarme, le regalé mi sonrisa infalible. Si ella no hubiese dado un pequeño tirón, me habría olvidado de soltarle la mano.

—Siento el retraso —me disculpé—. Si tuviera tu número, te podría haber avisado con un mensaje

Le lancé la indirecta, pero en lugar de pillarla y dármelo, se limitó a decir:

—Podías haberme avisado por Instagram.

Volví a sonreír y asentí.

—He ido a ver un apartamento y la chica que iba a enseñármelo ha llegado un poco tarde —mentí.

Ni en broma le confesaría que me había perdido en el metro por ir jugando al *Candy Crush*.

—No te preocupes, me he entretenido respondiendo correos —me contestó mientras guardaba su móvil.

Aparté la silla de madera cuando ella volvió a sentarse en el banco corrido y miré a mi alrededor. El papel que decoraba la pared era rosa y la luz que iluminaba la barra, también, igual que las mesas, el banco y las macetas. En el Pietro Nolita eran rosas hasta las servilletas. El ambiente era bullicioso, los comensales conversaban por encima del ruido de sus cubiertos y del hilo musical. No era el restaurante que yo habría elegido para una primera cita, pero estaba seguro de que encontraría la manera de hacer que fuese íntimo.

—Vaya, este sitio es muy rosa —observé.

—Sí, es genial. Vengo mucho con mis amigas. Es como estar en el mundo de Barbie.

—Es muy curioso —coincidí.

El menú descansaba sobre mi plato, pero en lugar de ojearlo, le pregunté:

—Bueno, ¿qué me recomiendas pedir?

—¿No vas a mirar la carta? —preguntó extrañada.

Negué con la cabeza.

—Me fío de tu criterio.

—Mmm… —Ella cogió la suya para echarle un vistazo—. La burrata y los *rigattoni* carbonara están increíbles. —Me miró un segundo por encima del menú y continuó—: el risotto también está buenísimo y… juraría que Suzu se pidió el salmón una vez y estaba rico.

—Por cómo se te han iluminado los ojos al mencionar la pasta carbonara, creo que pediré eso.

Grace me devolvió una sonrisa escueta y me reveló un detalle suyo:

—Es mi plato italiano favorito.

—¿En serio? —le pregunté interesado—. El mío también, aunque donde esté una buena burrata…

—Sí —coincidió—. La burrata también es de mis platos favoritos, y la de aquí está riquísima.

—Estupendo, pues no se hable más.

En cuanto dejó la carta en la mesa, ya teníamos a la camarera encima.

—¿Qué te pongo de beber? —se dirigió a mí primero.

No había mirado el menú y no tenía ni idea de qué vinos tenían. Por eso tiré por la vía fácil:

—¿Hay Aperol?

—Sí, tenemos un cóctel que lleva vodka, Aperol, limón y un aderezo de prosecco.

—Pues eso mismo —le respondí dejándome llevar.

Ella lo anotó en la tablet y levantó la cabeza para mirar a Grace.

—Para mí el cóctel Violetta, por favor —le dijo antes de pedir la comida por los dos.

—¿Qué tal tu segundo día como editora jefa? —le pregunté una vez que nos quedamos solos.

—Bien.

—¿Solo bien? Ayer parecías muy contenta por Instagram.

—Estoy contenta, pero digamos que mi exjefe ha dejado muchos frentes abiertos.

—¿Te refieres al gilipollas que puteó a mi hermano?

—Sí, a David, pero no quiero aburrirte con cosas de números…

—No me aburres, te he preguntado porque me interesa.

Grace asintió con una sonrisa escueta justo cuando la camarera apareció con las bebidas. En cuanto nos quedamos solos, alcé mi copa y propuse un brindis.

—Por tu ascenso, jefa.

Ella me imitó y chocó su copa contra la mía. El cóctel estaba mucho más amargo de lo que me esperaba. Arrugué el ceño y ella soltó una risita.

—¿Qué pasa?

—Nada. Es que me hace gracia que te dé igual que tu cóctel sea rosa, otro tío habría pedido que se lo cambiasen.

Por su tono, me daba la sensación de que ya le había pasado eso.

«Punto para mí», pensé encantado.

—Si un tío tiene un problema con beberse un cóctel porque es rosa..., es que tiene la masculinidad muy frágil.

Ella, que estaba a punto de probar su bebida, asintió para darme la razón.

Cuando dejó la copa sobre la mesa, pasó a repiquetear la madera con las uñas a la par que me daba golpecitos en la espinilla con el pie creyendo que era la pata central.

Grace tenía pinta de estar nerviosa y de necesitar un empujoncito para continuar la cita. Con toda la naturalidad del mundo, alargué el brazo sobre la mesa y atrapé su mano.

—¿Qué te has hecho en las uñas? —le pregunté, admirando el diseño—. Están genial.

Las llevaba moradas con unas margaritas minúsculas pintadas.

—¿A que sí? —dijo emocionada—. Es en honor al libro que presenté ayer. Las margaritas son las flores favoritas de la protagonista y se les da mucha importancia a lo largo de la historia.

—¿Te lo has hecho tú? —Le acaricié los dedos con el pulgar.

—¡Qué va! —Negó con la cabeza—. Fui a hacérmelas a un sitio que está al lado de casa —me informó a toda prisa—. Las encontré por Instagram. Es un poco caro, pero dibujan a mano alzada. Tardaron una hora y media en hacerme esta manicura —siguió nerviosa—. El evento de anoche era importante y quería llevar las uñas bonitas.

Asentí cuando se calló, y le sonreí.

Algo hizo brillar sus preciosos ojos azules aún más.

Ahí estaba.

La química que había sentido al bailar con ella me calentaba la mano. Yo la notaba, y sabía que ella también.

Grace pareció percatarse de la atmósfera que nos envolvía y retiró la mano discretamente. Le llevó unos segundos recomponerse. Cuando volvió a mirarme, la distancia se hizo más evidente entre nosotros. No le quité los ojos de encima mientras le daba un trago a su bebida, más largo que el anterior, ni tampoco cuando se colocó un mechón de pelo detrás de la oreja.

—Bueno, el favor que quería pedirte… —empezó.

—Ah, pero ¿no era venir a celebrar tu ascenso? —bromeé.

Cuando la curva de su sonrisa estaba a medio camino, volvió a ponerse seria para negar con la cabeza.

La camarera llegó con la comida. En cuanto se fue, pinché un macarrón y me lo llevé a la boca.

—Tenías razón, la pasta está increíble —comenté después de masticar—. ¿Cuál era el favor?

—No sé si te acuerdas, pero anoche te comenté que había tenido un día de mierda en el trabajo. A última hora me dieron la noticia de que Theo Huddleston, el actor que teníamos contratado para grabar un audiolibro, no podrá hacerlo. Es una putada porque hoy han contactado con el actor de doblaje que tenían de reserva y resulta que no está disponible hasta dentro de unos meses.

Asentí sin entender qué tenía eso que ver conmigo.

—Como ayer comentaste que ibas a estar aquí unos días y que habías ido a teatro en el instituto y eso, he supuesto que sabes modular la voz —me explicó—. Esta mañana he visto los clips colgados en los que hablas y están muy bien. Y, joder, como *tieneslavoztansexy* he pensado en ti para el trabajo —acabó de carrerilla.

Reprimí la sonrisa. Me encantaba que mi voz le resultase sexy.

Cuando Grace se ponía nerviosa, salía a relucir la bostoniana que llevaba dentro. Su acento se pronunciaba, hablaba más rápido que de costumbre y decía más palabrotas.

—¿Has visto los clips y qué…? —Arrugué las cejas y me coloqué la mano en el oído.

La había entendido a la primera, pero quería que lo repitiera para alimentar un poco más al arrogante que habitaba en mi interior.

—¿Puedes repetir eso último más despacio? —pregunté—. Has hablado tan rápido que apenas te he entendido.

—He dicho que los clips que has subido hablando están genial y que por eso he pensado en ti para el trabajo.

—A ver si lo he entendido, ¿quieres contratarme para grabar un audiolibro porque crees que tengo la voz sexy?

Sonreí ampliamente cuando puso cara de situación.

—¡Pues sí! —escupió antes de apretar los labios.

Me incliné sobre la mesa y bajé el tono para decirle:

—Este es el segundo cumplido que me haces.

—¿Sí?

No dejé que se hiciera la tonta.

—El primero fue la noche que nos conocimos —le recordé—. Ya sabes, cuando dijiste que era el hombre más guapo que te había salvado la vida. De hecho, ¿no me preguntaste si era un dios caído del cielo?

—Las cosas que dije cuando estaba debatiéndome entre la vida y la muerte no deberían tenerse en cuenta —dijo mientras giraba su copa.

Sus mejillas estaban tan encendidas que pronto el local se vería rojo en lugar de rosa.

—Grace, me encantaría ayudarte, pero me quedo unos días para buscar piso. No puedo encerrarme en un estudio de grabación y perder todo mi tiempo con esto.

Ella rebuscó algo en su bolso. Segundos más tarde, sacó un bolígrafo y anotó algo en su servilleta. Le dio la vuelta al papel y lo arrastró por la madera en mi dirección.

Sonreí por su teatralidad.

—¿Has apuntado tu teléfono? —Le rocé la mano al coger el papel.

—No. Ese número es lo que cobrarías si dices que sí.

Le di la vuelta al papel y parpadeé sorprendido al ver la cantidad. «Con esta pasta puedo amueblar el piso nuevo».

Era una cifra tan buena como para aceptar sin dudar, pero mi tiempo en la ciudad era limitado. Además, había quedado con ella para tener una cita, no para hacer una entrevista de trabajo.

—Ah, ¿que voy a cobrar por trabajar con una chica guapa? —bromeé, en un intento por centrar la atención en ella y en lo mucho que me atraía.

—Si aceptas, empezarías el lunes —agregó a toda prisa—. Y trabajarías con Caroline y el equipo de audiolibros, no conmigo.

Desvié la mirada de sus ojos azules hacia el papel que sostenía entre las manos. Era mucho dinero para una semana de trabajo.

Me rasqué la mandíbula mientras lo procesaba todo.

—Mira, Zac, voy a ser sincera contigo...

Levanté la vista, intrigado porque su tono se había apagado.

—Llevo trabajando un tiempo en este proyecto. Yo no tendría que haber participado en él, pero removí cielo y tierra para que el Departamento de Audiolibros me dejase contratar a quien quisiera, ¿sabes? Que Theo haya abandonado es un bajonazo tremendo y no quiero ponerte en un compromiso, pero, si dices que no, el proyecto se cancelará. Lo único que puedo decirte es que en cinco días estará todo grabado y que el ambiente de trabajo es excepcional.

Ver su lado vulnerable removió algo en mi interior.

—¿Me estás diciendo que soy tu última esperanza? —le pregunté.

—Sí. Ahora mismo eres el único que puede ayudarme.

—Así que soy el único... —Sonreí de medio lado.

Ella suspiró.

Era cierto que grabar el audiolibro me permitiría conocer a gente en la ciudad, y el dinero era un añadido importante a tener en cuenta. Estiré el brazo y cogí el bolígrafo que Grace había dejado sobre la mesa.

—¿Qué haces?

—Aceptar y firmar tu oferta —contesté mientras garabateaba en la servilleta.

—¿En serio? —Ella dio un saltito en el asiento.

—Me debes una. —Empujé el papel en su dirección.

Grace relajó los hombros y suspiró aliviada al cogerlo.

—¡Genial, gracias! —exclamó emocionada—. ¡Te prometo que te lo pasarás tan bien que olvidarás que estás trabajando! Las chicas de audio son las mejores —dijo mientras cogía su móvil—. Voy a preguntarle a Caroline a qué hora tienes que estar allí el lunes, ¿vale?

Y sin decir nada más, se puso a teclear.

Luego me explicó en qué consistiría el proceso de grabación, y también que el libro tenía doble punto de vista y que la mujer que narraba los capítulos femeninos ya había terminado su parte. Me hacía gracia cómo sus ojos azules parecían brillar más cuando hablaba ilusionada.

Un rato más tarde, cuando la camarera nos dejó la cuenta, ella se adelantó y puso su tarjeta primero.

—Invito yo. Es lo mínimo que puedo hacer después de que hayas aceptado.

—Grace, no tienes que…

—¡Shhh, calla! —Me dio un manotazo cuando fui a dejar mi tarjeta—. No pago yo, sino la empresa —aseguró—. Además, ahora trabajas para mí y esto es una reunión laboral.

Me corté de decirle dónde y cómo estaría encantado de trabajar para ella, y me guardé la cartera en el bolsillo.

Cuando salimos del local, nos recibieron la noche despejada y el tráfico ruidoso de Manhattan.

—Bueno, es tardísimo y mañana madrugo —dijo con la vista clavada en el móvil—. Voy a pedir un Uber.

La observé de manera penetrante cuando volvió a mirarme.

—No pongas esa cara, por favor —me pidió.

—¿Qué cara?

—La de capullo seductor.

Sonreí. ¿Eso creía?

Bien. Eso era justamente lo que era.

—No estamos aquí por lo que crees —apuntó—. Mantengo lo que dije, no tengo intención de enrollarme contigo.

—Entonces ¿por qué me has citado en un italiano un viernes por la noche?

—Porque quería contratarte.

Arqueé una ceja y negué con la cabeza mientras sonreía de medio lado.

—No —negué—. Estamos aquí porque te apetecía pasar un buen rato conmigo. Lo del audiolibro podías habérmelo dicho por Instagram.

Ella se quedó callada y yo me saqué el móvil del bolsillo.

—Ahora que vamos a trabajar juntos, podrías darme tu número, ¿no?

—Te lo daría, pero no quiero volver al psicólogo —musitó—. Me dio el alta hace poco.

Inmediatamente abrió los ojos sorprendida por haberse ido de la lengua.

—¿Tan poco confías en mi profesionalidad? —bromeé para relajar la tensión que veía en su mirada.

Grace me quitó el teléfono y tecleó algo en mi pantalla.

—Toma. —Me lo devolvió con una sonrisilla traviesa en la cara—. Ya lo tienes.

Observé el nuevo contacto que había creado, justo cuando un coche estacionó a nuestro lado.

—Falta el nombre.

—Creo que eso puedes elegirlo tú —me dijo, acercándose a la calzada.

—Nos vemos el lunes.

—No creo. —Negó con la cabeza—. Tengo el día hasta arriba de reuniones. Cuando llegues a la editorial pregunta por Caroline Stone, ¿vale?

Acto seguido, se despidió con la mano y se perdió en el interior del vehículo.

Ya encontraría la manera de dar con ella en la editorial.

7

CARADURA (adj.): Persona espabilada que carece de vergüenza.

La mañana sería movidita.

Primero tenía una reunión con el resto de las editoras. Había traído café para todas y mi intención era empezar con una charla motivacional (que había ensayado delante del espejo). Luego, entrevistaría a varias candidatas para cubrir el puesto que había dejado libre a raíz de mi ascenso.

Dejé en la sala de reuniones las bebidas y los *cupcakes* que había comprado en Magnolia Bakery. Con ese gesto esperaba demostrarle al equipo que conmigo el ambiente de trabajo sería mejor.

Regresé a mi despacho para coger el portátil y mis notas justo cuando sonó el teléfono.

—Grace, tengo al señor Anderson en la línea dos —me informó Ava cuando descolgué.

—¡Ah! ¡Genial, gracias!

En cuanto pulsé el botón que conectaba con Will, hablé de carrerilla:

—¡Buenos días! ¡Qué alegría que me llames! ¿Quiere decir esto que vas a aceptar nuestra oferta? Porque tengo muchísimas ganas de que trabajemos juntos. Si te parece, programo una reunión para que me cuentes qué tienes en mente y podríamos tener el contrato listo para mandárselo a Suzu para finales de esta semana.

Cuando me callé, oí una risa ruidosa al otro lado de la línea que reconocí al instante.

—Todo eso está genial, rubia —contestó Zac en tono burlón—. Aunque no creo que mi hermanito quiera trabajar con una persona que va dando números de teléfono falsos a la gente que contrata... —Hizo una pausa y, al ver que no contestaba, prosiguió—: Te he llamado para ver si querías que te subiera un café, y un tal Peter me ha explicado detalladamente por dónde podía metérmelo por haberlo despertado.

Me reí a carcajadas.

—Tienes una risa muy contagiosa —me dijo con tono grave—. No puedo creer que me hayas dado un número falso —continuó haciéndose el indignado.

—Ni yo que te hayas hecho pasar por tu hermano para llegar hasta mí. Es un truco muy sucio.

En esa ocasión, fue Zac el que soltó una carcajada.

—Yo no me he hecho pasar por nadie. Simplemente he llamado al número que aparece en la página web, he dicho que era el señor Anderson y me han pasado contigo enseguida —comentó con toda la tranquilidad del mundo—. Si desplegáis la alfombra roja así, es normal que Will se lo tenga tan creído.

—Podrías haberme parado cuando te has dado cuenta de que os he confundido —le recriminé.

—¿Y perderme ver cómo intentas pelotearlo? Ni en broma.

Suspiré.

—A ver, Zac, ¿qué quieres?

—Nada, solo te llamaba para decirte que ya estoy abajo.

—¿Cómo que estás abajo? —Consulté mi reloj de pulsera—. Pero ¿no tenías que estar aquí hace mil horas?

—Hace quince minutos —me corrigió—, pero el de seguridad no me deja subir si no baja alguien a buscarme, así que te espero aquí.

—No. No. —Negué con la cabeza, aunque él no me veía—, Yo tengo una reunión en breve, no puedo bajar ahora. Te dije que preguntaras por Caroline.

—¿Ah, sí? —Zac hizo una pausa—. Se me había olvidado.

Su tono socarrón me decía que era mentira.

—Di en la recepción que llamen a Caroline Stone, de audiolibros —respondí.

—¿Caro... qué? Grace, se entrecorta... —Zac imitó pobremente el ruido de las interferencias telefónicas—. No te oigo bien... Aquí te espero.

Y, sin más, colgó.

Bajé a toda prisa, ya con el ordenador y la agenda por si no me daba tiempo a pasar por el despacho antes de la reunión. En cuanto se abrieron las puertas del ascensor, le vi: Zac me esperaba cerca del mostrador de seguridad con la vista concentrada en su móvil. Según me detuve delante de él, sonrió. Alzó la vista despacio y recorrió mi cuerpo con la mirada hasta llegar a la cara. Intenté obviar el vuelco que sentí en el estómago cuando ensanchó un poquito más la sonrisa.

—Buenos días —saludé con un poco de brusquedad.

—Buenos días —me respondió—. Estás muy guapa.

Bajé la vista hacia mi atuendo. Aquel día llevaba una blusa blanca y vaqueros. No tenía un estilo fijo a la hora de vestirme para la oficina, aunque los días que tenía reuniones con autores o la prensa me gustaba ir más elegante.

Al ver que no contestaba, me regaló otra de sus sonrisas deslumbrantes.

Por mi parte, le hice un gesto con la cabeza para que me siguiera hasta el mostrador, donde dejé mis cosas.

—Buenos días —saludé al hombre de seguridad—. Soy Grace Harris, editora jefa de Evermore. —Le enseñé la acreditación que llevaba colgando del cuello—. El señor Anderson viene conmigo. ¿Podrías hacerle una tarjeta temporal, por favor? Estará entrando y saliendo toda la semana.

—Enseguida —me contestó con amabilidad antes de volverse hacia Zac y decirle—: Documento de identidad, por favor.

Me alejé y lo observé desde la distancia. Zac se había puesto una camisa verde menta que remarcaba la anchura de sus hombros y vaqueros. Mientras lo miraba me di cuenta de que, en realidad, podría protagonizar un anuncio de champú. Se había peinado el pelo hacia atrás, pero los rizos que se le formaban le daban un aspecto desenfadado que, junto con la barba de dos días, le sentaba fenomenal.

«Céntrate, Grace», me reprendí a mí misma.

Unos minutos más tarde, Zac y yo entramos casi a tropel en el ascensor. Arrastrados por la gente, acabamos al fondo, el uno al lado del otro, con su brazo derecho pegado al mío izquierdo. Quise apartarme de su contacto porque calentaba mi piel de una manera que me ponía nerviosa, pero no había espacio.

—Así que… estás desesperada por trabajar con mi hermanito —dijo Zac para romper el hielo.

Giré el cuello hacia la izquierda y tuve que echar la cabeza hacia atrás para mirarlo a los ojos.

Respiré hondo y el olor a tío bueno de su colonia me llegó a la nariz.

—«Desesperada» es una palabra muy fuerte, ¿no crees? —le pregunté por encima del hilo musical y del murmullo de la gente—. Tu hermano es uno de los autores más potentes de la casa. Estamos muy interesados en seguir trabajando y creciendo con él.

Sus iris azules destellaron con malicia.

—Resumiendo, que Will es el que trae la pasta gansa.

—Es uno de ellos, sí —comenté mientras esquivaba a las personas para bajarme en la planta veintitrés.

Seguidamente, le abrí la puerta de la editorial a Zac para que pasase delante. Me lo agradeció con otra de sus sonrisas encantadoras.

—Buenos días, Alan —saludé al recepcionista al entrar.

A Alan le llevó unos segundos contestar. Tenía los ojos fijos en el armario de más de metro noventa que había entrado delante de mí.

Alan había caído por el «efecto Zac».

El efecto «soy tan guapo que podrías desmayarte».

La noche que lo conocí me ocurrió lo mismo. Primero, me quedé unos segundos paralizada. Después, me sonrojé con cada miradita intensa que me dedicó. Y, al final, acabé desfallecida entre sus brazos.

—Este es Zac Anderson —los presenté—. Va a venir toda la semana para grabar un audiolibro. Zac, este es Alan; si necesitas cualquier cosa, puedes decírselo a él.

—Hola, encantado. —Zac se adelantó para darle la mano.

—Igualmente —respondió él, devolviéndole la sonrisa.

Me contuve para no poner los ojos en blanco y dejé mis cosas sobre el mostrador. En otras circunstancias me habría hecho gracia ver a Alan así, pero Zac debería estar grabando desde hacía un buen rato.

—¿Puedes llamar a Caroline para que venga a buscarlo, por favor? —le pedí a Alan.

—Sí, claro —contestó cogiendo el teléfono.

Mantuvo un breve intercambio de palabras con mi compañera y, cuando colgó, nos dijo:

—Enseguida viene.

—Genial. —Me volví hacia Zac—. Puedes sentarte a esperarla ahí. —Le indiqué señalando una de las butacas naranjas.

Él me dedicó una sonrisa cálida que sentí en el estómago. Me enderecé por la respuesta involuntaria de mi cuerpo y le dije a toda prisa:

—Yo me voy ya, que tengo una reunión.

—Un segundo, Grace —me pidió Zac.

Con toda la calma del mundo, apoyó los antebrazos en el mostrador y le pidió a Alan un pósit. Después, cogió mi bolígrafo sin preguntar y escribió algo en la nota adhesiva. Seguidamente, y haciendo gala de la naturalidad que parecía rodearle siempre, pegó la nota rosa fucsia sobre mi portátil.

—He apuntado ahí mi teléfono —dijo con total seguridad—. Llámame si necesitas algo.

Sin añadir nada más, se dio la vuelta y se sentó, dejándonos a Alan y a mí con la boca abierta.

Cerca de las doce, el ruido de unos nudillos llamando a la puerta me distrajo.

—¡Pasa! —le dije a Ava sin apartar los ojos del currículum que estaba releyendo.

—¡No pienso grabar esto!

Ese grito me provocó un sobresalto.

Al oír esas palabras, levanté la cabeza.

Zac estaba al lado de la puerta con el iPad que debía de haber sacado del estudio de grabación en la mano y cara de circunstancias.

—¿¿Por qué?? —pregunté alarmada.

—Porque no me avisaste de que era porno —apuntó levantando el iPad.

—No es porno, es erótica. Solo es un poco sugerente.

—¿Un poco sugerente? —Alzó la ceja, incrédulo.

No contesté y él centró los ojos en la tablet antes de empezar a leer en voz alta:

—«¿Dónde quieres que te folle, Elizabeth?».

El estómago me dio un vuelco.

—«¿Sobre la mesa?» —continuó—. «¿En el suelo? ¿O prefieres que te lo haga contra la ventana?».

Zac hizo una pausa para mirarme con una mueca que parecía significar: «Y bien, ¿qué te parece?».

—Vale. Tú misma. —Se encogió de hombros—. Sigo entonces —comentó, centrando la vista en la pantalla—. ¿Por dónde iba? ¡Ah, sí, aquí! Mira qué sutil es esto —avisó, antes de continuar leyendo con voz profunda y tranquila—: «La tumbé sobre la mesa y, sin perder el tiempo, me metí uno de sus pezones en la boca. A tientas, ella introdujo la mano debajo de mi *kilt* y la subió hasta mi polla».

—¡Shhh! ¡Calla! —exclamé, levantándome.

El corazón me latía a toda prisa por el nerviosismo.

—¿Por qué te pones así? —Zac levantó la mirada—. Si esto solo es un poco sutil, ¿no quieres que siga?

La burla era evidente en su voz.

Yo había ido enrojeciendo conforme él había ido hablando y, para entonces, sentía la cara tan caliente que se podría freír un huevo sobre cada una de mis mejillas. No quería que continuase leyendo porque sentía que, de un momento a otro, mis piernas se echarían a temblar. Oírlo decir esas cosas podría hacer volar mi imaginación. No quería fantasear despierta, y menos con una versión de él vestido de escocés y susurrándome obscenidades al oído. Por eso le dije:

—No. No quiero que sigas leyendo. —Negué con la cabeza varias veces y me acerqué.

—¿Por qué?

Tiré de él al interior de mi despacho y cerré la puerta para que Ava no nos oyera.

—Porque ya sé lo que pone —comenté a trompicones—. Lo he editado yo.

Su sonrisa socarrona se ensanchó.

—Vaya, Grace, editas libros muy guarrillos, ¿no?

Con su acento californiano lento y despreocupado mi nombre sonaba casi erótico en sus labios. O quizá eran imaginaciones mías por lo que acababa de soltar por la boca.

—No son libros guarrillos —repuse seria—. Es romántica erótica. Fin.

Al ver que no le seguía el juego, se puso igual de serio que yo para decir:

—No pienso grabar esto. Podrías haberme avisado de que era así de pornográfico antes de tenerme casi tres horas encerrado en ese estudio.

—Zac, por favor, ya has firmado el contrato.

—Me da igual. No pienso hacer el ridículo así.

—No es ridículo, es un libro precioso.

—Grace, hay una frase en la que el protagonista dice que la polla le arde como si fuera un hierro incandescente.

Aparté la vista y retrocedí hasta mi escritorio. Los libros de esa autora lo petaban por el lenguaje natural y explícito y el matiz gracioso que conseguía darles siempre.

—Te has comprometido a grabarlo. ¿Tan poco vale tu palabra? —Saqué del bolso la servilleta rosa que él había firmado la noche anterior—. ¿Es que esto no cuenta? —dije alzándola en el aire.

Zac desvió la mirada de mi cara a la servilleta.

En dos zancadas ya estaba al otro lado del escritorio. Con él en medio de mi despacho, el tamaño de la estancia se redujo considerablemente.

—Me da igual —aseguró dejando la tablet en la mesa—. Firmé esa servilleta antes de saber de qué iba esto.

—Zac, el libro se titula *Por el amor del highlander* —respondí en el mismo tono solemne que él—. ¿De qué pensabas que iba?

En lugar de contestar, me pidió la servilleta. Cuando se la di, se la guardó en el bolsillo del pantalón.

—¿No sabes lo que es un *highlander*? —adiviné.

—Creía que se refería al coche… Al Toyota Highlander —agregó al ver que le miraba sin comprender.

Parpadeé un par de veces y, contra todo pronóstico, se me escapó la risa.

—¿De verdad creías que ibas a grabar un audiolibro de amor por un coche? —pregunté divertida.

Zac reprimió la sonrisa y yo volví a reírme de manera descontrolada.

—Es que no me puedo creer que seas tan idiota —comenté por lo bajo mientras me limpiaba las lágrimas.

—Visto así, es verdad que suena un poco ridículo —comentó, y yo solté otra carcajada—. Ríete todo lo que quieras, pero no tenía por qué saber que os gusta leer perversiones de escoceses en falda.

Cuando paramos de reírnos, me quedé muy seria. Necesitaba que Zac terminase de grabar el audiolibro.

—Zac, por favor…

Puse la cara de corderillo degollado que les dedicaba a mis amigas cuando quería convencerlas de que hiciesen algo que no les apetecía, como acompañarme a ver una peli de tiros solo porque la protagonizaba Chris Evans.

Él suspiró, apoyó las palmas sobre la mesa y se inclinó en mi dirección. Sus ojos azules y brillantes me atraparon unos segundos.

—¿Vas a aprovecharte de que no sé decirle que no a una chica guapa? —me preguntó.

—Yo…

Al ver que no respondía, él puso distancia entre nosotros dando un paso atrás.

—Si accedo a grabarlo, me deberás una gordísima… —dijo paseándose por la estancia como si fuese su casa—. Y pienso cobrármela.

Se acercó al ventanal que había a mi espalda y yo empecé a girarme sobre los talones para mirarlo.

—Menudas vistas —observó.

—Sí, ¿verdad?

En cuanto terminé de darme la vuelta me di cuenta de que estaba mirándome a mí y no al horizonte neoyorquino.

—No me refería a los rascacielos —apuntó, por si me quedaban dudas.

Por segunda vez, no supe reaccionar.

Zac sonrió. Estaba segura de que, si se sacase del bolsillo un termómetro en forma de pistola, solo por la temperatura de mi cara reventaría el pobre cacharro.

Una parte pequeña de mí estaba encantada con los piropos. Hacía tiempo que nadie me los regalaba. Pero otra parte, que por suerte era más grande, pensaba alejarse del doctor «desprendo atractivo sexual por un tubo» y ser leal a sí misma. Si me liaba con alguien, sería con un hombre que tuviera responsabilidad afectiva, y no con un tío que me echaría un polvo y que saldría de mi despacho a toda prisa mientras se subía la bragueta.

Zac bordeó de nuevo mi mesa hasta el otro lado. Parecía que se había hartado de pasearse, porque se dejó caer en la silla que había enfrente. Procedí a tomar asiento yo también.

Él me sonrió y un instante después me encontré correspondiéndole la sonrisa.

«¡Céntrate! —me reprendí—. Pasa de su aire de conquistador y demuéstrale quién manda aquí».

Aparté la vista y cogí aire. Cuando volví a mirarlo, me di cuenta de que Zac tenía los ojos clavados en uno de los papeles que descansaban sobre mi escritorio. Lo había girado y lo leía con atención. Me llevó unos segundos comprender que se trataba de mi lista de propósitos.

—Eso es personal —dije alargando la mano para coger el folio.

Nerviosa, lo escondí patosamente debajo de otros papeles. Sin querer, le di un golpecito a uno de mis rotuladores, que rodó hasta caer al suelo. Zac se agachó para recogerlo y le perdí de vista unos segundos. Cuando volvió a erguirse en la silla, dejó el rotulador sobre la mesa, delante de mí.

—Se te ha caído esto también. —Me enseñó una bola de papel rosa.

La había lanzado a la papelera que tenía a mi derecha sin mirar y el papelito debía de haber caído fuera.

—Mierda… —musité.

Al oírme decir eso, Zac arqueó una ceja y comenzó a desdoblarlo. Me incliné sobre la mesa e hice amago de quitárselo, pero él fue más rápido que yo y retiró la mano.

—Qué infantil eres —murmuré por lo bajo.

Él me dedicó una sonrisa antes de terminar de abrirlo. Cuando comprendió lo que era, se quedó un poco serio.

—¿Has tirado mi número de teléfono a la basura y tienes la cara de pedirme que grabe tu audiolibro?

—Ah, ¿eso era tu número?

Zac se llevó la mano al pecho y negó con la cabeza, haciéndose el ofendido.

—Perdón —añadí—. Es que tu letra no se entendía muy bien. Se nota que eres médico.

La incredulidad se manifestó en su mirada y yo me reí para mis adentros.

No iba a confesarle que había tirado su número a la basura tan pronto como había entrado en mi despacho.

Recuperé el pósit y volví a centrar el tema en lo que me interesaba.

—Entonces ¿vas a grabar el audiolibro, sí o no? —le pregunté.

Zac se acarició la barba incipiente y sopesó la respuesta. Cuando se inclinó hacia delante, supe que había tomado una decisión.

—Estoy dispuesto a grabarlo si me acompañas a traer mi coche desde California.

Parpadeé confusa mientras mi cerebro procesaba sus palabras.

—Ni en broma voy a irme de viaje contigo —dije pasados unos segundos.

Zac se dejó caer sobre el respaldo de la silla y se cruzó de brazos.

—Entonces será que el proyecto no te importa tanto como dices —asumió.

—Eres un chantajista.

—No es chantaje, son negocios. Apenas me conoces y ya estás pidiéndome favores —dijo, señalando el iPad—. Es justo que, si hago una cosa por ti, tú hagas otra por mí. Puedes llamarlo trueque o intercambio, si quieres.

Apreté los labios y él sonrió con la seguridad de un tío que está más que acostumbrado a salirse con la suya.

Ya había hablado con la autora y con el equipo. Si cancelábamos el proyecto ahora, nadie volvería a tomarme en serio.

—Mira, esto es muy sencillo —empezó él—. Yo tengo que traer el coche hasta aquí. Iba a acompañarme Will, pero se va a España con tu amiga. Tú quieres que sacrifique mi tiempo en Manhattan grabando un audiolibro guarro cuando debería estar buscando piso. Estupendo. Yo lo grabo, te salvo el culo y, a cambio, tú me acompañas a traer el coche. Sé que vas a ir a Carmel por el Cuatro de Julio. Son diez días recorriendo parte de la ruta sesenta y seis, y está todo pagado.

«¿Diez días encerrada en un coche con él?», pensó la voz consternada de mi cabeza.

«Si Will iba a ir a ese viaje, probablemente los hoteles serán de alto lujo —pensó la vocecita débil—. Y te mereces unas vacaciones».

—¿Por qué no traes el coche tú solo?

—Porque necesito a alguien que me haga el relevo al volante. Además, no me apetece pasar tantos días solo, se me haría muy aburrido y contigo me lo paso bien —contestó con sinceridad.

Me quedé dubitativa.

—No me creo que te lo estés pensando tanto —añadió él pasados unos segundos—. Estoy ofreciéndome a hacer el ridículo por ti y encima te invito a unas vacaciones pagadas...

En aquel momento nos interrumpió Ava al llamar a la puerta.

—Dame un momento —le pedí antes de ponerme de pie y avanzar hacia allí.

—La candidata a editora ya está aquí —me informó mi asistente, señalando con la mano hacia la izquierda.

—Enseguida estoy con ella —prometí.

Ava asintió y fue a comunicárselo.

—Tengo que hacer una entrevista —informé a Zac al cerrar.

Él se levantó y se acercó a mí.

—Me voy a casa —me dijo tan pronto como se detuvo a mi lado—. Llámame luego con lo que hayas pensado y hablamos.

En cuanto puso la mano sobre el pomo, mi parte impulsiva tomó las riendas.

—Si voy al viaje contigo, el rollito este de seductor se acaba ya —dije señalándole con el dedo índice.

Zac asintió conforme, pero una sonrisilla ladeada asomó a su cara.

Cuando endurecí la mirada, él añadió:

—No quiero que te preocupes por nada de eso. No voy a intentar nada… —aseguró—, a no ser que tú quieras algo. En cuyo caso, tendría que liarme contigo porque soy débil y ya te he dicho que no sé decirle que no a una chica guapa.

Le puso la guinda al comentario guiñándome el ojo.

—Joder, Zac. —Me envaré—. ¿Lo ves? Es imposible tomarte en serio.

—Es broma, mujer —se rio—. Quédate tranquila. Te prometo que solo vamos a ser dos conocidos compartiendo carretera.

Asentí poco convencida y extendí la mano en su dirección.

—¿Qué haces? —me preguntó.

—Sellar el trato —contesté—. Grabas el audiolibro y voy al viaje contigo.

Zac me correspondió el apretón de manos sin dejar de mirarme a los ojos.

La chispa de una nueva idea prendió en su mirada.

—No. —Negó con la cabeza—. Así no vamos a sellar el trato.

Me soltó y me sobrepasó para volver a mi escritorio. Cogió

un bolígrafo y se sacó la servilleta del bolsillo. Atónita, fui testigo de cómo la partía en dos.

—Toma —me dijo.

Acepté el trozo de papel que me entregaba. Esa parte contenía la oferta que él había firmado la noche anterior. Lo observé mientras garabateaba algo en la otra mitad.

—Firma esto —me pidió cuando terminó.

Se apartó de la mesa y yo me acerqué. En la servilleta a duras penas podía leerse:

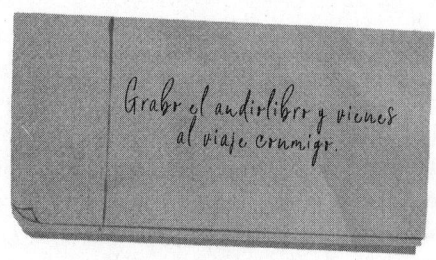

Grabr el audirlibrr y vienes
al viaje crumigr.

—Eres un teatrero. —Le hice una mueca.

—Tiene gracia que me lo digas tú.

—Genial. —Zac se guardó el trozo de papel en el bolsillo en cuanto acabé de firmarlo. Después, cogió el iPad—. Un placer hacer negocios contigo.

Lo seguí hasta la salida. Su sonrisa engreída no podía ser buena señal.

—Te veo luego —fue todo lo que dijo al abrir la puerta.

Traspasó el umbral y, cuando estaba a punto de cerrarla, asomó la cabeza.

—Grace —susurró. Me acerqué para oírlo mejor y añadió—: Tú tranquila, que en el viaje no va a pasar nada que no quieras.

Y, sin decir nada más, me cerró la puerta en la cara.

MALDITO CAPULLO SEDUCTOR.

8

VERBORREA (n.): Cuando la lengua te traiciona.

Se suponía que aquel martes sería maravilloso. Estaba emocionada porque tenía mi primera reunión de apuestas como editora
jefa. Después había quedado con Mia Summers, una de nuestras
autoras de romántica, para hablar de su nueva novela. Y por la
tarde, entrevistaría a la candidata con el mejor currículum para
cubrir mi puesto anterior.

La realidad fue muy distinta.

Empecé el día retrasando la alarma un par de veces.

La noche anterior me había quedado leyendo un manuscrito
hasta las tantas. En teoría, debía traspasar la mayoría de mis
autoras al resto de las editoras, pero me había empeñado en terminar las ediciones que tenía abiertas y eso se había traducido en
trabajar por las noches.

No me habría levantado si Suzu no hubiese gritado:

—¡Grace, son las ocho y media!

Tardé unos segundos en asimilar esas palabras. Cuando lo
hice, abrí los ojos de golpe para descubrir que mi habitación estaba completamente iluminada por la luz de la mañana.

—¡No me jodas! —exclamé con voz pastosa.

Salté de la cama, tirando al suelo el manuscrito en el que había estado trabajando. Las hojas se desperdigaron sobre la moqueta.

—Genial —musité fastidiada antes de agacharme a recogerlas.

Apilé los papeles de cualquier manera, los dejé sobre el colchón y me abalancé sobre el armario.

—¿Por qué no me has despertado antes? —le pregunté a Suzu mientras sacaba la ropa de las perchas de un tirón.

—Porque acabo de levantarme.

Me di la vuelta con las manos cargadas de ropa y me choqué con ella.

—¿Y Raquel? —le pregunté saliendo de la habitación.

—Acaba de irse a desayunar con Will.

—¿Will se ha ido? —Me detuve en seco y giré sobre los talones para mirarla horrorizada—. Necesitaba hablar con él. Tengo la reunión ahora y Linda quiere saber si ha decidido algo ya...

—Qué suerte que tengas delante a su agente, que es con quien debes hablar esas cosas —me recordó ella con una sonrisilla—. Puedes decirle a Linda que todavía estamos valorando ofertas.

Suspiré al oír eso.

—Te quiero, pero a veces eres insoportable.

Ella me sonrió y yo agregué:

—Avísame cuando decidáis algo, por favor. Y, por cierto, ya que estamos hablando de él, aprovecho para decirte que me voy de viaje con su hermano.

Acto seguido, le cerré la puerta del baño en la cara.

Tres segundos después, Suzu abrió.

—¿Cómo que te vas de viaje con Zac? —preguntó alucinada.

—Sí. Diez días.

Me duché en tiempo récord mientras le contaba el acuerdo al que habíamos llegado Zac y yo la tarde anterior.

—En los líos que no te metas tú... —fue lo que dijo al pasarme el albornoz—. Pues nada, ya nos contarás cuando os acostéis si el sexo con él es tan bueno como aparenta.

—No vamos a acostarnos. Solo vamos a traer su coche a Manhattan.

—Vais a compartir carretera diez días... —empezó—. Yo solo digo que el roce hace el cariño.

—Ya, pero aquí no va a haber ni roce ni cariño.

Abrí la cortina de un tirón para encontrarme con su ceja enarcada.

—Y ahora sal de aquí, anda, que llego tarde —le pedí.

El baño era tan pequeño que, estando las dos, apenas había espacio para moverse.

Cuando me quedé sola, limpié el vaho del espejo, llevándome el mensaje de ánimo de Raquel por delante, y observé mi reflejo distorsionado.

Mis horas de sueño estaban en negativo y el cansancio empezaba a notarse en mi rostro. Después de echarme la crema hidratante, me tapé las ojeras con el corrector a toda prisa y volví corriendo a mi cuarto. De un tirón me metí la blusa nueva por la cabeza y, de otro, la falda de tubo que me ponía cuando tenía reuniones importantes. Cogí los pendientes desparejados que me había quitado la noche anterior y me los puse de camino a la salida.

Un poco más tarde, cuando estaba entrando en la editorial, acalorada y despeinada por la carrera, recibí un correo en el móvil del trabajo. Lo leí de camino al ascensor.

De: slovell@evermorepublishers.com
Para: gharris@evermorepublishers.com,
suzu@neweraliteraryagency.com, parks@evermorepublishers.com
Fecha: 21 junio 09.12
Asunto: Anuncio película William Anderson

Buenos días a todos:

Como sabéis, hace unos meses cerramos la oferta para los derechos de la adaptación audiovisual de La Furia de las Estrellas. Sabemos que este es un punto de inflexión en la carrera de William y que desde edición estabais a la espera de noticias para programar el lanzamiento de la edición especial del primer tomo de la saga.

Nos alegra comunicaros que, tras una última ronda de reuniones, finalmente hemos llegado a un acuerdo con la productora para anunciar la película del primer libro en septiembre,

coincidiendo con el octavo aniversario de su publicación.
Muchas gracias a todos por la colaboración en este proceso.
Volveremos a escribiros en cuanto tengamos más noticias.
Quedo a vuestra disposición para cualquier cosa que necesitéis.

Un saludo,
Sandy Lovell
Media Rights Manager de Evermore Publishers

Apenas había acabado de leer cuando mi jefa contestó sobre el hilo con un correo para mí.

De: lparks@evermorepublishers.com
Para: gharris@evermorepublishers.com
Fecha: 21 junio 09.12
Asunto: Re: Anuncio película William Anderson

Buenos días, Grace:

¡Qué buena noticia! Tenemos que volcarnos en la edición especial del primer libro de William. Ahora se lo comunicamos al resto en la reunión.

Un saludo,
Linda Parks
Directora editorial de Evermore Publishers

En cuanto oí la campanita del ascensor, despegué la vista del teléfono. Por fortuna, estaba vacío. Tan pronto como entré, pulsé el botón de la planta veintitrés y seguidamente el de «cerrar puertas».

—¡Espera! —exclamó una voz.

—¡Lo siento, tengo prisa! —respondí.

Presioné el botón cinco veces seguidas, suplicando internamente para que se cerrasen más rápido.

Las puertas estaban a punto de juntarse cuando un antebrazo masculino y bronceado se interpuso entre ellas.

—Genial —maldije en voz baja cuando las hojas metálicas se abrieron y Zac Anderson apareció. Llevaba una camisa blanca y unos vaqueros que, para no variar, le sentaban de muerte.

—Buenos días. —Sonrió con voz grave y un deje seductor.

—Venga, entra, que tengo prisa —respondí impaciente.

Zac se aguantó la risa y dio un paso adelante.

—¿Te has levantado con el pie izquierdo o eres de esas que están de mal humor hasta que beben café? —me preguntó.

—Las dos cosas.

Pulsé el botón de «cerrar puertas» tres veces seguidas.

—No van a ir más rápido porque le des más al botón.

Le ignoré y seguí apretándolo.

En el ascensor entraban veinte personas, así lo indicaba el cartelito que estaba encima del panel de los botones, pero él se situó a mi lado. A diferencia de los días anteriores, no me dio un repaso de esos que harían enrojecer hasta a la persona más lanzada. Parecía que había escuchado mi petición de acabar con los coqueteos, cosa que agradecía enormemente.

—¿A qué viene tanta prisa? —me preguntó con voz tranquila.

—Viene a que llego tarde y, por lo que veo, tú también —señalé—. Que, por cierto, no llegarías puntual ni al funeral de tu perro, ¿verdad?

Zac se llevó la mano al pecho y me dedicó una mueca entristecida.

—Claro que llegué puntual al funeral del pobre Chispitas. Tenía siete años cuando murió —terminó apenado.

«Ya te vale, Grace».

No era la primera vez que metía la pata hablando. Mis amigas siempre decían que era tan descuidada con las cosas que decía que un día acabaría metida en un lío.

—Lo siento —musité—. Seguro que Chispitas está feliz en el más allá de los perros.

Zac levantó la cabeza y me observó unos segundos. No lo conocía mucho, pero me pareció detectar un brillo malicioso en su mirada.

—La señora Miller estaría orgullosa —fue todo lo que dijo.

Arrugué el ceño.

—Mi profesora de teatro —explicó poco después.

Abrí la boca ofendida y él soltó una carcajada.

—¿Te lo has inventado todo? —pregunté atónita.

—¿Tengo pinta de llamar a mi perro Chispitas? —Volvió a reírse.

—Eres imbécil.

Negué con la cabeza y salí del ascensor.

—¿Comemos luego? —me preguntó.

—No como con mentirosos —contesté por encima del hombro.

En esa ocasión, se adelantó y me abrió la puerta.

—Pues tendrás que acostumbrarte —me dijo—. Porque te quedan diez días de restaurantes de carretera conmigo.

Atravesé el umbral sin mirarlo.

Saludé a Alan y me despedí de Zac sin detenerme. Tenía un minuto para llegar a la reunión.

Cuando entré en la sala, mis compañeros ya estaban allí. Según cerré la puerta, la ansiedad hizo acto de presencia. Estaba un poco nerviosa por dar la talla. Con el fin de distraerme, le saqué conversación a una de mis compañeras hasta que llegó Linda.

Nuestra jefa se sentó a mi izquierda, presidiendo la mesa rectangular. Después de darnos la bienvenida a todos, dijo:

—Arrancamos la reunión con una noticia importante. Grace, ¿lo cuentas tú?

Asentí con una sonrisa.

—La productora nos ha confirmado que adaptará las novelas de William Anderson. Van a anunciar la primera película a finales de septiembre —les informé—. Estábamos a la espera de esta fecha para programar la edición especial de su primer libro, para que coincida con el anuncio.

—¿Cómo? —preguntó Patrick.

Patrick era un editor jefe que estaba especializado en terror.

—Eso no puede ser. —Negó con la cabeza—. Anderson no puede salir en esa fecha porque tenemos el lanzamiento de Stephanie Queen.

Los libros de los «autores estrella» se incluían con mucha antelación en el calendario de publicación. Estos vendían tantísimo que, por normas de la casa, sus libros no podían salir el mismo mes para que no se canibalizasen unos a otros.

—Lo sé —respondí—, pero esta edición es importante porque...

—¿Estás insinuando que tenemos que mover el libro de Stephanie? —me interrumpió Patrick.

—El lanzamiento coincide con...

—Lo siento, pero no —volvió a cortarme con brusquedad—. Llevamos trabajando con esta programación un año.

Su tono desagradable y su mirada dura hicieron que me inquietase.

—Lo lamento, Patrick, pero no podemos desaprovechar la...

—No es mi problema —aseguró rotundo—. El equipo de comunicación ha conseguido cerrar una firma en una de las librerías más importantes de la ciudad. Está planificado un club de lectura y un encuentro con fans que se anunció hace meses. Además, ya se ha acordado la agenda de entrevistas con los medios más potentes del país y es inamovible.

No supe qué contestar. Tantas interrupciones me habían dejado baldada.

—No voy a modificar la fecha de lanzamiento, y menos por sacar la edición especial de un libro que ya se publicó en su momento y que lo único que tendrá diferente será el diseño y los acabados —terminó endureciendo el tono.

A mi derecha, Linda suspiró con pesadez. No quería que pensase que dejaba que los demás me comiesen terreno, y eso era justamente lo que estaba pasando. Ese pensamiento hizo que mi mente y mi corazón terminasen de acelerarse.

—¡La edición especial tiene contenido inédito! —exclamé con voz aguda.

«Mierda. ¿Por qué he dicho eso?».

—¡Eso es una excelente noticia! —Linda me miró satisfecha.

Me tragué el nerviosismo como pude y asentí forzando la sonrisa.

—Patrick, no hay nada más que hablar —le comunicó Linda—. Movemos el libro de Queen a principios de octubre para la campaña de expectativa de Halloween.

El silencio reinó en la sala unos segundos hasta que Patrick asintió.

Los treinta minutos siguientes se me hicieron eternos. Entré en un bucle horroroso en el que lo único que hice fue fustigarme por haberme ido de la lengua. Intenté prestar atención a mis compañeros, pero solo podía imaginar escenarios catastróficos en los que Linda me despedía al enterarse de que no tenía contenido inédito y en los que salía llorando de mi despacho con la foto de Ryan Gosling bajo el brazo.

—Grace, ¿puedes quedarte un momento? —me preguntó Linda cuando dio por finalizada la reunión.

«Me va a despedir. Sabe que he mentido y me va a poner de patitas en la calle».

—Sí. Claro —contesté apresurada.

No me pasó desapercibida la mirada de reproche que me dedicó Patrick antes de salir, y que me hizo sentir bastante violentada.

Traté de mantener la calma. Estaba segura de que tenía la cara descompuesta y Linda acabaría dándose cuenta de que pasaba algo.

—Quería darte la enhorabuena por haber conseguido el material inédito de *La furia de las estrellas* —me felicitó tan pronto como nos quedamos solas—. Si William está dispuesto a hacer esto, seguro que nos dará los derechos de su siguiente novela. Sería muy beneficioso cerrar un contrato que abarque una saga nueva y no ceñirnos a un único libro.

Iba a decirle que Suzu todavía no me había confirmado si Will pensaba firmar con nosotros o con Red Books, pero Linda continuó:

—No te preocupes por Patrick, hablaré con él —dijo malinterpretando mi expresión de agobio—. No quiero que te cuestiones más de la cuenta. Has asumido mucha responsabilidad de golpe y lo estás haciendo muy bien. Si tienes este puesto, es porque en su momento vi algo en ti y, desde entonces, día tras día, has demostrado con creces que vales para esto. Ahora solo te queda creértelo. Que nadie te haga pensar lo contrario, ¿de acuerdo?

—De acuerdo. —Asentí visiblemente emocionada—. Gracias.

Su opinión era muy importante para mí. La admiraba desde que fue mi profesora en el máster de Edición. Ella fue la primera en darme una oportunidad al contratarme como asistente tantos años atrás. Ahora podría haber buscado a alguien más experimentada para el puesto de editora jefa, pero había confiado en mí y no quería defraudarla. Por eso, en cuanto me despedí de ella, me escabullí al baño y escribí a la única persona que podía ayudarme:

> Ray, te puedo llamar?

> Es una cuestión de vida o muerte!!!

> Dame un segundo, que me escapo al baño!

Esperé impaciente unos minutos.

Descolgué en cuanto la cara de mi amiga iluminó la pantalla del iPhone.

—¡Por fin! —exclamé aliviada.

—¿Qué pasa? —me preguntó en un susurro.

—Que he metido la pata hasta el fondo y me van a despedir —contesté con otro susurro.

—¿Qué? —Ella me miró alarmada.

—Por casualidad, tu novio no tendrá material inédito de su primera novela escrito por ahí, ¿verdad?

—Mmm… Puede ser. ¿Por qué lo preguntas?

—¿Recuerdas que te dije que estaría genial sacar una edición especial de su libro cuando se anunciase la película?

—Sí. —Asintió con una sonrisa radiante en la cara.

—Pues ya hay fecha. Dejo que Will te cuente los detalles, pero la cuestión es que Patrick se ha puesto un poco borde porque tiene que mover una apuesta para que nosotros podamos ir en simultáneo con el anuncio. Se ha quejado, diciendo que no entendía por qué tenía que aplazar su libro por una edición especial en la que solo cambiaría la portada, y yo me he puesto nerviosísima y he dicho que el libro de Will tiene contenido inédito.

—Estás de broma, ¿no?

—No. Lo peor es que Linda me ha felicitado por haber conseguido ese material —me lamenté—. ¿Qué voy a hacer si Will no tiene ningún capítulo suelto por ahí?

Raquel no contestó enseguida y yo comencé a divagar para mí misma:

—Quizá podría encargar alguna ilustración para incluir en el interior, aparte de darle un lavado de cara a la portada...

—No sé si debería contarte esto —me interrumpió—, pero Will me enseñó unos mapas de la saga que ha dibujado él —dijo con admiración—. Son preciosos, Grace, si los vieras, te enamorarías, como me pasó a mí. Tienen un nivel de detalle increíble —acabó sonriendo.

Unos mapas dibujados por Will harían que la edición del libro fuese asombrosa. Sus lectores correrían como locos a comprarlo. Ya visualizaba los titulares de la prensa: «El fenómeno William Anderson arrasa de nuevo».

—¿Crees que, si hablo con él, podría conseguir los mapas para la edición especial?

—No lo sé... —Mi amiga se encogió de hombros—. Es algo muy personal.

Suspiré pensativa.

—Raquel, ¿tú me quieres?

—Claro que sí, tonta.

—Pues, si valoras mi vida, necesito esos mapas como sea.

—¡Qué exagerada eres! —Soltó una risita.

—No lo soy. Es una realidad que no he empezado con buen pie. Si consiguiera los mapas, entraría en el despacho de Linda dando volteretas.

—Déjame hablar con Will, anda. Luego te digo algo. —Asentí y ella se quedó pensativa un instante—. Se me ocurre que podrías preguntarle a Zac también, aprovechando que está en la editorial.

Una sensación incómoda se asentó en mi interior al oír su nombre. Todavía no le había contado a Raquel que me iba de viaje con el susodicho.

—Will tiene muy en cuenta la opinión de su hermano —siguió ella—. Sé que él no ha visto los mapas, pero, si se lo pedimos los dos, quizá tengamos más posibilidades de que te los dé.

—Vale… —Tragué saliva.

Ella, que me conocía como si me hubiese parido, arrugó el ceño.

—Grace, ¿estás bien?

—Ayer pasó una cosa. Te lo quería contar en casa, pero estaba Will —comenté a la carrera—. En realidad, te vas a reír… —Se me escapó una risita nerviosa—. Voy a ayudar a Zac a traer su coche desde California.

Mi amiga puso cara de situación y la imagen se quedó congelada.

—¿Raquel, me oyes?

—Te oigo, pero estoy alucinando —comentó sorprendida—. Dime la verdad, ¿te estás pillando?

—¿Qué? —Alcé la voz y resonó en el baño vacío—. ¡Claro que no! Solo voy a ayudarlo a traer el coche porque Will se va contigo, y necesita a alguien para hacer relevo.

—¿Y te lo pide justamente a ti? Qué casualidad.

—Yo qué sé —respondí, acelerada—. Pero, vamos, solo voy a hacerlo para que grabe el audiolibro. Nada más.

Ella suspiró.

—Te quiero. Y adoro a Zac, pero me da miedo que esto acabe mal. No quiero que te hagan daño.

—Yo también te quiero. Y, de verdad, no tienes de qué preocuparte. Tengo clarísimo que busco madurez y estabilidad emocional para tener una relación. Zac es lo opuesto al hombre de mis sueños. Además, ahora estoy casada con Lyon, el hombre lobo del libro que estoy editando, y no tengo ojos para nadie más —agregué al ver que ella arqueaba las cejas.

—Vale —concedió pasados unos segundos—. Si estás segura,

yo me quedo tranquila. Y si no lo estás…, ya sabes que podemos hablar siempre que lo necesites.

—Lo sé. Gracias.

—Por cierto, ¿por qué estás escondida en el baño si ahora tienes despacho? —me preguntó cambiando de tema.

Parpadeé dos veces y miré alrededor.

Hasta hacía unos meses, siempre que teníamos un drama, Suzu, Raquel y yo montábamos una reunión de emergencia en el baño.

—Es verdad —me reí—. La costumbre, supongo.

—Bueno, te dejo, que tengo mucho lío —me dijo Raquel—. Cuando hable con Will, te cuento.

En cuanto nos despedimos, volví a mi despacho.

Recuperé de la mesa el pósit arrugado en el que Zac había apuntado su número de teléfono y guardé su contacto en mi móvil. Si él era el pasaporte a mis preciados mapas, tenía que intentarlo. En mi cabeza tracé un plan muy sencillo: iría a buscarlo, le dedicaría una sonrisa coqueta y le pediría los mapas. Los conseguiría costase lo que costase.

El discurso de Linda me sirvió para reafirmar mi propósito. Cogí el taco de pósits y apunté: «Te mereces este trabajo. No lo olvides». Lo arranqué y lo pegué en la parte inferior de mi monitor.

Después, saqué la foto de Ryan Gosling del cajón. Mientras la miraba, recé internamente para que mi plan con Zac funcionase y también por que no se enredasen más las cosas entre nosotros.

9

AUDIOLIBRO (n.): Grabación del texto que arranca suspiros.

Un rato después, y con la voluntad renovada, me puse de pie para ir en busca de Zac. Al salir de mi despacho, me sorprendió ver que ninguna de las editoras estaba en su sitio y tampoco las chicas de marketing. ¿Se me había olvidado alguna reunión?

Me paré en seco y consulté el calendario en el móvil. Suspiré aliviada al ver que no tenía nada hasta dentro de dos horas.

¿Dónde se había metido todo el mundo?

La respuesta a esa pregunta la encontré siguiendo el rastro de las risitas y murmullos, tal y como hicieron Hansel y Gretel con las migas de pan. Fui a parar al Departamento de Audiolibros. Delante de la pecera donde estaba grabando Zac, ajeno a lo que sucedía a su alrededor, se congregaba más de la mitad de la plantilla.

—¿Qué está pasando aquí? —pregunté.

El sonido de mi voz alertó a mis compañeras.

—Está grabando el capítulo trece —me susurró Jessica, la última incorporación del Departamento de Marketing.

Hice memoria y entonces lo entendí.

Ese capítulo era uno de los más eróticos de la novela.

Audrey, la responsable de controlar la grabación, se había quitado los cascos y todas pudimos escuchar a Zac leer el texto:

—Le separé las piernas con la rodilla —dijo con voz grave—.

Tenerla apoyada contra la pared era una ventaja. Coloqué las manos sobre la piedra, a ambos lados de su cabeza, y la besé con avidez.

Me abrí paso entre mis compañeras y me detuve en primera fila.

Zac estaba sentado en la silla; delante, tenía el iPad del que iba leyendo y un micrófono. Me quedé absorta al verlo tan concentrado.

—Abandoné sus labios para recrearme en su cuello y después en la piel expuesta de su escote —continuó leyendo—. «No te detengas, Callum», me pidió en un susurro. «No pensaba hacerlo», le respondí antes de arrodillarme delante de ella.

Al oírlo emplear una voz más grave y profunda de lo normal, algo empezó a calentarse en mi interior. No era la primera vez que le oía leer una escena subida de tono, pero sí era la primera que lo veía meterse en el papel de Callum, el *highlander* del que había estado enamorada los últimos meses. Zac se tomaba la tarea tan en serio que incluso estaba entonando con algo de acento escocés.

—Metí las manos bajo la falda de su vestido —prosiguió él—. Mi piel comenzó a arder al posarlas sobre sus muslos. No pude contenerme y una sonrisa vanidosa conquistó mi rostro. Elizabeth había irrumpido en mis aposentos, enojada y dispuesta a discutir hasta que temblasen los cimientos del castillo. Y ahora la tenía contra la pared, completamente a mi merced. Ese pensamiento hizo que se me pusiera aún más dura.

Zac hizo una pequeña pausa.

Las risitas a mi alrededor se hicieron más evidentes y llegaron a mis oídos como un eco lejano. Conforme leía, mi agitación se incrementaba, igual que el ritmo de mis latidos. Su voz era expresiva y atrayente. Entonces supe que cuando ese audiolibro se pusiera a la venta, arrasaría el mercado en un santiamén.

En ese momento, Zac profundizó aún más el tono para decir muy despacio:

—«Ahora voy a saborearte y tú vas a concentrarte en disfrutar». No había nada que deseara más en ese momento que pasar la lengua por cada rincón de su cuerpo...

Tragué saliva.

Oírle relatar esa escena de alto voltaje me estaba abrumando.

«¿Abrumando o poniendo cachonda? Porque se te han endurecido los pezones».

Ese pensamiento hizo que cruzase los brazos por encima del pecho. Llevaba uno de esos sujetadores que parecían una coraza. Era imposible que nadie se percatase de lo que pasaba debajo de mi blusa, pero aun así sentí la necesidad de cubrirme.

Estaba excitada y nerviosa.

—Tenerla así me estaba volviendo loco… —continuó leyendo Zac.

—Buen trabajo al contratar a Anderson, Grace. —Una de las compañeras de audiolibros me dio un pequeño empujón con el hombro.

—Solo pienso en follar… —siguió Zac.

Me precipité hacia delante y me choqué contra el cristal. El golpe hizo que él torciese el cuello en mi dirección.

—… contigo —terminó con los ojos centrados en mí.

Me quedé paralizada.

El estómago me dio un triple salto mortal. Un instante después, separé aún más los párpados sorprendida. Zac me observaba con tanta intensidad que aumentó el calor que sentía en las mejillas.

La sala se quedó en silencio unos segundos, pero yo oía un pitido zumbarme en los oídos por el bochorno. En aquel momento lo único que quería era cavar un agujero y enterrarme en él para proceder a morir de la vergüenza.

Me envaré en cuanto volví a oír las risitas de mis compañeras.

Audrey abrió el micro y dijo:

—Zac, te has confundido al final. Has hecho una pausa muy larga y has cambiado la entonación. Repetimos cuando estés listo.

—¿Me das un minuto? —le pidió él—. Necesito beber agua.

—Sí, claro.

El médico que estaba trayendo de cabeza a media editorial se quitó los cascos y los colgó en el soporte metálico. En cuanto se levantó y volvió a clavar los ojos en mí, los nervios escarbaron en mi estómago sin piedad.

—Voy a aprovechar para ir a por un café —anunció Audrey—. ¿Alguien viene?

Acto seguido, abandonó la sala con algunas de sus compañeras de audiolibros. Mientras tanto, Zac salió de la pecera y saludó a las chicas de marketing y edición.

—Vaya, no sabía que tenía tanto público —apuntó con una sonrisa.

Algunas soltaron risitas tontas, como si tuvieran quince años.

Lo observé mientras echaba la cabeza hacia atrás y le daba un sorbo a su botella de agua. Su nuez se movió a cámara lenta cuando tragó.

«¿Por qué esa imagen me parece sexy?».

Se notaba que cada detalle de su aspecto estaba cuidado al máximo: la barba de dos días, el cabello peinado de manera conscientemente desenfadada, los primeros botones desabrochados de la camisa y las mangas recogidas, que dejaban a la vista unos antebrazos fuertes.

—Enhorabuena —le felicitó Jessica—. Estabas tan dentro de la historia que parecía que los personajes estaban aquí, con nosotras.

Por alguna extraña razón, me molestó que él le diera las gracias con una sonrisa tan deslumbrante como las que me había regalado a mí.

Todas estaban cautivadas por él. La escena que estaba presenciando me recordaba a cuando las fans de Hércules se colaban en su villa y chillaban emocionadas.

—Da gusto cuando los actores expresan las emociones de manera tan convincente. —Los dedos de Jessica se cerraron alrededor del bíceps de Zac.

«Vaya, qué fuerte estás», imaginé que le decía con voz de repipi.

«Gracias, es que voy muchísimo al gimnasio. Ya sabes, cuando no estoy salvando vidas y eso», visualicé que respondía él con voz ronca.

Lo que en realidad dijo Zac fue:

—Gracias. Fui a teatro en el instituto.

—Bueno, ¿qué pasa, que aquí nadie tiene que trabajar? —pregunté en un tono más brusco de lo normal.

Las caras de sorpresa de mis compañeras me pusieron más nerviosa aún. Acababa de ser una borde cuando les había prometido que conmigo mejoraría el ambiente laboral. Eso me hizo sentir fatal.

Rehusé mirar a Zac. Probablemente estaba tan asombrado como ellas y no quería corroborarlo.

—Ava, por favor —reduje el tono a uno más amable—, necesito que muevas mi reunión con Mia a mañana. Y vosotras, chicas —les dije a mi equipo—, necesito que os centréis en terminar de preparar el comité editorial. —Por último, miré a las compañeras de marketing—. Tenemos que ponernos ya con la campaña de la edición especial del libro de William Anderson.

Las miré mientras abandonaban la sala entre asentimientos y disculpas.

Cuando la última persona salió por la puerta, me atreví a mirar a Zac. Se había quedado muy serio. Bajo esa luz artificial, sus ojos parecían más verdes que azules. Que me observase de manera penetrante no ayudaba a tranquilizar mis hormonas alteradas. Tenía la sensación de que aquella sala, desprovista de ventanas, encogía por momentos.

—Y tú. —Lo señalé con el dedo, y un atisbo de sonrisa apareció en su cara—. Cuando termines de grabar, pásate por mi despacho —puntualicé en un tono demandante.

La comisura derecha de su boca se extendió y dio paso a una sonrisa descarada que me provocó una contracción en el estómago.

—¿De qué te ríes? —Me puse lo más recta que pude.

—De nada. —Negó con la cabeza.

Parecía existir una correlación entre nuestros labios. Cuanto más apretaba yo los míos, más se ensanchaba su sonrisa.

Le dediqué una mirada severa y pasé por su lado sin detenerme.

—Grace —me llamó en un susurro.

Me volteé despacio. Al tenerlo tan cerca, tuve que echar el cuello hacia atrás para mirarlo a la cara.

—Estás muy guapa cuando te pones mandona.

Como siempre que me decía algo así, me quedé cortada unos segundos. No esperaba que me dijera eso. Ni tampoco que usase el mismo tono lento y sensual con el que había leído minutos atrás. Quería responderle, pero mi cerebro estaba concentrado en gestionar el vértigo que sentía en el estómago.

Por suerte, Audrey regresó en ese mismo instante y yo salí de allí casi corriendo y hecha un manojo de sensaciones. No había imaginado que, al ir a buscarlo, acabaría con un calentón.

Estaba un poco cabreada conmigo misma.

Hacía unos meses había llegado a la conclusión de que estaba cansada de ser un personaje secundario en las historias de los demás. Quería ser la protagonista de mi novela romántica. Quería encontrar al hombre adecuado para llegar al epílogo. Por eso no podía dejarme arrastrar por el encanto y la labia de Zac: no iba a ser un personaje extra y casi sin diálogo en la suya.

De camino a mi despacho pasé por el baño para lavarme la cara. Necesitaba refrescarme para despejar las ideas. Mojé un trozo de papel en agua para humedecerme el cuello y el rostro, cuidando de no emborronar mi maquillaje.

Unos minutos después, ya más calmada, estaba a punto de salir cuando oí los cuchicheos:

—¡Es increíble! —exclamó Patrick—. No solo tengo que mover el libro más importante que tengo, sino que encima me acaba de caer una bronca de la jefa por su culpa.

El corazón se me aceleró y me quedé en vilo detrás de la puerta.

—Cómo se nota que esa niñata tiene enchufe —respondió Maya, una editora del equipo de Patrick.

En aquel instante, escondida tras la puerta del servicio, me entraron ganas de llorar.

Mis primeros días como editora jefa no estaban siendo lo que esperaba y cosas como esa me hacían plantearme si de verdad era feliz con el ascenso o si tenía más responsabilidad de la que era capaz de asumir. Estaba tratando de gestionarlo todo de la mejor manera que podía, pero a ratos sentía que el trabajo me venía demasiado grande y que todo el mundo acabaría dándose cuenta de que no merecía aquel puesto. Sentimientos como la preocupación y la culpa formaron un torbellino en mi cerebro. Estaba física y emocionalmente cansada.

Esperé hasta que oí los pasos de mis compañeros alejarse. De alguna manera, conseguí tragarme el nudo que me oprimía la garganta. Que me acusasen de nepotismo dolía. Desde que había entrado en esa editorial, no había pasado ni un solo día en el que no hubiese trabajado duro.

Volví a mi despacho con la cabeza gacha y me dejé caer derrotada en la silla.

Al ver el pósit de mi pantalla, recordé lo que me había dicho Linda horas antes:

«Estoy muy orgullosa de ti. Lo estás haciendo muy bien. No dejes que nadie te haga dudar de ti misma».

Rumié esas palabras y al final llegué a una conclusión: pensaba hacerle caso. No dejaría que nadie me hiciese dudar. Tenía ese trabajo porque lo merecía. Nadie me había regalado nada. El comienzo estaba siendo duro, pero haría todo lo que estuviese en mi mano para que las cosas saliesen bien. Podía apañármelas sola, ya lo había demostrado muchas veces.

Respiré hondo, cuadré la espalda y salí de mi despacho poniendo la mejor cara posible. Necesitaba canalizar mis emociones y mi energía en hacer algo productivo.

—¿Sabes dónde están las cajas con las cosas que no se llevó David? —le pregunté a Ava.

—En el almacén de la planta veinticuatro.

—Genial —respondí con un asentimiento—. Voy a echarles un vistazo.

—¿Necesitas que te ayude?

—No te preocupes. —Negué con la cabeza—. No me desvíes llamadas al móvil, y si Zac Anderson se pasa por aquí, pídele que me espere o que me llame, por favor —terminé antes de volver a salir.

10

ELOCUENCIA (n.): Habilidad de persuadir con la palabra.

Llamé con los nudillos a la puerta entreabierta y empujé la madera. Grace estaba agachada rebuscando algo en una caja.

—Ava, no encuentro nada —dijo sin darse la vuelta—. David tenía esto hecho un desastre.

En lugar de contestar, me apoyé contra el marco de la puerta.

Pasados unos segundos en los que solo la oí farfullar para sí misma, se incorporó soltando un resoplido y colocó los brazos en jarras. Sin poder evitarlo, la observé con más detenimiento. Se había recogido el pelo en una coleta. La tela de su falda se ceñía alrededor de sus caderas y le marcaba el culo a la perfección.

«Menudas curvas».

—Y este puñetero calor no ayuda —murmuró fastidiada.

Se puso de puntillas y alzó los brazos para coger una caja del estante más alto. Rozó la parte inferior con los dedos, pero no consiguió alcanzarla. Sonreí al verla dar un par de saltitos ridículos.

—Es que esto es una puta mierda —se quejó por lo bajo.

Sonaba tan desesperada que me hizo gracia.

—Se nota que eres de Boston —decidí intervenir—. Tienes la boca muy sucia.

Ella dio un respingo y se volvió.

—¡Zac! —exclamó—. ¿Qué haces aquí?

Grace llevaba puestas unas gafas de ver, de montura fina y

dorada, que le sentaban fenomenal. Varios mechones de pelo que no le llegaban al coletero adornaban su cara y se estaba tirando de la tela de la blusa para que le entrase algo de aire por el cuello.

—Ava me ha dicho que me buscabas —le respondí.

Di un paso adelante para adentrarme en el almacén. Enseguida detecté el olor a cerrado y a papel viejo.

Al percatarme de que Grace no tenía buena cara, me puse serio de golpe.

—Estás pálida —apunté acercándome a ella—. ¿Te encuentras bien? ¿Has comido?

—No me ha dado tiempo.

Suspiré.

—Estupendo. ¿Vamos? —Señalé el pasillo con la cabeza.

—No puedo. Tengo que encontrar una cosa —me explicó de manera atropellada—. Es urgente.

Grace parecía realmente agobiada.

Sin añadir nada más, se dio la vuelta e intentó llegar otra vez a la caja que estaba más alta. En aquel instante vi que a sus pies había cuatro cajas abiertas llenas de papeles.

—Eres un poco cabezota, ¿no? —le pregunté.

—¿Me puedes bajar esa caja, por favor?

Me adelanté una zancada y me detuve a su lado. La caja pesaba un poco y noté cómo se me tensaban los músculos de los antebrazos.

—¿Dónde la dejo?

—Ahí está bien. —Grace señaló el suelo, a mi lado.

Puse la caja donde me indicaba y retrocedí sobre mis pasos.

—Ahora vengo —solté por encima del hombro.

Abandoné la sala y me dirigí a la cocina de la planta inferior.

En la nevera tenían ensaladas, barritas de queso y sándwiches. Examiné la lista de ingredientes de las etiquetas para asegurarme de que nada llevaba nueces.

Cogí el sándwich de pavo, queso y lechuga, y las cinco barritas de queso que quedaban. Acto seguido, inspeccioné los armarios y añadí a mi botín una bolsa de patatas fritas, un plátano y dos botellas de agua.

Regresé al almacén con los brazos cargados de comida.

—Ya estoy aquí —anuncié.

Grace levantó la vista del taco de papeles que tenía en la mano.

—¿Qué es todo eso? —me preguntó con las cejas arrugadas.

—Comida.

A juzgar por cómo se suavizó su ceño fruncido y por cómo entreabrió los labios, parecía que ese gesto por mi parte la había pillado desprevenida.

—No hacía falta.

—Lo sé. —Asentí.

—Gracias. —Me sonrió—. Déjalo donde puedas y luego como algo, que ahora estoy liada.

—Grace, parece que te vas a marear. Deberías comer algo ya —comenté preocupado—. Eres la jefa, estoy seguro de que tienes diez minutos. —Ella negó con la cabeza y yo continué—: Y luego te ayudaré a buscar lo que sea que estés buscando. ¿Te parece?

Sin darle tiempo a contestar, aparté con el pie la caja que sujetaba la puerta. Era grande y podríamos usarla de mesa. Me adentré en el almacén mientras la salida se cerraba detrás de mí.

—¡La puerta! —Grace abrió los ojos horrorizada.

Se abalanzó hacia delante y se estampó contra mi brazo izquierdo, haciendo que se me cayese al suelo todo lo que llevaba en las manos.

—¡Mierda, joder, no! —La oí forcejear con el pomo a mi espalda —. ¿¡Hola!? —exclamó, antes de golpear la madera con el puño—. ¡Ayuda!

Giré sobre los talones y la miré sorprendido.

—Pero ¿qué haces?

—¡El pomo está roto! —explicó sin voltearse—. ¡No se puede abrir desde dentro! ¡Por eso estaba la caja sujetándola!

—No me jodas… ¿Por qué no me has avisado?

—Creo que me estoy mareando —murmuró, ignorándome—. Madre mía… Estamos atrapados. Nos quedaremos sin oxígeno y moriremos. Darán con nuestros cadáveres dentro de semanas, cuando el olor sea insoportable —dijo, entrando en bucle. Se dio la vuelta y se apoyó contra la madera—. No puedo morir aquí.

Se abanicó con la mano y tiró un par de veces de la tela de su blusa para airearse. No sabía si su reacción se debía a que tenía claustrofobia. La estancia estaba pésimamente iluminada por un fluorescente que había conocido tiempos mejores, carecía de ventanas y el calor era insoportable.

Grace estaba empezando a hiperventilar. Respiraba acelerada y su pecho subía y bajaba a toda prisa. Me acerqué y le coloqué las manos sobre los hombros.

—Grace, respira por la nariz. Despacio —le pedí, y ella me hizo caso—. No vamos a quedarnos sin oxígeno —le dije con tranquilidad—. Y no vas a marearte porque ahora mismo vas a comer algo.

Ella asintió a todo lo que le decía.

Poco a poco su respiración se fue regulando.

—No puedo quedarme encerrada para siempre —me dijo—. Tengo que entrevistar a una candidata dentro de un rato.

Retiré las manos de sus hombros y me saqué el móvil del bolsillo.

—Qué suerte que tenemos cobertura y que podemos llamar a alguien —le dije.

Busqué el último contacto que había guardado y pulsé el botón de la llamada.

—Ava, hola —saludé en cuanto descolgó—. Grace y yo nos hemos quedado encerrados en el almacén.

—¡No me digas! —respondió ella—. Ahora os mando a alguien, ¿vale?

—Estupendo. Gracias. —Colgué y miré a Grace—. Enseguida nos abren. ¿Te gusta el queso?

—¿A quién no le gusta el queso? —preguntó casi ofendida.

Me agaché y recogí una barrita del suelo.

—¿Qué te parece si comes un poco? —le propuse al incorporarme.

Sin dejarla replicar, le cogí la mano y deposité la barrita en su palma.

—Quedarnos encerrados es la excusa perfecta para que te sientes a comer y me cuentes para qué me necesitabas en tu despacho —le dije con el fin de distraerla.

Grace respiró hondo y se apartó de la puerta. Esquivó la comida que se había caído y retiró una caja con el pie. Se sentó en el suelo, apoyando la espalda contra una de las estanterías de metal. Estiró las piernas y las cruzó a la altura de los tobillos.

La contemplé mientras quitaba el envoltorio del queso.

—¿Qué? —me preguntó masticando—. ¿Voy a comer sola?

—Sí.

—No —negó ella—. Siéntate, anda.

Procedí a colocarme enfrente. Al contrario que ella, yo dejé las piernas flexionadas y recogidas.

Grace cogió la bolsa de patatas del suelo y me la lanzó sin avisar. La atrapé al vuelo.

—Buenos reflejos —apuntó—. No me digas que eras receptor en el instituto...

—*Quarterback* —la corregí.

—Por supuesto —suspiró.

Se terminó la barrita y paseó la mano por encima de la comida. Acabó decantándose por el sándwich. Lo abrió y me ofreció la mitad.

—He quedado para comer —le informé para rechazarlo.

Ella asintió un par de veces. Parecía haber sacado un mensaje cifrado de esas cuatro palabras. Acto seguido, se concentró en comer y fue recuperando el color paulatinamente.

—Por curiosidad —empezó pasados unos segundos—. ¿De cuántas de mis compañeras tienes el teléfono?

—¿Contándote a ti o no?

Puso los ojos en blanco antes de responder:

—Sin contarme a mí, porque mi número personal no lo tienes.

Fui levantando los dedos de la mano derecha uno a uno mientras contaba mentalmente: primero el pulgar, después el índice, el corazón, y me detuve en el anular.

—Cuatro.

Ella torció el gesto. Tenía la misma cara de desaprobación que horas atrás, en el estudio de grabación. Me dio la impresión de que estaba celosa. Como de vergüenza iba justito, se lo pregunté sin rodeos:

—¿Celosa?

—¿Celosa yo? —contestó incrédula—. Claro que no. —Se apresuró a negar con la cabeza—. Sabía que te harías con el teléfono de todas, como si fuesen pokémon.

Arqueé una ceja y contuve la risa.

—En ese caso te agradará saber que a la única a la que le he pedido el número es a ti. El resto me lo han dado ellas.

Grace entrecerró los ojos y puso una mueca que estaba a medio camino entre la incredulidad y el rechazo.

—Veo que lo de ser un bocazas te viene de familia...

Sonreí.

—Es lo que tiene ser el hermano pequeño de William.

Grace mordió su sándwich.

—¿Cuántos años te llevas con él? —me preguntó cuando tragó.

—Tres.

—¿Tienes veintiocho? —Grace abrió la boca y puso los ojos como platos.

—Madre mía, ¿tan mal me conservo?

—No es eso, pero pensaba que eras mayor que yo...

—¿Mayor? —Arrugué las cejas y la señalé con la mano—. Pero si parece que tienes veintiséis...

—Tengo veintinueve —me corrigió—. Cumpliré treinta el veinte de octubre.

En esa ocasión el que la miró sorprendido fui yo.

—Soy como el buen vino, mejoro con la edad... —musitó Grace contenta—. ¿Cuándo cumples los veintinueve?

—El uno de mayo.

—¡Qué mono, eres un bebé! —Soltó una risita y le dio otro mordisco a su comida.

«¿Un bebé? —La voz de mis pensamientos sonó bastante ácida—. Vamos, no me jodas».

Mastiqué una patata frita mientras la miraba. Tenía la sensación de que con ese comentario había pasado en su cabeza de «tío follable» a «tío con el que jamás me enrollaría».

Grace me sacó de mis pensamientos diciendo:

—Qué pena que no tengamos nada de postre.

—Espera —le pedí.

Despegué el culo del suelo lo justo para sacarme del bolsillo un paquete pequeño de Skittles.

Esos caramelos eran mi perdición. Revisé los ingredientes antes de pasárselos. Grace se echó un puñado en la palma y dejó la bolsa en el suelo, entre nosotros. Estaba a punto de preguntarle qué necesitaba de mí cuando me interrumpió el sonido de mi móvil.

Era un mensaje de Will.

Habíamos quedado para comer porque iba a acompañarme a ver un piso justo después.

Dónde estás?

Me ha surgido un imprevisto, y voy a tardar un poco

Gracias por dejarme tirado...

Tiene gracia que lo digas precisamente tú

No te estoy dejando tirado. Me he quedado encerrado en un almacén

Cada vez eres más original con las excusas...

Enseguida voy, quejica

—¿Qué tal va el audiolibro? —me preguntó Grace.

—Bien. Hoy he grabado hasta que Elizabeth se cae del caballo...

—¡Ah, me encanta esa parte! Es muy emocionante. —Sonrió encandilada.

—Si tú lo dices... —Me encogí de hombros.

No entendía qué había de emocionante en ver a la protagonista darse la hostia del siglo y rodar colina abajo.

—Cuando Callum la salva. —Soltó un suspirito amoroso—. Es que no puedo con ese cliché. ¡Me encanta!

—No quiero meter el dedo en la llaga, pero lo que pasa en esa escena es un poco absurdo.

Ella puso una mueca de indignación y yo me expliqué:

—Si Elizabeth se ha hecho una herida tan grande en la pierna, Callum podría intentar hacerle un torniquete para que no se desangre, podría intentar reanimarla o comprobar sus constantes vitales. No sé, cualquier cosa, en lugar de quedarse empanado pensando lo hermosa que es incluso estando herida.

Grace parpadeó un par de veces, interiorizando mis palabras.

—Qué serio te pones cuando entras en modo médico —dijo pasados unos segundos.

—No es eso, pero es que son conocimientos básicos de primeros auxilios. No cuesta nada documentarse un poquito. ¿Quién te crees que asesora a Will con los temas médicos para las escenas?

—¿Tú? —preguntó sorprendida.

—Obvio. ¿Cómo crees si no que describió tan detallada la curación que le hace Nora a Hunter cuando se le infecta la herida del estómago?

Grace abrió la boca un poco más.

—¿Te has leído *Escrito en las estrellas*? —Parecía estupefacta.

—¿Por qué te sorprende tanto?

—Porque no te pega. Es un libro romántico…

—Que ha escrito mi hermano —contesté—. Me he leído todo lo que ha escrito Will y lo seguiré haciendo, sea del género que sea. Me da igual.

—Se nota que eres su mayor fan… —Me regaló una sonrisa—. Es una suerte que haya contado contigo para toda la parte de las heridas, los golpes y las peleas.

Le devolví la sonrisa y me eché unos cuantos caramelos de colores en la mano. Seguidamente, me comí los amarillos.

—Hablando de tu hermano, cuando empezó a escribir su primer libro, dibujó unos mapas del mundo postapocalíptico, ¿no?

—Mmm... Me parece que sí... —comenté distraído mientras separaba los caramelos rojos del resto de los que tenía en la palma—. Creo que tiene hasta los monstruos dibujados por ahí.

—¿En serio? —Grace alzó tanto la voz que levanté la cabeza para mirarla. Parecía que este tema le interesaba—. ¿Los has visto?

—No. Esas cosas no se las enseña a nadie. —Me llevé los caramelos verdes a la boca.

—A Raquel se los ha enseñado.

—Ya, bueno, pues como todo. —Mastiqué y tragué—. Eso demuestra una vez más que el amor te produce daño cerebral permanente. Es la peor enfermedad que existe.

Grace puso los ojos en blanco.

—No sé cómo puedes decir eso —comentó con desaprobación—. El amor es un sentimiento precioso que mueve el mundo.

—No. El amor te convierte en un panoli, y cuando quieres darte cuenta has hecho el gilipollas a lo grande.

—¿Lo dices por experiencia?

—¿Yo? —Solté una risita sarcástica y me comí los caramelos morados—. Qué va... —hablé mientras masticaba.

—A ver, confiesa... ¿Cuántas veces te han roto el corazón?

—¿Y a ti?

—Cientos —respondió sin titubear—. Me lo han roto tantas veces que no sé cómo sigue latiendo.

—¿Te has enamorado cien veces? —pregunté incrédulo.

—Sí. ¿Y tú?

—Yo no me enamoro. No es mi estilo.

Grace apartó la mirada y se quedó pensativa un instante.

—Volviendo a los mapas, ¿crees que cuando vayamos a Carmel podrías enseñármelos? —preguntó esperanzada—. Tengo muchas ganas de verlos.

—Me encantaría, pero es imposible. Están en el despacho de Will y no deja pasar a nadie ahí.

Grace estiró la mano para coger la bolsa de Skittles justo cuando lo hacía yo, y nuestros dedos se rozaron por accidente.

Alcé el rostro y la miré fijamente.

Ella no retiró los dedos.

Y yo tampoco.

—¿Y si nos colamos en el despacho? —propuso.

La miré sorprendido y me quedé unos segundos embobado.

El día anterior me había pedido que pasase de ella, pero, si ahora me tocaba la mano, yo no iba a apartarla. No quería dejar volar la imaginación antes de tiempo, pero si me pedía que follásemos ahí mismo, sobre el suelo, tampoco le diría que no.

La imagen que asoló mi mente, de ella subiéndose la falda y sentándoseme encima, me obligó a respirar hondo.

—Entonces... ¿te atreverías a correr el riesgo conmigo? —añadió en un susurro.

Asentí, aunque no tenía muy claro a qué.

«Un momento... ¿Está intentando ligar conmigo para conseguir un maldito mapa?».

Se me daba bastante bien leer a las mujeres. Grace era un reflejo de sus emociones. Su expresión y sus gestos la delataban.

—¿Por qué tienes tanto interés en verlos? —Retiré la mano, rompiendo la burbuja íntima que habíamos creado al tocarnos.

—Porque soy muy fan de su obra.

«Mis cojones...».

Entrecerré los ojos.

—Grace, ¿estás intentando seducirme para que te dé los mapas?

—Sedu... ¿Qué?

Le dio un sorbo tan largo a la botellita de agua que la vació.

Arqueé las cejas y apreté los labios.

No me importaba ayudarla a conseguir cosas, pero me molestaba que intentase ligar conmigo creyendo que tendría más posibilidades. Por otro lado, su estrategia era tan penosa que hasta me hacía gracia que fuese tan inocente como para pensar que funcionaría. Después de sopesar mis opciones, decidí devolvérsela vacilándola un poco.

—Guau... —Me llevé la mano al pecho, haciéndome el decepcionado—. Empiezas a creer que eres especial para una persona y resulta que solo quiere usarte para que le consigas los mapas de tu hermano —dije con retintín.

—No te estoy usando.

Ladeé la cabeza, incrédulo, y le regalé una mirada sarcástica.

—No te estoy usando —repitió, y entonces empezó a hablar a toda prisa—: Nosotros dos somos como parásitos. —Nos señaló a ambos con el dedo—. Como esos animales que tienen un parásito beneficioso, porque los dos obtienen algo del otro, ¿sabes?

Volvió a tirar de la tela de su blusa. Verla nerviosa era divertido.

—Me estás llamando parásito y ¿crees que así te voy a conseguir los mapas?

—Ay, mierda, que no son parásitos... —divagó—. Quería decir simbiontes. Simbiontes como las abejas. Eso es. Nosotros somos como las abejas y las flores.

La miré sin comprender.

—Ya sabes. La abeja coge el néctar de la flor para hacer miel y luego poliniza otras flores. Eso hacemos tú y yo.

—O sea que reconoces que estás intentando utilizarme...

—No te hagas el ofendido —comentó—. Los dos sabemos que nuestra relación funciona así. Yo hago una cosa por ti, tú haces otra por mí y los dos salimos ganando. Me lo enseñaste tú con lo del audiolibro y el viaje...

—Sí, eso está muy bien, rubia, pero aquí se te olvida la parte donde tú haces algo por mí.

Grace resopló desesperada y se sinceró:

—La verdad es que estaba buscando en estas cajas contenido sin publicar de tu hermano que pueda servirme para incluirlo en la edición especial de su libro. Llevo un día de mierda. Me he levantado tardísimo. He salido corriendo de casa y casi me atropella un taxista en el cruce con la Sexta. Estoy tan cansada que no pienso con claridad, y en la reunión de apuestas la he cagado y he prometido que tenía contenido inédito de Will. Mi jefa se ha emocionado muchísimo. Me ha dado la enhorabuena y todo. Así que, como no consiga algo, me meteré en un buen lío.

Algo se removió en mi interior al verla así. Debió de reflejarse en mi mirada porque dijo:

—Uf. Da igual... Ni siquiera sé por qué estoy contándote esto. —Se masajeó las sienes, la culpabilidad era evidente en su mirada—. No quiero darte pena. Siento haber intentado usarte para conseguir los mapas. Ha estado feo por mi parte.

—Bueno, si yo quiero ayudarte, no puede decirse que me estés utilizando, ¿no?

En aquel momento, la puerta se abrió y apareció una de sus compañeras.

—¡Por fin! —Grace se levantó a toda prisa y se lanzó a abrazar a la chica—. ¿Cuánto tiempo he pasado encerrada?

—Unos quince minutos —confirmó ella—. Me ha avisado Ava, pero justo...

La chica desvió los ojos hacia mí cuando me puse de pie, y se calló de manera abrupta.

Su cara me sonaba. Era una de las que me habían oído soltar guarradas en la pecera. Grace rehusó mirarme y colocó la caja en la puerta para que no se cerrase.

—Gracias por rescatarnos, Zoe —Grace le dio las gracias a su compañera.

—De nada, luego te veo —dijo ella antes de marcharse.

Grace se volvió en mi dirección.

—Gracias por la comida. —Se apartó de la entrada para dejarme salir—. Y por la conversación —añadió.

—No es nada.

En lugar de irme, bajé otra caja del estante superior.

—¿Qué haces? —me preguntó.

La dejé en el suelo y la abrí con el cúter.

—Ayudarte.

—No hace falta. —Se detuvo delante de mí.

La miré a los ojos desde el suelo.

—Ya, pero te lo he prometido antes, ¿no?

—Y te lo agradezco, pero aquí tengo que buscar sola. Es material confidencial.

—Pues qué suerte que me han hecho firmar un acuerdo de confidencialidad. Además, estamos hablando de algo que ha escrito mi hermano...

Ella cedió al fin y se centró en otra caja.

Pasamos la siguiente media hora rebuscando sin éxito. Me habría quedado un rato más si Will no me hubiese llamado enfadado porque llegábamos tarde a la visita del apartamento.

—Gracias por todo —me dijo Grace cuando salimos del almacén.

—De nada.

Me acompañó hasta el ascensor y esperó hasta que entré.

—Supongo que, ahora que vamos a irnos de viaje juntos, podría darte mi número —comentó antes de despedirse.

—Podrías. —Sonreí cuando las puertas comenzaron a cerrarse—. Sobre todo porque acabo de salvarte de morir atrapada.

Las puertas se cerraron, pero la oí exclamar:

—¡De un encierro que has causado tú!

En cuanto salí en la planta baja y recuperé la cobertura, me llegó un mensaje:

> Soy Grace

> Este es mi número personal 😊

Sonreí.

Le habría respondido algo parecido a «Sabía que acabarías dándome tu número...», pero me reprimí y le respondí con un:

> Encantado, Grace, soy Zac

—Ya era hora —se quejó Will en cuanto me bajé del Uber—. Lo tuyo con la puntualidad es digno de estudio.

Lo miré divertido por encima del borde de las gafas de sol antes de contestar:

—Hola a ti también, hermanito. Te recuerdo que me he quedado encerrado en un almacén.

—¿Lo de «quedarte encerrado» es el eufemismo para decir que estabas ligando con una camarera que has conocido por Tinder?

Solté una carcajada. Pocas cosas me hacían más gracia que verlo cabreado como un mono.

Le di una palmadita en la espalda y solo le dije:

—Es verdad. Me he quedado encerrado con Grace.

Mi hermano y yo teníamos ese tipo de relación en el que una mirada dice más que mil palabras. Por eso sabía lo que estaba pasando en ese instante por su mente. Le saqué de su error diciendo:

—No hemos follado.

«Por desgracia».

—Simplemente he movido una caja sin querer y nos hemos quedado encerrados quince minutos. Y no va a pasar nada entre nosotros porque nos vamos de viaje juntos.

—Espera…, ¿qué?

Casi podía verlo echar humo por las orejas tratando de entenderme.

—Va a acompañarme a traer el coche desde Carmel —informé mientras escribía a la chica de la inmobiliaria para avisarla de que había llegado.

—¿Cómo la has convencido?

Volví a mirar a Will.

La respuesta rápida era que necesitaba que alguien me acompañase y la situación con el audiolibro lo había propiciado. La realidad era más compleja y tampoco quería darle muchas vueltas. No quería contarle que, en el despacho de Grace, había leído los primeros puntos de una lista titulada «Propósitos que cumplir antes de los 30», en la que el segundo punto era «Improvisar un viaje». Ni que por eso se me había ocurrido proponerle que me acompañase. Además, Grace prácticamente me había arrancado la hoja de las manos. Parecía que era algo importante y personal, y no pensaba compartir esa información con nadie.

—¿Vamos? —Señalé el portal con la cabeza y eché a caminar.

—¿Zac…?

Me decanté por la respuesta rápida:

—Es muy sencillo, William. Ella quería que grabase el audiolibro pornográfico y yo necesitaba una compañera de viaje después de que el capullo de mi hermano me dejase colgado. Un favor por otro favor, como los simbiontes.

En ese instante sonó mi móvil.

—¿Zachary Anderson? —preguntó una voz femenina en cuanto descolgué.

—Sí. Soy yo.

—Soy Jocelyn, de la inmobiliaria. Le llamaba para cancelar la cita. La pareja que acaba de visitar el apartamento se lo ha quedado.

«De puta madre».

Solté un profundo suspiro.

Ese piso era perfecto. Estaba al lado del hospital, era un loft en una planta veinte, lejos del ruido del tráfico, y lo más importante de todo: me lo podía permitir.

—Lo siento, señor Anderson —siguió ella—. Si me da un rato, puedo mandarle un correo con alternativas parecidas.

—Vale. Cualquier cosa por esta zona que no se pase del presupuesto que le había comentado me iría bien.

—Fantástico, me pongo manos a la obra.

En cuanto colgué, se lo conté a mi hermano.

—Me asombra la poca educación que tienen los neoyorquinos de avisar cuando ya estamos aquí —se quejó él.

—¿Sabes cuál es la parte positiva de todo esto? —le pregunté a Will—. Que hasta dentro de dos horas no tengo la visita al otro apartamento, así que ahora puedes invitarme a comer ahí —apunté con el dedo el restaurante mexicano de la acera de enfrente—, porque estoy muerto de hambre.

Mi hermano asintió antes de seguirme hasta el paso de cebra.

—Pero ¿qué os pasa a todos con los dichosos mapas? —me preguntó Will un rato más tarde, ya en el restaurante.

—¿De qué estás hablando?

Bañé una patata en kétchup y lo miré interesado.

—Primero me ha escrito Grace para decirme que van a hacer una edición especial de mi primer libro y para saber si tengo contenido inédito que pasarle. Después, Raquel me ha preguntado si estaría dispuesto a publicar los mapas, y ahora ¿tú también?

—¿Ah, sí? —Me metí la patata en la boca y traté de pensar una respuesta.

Me había propuesto ayudar a Grace. Un paso en falso con Will significaría perder cualquier posibilidad de acceder a sus dibujos. Decidí aprovecharme de la debilidad que sentía mi hermano por su novia y tiré de ese hilo para probar suerte.

—A Raquel le encantaron tus mapas, ¿no?

Will asintió.

—Y hace tiempo me dijiste que habías recuperado las ganas de contar historias por ella, ¿verdad?

—Zac, ¿adónde quieres ir a parar con estas preguntas?

—¿No crees que sería un bonito regalo para ella que se incluyesen los mapas en la edición especial? Seguro que se sentiría orgullosa, y harías felices a tus fans.

Él se quedó pensativo y yo noté cómo se estiraban las comisuras de mi boca.

—No sonrías tanto, que todavía no he dicho que sí —dijo Will.

No le hice caso y terminé de sonreír.

Ambos sabíamos que había dado en el clavo.

11

POLOS OPUESTOS (n.): Incompatibles. Imposible que se enamoren el uno del otro.

Los días siguientes se sucedieron en una cadena de reuniones con el equipo, agentes y autores, y casi no tuve tiempo ni de respirar. No volví a coincidir con Zac desde que nos despedimos en los ascensores, aunque sí habíamos intercambiado algún que otro mensaje cuando el trabajo lo permitía.

> Necesito saber qué paradas haremos en el viaje.

> Dijiste que recorreríamos parte de la Ruta 66, no?

Eso es

Haremos parte de la Ruta 66 hasta San Luis, y ahí nos desviaremos a Manhattan

Pararemos en Las Vegas, el Gran Cañón, Kingman, Albuquerque, Santa Fe... Lo típico

> Ya que voy a hacerte el favorazo de acompañarte, me gustaría ir a Sedona

> Mi hermana se mudó allí hace unos meses y todavía no he podido visitarla

> Cuenta con ello

> Podemos pasar a verla después del Gran Cañón

Aparte de hablar del viaje, Zac me puso al día de cómo iba el audiolibro y se interesó por mi trabajo. Y así, entre mensaje y mensaje, fuimos conociendo algunos detalles de nuestra vida.

> Me marcho en tres días y sigo sin apartamento...

> No te ha gustado el que has visitado hoy tampoco?

> No. Se caía a cachos. El que más me gustaba me lo quitaron en la cara

> Por cierto, no sabía que eras miope...

> No soy miope. Tengo la vista cansada. Solo uso las gafas cuando paso mil horas delante del ordenador

Y, por supuesto, también encontró tiempo para vacilarme diciéndome cosas como:

La realidad fue que apenas me crucé con nadie porque llegaba la primera a la oficina y me iba la última. Y en casa cenaba sola, porque mis amigas estaban con sus respectivos novios. Después, me sentaba en el sofá y seguía editando manuscritos en lugar de ver *Celebrity Bake Off*, mi programa favorito de famosos y repostería.

Tal y como me había prometido por mensaje, Zac se presentó el viernes a las tres en mi despacho. Habíamos quedado para ir juntos a The Strand, la librería donde su hermano presentaría su último libro. Me pilló en una llamada con Carter, uno de mis autores. Le hice un gesto con la mano libre y le señalé el teléfono, que sujetaba con la otra. Moví los labios formando las palabras «Ahora voy» sin emitir sonido.

Él asintió y se dio la vuelta.

Desde mi sitio lo vi sentarse en una esquina de la mesa de Ava. No escuché lo que le decía porque intentaba prestarle atención a Carter, pero ella se echó a reír y Zac le dedicó una sonrisa encantadora.

En cuanto colgué unos minutos después, escribí a toda prisa en un pósit: «Revisar escaleta de Carter». Lo arranqué y lo pegué en mi agenda.

Al salir de mi despacho, la manga de la americana se me enganchó con el pomo de la puerta. Chasqueé la lengua fastidiada y al oír la risita grave de Zac, se me colorearon las mejillas.

—Ava, acabo de hablar con Carter Moore —le dije cuando conseguí desengancharme—, al final se pasará el miércoles.

—¿Y necesitas que te despeje la agenda? —adivinó.

—Sí. Gracias —le contesté—. En cuanto termines eso, cierra y vete a casa, ¿vale?

Por el rabillo del ojo vi a Zac levantarse.

—Pasadlo bien en la presentación —nos dijo Ava—. Zac, es una pena que ya no vayamos a tenerte más por aquí.

Ava lo miró apenada y Zac separó los brazos. Mi asistente se levantó para abrazarlo. Él le susurró algo que le arrancó a Ava una carcajada y borró la expresión triste de su rostro.

Me quedé pasmada ante tanta emotividad.

Cuando la soltó, me despedí de ella.

—Que pases buen fin de semana —le deseé mientras me encaminaba a la salida.

—Ya me contarás qué tal la cita —alcancé a oír que le decía Zac.

—Sí. Gracias por los consejos.

Arrugué el ceño, extrañada.

¿Zac estaba al tanto de su vida amorosa?

—¿Desde cuándo eres tan amiguito de Ava? —le pregunté cuando se unió a mí en el pasillo.

—Grace, ¿cuántas veces tengo que decirte que no debes tener celos de tu asistente? —bromeó.

—Más quisieras.

—Mmm… Te diría que nuestra amistad se forjó el miércoles —comentó de camino a los ascensores—. Fui a buscarte a primera hora para tomar un café. Ava me dijo que no se te podía molestar en todo el día y me quedé un rato con ella. Y ayer más de lo mismo.

Era increíble cómo en tan solo cinco días se había ganado a la mitad de la plantilla.

—¿Cogemos un café antes de irnos? —Zac señaló la cocina con la cabeza—. Me muero de sueño.

Le miré espantada.

—No vamos a bebernos el café de aquí. Está asqueroso.

—Es bastante mejor que el del hospital.

Faltaban dos horas y media para la presentación de Will. Desde ahí, tardaríamos unos veinte minutos en metro en llegar a The Strand, por lo que teníamos tiempo.

—Te invito a uno en el Starbucks —ofrecí.

—Venga, vale.

Hicimos una parada en el más cercano, donde él pidió un café solo y yo un *frappuccino*. La cafetería estaba abarrotada. Zac se fue a por una mesa y yo me quedé esperando las bebidas.

Cuando fui en su busca, Zac había conseguido una de las que estaban pegadas a la ventana que daba a la Sexta Avenida, donde la gente y los coches se sucedían en una hilera interminable.

—Caroline me ha dicho que lo has hecho genial con el audiolibro —le dije cuando me senté en el taburete alto que estaba enfrente del suyo.

—A mí me ha dicho que es probable que me toque regrabar algún trozo cuando vuelva a Manhattan.

—Ah. Claro. Ahora lo oirán entero y, si hay que repetir algo, te avisarán. —Hice una pausa para sorber por la pajita—. Dejando a un lado que no eres el público objetivo de la novela, ¿te ha gustado?

—¿Qué te hace pensar que no soy el público objetivo de una novela pornográfica? —bromeó.

Le reí la gracia.

—No me ha entusiasmado, pero lo he pasado bien —concedió con una mueca burlona—. Y la parte buena es que he aprendido un montón de guarradas que os gustan. Incluso tengo una frase nueva para ligar.

Arqueé la ceja y lo miré incrédula.

—Miedo me da. —Me concentré en sorber de la pajita.

—«Tu vestido quedará precioso en el suelo de mi habitación» —recitó de memoria.

Por poco escupí el café al reírme cuando me guiñó un ojo con exageración.

—Y bueno, el final es un poco...

—¿Qué? —pregunté cuando se calló—. Puedes ser sincero. No me voy a ofender.

—El final es tan dulce que me ha aumentado el riesgo de padecer una enfermedad cardiovascular.

—No estoy de acuerdo. Es uno de los mejores finales que he leído en mi vida. Cuando él le pide matrimonio es tan bonito...

—Suspiré encantada—. Menos mal que tenía los pañuelos al lado, porque lloré un montón.

—Venga, no me jodas... —se quejó—, tienes que reconocer que es tremendamente pasteloso.

—¿Pasteloso? —Lo miré incrédula—. No entiendo por qué dices eso. La mayoría de los epílogos acaban con un: «Sí, quiero».

—¡Qué horror! —exclamó—. ¿No crees que eso es inculcar la idea de que casarse es el objetivo final de esta vida?

—Bueno, durante mucho tiempo fue así. No tiene sentido cambiarlo en las novelas históricas precisamente.

—Sigo viéndolo innecesario.

Lo dijo con tanta convicción que la siguiente pregunta me salió sola:

—¿No quieres casarte?

—Digamos que la única boda en la que me verás será en la de mi hermano con tu amiga —dijo como si la cosa no fuese con él—. No creo en los «felices para siempre». Además, no quiero atarme a nadie.

—¿Atarte? —Arrugué las cejas al mirarlo—. ¿No crees que esa palabra es un poco dura?

—No.

Después de haber oído afirmaciones como: «Yo no me enamoro. No es mi estilo», no debería haberme sorprendido lo que acababa de decir, pero era incapaz de entender que no le hiciese ilusión ver a dos personas declararse amor eterno. Y tampoco que no quisiese compartir su felicidad con otra persona porque... ¿había algo más romántico que eso?

«Recuerda que, probablemente, la relación más larga que ha tenido este chico sea con su coche».

En ese momento nos interrumpió el sonido de su teléfono.

—¿Diga? —preguntó al descolgar—. Sí, soy yo... Sí, sigo interesado en el apartamento... ¿En serio? —dijo emocionado después de una pausa—. ¿Tiene que ser ahora? Entiendo... Vale... Deme un segundo, por favor.

Se apartó el móvil de la oreja y se inclinó sobre la mesa.

—Grace —empezó—, ¿te acuerdas de que te conté que me habían quitado el apartamento que más me gustaba?

Asentí en respuesta y él siguió:

—Resulta que los que iban a alquilarlo se han echado atrás y ya no lo quieren.

—Eso es genial, ¿no? —le sonreí de vuelta.

—Sí. La cosa es que, para poder quedármelo, tengo que pagar la fianza ahora mismo. ¿Te importa si nos acercamos antes de ir a la librería?

Miré la hora en mi móvil.

Zac se volvía al día siguiente a California y todavía no había encontrado apartamento. Que su favorito se hubiese quedado disponible en el último segundo era un indicador más de que tenía una flor en el culo.

—¿Hasta dónde hay que ir? —le pregunté.

—Está en el Upper East Side —agregó.

Eso estaba en la dirección opuesta a The Strand. Por culpa de *Gossip Girl* siempre había soñado con ver un apartamento en ese barrio, por eso contesté un:

—Si nos damos prisa, no me importa.

Él volvió a pegarse el teléfono a la oreja y dijo:

—Guárdemelo, por favor. —Se levantó y agarró su café—. Llegaré enseguida.

El futuro apartamento de Zac se encontraba en Yorkville, un barrio que estaba dentro del Upper East Side. Según llegamos, la chica de la inmobiliaria nos enseñó el piso porque Zac solo lo había visto en fotos. Era un loft de una habitación, pequeño, pero bastante apañado. Solo tenía amueblada la cocina. Estaba segura de que, cuando Zac lo llenase con sus pertenencias, se transformaría en un hogar acogedor. La única pega era que no tenía aire acondicionado y hacía un calor espantoso.

Él se quedó firmando el contrato con la mujer en la cocina y yo me paseé por la casa.

Mi parte favorita era el salón. Los ventanales de suelo a techo eran una de mis debilidades. Las vistas panorámicas de la ciudad desde la planta veinte eran perfectas. Y era lo suficientemente amplio como para poner un sofá de cuatro plazas con *chaise longue*. Durante unos segundos fantaseé con que ese apartamento era mío e imaginé todas las cosas con las que llenaría de vida las paredes color crema.

Oí una puerta cerrarse y, después, a alguien correr detrás de mí. Al llegar a mi altura, Zac alzó las llaves en el aire.

—¡Ya es mío! —Gesticuló ilusionado—. ¿Qué te parece? —me preguntó sonriente.

—Que es precioso y el barrio es un diez.

Era imposible no devolverle la sonrisa.

—Es perfecto para mí —me dijo—. Es un poco pequeño, pero estoy a cinco minutos andando del hospital.

Zac había renunciado al espacio a cambio de una buena ubicación. Tal y como habíamos hecho nosotras con nuestro apartamento de Hell's Kitchen.

—Tiene gimnasio en el sótano, una azotea con barbacoas y, lo más importante: una plaza de garaje para que mi coche no pase frío en la calle.

—Está genial —aseguré—. En esta esquina yo pondría mi rincón de lectura. —Señalé con la mano la zona que estaba al lado del ventanal—. Visualizo ahí una butaca rosa de terciopelo. Al lado pondría estanterías con mis libros favoritos y una mesilla para poner unas flores.

—Ni de coña. —Zac negó con vehemencia—. Ahí va mi televisión de sesenta y cinco pulgadas para ver bien la NFL.

—Uf —resoplé horrorizada—. No me digas que eres de esos que creen que la televisión es una prolongación de su pene.

—Qué va. —Negó con la cabeza y me regaló una mueca burlona—. Eso es el coche, Grace.

—Te pega. —Le reí la gracia.

—¿Puedes hacerme una foto? —Se sacó el móvil del bolsillo y alargó el brazo—. Quiero mandársela a mi madre.

—Claro. —Nuestros dedos se rozaron cuando cogí su teléfono.

Se colocó en mitad del salón y extendió los brazos. Sonrió para la cámara enseñando todos los dientes.

«Está monísimo».

El capullo salió bien a la primera.

Le devolví el teléfono y, mientras le enviaba la foto a su madre, me di cuenta de la hora que era.

—¡Zac, tenemos que irnos ya! —exclamé tirando de su brazo hasta la salida.

Un rato más tarde, y mientras atravesábamos The Strand a toda prisa, le dije:

—Esto es un desastre.

—Solo llegamos cinco minutos tarde.

—¿Solo? —pregunté mortificada—. Casi no nos dejan entrar. ¿Has visto la cola que hay fuera?

Regina, la encargada de la librería, nos había dejado pasar porque sabía que trabajaba en la editorial.

—¿Cómo voy a conseguir que tu hermano me dé los mapas si llego tarde a su presentación?

—Bah, muy sencillo. Le diremos que ha sido culpa mía.

En dos zancadas, Zac me adelantó y abrió la puerta para que pasara delante.

La sala estaba abarrotada. Las dos últimas filas eran de personas que estaban de pie. Al fondo y sobre el escenario, estaban sentados Will y Mia Summers, la autora que le presentaba.

—Nos quedamos aquí —le susurré alzando la vista para mirarlo a la cara.

Pasé los minutos siguientes atenta a lo que decía Mia sobre Will y su libro. Era la primera vez que se veían en persona, pero habían creado una dinámica divertida.

Mia le preguntó por el proceso de escritura, recordando la aparición estelar de Will en la televisión, y también por curiosidades de los personajes y de la trama.

Cuando le dijo «Nora es un personaje que está muy bien construido, ¿te inspiraste en alguien?» y Will respondió: «Bueno, tiene algunos rasgos de Raquel, mi antigua editora», casi me derretí de amor.

—Will es un romántico de los que ya no quedan —susurré para mí.

—¿Will romántico? —Zac resopló—. Por favor, si todo lo que sabe se lo he enseñado yo —respondió en voz baja.

—¿En serio? —Me volví para mirarlo con escepticismo—. ¿Le has enseñado a escribir un libro precioso para la mejor persona de la Tierra? —le pregunté—. Y lo del elefante rosa, ¿qué? Es una reflexión increíble.

—Sí. Una reflexión increíble que me ha robado a mí. —Se señaló a sí mismo—. Muchas gracias por el crédito, William —terminó mirando al frente.

—¡Shhh! —Alguien nos chistó y nos mandó callar.

Zac puso los ojos en blanco y yo me sonrojé por la vergüenza.

A partir de ahí, a cada comentario burlesco o escéptico que soltó, recibió un codazo por mi parte. Lejos de disuadirlo de seguir hablando, parecía darle fuelle.

Cuando llegó el turno de las preguntas del público, Zac levantó la mano a la velocidad de la luz.

—¿Qué haces? —le pregunté en un susurro.

No me contestó.

—Allí tenemos la primera pregunta. —Mia señaló a Zac y todo el mundo se volteó para mirarlo.

Me inquieté cuando vi a un chico acercarse con el micrófono. Cuando Zac lo aceptó, Will se puso tan blanco como las páginas de su libro.

—Señor Anderson —empezó Zac—, quería hacerle una pregunta un poco personal… ¿Es cierto que se enamoró de su editora mientras escribía la novela?

Will le regaló una mirada que traduje como: «Te voy a matar, Zac». Acto seguido, desvió la atención a la primera fila y le sonrió a la cabeza que asumí que era Raquel. Y, entonces, respondió un claro y rotundo:

—Sí. Es cierto.

—¡Qué bonito! —Mia se llevó la mano al pecho—. Por estas cosas soy escritora de novelas románticas.

Todas las asistentes soltamos suspiritos amorosos que se camuflaron entre los «oh» y «ay» interminables.

—¿Qué? —me susurró Zac tan pronto como devolvió el micrófono—. ¿Cuántas ventas crees que te he generado con esta pregunta?

Se me escapó la risa y él sonrió pagado de satisfacción.

—Es que soy el mejor —musitó—. Con tan solo una frase he fastidiado a Will y te he hecho un favor tremendo. ¿Has visto cuántos móviles estaban grabando la respuesta? —Se rio solo.

Cuando las preguntas terminaron, me abrí camino hasta Will para organizar la firma. No me aparté de él hasta que Mia se interpuso entre nosotros.

—Ya te vale, ¿no? —me reprochó arrastrándome hasta la pared—. Te tenías supercalladito lo del novio guaperas —puntualizó con la vista clavada en el fondo de la sala.

Giré el cuello para mirar en la misma dirección y vi a Raquel y a Suzu haciéndole compañía a Zac.

—¿Yo con ese? —Negué con la cabeza al volver a mirarla—. Ni en broma.

—¿Cómo que «ni en broma»?

—Es el hermano de Will.

—¿En serio? —Ella abrió los ojos sorprendida.

—¿Lo quieres? Te lo regalo, le pongo un lazo y todo —bromeé.

Mia negó con la cabeza y se colocó un mechón de pelo rubio detrás de la oreja.

—¿No quieres escribir un libro sobre un médico mujeriego? —No sé por qué la tenté con esa idea—. Si ponemos su cara en la portada venderíamos, por lo menos, cuarenta mil copias en la primera semana.

Me rio la gracia.

—Es guapo —coincidió—, pero ahora mismo no estoy para rollos de una noche.

Estaba a punto de indagar en el tema, pero una chica me pidió que le sacase una foto con Will y tuve que dejar la conversación para otro momento.

Acabamos la noche en el Vida Verde, nuestro bar mexicano de confianza, para celebrar con unos margaritas que la presentación de Will había sido un éxito. El sitio nos gustaba porque estaba siempre animado y la música era pegadiza. La escalinata de flores y la decoración de colores vibrantes era lo más llamativo del lugar. Además, la comida estaba buenísima.

—Por casualidad, tu hermano no te habrá dicho si está más interesado en la oferta de Red Books que en la nuestra, ¿verdad? —le pregunté a Zac cuando me acompañó a pedir a la barra.

—¿Estás intentando sonsacarme información otra vez?

—Claro que no —contesté, y me senté en un taburete—. Simplemente confiaba en que me dieses alguna pista para mejorar mi oferta.

—¿Por qué no les preguntas a tus amigas?

—¿A cuál de las dos? ¿A la que está saliendo con él o a la que es su agente y no va a contarme nada?

Zac apoyó los antebrazos sobre la barra y se inclinó en mi dirección.

—Supongo que podría hablarle bien de ti a mi hermano.

—¿Harías eso por mí? —pregunté esperanzada.

—Dependiendo de cómo te portes en el viaje...

Entrecerré los ojos y él ensanchó aún más la sonrisa.

Pasados unos segundos le devolví la sonrisa y, por primera vez, tras una semana interminable, conseguí relajarme. No sé si fue por el ambiente bullicioso del bar, porque había conseguido salvar el audiolibro o porque Zac me había contagiado su eterno buen humor.

Él levantó su copa y, después de brindar, le di un sorbito a mi margarita de melocotón.

En ese momento, Raquel apareció para ayudarnos a llevar los cócteles a la mesa, quebrando la atmósfera en la que estábamos inmersos.

—¿Os ayudo, chicos? —preguntó mi amiga.

La conocía y sabía que seguía dándole vueltas a la conversación que habíamos tenido el otro día por FaceTime. Agradecía que se preocupase por mí, pero yo tenía las cosas claras.

Zac le pasó un brazo por los hombros y le sonrió con descaro antes de decir:

—Te doy cien dólares si consigues que mi hermano baile salsa.

—¿Durante cuánto tiempo? —le preguntó ella.

—Una canción entera.

—Hecho. —Le estrechó la mano—. Vas a morder el polvo.

Los tres regresamos a la mesa donde nos esperaban Suzu y su novio, Jared, y Will. Pasamos un rato agradable comentando la presentación y compartiendo anécdotas de nuestra semana. Poco después, cuando Raquel y Suzu se ausentaron para pedir otra ronda, Zac aprovechó para decir:

—Oye, Will, ¿no tenías que decirle algo a Grace de no sé qué mapa?

Giré el cuello para mirar a Will tan rápido que podría habérmelo partido.

—Procura no emocionarte demasiado... —empezó Will.

—Tarde. Ya estoy chillando por dentro —contesté.

—He estado pensando y me gustaría que en la edición especial del libro se incluyesen los mapas que dibujé.

Solté un gritito.

—A Raquel le hace ilusión y creo que a los lectores les gustará —terminó.

Estaba tan emocionada que me entraron ganas de llorar.

En lugar de hacer eso, me lancé a abrazar a Will. Él se quedó tieso un instante antes de devolverme el abrazo amistoso.

—Gracias, gracias, gracias, gracias —repetí un millón de veces.

—No te emociones tanto, que solo son unos mapas... —contestó.

—Va a ser el libro más bonito de la historia —le prometí al apartarme.

Detrás de él, su hermano llamó mi atención con un gesto exagerado de la mano.

Cuando lo miré, Zac movió los labios formando un mudo «de nada» mientras se señalaba a sí mismo. Algo se removió en mi estómago cuando me guiñó un ojo y un enorme sentimiento de gratitud se apropió de mí.

Will se disculpó para ayudar a Raquel en la barra y Jared se fue con él. Zac los siguió con la mirada mientras se alejaban y después volvió a centrar los ojos en mí.

Apenas nos separaban cuatro pasos de distancia.

Había algo magnético en él. Quizá era el brillo intenso de su mirada o la sonrisa torcida, unida a la barba incipiente y la expresión seductora. Estaba a punto de ponerme en marcha para abrazarlo cuando recordé el último propósito de mi lista: «No enamorarme del primer gilipollas que me haga caso».

Zac se paró delante de mí.

—¿Estás contenta? —me preguntó.

«Bajo esta luz tenue es más guapo todavía…».

Su sonrisa me pilló con la guardia baja. Tragué saliva y le contesté con otra pregunta:

—¿Le has convencido para que me dé los mapas?

—¿A ti qué te parece?

Ante la mueca burlona que me regaló, mis defensas se alzaron.

—¿Por qué lo has hecho?

—Porque me caes bien y porque quiero que el libro de mi hermano se venda, para que gane mucha pasta, que invertirá en mis proyectos de investigación. Mis propósitos son puramente egoístas…

Si no hubiese estado inquieta, le habría preguntado a qué proyectos de investigación se refería.

Entonces caí en la cuenta de que lo que Zac había hecho por mí no era distinto a lo que había hecho mi amiga Raquel.

Amigos.

Eso era lo que podíamos ser.

—¿Crees en la amistad entre un hombre y una mujer? —le pregunté de sopetón.

—¿Qué clase de pregunta es esa?

—¿Quieres ser mi amigo?

—¿Tenemos siete años y estamos en el patio del colegio? —bromeó—. ¿Qué es lo siguiente que vas a preguntarme? ¿Si te presto mi MicroMachine?

—La pregunta se responde con un sí o con un no.

Estiré la mano en su dirección.

Zac observó mi palma abierta y se rascó la barbilla pensativo.

—¿De verdad necesitas pensártelo? —pregunté ofendida.

Él soltó una carcajada estruendosa antes de estrechármela.

Le solté la mano y desvié la mirada hacia la barra, donde Suzu y Jared seguían esperando las bebidas.

Un poco más allá, Raquel le cogió las manos a su novio y dio un paso lateral para enseñarle un paso básico de salsa. Will la siguió con torpeza y yo sonreí. Parecía que ya estaban sumidos en su mundo particular. Adoraba verlos juntos.

Estaba cansada de besar ranas que no se convertían en el príncipe azul. Yo merecía el amor que leía en los libros, y no aspiraba a menos que eso. Y más teniendo al lado ejemplos que demostraban que los protagonistas de comedia romántica existían en el mundo real.

—Estás a punto de perder cien dólares —le dije a Zac sin dejar de mirarlos.

—Que mi hermano esté intentando bailar prueba una vez más lo que te dije: el amor es la peor enfermedad que existe.

Negué con la cabeza y suspiré.

Mi amiga podía quedarse tranquila.

Zac y yo éramos totalmente incompatibles y, por ese motivo, nuestra amistad sería perfecta.

12

MENSAJES (n.): Forma de tener a alguien cerca, incluso en la distancia.

Llevaba tres días en California cuando Grace me escribió. Era la primera vez que hablábamos desde que había vuelto. Me pilló preparando el desayuno, después de mi entrenamiento matutino en el gimnasio.

> Hola!

> Qué tal la vuelta?

> Espero que no tengas mucho *jet lag*.
> He estado pensando y me gustaría visitar
> algunas librerías que nos pillen de paso.
> Te importa?

> Claro que no

> Te mando un enlace de Google Maps
> para que tengas la ruta exacta

> Yo tengo fichados un par de
> restaurantes

> Genial, gracias!

> Haré una lista de librerías

> Cuando la tenga, te la comparto

> Estupendo

—¿Sobran tortitas? —oí que decía un adormilado Jackson.

Eché un vistazo por encima del hombro y lo vi entrar en la cocina en pijama y arrastrando los pies.

Jackson era uno de mis compañeros de piso. Lo conocí el primer día de residencia a la par que a Luke, nuestro otro compañero. Él también tenía turno de tarde en el hospital de Stanford y coincidíamos en casa muchas mañanas.

—No hay de sobra —contesté mientras servía la última tortita en el plato—. Pero soy tan generoso que podría dártelas y preparar más, a cambio de que tú laves la sartén.

—Hecho. —Me dio una palmada en el hombro—. Cuando te mudes, lloraré tu ausencia a diario.

Solté una risita baja y alargué el plato en su dirección.

Él lo aceptó y se detuvo delante de la nevera.

—¿Qué día de la semana es hoy? —me preguntó mirando la pizarra donde apuntábamos nuestros turnos.

—¿Tan mal te levantas? —respondí sorprendido—. Es martes.

—Genial, pues no tengo guardia hasta el domingo.

No tardé en unirme a él en la mesa del comedor. Jackson era la persona más lenta del mundo comiendo y todavía le quedaban la mitad de las tortitas. Eché sirope sobre la fruta cortada de las mías y me las comí casi todas en un santiamén.

—¿Has contratado ya una empresa para la mudanza? —me preguntó mi amigo.

—Negativo.

—¿A qué estás esperando? Julio está a la vuelta de la esquina.

—Bah, quedan más de dos semanas, tengo tiempo de sobra. —Hice un gesto con la mano para restarle importancia—. Ya lo miraré con calma.

De momento, prefería aprovechar el inicio del verano para salir con mis amigos, ir a la playa y visitar a mis padres. Cosas que pronto no podría hacer.

—Los dos sabemos que te pillará el toro y luego vendrán los lloros —me dijo en broma.

En dos bocados, me comí la otra mitad del plato.

—¿Qué vas a hacer ahora? —le pregunté.

—Ni idea. —Se encogió de hombros—. ¿Por?

—Tengo que llevar el coche al taller. ¿Me acompañas?

—Claro. ¿Le ha pasado algo a tu pequeño?

—No —negué riéndome—. Simplemente quiero hacerle una revisión rutinaria. Para asegurarme de que todo está a punto para cruzar el país con él.

Recibí el mapa de las librerías de Grace el jueves por la noche, durante uno de mis turnos de trabajo.

> Perdona por no haber contestado antes. Estoy de guardia

> Tienes tantas librerías marcadas que tendremos que alargar el viaje para parar en todas

Yo soy feliz con ver la mitad 😊

> Qué haces despierta? No es tardísimo en Nueva York?

Es la una. Estoy leyendo
un manuscrito

Qué tal va la guardia?

Bien. La noche pinta tranquila.
Espero poder dormir un rato

Solo me quedan diez horas más

Me imagino tu vida como *Anatomía de Grey*.
Liándote en la sala de descanso con tus
pacientes, yendo a galas benéficas, y todo eso

Solté una carcajada con ese mensaje.

Imagínatelo más bien como una
sucesión de cafés, siestas entre
horas y atender pacientes...

No es tan glamuroso como piensa la gente

Y jamás me liaría con nadie que conozca
en el hospital, es cero profesional

El fin de semana estaba tomando una cerveza con mis compañeros de piso en un bar irlandés cuando se iluminó mi pantalla con
un mensaje de Grace.

Socorro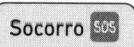

Will y Raquel acaban de entrar liándose otra vez!

Los he visto desde el sofá 🫣

Me descojono 💀

Vas a acabar con estrés postraumático

Menos mal que me he puesto
los cascos a tiempo!

Después de la última vez, he escarmentado

De verdad no se cansan?

Cuando no son ellos, son Suzu y Jared 🫥

—¿De qué te ríes tanto? —Oí que me preguntaba Luke.

—Cómo se nota que eres otorrino, te encanta poner la oreja y enterarte de todo —contesté mientras tecleaba con los pulgares.

—¿Se supone que eso era un chiste, Anderson? —me dijo.

—A mí me ha hecho gracia —contestó Jackson.

Vais a tener que hacer como nosotros
y poner la norma de: prohibido el coito
en zonas comunes

La norma se puso después
de que hubiese un incidente?

Puede ser

Quién pilló a quién?

146

—¿Quién es la afortunada esta vez? —insistió Luke.

Dejé el móvil en la mesa y arqueé las cejas al mirarlo.

—¿De qué hablas? —pregunté cogiendo mi botellín.

—Preguntaba con quién está mensajeándose el doctor Amor esta noche —contestó él en tono burlón.

—Solo era Grace —respondí después de beber—. La chica que va a acompañarme al viaje. ¿Os acordáis de que os hablé de ella el otro día?

—La editora de tu hermano, ¿no? —dijo Jackson.

—Esa. —Asentí.

—Ah, sí. La chica con la que te vas de viaje, que no es tu amiga, y con la que tampoco quieres acostarte... —pinchó Luke.

—No hay signos de actividad cerebral —dije mirando mi reloj—. Hora de la muerte de Luke Smith: las veintiuna cero nueve.

Luke entrecerró los ojos y Jackson soltó una carcajada.

—No le rías la gracia —le pidió Luke—. Luego se cree que es divertido y las repite como un disco rayado.

Le hice un corte de mangas y él sonrió.

—Qué ganas tengo de que te pires de casa —dijo mientras negaba con la cabeza.

—No te lo crees ni tú —contesté—. Vas a echarme de menos a los cinco minutos, y lo sabes.

—Te aseguro que no... Por cierto, Cory, el de trauma, me ha preguntado por tu habitación —me informó—. Quiere pasarse a verla esta semana.

—Ah, vale, pues que venga cuando quiera. —Le di otro sorbo a mi botellín.

Cory era majo. Seguramente sería un buen compañero de piso. Pese a que me alegraba de que mis amigos encontrasen otro inquilino para mi habitación, la realidad era que los echaría de menos.

A mediados de la semana siguiente, quedé con Jackson para hacer un descanso nocturno. La máquina expendedora de la planta baja era el punto de encuentro cuando coincidíamos de guardia. Me agaché para recoger el café de la máquina y el fonendoscopio se me resbaló del cuello. Lo atrapé a tiempo y me lo coloqué mientras me erguía. Al coger el vaso de plástico me acordé de lo que dijo Grace del café de la editorial. Era cierto que el de aquí no era para tirar cohetes, pero era lo mejor que teníamos y ninguno le hacíamos ascos.

Le saqué una foto a mi bebida aguada y se la envié. Eran las cuatro y media de la mañana en California y las siete y media en Nueva York. Grace debía de estar a punto de despertarse y no tardaría en verla.

> Buenos días

> A esto me refería cuando decía que el café de la editorial es un manjar

—¿Cuántas guardias has hecho últimamente? —me preguntó Jackson cuando me estiré.

—Unas cuantas —contesté—. Me viene bien la pasta para la mudanza.

En ese instante recordé que todavía no tenía empresa de transporte y quedaba menos de una semana para marcharme. Al ver mi cara de circunstancia, Jackson adivinó lo que estaba pasando.

—No has contratado a nadie todavía, ¿verdad?

—No —negué con la cabeza—. Luego lo hago sin falta. Eso e ir a comprar cajas, debería empezar a guardar cosas ya.

—Deberías.

Horas después, cuando salí del hospital, me encontré con una imagen del *frappuccino* que se había comprado Grace. Se veía más apetecible que el mío. Jackson y yo fuimos a desayunar tortitas al Tootsie's, un local que estaba al lado. Le envié una foto de mi café a Grace.

> Este tiene mejor pinta, no?

> Lo que tiene buena pinta son esas tortitas y no esta ensalada preparada que me estoy comiendo frente al portátil

Tuve que darle la razón.

Después de desayunar fui directo a comprar cajas. Era la única manera de obligarme a empezar a embalar cosas. Cuando llegué a casa, llamé a un par de empresas de mudanzas. Estábamos a finales de junio y muchas cerraban a la semana siguiente por el Cuatro de Julio.

A mediodía, mientras me preparaba un plato de salmón teriyaki con arroz, le mandé una foto a Grace.

> Esto sí que tiene mejor pinta que tu ensalada

Me contestó justo cuando cerré las cortinas de mi habitación y me metí en la cama.

> La verdad es que sí. Yo últimamente apenas tengo tiempo para cocinar

> Qué tal va tu día?

> De pena 😣

> Y eso?

> Estoy hasta arriba de trabajo. Creo que hoy también tendré que saltarme la clase de baile

> Solo quiero llegar a casa, hacerme una bola en el sofá y comerme una tonelada de chocolate

> Tú qué tal?

> Bueno, en un rato llegas y dejas que te malcríen tus compañeras

> Yo voy bien

> Tengo que conseguir una empresa para la mudanza ya, y mañana tengo el último partido de fútbol de la temporada

> Juegas al fútbol?

> Sí. Con un equipo aficionado de Palo Alto

> Es verdad, se me había olvidado de que eras *quarterback* en el instituto

> Te pega

Iba a preguntarle por qué, pero me quedé dormido.

Por fortuna, cuando me desperté, conseguí una empresa para la mudanza. El único punto negativo era que no podrían recoger las cosas hasta el día cinco, por lo que Grace y yo tendríamos que subir desde Carmel antes de iniciar el viaje.

Una vez a la semana jugaba al fútbol americano. Mi equipo participaba en una liga con otros de la bahía de San Francisco. Aquel domingo, al entrar en los vestuarios, tenía una sensación agridulce en el pecho. Habíamos ganado, pero era mi último partido con el equipo y me sentía apenado.

Dejé el casco dentro de la taquilla y saqué el móvil de mi bolsa de deporte. Tenía varios mensajes de Grace esperándome, me sorprendió que uno fuese un audio.

Los ánimos en el vestuario estaban por las nubes y el ambiente era bastante ruidoso. Mis compañeros estaban bromeando y comentando las mejores jugadas mientras se desvestían para pasar a las duchas. Esperé a quedarme solo para oír el audio. Me acerqué el móvil a la oreja y la voz alegre de Grace hizo que la sensación agridulce de la despedida pasara a un segundo plano.

—¡Por fin tenemos sofá nuevo! —exclamó emocionada—. No veas la que hemos liado para subirlo. —Soltó una risita—. El repartidor nos lo ha dejado en la calle. Hemos intentado subirlo nosotras, pero pesaba una tonelada y media y entre las tres no hemos podido ni acercarlo al portal. Al final, Raquel y Suzu han llamado a Will y Jared, y los hemos esperado sentadas sobre el sofá envuelto en plástico en la calle. Nos hemos hecho un millón de fotos graciosas. No sé si has visto mis historias de Instagram. —Hizo una pausa para reírse—. Y, luego, para subirlo con los chicos ha sido un poco dramático, parecido al episodio de *Friends* del sofá... Tu hermano no paraba de dar indicaciones y quejarse, y a nosotras nos entraba la risa. Pero el sufrimiento ha merecido la pena, te juro que es el sofá más bonito del mundo. Por cierto, suerte en el partido.

Terminé de escucharla con una sonrisa. Antes de contestarle, entré en Instagram para ver a qué historias se refería. Solté una carcajada al ver una foto de las chicas sentadas en el sofá en plena calle.

> Espero que haya algún video de mi hermano refunfuñando 😂

> Hemos ganado el partido!!!

> Qué bien! Enhorabuena!

—¿Qué haces así todavía, Anderson?

Josh fue el primero en regresar de las duchas.

—¿Qué? —pregunté distraído mientras tecleaba una respuesta.

—Venga, deja el móvil ya, que siempre llegamos tarde por tu culpa. —Al pasar por mi lado, me dio una palmada en la espalda.

> Ahora saldremos a celebrarlo

> Qué planes tienes tú?

En ese momento, varios de mis compañeros salieron envueltos en toallas y yo ni siquiera me había quitado la coraza. Estaba a punto de guardar el móvil cuando Grace contestó.

> Nosotras estamos reventadas de la paliza del sofá. Vamos a pedir cena para todos y veremos una peli en casa

> Será un sábado noche tranquilito

> Pasadlo bien 😊

Después de contestarle, dejé el móvil en la taquilla y me deshice de la equipación a toda velocidad. Cuando entré en las duchas, la mayoría de mis compañeros ya las habían abandonado.

La noche previa al Cuatro de Julio llegué a casa reventado del trabajo. Me dolían todos los huesos del cuerpo. Esos últimos días habían sido mortales y se me habían pasado como un suspiro. Entre el trabajo y preparar la mudanza en el último minuto no había parado ni un segundo a descansar. Si pudiera, dormiría hasta caer en coma. Después de cenar, me puse a terminar de embalar lo que me quedaba. Al ver mi habitación llena de cajas, le saqué una foto y se la envié a Grace.

Mira, como tu almacén

Jajajaja

Yo sigo teniendo pesadillas con que acabo aplastada por un millón de cajas

Ya tienes todo listo para mudarte?

En lugar de contestarle por escrito, le mandé un audio:

—Más o menos. Esto es un poco caos y todavía tengo que hacer las maletas —reconocí—. Por cierto, vamos a tener que volver aquí después de Carmel. Los de la mudanza vienen a recoger mis cosas el día cinco. No he conseguido que vengan antes por el festivo.

Grace me contestó unos minutos más tarde con otro audio:

—¡Ah, vale! Sin problema. Raquel me ha dicho que nos recoges mañana en Monterrey… Yo ya tengo las maletas hechas. Me voy a ir a dormir porque en unas horas salimos para el aeropuerto. Buenas noches.

Me aclaré la garganta antes de responder:

—¿Maletas en plural? —pregunté fingiendo estar horrorizado—. Miedo me da… Te recuerdo que tengo que llevar algunas cajas aparte del equipaje, ¿eh? Considera esto el enésimo recordatorio de que no te traigas mil cosas, por favor. Y sí. Mañana os recogeré, Will ya me ha dicho a qué hora tengo que estar allí y eso. Yo madrugaré para despedirme de mis padres antes de bajar a Carmel, y tengo que organizarme con Matt para ver quién va a comprar la comida de la barbacoa. Ya verás qué buenas me quedan las hamburguesas. Bueno, espero que tengas buen viaje. Nos vemos mañana. Que descanses, rubia.

13

CALIFORNIA (n.): El mejor estado para empezar una aventura.

—¡Zac! —oí que me llamaba mi hermano de lejos.

Hice caso omiso y seguí atento a mi partida de *Candy Crush*. Estaba a punto de pasar de nivel.

Cuando lo conseguí, levanté la vista para verlo aproximarse con Raquel. Detrás de ellos, y enfrascadas en una conversación, divisé a Suzu y a Grace.

—Espero que no lleves mucho tiempo esperándonos —me dijo Will con sorna.

Separé la espalda de la pared y me guardé el teléfono en el bolsillo.

—¡Cuñadita! —Abracé a Raquel, ignorando por completo a Will—. ¿Qué tal el vuelo?

—Bien —me contestó ella—. ¿Qué tal tú?

—Reventado —respondí con sinceridad al apartarme—. Anoche salí tardísimo del hospital y tuve que ponerme a embalar cajas.

—Pareces cansado.

—He dormido cuatro horas porque quería despedirme de mis padres antes de recogeros.

—¿Qué tal están?

—Muy bien. Mi madre está deseando conocerte.

Ella me regaló una sonrisa educada.

—Y tú —le dije a mi hermano—, a ver si llamas a mamá, que se ha quedado de bajonazo al despedirse de su hijo favorito.

Will soltó una carcajada y yo le miré con cara de pocos amigos.

—Es verdad —le dije—. Llámala.

—Lo haré.

Él se pasaba la mitad del año en Manhattan o de gira, y la otra mitad encerrado en su cueva, escribiendo, mientras que yo vivía a poco más de una hora de nuestros padres y solía visitarlos con regularidad.

—Y, por cierto, llevo aquí una hora y cuarto —mentí—. Me he recorrido el aeropuerto de arriba abajo ocho veces.

—Es mentira… —dijo Will.

Le aguanté la mirada unos segundos y claudiqué:

—No me puedo creer que hayas sido tan capullo de decirme que tu vuelo llegaba una hora antes…

Will se encogió de hombros:

—Es la única manera de conseguir que llegues a tiempo —me dijo—. Y, aun así, estoy seguro de que has llegado tarde.

Había llegado media hora tarde, pero jamás se lo confesaría. La culpa había sido de mi madre, que siempre se enrollaba en las despedidas.

—Te equivocas. Esta vez he llegado puntual.

Él se rio, adivinando que era mentira.

Interrumpí su carcajada con un abrazo. Llevaba varias semanas sin verlo y lo había echado de menos. Le estrujé con tanta fuerza que conseguí levantarlo del suelo. A mis oídos llegaron sus quejas y las risas de Raquel.

Cuando lo solté, me acerqué a saludar a las chicas, que se habían quedado rezagadas con las maletas.

—Señoritas… —Les hice una reverencia—. Bienvenidas a California.

Ellas me saludaron y yo les sonreí ampliamente.

Suzu fue la primera en adelantarse. Me dio un abrazo amistoso y yo le guiñé un ojo por encima de su hombro a Grace. No pude evitar echarle un vistazo rápido. Llevaba el pelo suelto, una camiseta de tirantes azul oscura que se pegaba a su cuerpo y unos vaqueros cortos que dejaban al descubierto sus piernas largas.

—¿Qué tal soportando a mi hermano? —le pregunté a Suzu—. Debe de ser durísimo ser su agente.

—De momento me ha dado más guerra Grace que él —respondió ella.

—Te he oído, boba —contestó la rubia.

Su cara de indignación me hizo sonreír de nuevo.

Me acerqué a ella con los brazos abiertos y nos dimos un abrazo fugaz, aunque con el suficiente contacto físico como para que notase sus pechos aplastarse contra mi torso.

—¿Qué tal? —le pregunté cuando se apartó—. Me has echado muchísimo de menos, ¿a que sí? —bromeé.

—Siento destrozar tus sueños, pero no —me dijo—. Solo he venido porque se me ha prometido una buena barbacoa y porque me han hablado maravillas de Carmel-by-the-Sea.

En ese instante oí a Will decir:

—Suzu, ¿vamos a por tu coche?

Suzu había alquilado un coche para visitar a su familia en Los Ángeles al día siguiente, y de paso acercaría a Will y Raquel al aeropuerto porque volarían a Madrid desde ahí.

—Claro —le respondió a mi hermano. Luego se volvió hacia Grace y le dijo—: Te dejo aquí la maleta.

Grace asintió con una sonrisa afectuosa. Parecía haber dejado en Manhattan la nube de agobio. Se la veía relajada y contenta.

—Un momento... —Hice recuento del equipaje que se arremolinaba delante de ella cuando nos quedamos solos—. ¿Cuántas maletas has traído?

—Dos. Esta grande y esa pequeña. —Apuntó con el dedo sus bultos.

—¿De verdad necesitas todo esto para diez días?

—Sí.

—Te dije que no trajeras muchas cosas porque tengo que llevar un par de cajas en el maletero.

Ella me dedicó una sonrisa insolente y solo dijo:

—No te preocupes, seguro que cabe todo en tu coche.

—¿Eso también es tuyo? —Señalé la bolsa malva que descansaba encima de una de sus maletas.

—Sí. Y esta también —respondió señalando una mochila del mismo color—. Ahí llevo el portátil del trabajo.

—¿Por qué te has traído el portátil del trabajo a las vacaciones? —pregunté extrañado.

—Es solo por si acaso. Y esto —nos señaló a ambos con el dedo— no son vacaciones. Es trabajo de chófer encubierto.

Solté una carcajada y ella dijo algo por lo bajini que no llegué a entender.

En cuanto regresaron los demás nos dividimos en dos grupos. Casi perdí a las chicas un par de veces en la carretera. Por eso y por no escuchar los berridos de mi hermano, reduje la velocidad. La casa de Will estaba en mitad de los acantilados de Carmel-by-the-Sea, el pueblo más pintoresco de California. Para llegar hasta ella teníamos que recorrer un camino de tierra privado al que solo tenían acceso los residentes. Will vivía apartado de la gente, con la única compañía de su gato. Entendía por qué le gustaba encerrarse a escribir ahí. La casa de madera se alzaba imponente en mitad de los árboles y era espectacular: tenía una cocina amplia y luminosa, un jardín con vistas al océano, perfecto para hacer barbacoas, gimnasio y biblioteca. Aunque me encantaba, aquello era demasiado tranquilo para mí.

Suzu aparcó el Toyota Prius entre mi Mustang y el Tesla de Will, frente a la entrada.

Al bajarme del coche detecté el olor a sal y a madera que trajo la brisa cálida. Se oía el rumor de las olas y el graznido lejano de las gaviotas que sobrevolaban el Pacífico.

—¡Will, esto es precioso! —oí que decía Grace.

Me colgué del hombro mi bolsa del gimnasio y ayudé a mi hermano a sacar sus cosas. Después, me fijé en las chicas. Suzu y Raquel ya habían sacado su equipaje de mano y habían dejado las maletas grandes en el coche, listas para el día siguiente. A diferencia de Grace, que estaba batallando por sacar todas sus cosas.

—Eh, Grace —la llamé—. ¿Quieres dejar algo en mi maletero para mañana o piensas cargar todo eso escaleras arriba?

Ella sopesó mi pregunta unos segundos y observó su equipaje.

—Supongo que podría dejar ya la maleta grande en tu coche.

Me adelanté para cogerla. Al alzarla para sacarla del maletero, me sorprendió lo que pesaba.

—Pero ¿qué coño llevas aquí dentro? —le pregunté en broma por encima del hombro—. ¿Un cadáver?

—Ja, ja —respondió.

Al cerrar el maletero, me topé con la ceja enarcada de mi hermano. Le hice un gesto con la cabeza que significaba «¿qué pasa?», al que él no contestó.

Volví a mirar a Grace, que, a duras penas, cargaba sus cosas. Raquel le ofreció su ayuda desde el porche, pero ella la descartó.

Sin decir nada, crucé el jardín en dos zancadas y me detuve a su lado.

—¿Te ayudo? —pregunté.

Ella negó con la cabeza con tanto ímpetu que el pendiente largo que llevaba colgando de la oreja izquierda se balanceó. Se había recogido los mechones delanteros del pelo y pude ver que en la oreja derecha llevaba un aro dorado.

Entré el último en el recibidor y me descalcé, tal y como habían hecho los demás. Empujé las zapatillas con el pie y las pegué contra la pared.

—¡Ay! —Raquel dio un respingo que llamó mi atención y retrocedió un paso.

Oí un ronroneo. El gato bicolor estaba frotándose contra las piernas de mi hermano. Ahora todo tenía sentido, a la novia de mi hermano le daban miedo los gatos.

—¿Qué tal te han cuidado, Percy? —le preguntó él antes de agacharse a acariciarlo.

—¡Es monísimo! —admiró Grace—. ¿Se llama Percy por los Weasley?

—Por Percy Jackson —contestó él sin apartar los ojos del gato.

Cuando Will se irguió, el gato se encaminó en mi dirección con sus andares elegantes y su aire de perdonavidas.

—¡Hey, Percy! —Me puse de cuclillas y lo acaricié—. ¿Cómo dices? —Me llevé la mano a la oreja y fingí que lo escuchaba con atención—. ¿Que me has echado más de menos a mí que a William?

Mi hermano resopló y, sin hacerme ni puñetero caso, se ofreció a enseñarles la casa a las recién llegadas.

—Vamos a empezar por la parte de abajo —dijo Raquel, abriendo la puerta que daba al sótano.

Uno a uno desfilaron por las escaleras.

—¿No vienes? —me preguntó Grace, con la mano en el pomo de la puerta.

—Ya lo tengo muy visto. —Sacudí la cabeza en un ademán negativo—. Me quedo jugando con Percy.

Tan pronto como Grace cerró la puerta me incorporé.

—Percy —le hice un gesto con la cabeza—, vamos a subir la maleta de la cabezota de la rubia.

Cogí la maleta malva y me eché al hombro la bolsa a juego.

En dos viajes subí las cosas de todos. Cuando regresé abajo, me encontré con que el tour salía de la cocina.

—He subido el equipaje a las habitaciones —los informé con naturalidad.

Ellas me dieron las gracias.

—No hacía falta —me dijo Will.

—Lo sé. Por eso la tuya no la he subido. —Me reí cuando me miró mal—. Es broma, William.

Las chicas siguieron a Raquel escaleras arriba y yo crucé la casa hasta la parte trasera. Me quité los calcetines y atravesé el jardín.

El cobertizo de Will era espacioso. Tenía una parte destinada a guardar herramientas y la otra era una segunda habitación de invitados con el suelo de madera. Había una cama individual en un rincón y una mesita de madera a juego.

Solté mi bolsa encima del colchón y arrojé los calcetines sobre la mesilla. Acto seguido, me calcé las chanclas y salí para encender la barbacoa. Matt y Lucy no tardarían en llegar con la comida y quería tenerlo todo listo para entonces.

Will se unió a mí delante del fuego y me trajo una cerveza. Desde que tenía memoria, me había encargado de preparar la comida, y él, de hacerme compañía.

—¿Nervioso por el viaje? —le pregunté aprovechando que estábamos solos.

—Un poco.

—Bah, no te rayes. Les caerás bien —comenté, adivinando sus pensamientos.

—¿Tú crees?

—Tío, eres William Anderson. Claro que vas a caerles bien a tus suegros.

—Si me vieron en la tele…

—Si te vieron, pensarán que estás colado por su hija y ya está. Él asintió con la vista clavada en las brasas.

Cambiamos de tema en cuanto las chicas se unieron a nosotros. Les pregunté qué querían beber en el preciso instante en el que Matt y Lucy hicieron acto de presencia. Eran los mejores amigos de mi hermano desde hacía tantos años que ya formaban parte de mi familia. Como iban cargados de bolsas, me acerqué para ayudarlos. Lucy dejó las suyas en el suelo y corrió al encuentro de Raquel, ignorándome por completo.

—Matt, ¿cómo estás, tío? —Sonreí.

—Cuánto tiempo, capullo.

Chocamos la mano y nos dimos un abrazo. Después, cargamos las bolsas a la zona de la barbacoa. Mi hermano hizo las presentaciones pertinentes, y yo saludé a Lucy con un abrazo.

Puse música en el móvil y Matt y yo nos quedamos charlando mientras preparaba la comida.

Un rato más tarde, después de repartir las hamburguesas entre todos, me dejé caer en la silla más cercana a la barbacoa, en el extremo opuesto al que estaba mi hermano. A la derecha tenía a Matt, y a la izquierda, a Grace.

—¿Qué tal el punto de la carne? —le pregunté a ella.

Todos la habían pedido al punto, menos ella, que la quería muy hecha.

La observé mientras la cortaba con el cuchillo.

—Está genial así, gracias. —Me dedicó una sonrisa escueta.

—Estupendo.

Durante los minutos siguientes nos concentramos en pasarnos los condimentos unos a otros.

Grace me ofreció el bote de los pepinillos y yo eché el cuello hacia atrás.

—No, por Dios. —Puse cara de asco.

—¿No te gustan? —me preguntó sorprendida mientras añadía varias rodajas a su hamburguesa.

Simulé una arcada exagerada.

—Todo el mundo sabe que la hamburguesa perfecta solo lleva cebolla, sal, pimienta, queso y carne. Y, como mucho, salsa barbacoa —dije estirándome sobre la mesa para coger el bote.

—No tienes ni idea de lo que te pierdes… —comentó ella antes de morder la suya.

—¡Qué bien que hayáis podido venir todos! —exclamó Raquel enseguida.

—Es una pena que os vayáis mañana —contestó Lucy—. Podríamos haber ido al Trivial.

Raquel le dio la razón antes de proceder a contarnos lo bien que se lo pasó cuando Will y ella fueron juntos por primera vez.

Cuando llegamos a los postres, Lucy trajo de la cocina una bandeja de *cupcakes* decorados de rojo y azul con estrellas blancas. Juntos componían la bandera de Estados Unidos.

—¿Los has hecho tú? —le preguntó Grace con admiración.

—Sí —le dijo mi amiga.

En ese instante, Will alargó la mano para coger uno y le pidió a su novia:

—Raquel, ¿puedes pasarle a mi editora la bandeja?

Hizo mucho énfasis en las palabras «mi editora» como para que pasase desapercibido.

A mi lado, Grace se envaró en la silla.

Yo me recosté en el respaldo de la mía y observé la situación. Raquel colocó la bandeja delante de Grace y ella miró emocionada a mi hermano.

—¿Will...? —empezó dubitativa.

—Quiero que seas mi editora —confirmó él.

Antes de que acabase la frase, Grace ya había saltado de la silla para abrazarlo por los hombros.

—No te vas a arrepentir —le prometió—. Vamos a ser el mejor equipo de la historia.

Will le dio dos palmadas toscas en la mano y Raquel les sacó una foto.

—Tienes la oferta aceptada y firmada en tu email —informó Suzu a Grace.

Grace se lanzó a abrazarla con el mismo ímpetu y después hizo lo mismo con Raquel.

—Necesito que me cuentes todo cuando quieras —le dijo a Will.

—¿Ya? —se ofreció él.

Grace cogió su silla y se sentó a su lado. Y Will comenzó a narrarle su nueva idea emocionado.

—Lu —le hice un gesto con la mano a mi amiga para que se acercase. Ella se inclinó por encima de su marido—, ¿los *cupcakes* llevan nueces?

Grace parecía haberse olvidado de preguntar por la exaltación del momento.

—No, ¿por?

—Es que Grace es alérgica —le contesté.

—Ah, pues no llevan. Puede comer tranquila.

Ella me sonrió y después compartió una mirada cómplice con su marido.

Por fortuna, mi hermano habló por encima de los demás antes de que Matt pudiese soltarme alguna burrada.

—¿Alguien quiere café?

Todos dijimos que sí.

Raquel hizo amago de levantarse para ayudar a Will, pero Grace la retuvo diciendo:

—No, no. Ya voy yo, que tiene que seguir contándome su idea.

Unos minutos después, me levanté para ir a por agua. Observé mi reflejo en la puerta corredera que daba al salón, me pasé la mano por el pelo para peinármelo y sonreí. Las gafas de aviador me sentaban fenomenal. Cuando entré en la casa, me encontré con Grace sacando del sofá uno de los cojines que cumplían la función de asiento.

—¿Qué haces? —le pregunté extrañado.

Ella dio un respingo y me observó horrorizada.

—Nada —contestó—. Estaba apreciando la suavidad de los cojines. Son de cachemir.

Habló tan rápido que casi no me enteré.

Fue sospechoso que se pegase el cojín al cuerpo y que lo acariciase de manera exagerada.

Detrás de ella, sobre la mesa, estaba su vaso de café prácticamente vacío.

—¿Has manchado el sofá de mi hermano?

—¿Qué dices? —Soltó una risita nerviosa—. Claro que no. ¿Cómo puedes pensar eso?

—Qué rápido te lo has bebido, ¿no?

—Sí, es que estaba buenísimo.

—A ver, ¿me dejas el cojín, que quiero ver el material?

Extendí el brazo en su dirección con una sonrisa malévola en la cara.

Ella retrocedió un paso y yo avancé otro. Se chocó contra la mesita y tuvo que detenerse.

—Joder, lo he manchado, ¿vale? —reconoció—. Me he tropezado con un juguete del gato y se me ha caído el vaso sobre el sofá. ¿Ya estás contento? No quiero que se entere Will. Acaba de contratarme...

—Mujer, no te agobies tanto. —Hice con la mano un gesto que le restaba importancia—. Es un cojín, le va a dar igual.

—No lo entiendes. Este sofá es un Eternity Modern. Seguramente vale varios meses de alquiler —comentó preocupada.

En ese momento, se oyeron pasos a mi espalda. Grace ahogó

una exclamación y colocó el cojín en su sitio y del revés. Segundos después, Will entró cargando dos tazas.

Mi hermano trasladó los ojos de mí a Grace y, de nuevo, a mí.

—¿Qué hacéis? —nos preguntó con recelo.

Me había quedado claro que a Grace le patinaba la lengua cuando se ponía nerviosa, así que me adelanté:

—Resulta que la rubia es una maniática de los cojines y se ha empeñado en ahuecarlos todos.

—Sí, es que los tenías fatal —comentó Grace, siguiéndome el rollo—. Pero bueno, ya he terminado, así que me voy. Por cierto, Will, buenísimo el café, me lo he bebido enterito.

Grace recogió su vaso y salió a toda prisa al jardín. Se acercó a donde estaban Raquel y Suzu haciéndose un *selfie* y se unió a ellas.

No me di cuenta de que estaba sonriendo hasta que Will me preguntó:

—¿Qué coño está pasando aquí?

—Nada, ¿por?

Entrecerró los ojos y luego dijo:

—¿Me acompañas a por el resto de las tazas?

—Sí. Vamos.

Lo seguí hasta la cocina y me senté en uno de los taburetes altos que estaban frente a la isla de mármol. Will dejó algo delante de mí con tanta fuerza que el ruido me hizo despegar la vista del móvil.

—Toma, para ti.

—¿Qué es esto? —pregunté sin comprender.

—Un insecticida —respondió con tranquilidad.

—Eso ya lo veo.

—Es para que te lo lleves al viaje, me parece que lo vas a necesitar...

Arrugué las cejas.

—Para matar mariposas cuando te pilles —aclaró al ver que lo miraba confundido.

Me llevó unos segundos entender lo que estaba insinuando.

—Tío, tú desvarías. —Negué con la cabeza y él me miró escéptico—. ¿Le has echado whisky al café?

Cogí su taza y la olí justo cuando Matt entraba en la cocina.

—¿Hay consejo de sabios y no me habéis avisado? —nos preguntó.

—No —respondí tajante—. No hay consejo de sabios porque no hay nada sobre lo que aconsejar.

—Zac —empezó Will—. Le has subido la maleta, le has preguntado por su hamburguesa, te has leído todas las etiquetas para ver que nada llevaba nueces...

—Porque soy encantador y hospitalario, no como tú.

Matt soltó una risotada al entender que hablábamos de Grace y solo dijo:

—Pero ¿qué cojones os pasa a los Anderson con las editoras?

—¿Lo ves? —recalcó Will—. Hasta Matt se ha dado cuenta.

—Es que tendrías que haberlo visto —comentó el aludido mofándose—. «Lu, ¿los *cupcakes* llevan nueces?» —dijo imitándome—. «Es que Grace es alérgica».

Sacudí la cabeza y Will se rio.

—Solo somos amigos, y lo de las nueces es una pregunta normal —los informé cansado.

Matt soltó una carcajada estruendosa.

—Tú no tienes amigas —me contradijo Will.

—Hay una primera vez para todo. —Me levanté, dando por zanjada la conversación—. Me voy con las chicas.

Procuré mantenerme el resto de la tarde alejado de Grace. No me sentía cómodo bajo el escrutinio de Matt y de mi hermano. Jugamos a un par de juegos de mesa, calentamos malvaviscos en la barbacoa y, cuando se hizo de noche, nos acercamos al borde del acantilado para ver los fuegos artificiales.

Cuando terminaron, Matt y Lucy se marcharon y Will y Raquel se escabulleron escaleras arriba. Yo me despedí de Suzu y de Grace, y me fui al cobertizo. Me deshice de la ropa según entré y me puse el pantalón de chándal que usaba para dormir. Luego, abrí la ventana para oír el rumor de las olas y me tumbé en la cama. Entré en mis redes sociales y, al cabo de un rato, me encontré pensando en las gilipolleces que había insinuado Will.

Estaba convencido de que el viaje iría sobre ruedas. Era cierto que al principio solo pensaba en acostarme con Grace, pero ahora éramos amigos, nada más.

Con esa certeza en la cabeza, me levanté.

Mi habitación no tenía baño y tendría que usar el que estaba enfrente de la cocina para lavarme los dientes y quitarme las lentillas. Cogí el neceser y crucé el jardín de vuelta a la casa.

Alguien se había dejado la luz del salón y la televisión encendidas. Apagué el aparato y reanudé la marcha. Iba tan enfrascado en mis pensamientos que no vi a la figura que salió de la cocina hasta que se chocó conmigo.

Grace ahogó un grito y echó el cuello hacia atrás para mirarme a la cara.

El desconcierto de sus ojos azules me atrapó los segundos que tardó en reconocerme.

Bajé la cabeza para ver qué era esa sensación pringosa que notaba en el torso y descubrí que me había estampado un *cupcake* en mitad del pecho.

—Ay, Zac, lo siento. —Grace se disculpó de manera atropellada y retiró la mano—. Ha sido sin querer. Iba distraída y no te he visto.

Cuando me dio la espalda para internarse en la cocina, me percaté de que los pantalones de su pijama eran muy cortos. Me obligué a no dejar volar la imaginación. Además, eso era algo normal en lo que se fijaban los amigos ¿no?

Regresó corriendo con un trozo de papel y, sin darme tiempo a reaccionar, me lo pasó por el pecho.

—Lo siento —repitió—. Estaba viendo *Celebrity Bake Off*. Me moría de hambre y he recordado los *cupcakes*...

La oía, pero mi cerebro había dejado de procesar sus palabras. En su intento por limpiarme, Grace estaba extendiendo el *frosting* más aún.

Sin querer, mi mente conjugó una imagen de ella lamiéndome el torso despacio. El calor se expandió por todo mi cuerpo. De pronto, tenía ganas de inclinarme en su dirección y...

«¡Tío, te estás empalmando!», ese pensamiento me sacó del trance.

Si seguía tocándome, la cosa iría de mal en peor.

Sacudí la cabeza y le sujeté la muñeca con la mano libre para pararla.

Ella se quedó muy quieta. Tenía las mejillas de un rojo tan vibrante como el del glaseado que pringaba mi pecho.

—Grace —susurré, intentando sonar lo más calmado posible—, lo estás empeorando.

14

AVENTURA (n.): Suceso increíble. Relación amorosa y pasajera.

Una nueva oleada de vergüenza me rebasó el cuerpo entero.

¿En qué estaba pensando para intentar limpiarle el pecho con una servilleta?

En mitad de aquel pasillo, con Zac sujetándome la muñeca con firmeza, sentía que en mi cabeza reinaba el caos provocado por mis emociones, como en la película *Inside Out*. Casi podía verlas a todas corretear de un lado a otro, chocándose entre ellas, tan nerviosas y agitadas como lo estaba yo.

«¡Atención, no es un filtro de Instagram! Repito: ¡no es un filtro de Instagram, es su torso de verdad!», chillaba Alegría.

«¡Socorro! ¡Esto no puede estar pasando! —respondía Miedo—. ¡Vete antes de decir una tontería!».

«No ha empezado el viaje ¿y ya estás en una situación comprometida con él?», Ira sonaba indignada.

El resto de mis emociones guardaron silencio.

Y luego estaba yo, luchando por que mis rodillas no se derritieran como las nubes que habíamos quemado en la barbacoa horas atrás. Tenía que salir de ahí antes de que Zac dijese algo tipo: «Tranquila, no eres la primera a la que le da un síncope por verme semidesnudo».

Nuestros ojos se encontraron y el tiempo pareció detenerse.

El calor que emanaba su pecho desnudo traspasaba la servilleta hasta mi palma, y de ahí viajó por mi brazo como una corriente al resto de mi cuerpo. Aparté la mirada de su cara y el tiempo volvió a ponerse en marcha. De pasada vi el tatuaje en forma de letra «K» que adornaba la cara interna de su bíceps izquierdo. En ese instante, mi lengua descarriló como un tren de alta velocidad:

—Anda, tienes un tatuaje chulísimo. No te lo había visto. Claro que nunca te había visto sin camiseta. En persona, quiero decir. En la foto de Instagram no se te veía. ¿Te dolió mucho? Quiero hacerme uno, pero me dan miedo las agujas y...

Me callé de golpe cuando me miró los labios.

Zac tragó saliva y yo desvié los ojos a su nuez. Su respiración profunda fue lo único que rasgó el silencio. Las rodillas me temblaron cuando mis labios se separaron de manera involuntaria, y Miedo tomó el control del panel de mis emociones. Di un paso atrás, Zac me soltó y yo arrugué la servilleta manchada entre los dedos.

—Bueno, yo ya me iba —escupí a toda prisa.

—¿No estabas muerta de hambre? —Alcancé a oír cuando le sobrepasé.

—Se me ha cerrado el estómago. Buenas noches.

Hui escaleras arriba con el corazón latiéndome a toda pastilla y me tropecé con un escalón. Abrí la puerta de la habitación de invitados con el mayor sigilo posible. Suzu se había quedado dormida con la luz encendida. Busqué refugio en la cama; estaba alterada y necesitaba calmar mis latidos. La cara me ardía como si la hubiese metido en un cubo de lava. Apagué la lamparita para intentar escapar del hervidero de pensamientos que era mi mente y, sin querer, reviví el incidente del *cupcake* en bucle hasta quedarme dormida.

A la mañana siguiente se me pegaron las sábanas. Me desperté cuando Suzu salió del baño haciendo más ruido que un elefante en una cacharrería. Mientras se maquillaba frente al espejo de la habitación, fui desperezándome poco a poco. Hasta que ella no me obligó, no me arrastré fuera de la cama para ducharme.

Sonreí al ver el mensaje que me había dejado Suzu en el vaho del espejo.

Buen viaje, Gracey :)

Le hice una foto y la subí a Instagram acompañada del texto: «Mis amigas son las mejores».

Teniendo en cuenta que pasaría horas sentada en el coche de Zac, opté por ir cómoda. Me vestí con una camiseta rosa que tenía un pequeño corazón bordado encima del pecho izquierdo y unos pantalones cortos de lino que me llegaban a mitad del muslo.

Bajé las escaleras descalza y seguí el murmullo de voces hasta el jardín. Todos estaban sentados en la mesa, conversando y esperándome para desayunar.

Me senté enfrente de Zac. Cualquier duda sobre si la situación sería incómoda entre nosotros quedó despejada en cuanto se dirigió a mí con la simpatía que lo caracterizaba.

—¿Un *cupcake*? —me preguntó con una mueca burlona en la cara.

—No, gracias.

—Anda, boba, si ayer tenías muchísimas ganas.

Por poco me atraganté con el café.

—Prefiero una tostada —respondí después de toser.

La mañana fue agradable. Disfrutamos del buen tiempo paseando por la playa infinita de Carmel y, después de comer, volvimos a casa de Will a recoger nuestras cosas.

Cuando llegó la hora de la despedida, oí a Zac y a Raquel hablar en español. Solo entendí palabras sueltas de lo que se decían como: «familia», «viaje» y «amiga».

Raquel hablaba rapidísimo y Zac parecía seguirle el ritmo sin problemas. Él debió de decir algo graciosísimo al abrazarla porque ella soltó una carcajada.

—Que tengas buen viaje. —Suzu me estrechó entre sus brazos, obligándome a centrar la atención en ella.

—Igualmente, Su. —La estrujé con fuerza.

Al darme cuenta de que Raquel nos observaba enternecida, extendí el brazo en su dirección y le hice un gesto para que se acercase. Ella se unió a nuestro abrazo cálido sin dudar.

—Llámame si me necesitas, ¿vale? Y disfruta del viaje —me dijo Raquel al apartarse.

Desvié la mirada un segundo. A unos metros de distancia, Zac conversaba animadamente con Will.

Al volver a mirar a mis amigas, me poseyó la Grace nostálgica.

—Os voy a echar de menos —les dije.

—Y nosotras a ti —contestaron a la vez.

Después, se miraron y chocaron los cinco. Lo hacían siempre que respondían lo mismo.

—Tú disfruta de tu familia y de tus amigas, pero vuelve —le pedí a Raquel en un tono melodramático.

Ella se rio cuando Suzu me recordó:

—Grace, solo se va tres semanas.

—Que parecerán tres años —contesté apenada—. Y, Su, tú no hagas caso de nada de lo que te diga tu madre, pásatelo bien en el retiro de yoga y piensa mucho en mí.

Volví a abrazarlas con cariño.

—Os quiero mucho, amigas —les dije.

Me habría quedado así media tarde, pero Will y Raquel tenían que marcharse si no querían perder el vuelo a España.

—Ante la duda, tíratelo —me susurró Suzu cuando Raquel se alejó—. Y, si lo haces, exijo un audio con todo lujo de detalles.

—No va a pasar —aseguré mientras se perdía en el interior del coche de alquiler.

Me despedí con la mano cuando arrancaron el motor.

A mi espalda, oí el ruido que hacían las ruedas de un coche sobre la gravilla y la música amortiguada de Imagine Dragons.

Al girarme me encontré con que Zac había parado el coche a mi lado. Bajó la ventanilla y la música se oyó más fuerte.

—¿Lista? —me preguntó.

Se había puesto las Ray-Ban de aviador. Parecía el *quarterback* de las películas cuando te recogía para la primera cita.

Estaba algo nerviosa por meterme en un espacio reducido con él después de haberlo visto sin camiseta, pero me obligué a responder a su pregunta con un asentimiento.

Acto seguido, bordeé el vehículo hasta la puerta del copiloto. La pintura roja estaba impoluta y reflejaba el brillo de la luz del sol de manera cegadora. Tan pronto como me subí, me recibieron un asiento mullido y el olor a madera del ambientador.

—Lista —dije abrochándome el cinturón de seguridad.

No me esperaba que el interior de su Mustang fuese tan elegante. El cuero blanco roto recubría cada superficie posible: los asientos, la mitad del volante y el interior de las puertas.

Seguimos el coche de Suzu por el camino de tierra. Al llegar al ceda el paso de la carretera principal, ellos se fueron hacia la derecha, dirección Los Ángeles, y nosotros hacia la izquierda, dirección San Francisco, para ir a su casa de Palo Alto.

Según nos incorporamos a la carretera asfaltada, Zac aceleró, bajó la ventanilla y apoyó el brazo en el hueco que esta había dejado. Con disimulo, le eché un vistazo. Solo tenía una mano en el volante, el viento le agitaba el cabello y llevaba una sonrisilla en la cara. Era la viva imagen de la despreocupación y me resultó tremendamente atractivo haciendo esa tarea tan mundana.

Pasados unos segundos, rompió el silencio para preguntarme:

—¿Qué coche tienes?

—Ninguno. En Manhattan me muevo andando o en metro. Y cuando voy a Sudbury suelo cogerle prestado el Civic a mi madre.

—¿Visitas mucho a tus padres?

—Siempre que puedo. Suelo aprovechar todos los puentes, mi madre me hace bastante chantaje y me dice cosas como: «¿Qué? ¿Ya te has olvidado de que tienes madre?».

—Sí, la mía es igual. —Se le escapó una risita baja—. ¿A qué se dedica tu madre?

—Es bibliotecaria. La tuya era profesora de español, ¿verdad?

—Sí. ¿Cómo lo sabes?

—Me lo contó Raquel.

Zac me contestó algo en español que no comprendí.

—No te entiendo —le informé—. Solo sé decir palabras sueltas. —Y entonces le recité como pude las que recordaba—: *Hola, adiós, amiga, gracias, ¿cómo estás?, capullo y gili... ¿gilipollas?*

Zac soltó una carcajada y yo sonreí aliviada. Conforme habíamos ido conversando, los nervios se habían ido aplacando.

—No falla —me dijo—. Los insultos son lo primero que se aprende.

—A lo mejor podrías enseñarme alguna frase estos días. Así sorprendo a Raquel cuando vuelva.

—Claro. Cuando quieras —accedió.

No iba a contarle que uno de los propósitos de mi lista era aprender otro idioma. Desde el colegio sentía que esa había sido mi asignatura pendiente, y ese sentimiento se había acrecentado al vivir con mis amigas bilingües. Era algo que llevaba años posponiendo y no quería dejarlo más.

La carretera de árboles dio paso a una autopista que tenía campos verdes a ambos lados. Me fijé en que las señales marcaban que la velocidad adecuada eran sesenta y cinco millas por hora y que nosotros rozábamos las noventa.

—¿Tienes que conducir como si fueses un extra de *The Fast and the Furious?* —le pregunté alarmada.

—Estoy practicando para la carrera ilegal en la que vamos a participar esta noche —contestó muy serio.

La sangre me huyó del rostro.

—¿Qué? —Giré el cuello para mirarlo consternada.

Zac me echó un vistazo rápido y volvió a reírse.

—Es broma, mujer.

—A mí no me hace gracia...

—No me digas que eres de esas que conducen como una tortuga.

—No, pero sí soy de las que van a la velocidad que marca la vía. No quiero morir en mitad de la nada en California.

Él suspiró y redujo la velocidad. No parecía contento con el cambio, pero me daba igual. Durante un instante, me distraje mirando el paisaje verde por la ventanilla. Intenté buscar un tema de conversación, no quería caer en un silencio incómodo y eterno.

Pasado un rato, me giré sobre el asiento para mirarlo y le pregunté lo primero que se me ocurrió:

—¿Te dolió mucho tatuarte?

—No. Casi ni me enteré —contestó—. ¿Qué te quieres tatuar?

—Un libro abierto. Me gustaría que de las páginas saliese una galaxia, una estrella, algún miniplaneta y un corazoncito diminuto... Algo así.

—¿Es por algún libro en concreto?

—No. Es porque leyendo siento que viajo a un montón de sitios sin salir de casa. No sé, me parece increíble lo lejos que te puede llevar la imaginación. Y el corazoncito representa todas las emociones que siento cuando leo. Quizá no tiene sentido lo que te estoy diciendo, pero esa es mi explicación.

—Sí que lo tiene, y te pega mucho.

—¿Tu tatuaje simboliza algo? —le pregunté.

Su pecho se elevó cuando cogió aire.

—Sí —afirmó—. Me lo hice para recordar siempre a mi hermana Katie. Le diagnosticaron leucemia linfoblástica aguda y falleció cuando tenía quince años.

Un escalofrío me recorrió la columna vertebral.

Tragué saliva impactada. Esperaba cualquier respuesta menos esa.

—Lo siento mucho, Zac.

Me dominó la impotencia, no sabía qué más decir. Mi respuesta natural hubiera sido abrazarlo. Por eso, me incliné en su dirección y acerqué la mano a la suya.

—¿Puedo cogerte la mano? —le pregunté.

—Sí.

Coloqué la palma sobre sus nudillos y le di un ligero apretón. Él no desvió los ojos de la carretera. Por la naturalidad con la que me lo había contado, me dio la impresión de que era algo que había sucedido hacía tiempo. Aun así, había detectado un matiz de tristeza en su tono que me hizo decir:

—Siento haber sacado el tema. No lo sabía.

Zac negó con la cabeza sin apartar la vista de la carretera.

—No te preocupes. Me gusta hablar de ella. Katie era la mejor. Juntos devorábamos los Skittles. —Sonrió con nostalgia al recordarlo—. Nos los tirábamos a la boca el uno al otro y quien atrapase más, ganaba. En un primer momento pensé en tatuarme eso, pero enseguida caí en la cuenta de que la bolsa de nuestros caramelos favoritos no quedaría muy bien en mi piel. Al final, lo hablé con mi hermano y terminamos tatuándonos su inicial.

—Si alguna vez te apetece hablar de ello o contarme alguna anécdota más…, ya sabes.

Asintió un par de veces antes de darme las gracias.

—¿Cuántos compañeros de piso tienes? —le pregunté enseguida.

—Dos. Los conocí el primer día de residencia. Jackson es neurólogo, y Luke, otorrino; los dos trabajan en el mismo hospital que yo.

—¿Te da pena irte a Manhattan?

—Sí y no. Llevo toda la vida aquí, en California. Ni siquiera cambié de estado para ir a la universidad, como hace la mayoría. Estudié Medicina en San Diego porque me encanta el buen tiempo y porque quería estar cerca de mi familia, pero he peleado muy duro por conseguir la beca en Manhattan y estoy emocionado porque podré trabajar con eminencias del campo de la leucemia, que es en lo que quiero especializarme.

No hizo falta que explicase que lo hacía por su hermana.

—¿Cuánto tiempo llevas viviendo en Manhattan? —me preguntó pasados unos segundos.

—Diez años. Me mudé para ir a la universidad y me quedé porque encontré trabajo mientras estudiaba el máster de Edición.

—¿Ahí conociste a tus amigas?

—No. A Suzu la conocí mucho antes, era mi compañera de habitación en la residencia. Y a Raquel la conocí hace unos años, cuando entró como becaria en Evermore.

—Oye, ¿qué es lo de la foto del espejo que has subido antes?

—Es una tradición que tengo con ellas. —Sonreí—. Después de ducharnos, solemos dejarnos mensajes en el vaho para desearnos buen día, suerte y eso. Lo hacemos también cuando tenemos un mal día.

A partir de ahí la conversación fluyó entre nosotros de manera constante y nos sirvió para descubrir más cosas el uno del otro. Enseguida comprendí que no tendría que preocuparme de que nos quedásemos sin temas de los que hablar.

Una hora después entramos en Palo Alto.

Zac vivía en un vecindario residencial que parecía bastante tranquilo. Prácticamente enfrente del hospital de Stanford y al lado de un parque. Según me contó, la mayoría de los residentes de esa área eran familias o trabajadores del hospital. Aparcó delante de una casa adosada, y lo seguí por las escaleras hasta el segundo piso.

—¿Chicos? —alzó la voz tan pronto como abrió la puerta de la entrada—. ¡No salgáis en gayumbos, que no estoy solo!

Nadie contestó.

Zac me invitó a pasar. Nos descalzamos al pisar la moqueta beige.

Atravesamos el apartamento hasta la cocina diminuta. Zac consultó el horario que tenían en la nevera sujeto por dos imanes de los San Francisco 49ers.

—Ninguno de los dos trabaja hoy —me dijo extrañado—. Es raro que no estén porque sabían que venía a despedirme.

Se sacó el teléfono del bolsillo trasero del vaquero y tecleó algo en su pantalla. Después, me guio hasta su habitación.

—Este es mi cuarto —me dijo al abrir la puerta.

Pasé delante de él y me encontré con una estancia pequeña y luminosa. Tenía una cama de matrimonio, una sola mesita de noche y un escritorio pegado a la ventana. Había cajas por todas partes, una maleta grande y varias bolsas de deporte sobre la cama. Me habría gustado ver su cuarto montado para ver cómo lo tenía decorado y organizado.

—Los de la mudanza deben de estar al caer —me dijo—. Voy a aprovechar para buscar las cajas que quiero llevar conmigo.

Me sorprendió que ninguna de ellas estuviese rotulada. Yo me había mudado dos veces y en ambas ocasiones había escrito en todas para no caer en el caos que tenía ahora él.

—¿No sabes cuáles son? —le pregunté.

—No. Menos mal que no las he cerrado con la cinta.

—La próxima vez que te mudes, deberías rotularlas —le aconsejé—. ¿Quieres que te ayude?

—No te preocupes.

Zac tardó unos minutos en dar con las dos que buscaba. Apiló una encima de la otra y se agachó para recogerlas. Se incorporó con ellas pegadas al pecho. Por su expresión, parecía que pesaban un poco.

—Voy a bajarlas al coche —anunció—. ¿Puedes abrirme la puerta, por favor?

—Claro.

Salí de su habitación y me detuve en el umbral.

—A la izquierda y luego a la derecha —me dijo al ver que no sabía por dónde tirar.

Según abrí la puerta de la entrada, me topé con un chico de pelo rubio alborotado que me miró sorprendido.

—Hola —saludé.

—¿Con quién hablas? —preguntó Zac a mi espalda.

El chico sonrió y, en lugar de contestarme, giró el cuello y habló sobre su hombro a quienquiera que tuviera detrás:

—Luke, coge los tapones, Zac ha traído una chica.

Por encima de eso oí una carcajada estruendosa.

—Será que va a despedirse de la casa a lo grande. —Un segundo chico apareció detrás del primero.

El tal Luke tenía el pelo castaño y bien peinado, y una expresión burlona en el rostro.

Zac se situó a mi lado.

—Esta es la gente con la que me ha tocado convivir... —empezó.

—Uf, menos mal que te vas ya —bromeó el que se llamaba Luke.

Zac lo ignoró y siguió con las presentaciones:

—Jackson, Luke, esta es Grace.

Ellos subieron los escalones para estrecharme la mano.

—Así que tú eres la famosa Grace —dijo Jackson al pasar a la casa.

«¿Famosa?».

—Tienes el cielo ganado por irte de viaje con Anderson —apuntó Luke, siguiéndolo—. Ahora te doy mi número para que me escribas cuando acabes harta de él.

—Vale. —Sonreí divertida.

—No les hagas ni puto caso —me pidió Zac antes de traspasar el umbral cargado con las cajas—. Y créete la mitad de lo que te cuenten.

Entorné la puerta al tiempo que sus amigos me llamaban desde el salón. El sofá en el que estaban sentados era espacioso. El tapizado ocre estaba bastante desgastado en algunas zonas. Al sentarme en una esquina, comprobé que no era muy cómodo.

—Le hemos organizado una fiesta de despedida a Zac —me informó Jackson en voz baja—. En un bar que está aquí al lado.

—Hemos invitado a nuestros amigos del hospital y también a sus compañeros de fútbol americano —me dijo Luke—. La idea es estar allí dentro de una hora.

—Pero nosotros nos vamos en cuanto los de la mudanza se lleven sus cosas —les contesté.

—Eso es lo que él cree, pero vais a salir un poco más tarde de lo previsto.

Como persona a la que le encantaba organizar sorpresas, lo único que pude decir fue:

—¡Contad conmigo!

En ese momento oímos a Zac abrir la puerta.

—¿De dónde eres? —me preguntó Luke para cambiar de tema.

—De Sudbury. Un pueblo de Boston —respondí.

—La tierra de los Patriots —agregó Jackson.

—Sí. —Sonreí.

—Ja. —Zac soltó una carcajada falsa al acercarse—. Ese equipo que ahora está en la mierda, ¿no?

—Un respeto. —Lo desafié con la mirada mientras él saludaba a sus amigos—. Es cierto que desde que se fue Tom Brady no estamos en nuestro mejor momento, pero espero que remontemos pronto.

—Puedes esperar sentada —comentó mientras caminaba a la cocina. Abrió la nevera y me preguntó—: ¿Quieres beber algo?

—Agua está bien —respondí.

—Eh, ¿a nosotros no nos ofreces nada? —preguntó Luke.

—Vosotros vivís aquí. Os podéis levantar.

Me reí mientras ellos refunfuñaban y acepté el vaso que Zac me tendía.

—No sabía que te gustaba el fútbol americano —me dijo.

—Mi padre tiene un bar, he crecido viendo los partidos —expliqué.

—Zac nos ha contado que eres editora —comentó Jackson.

—Sí —asentí—. Tú eres el neurólogo dormilón —le dije a Jackson—. Y tú el otorrino cotilla, ¿no? —acabé mirando a Luke.

—Eso te ha dicho el idiota este, ¿eh? —Luke le enseñó el dedo corazón a Zac.

—Qué bonito, Anderson. —Jackson se llevó la mano al pecho—. ¿Le has hablado de nosotros?

En ese momento, llamaron a la puerta.

—Deben de ser los de la mudanza. —Zac dejó su vaso sobre la mesita y se levantó.

—¿Necesitas que te echemos una mano? —le preguntó Luke.

—Qué va. —Zac lo desestimó con un gesto de la mano—. Está todo controlado.

Un rato más tarde, Zac vino a buscarme al salón para marcharnos.

—Hemos liado a Grace para ir todos a tomar algo donde siempre y despedirnos —informó Jackson a Zac.

Zac me buscó con la mirada antes de sonreír.

—Genial, vamos.

El bar estaba a cinco minutos andando de su casa. Cuando llegamos, Jackson se adelantó y le abrió la puerta para que pasase él primero.

—¡Sorpresa! —gritaron un montón de voces a la vez.

Zac se detuvo de golpe.

Por lo menos había treinta personas esperándolo, la mayoría con los móviles en alto, grabando su desconcierto. En una de las paredes había una pancarta en la que podía leerse: «Te echaremos de menos, capullo».

—Seréis idiotas... —se rio Zac.

No me dio tiempo a ver más porque Jackson y Luke me adelantaron y se le echaron encima. En medio de abrazos y palmadas en la espalda, capté a Luke diciendo entre risas:

—En realidad, esto, es para celebrar que te perdemos de vista.

El resto no tardó en acercarse a saludarlo y él me los fue presentando. Algunas caras, como la de Josh, uno de sus compañeros de fútbol americano, me sonaban de haberlas visto en Instagram. En cuestión de minutos me quedó claro que todas esas personas lo adoraban, y que a Zac le había encantado la sorpresa. Se le veía más contento y animado que de costumbre.

Cuando acabamos con las presentaciones, eché un vistazo alrededor. Las paredes de aquel bar deportivo estaban revestidas en madera y llenas de fotografías enmarcadas. Al final de la barra de madera oscura había una zona con dardos y una mesa de billar.

Jugué con sus compañeros de piso a los dardos y, más tarde, Zac me acompañó a pedir algo de cenar. Nos quedamos charlando en la barra mientras esperábamos la comida.

—Estupendo —se quejó Zac de pronto—. La que faltaba...

—¿Qué pasa? —Dejé el vaso en la barra y me asomé por detrás de él.

Cerca de la puerta había una chica pelirroja y bajita parada que miraba a todos lados en busca de alguien. Escaneó el local hasta que sus ojos se detuvieron en mi acompañante. Le saludó con la mano y le sonrió antes de caminar en nuestra dirección. De la nada apareció una segunda chica, que la interceptó.

Zac cogió aire y suspiró de manera profunda. Parecía incómodo.

—¿Es tu exnovia? —adiviné.

—No, por Dios —negó—. Yo no tengo de eso. Es Lauren, una compañera de trabajo.

—¿Entonces...?

Zac se rascó la barbilla y sopesó unos segundos si compartir conmigo la respuesta a esa pregunta.

—Venga, cuéntamelo... —Hice un mohín.

—Lauren y yo teníamos un acuerdo —comenzó—. Se suponía que buscábamos divertirnos y que ninguno quería nada serio. Lo dejamos clarísimo desde el principio. El problema es que acabó pillándose y cuando le dije que no quería una relación, no se lo tomó muy bien y fue diciendo por el hospital que...

—No me digas más —lo interrumpí—. ¿Dijo que la tenías pequeña? —bromeé.

—Ja, ja, qué graciosa —ironizó—. Y no. Lo que dijo fue que yo me había enamorado y que era ella la que no quería nada serio conmigo.

—¿De verdad?

—Sí. Ella es la razón por la que decidí que jamás volvería a enrollarme con ninguna compañera y que nunca repetiría con la misma chica. Cada vez que nos vemos es encantadora conmigo —continuó con cara de situación—. Ya no sé cómo hacerle entender que no quiero nada... Y tampoco quiero hacerle daño.

Me quedé pensativa un instante y entonces se me ocurrió:

—¿Y si hacemos *fake dating*? —propuse emocionada.

—¿Qué? —Me miró confuso.

—Podemos decirle que soy tu novia y que te mudas a Manhattan por mí.

Era una idea brillante.

Zac parecía dubitativo.

Quería ayudarle, y esa situación me brindaba la excusa perfecta para experimentar eso de la «relación falsa» durante un rato y tacharlo de mi lista de propósitos.

—¿Qué te parece? —le pregunté.

—¿Yo con novia? —Negó con la cabeza—. No va a colar.

—Claro que sí. Hazme caso, que funciona. Lo he leído mil veces en los libros. Aunque nosotros no vamos a besarnos ni nada de eso...

Zac alzó las cejas de manera sugerente y sonrió de medio lado antes de decir con descaro:

—Pues a mí no me importaría enrollarme contigo para hacerlo más creíble.

Puede que el estómago me diese un pequeño vuelco al oírle decir eso. Su tono era de broma, pero algo en su mirada atrevida me decía que estaría más que dispuesto a besarme. Por eso, antes de que hubiese ningún malentendido entre nosotros, negué con la cabeza.

—No. Solo vamos a contarle una mentirijilla piadosa para que te supere y fin —aseguré—. Saca tus dotes de actuación a relucir y listo.

Aceptó con un asentimiento en el preciso instante en el que Lauren llegaba a nuestra altura.

—Hola, Zac —le saludó en un tono meloso—. ¿Qué tal estás?

Se puso de puntillas para darle un beso en la mejilla y le regaló una sonrisa coqueta.

—Muy bien —le contestó él—. Te presento a Grace. Mi...

—Novia —terminé por él—. Soy su novia.

15

FAKE DATING (n.): Cliché infalible de la novela romántica.

Lauren desvió la atención hacia mi cara. Me observó unos segundos antes de alargar la mano en mi dirección.

—Encantada —me dijo cuando le estreché la palma.

—Igualmente.

Durante el instante que duró nuestro apretón de manos, me escaneó de arriba abajo. La delató su ceja derecha, que se alzó al fijarse en las flores de mi manicura y después en mis pendientes desparejados.

—¿Qué turno tienes en el hospital? —me preguntó al soltarme—. No hemos coincidido nunca, ¿no?

—No. Yo vivo en Manhattan, soy editora.

—¿Editora? —Asintió un par de veces—. ¡Qué interesante!

Le dediqué una sonrisa educada y ella volvió a centrarse en Zac.

—Nunca pensé que sentarías la cabeza con alguien de... fuera del hospital.

Me molestó su tono agudo y la manera despectiva en la que lo dijo. ¿Estaba menospreciándome por no ser médico?

—Pues ya ves —respondió él.

—¿Cuánto tiempo lleváis juntos?

Los dos respondimos a la vez:

—Tres meses —dije yo.

—Poquísimo —contestó él.

Los ojos de Lauren parecían atentos a mis movimientos. Me volví hacia Zac y le agarré el bíceps.

—Claro, tres meses son poquísimo al lado de todo lo que me espera contigo —mentí con una sonrisa.

Zac asintió al mirarme y esbozó una sonrisa cómplice.

—¿Y cómo os conocisteis? —nos preguntó.

Cogí aire y volví a encararla.

Me puse nerviosa bajo el escrutinio de su mirada de acero y empecé con la verborrea:

—En el concierto de Imagine Dragons. Su hermano está saliendo con mi mejor amiga. Tuvimos un inicio digno de película romántica. Lo nuestro fue amor a primera vista. Zac me dio un pastelito sin saber que era alérgica a las nueces. Y, cuando estaba a punto de besarme, me desmayé.

Hasta ahí todo era más o menos verdad.

—Le dio un *shock* anafiláctico y tuve que pincharle epinefrina —explicó él.

—Ah... Pues sí que es un poco de película —admitió ella.

—Sí —coincidí.

Por su mirada escéptica tenía la impresión de que no terminaba de creernos. Ahí fue cuando empecé a descarrilar con la mentirijilla piadosa.

—El pobre se sentía fatal y al día siguiente vino a buscarme a la editorial con un ramo de flores —continué—. Se declaró delante de todo el mundo.

—Bah. No había tanta gente... —Él hizo con la mano un gesto que le restaba importancia.

Lauren miró a Zac con una interrogación en los ojos. Recordé en ese instante que los detalles eran fundamentales para hacer creíble una mentira. ¿O era al revés? ¿Cuantos menos detalles, mejor?

—¿Qué dices, cariño? —Traté de que mi risa sonase natural—. Estaban todos. Quizá no te diste cuenta porque solo estabas pendiente de mí. —Volví a mirar a Lauren y proseguí—: Después de eso me llevó a Central Park y me preparó un pícnic con queso, sándwiches, fruta y Skittles.

—No puedo vivir sin los Skittles… —reconoció Zac, siguiéndome la corriente.

—Ya, por eso te llevaba una bolsa cada vez que coincidíamos de guardia. —Lauren le miró de manera sugerente, como si yo no estuviese ahí. Acto seguido, se retiró la melena del hombro y sacó pecho.

«Perdona, pero, por casualidad, no tendrás la cara de tirarle la caña a mi novio falso delante de mí, ¿no?».

Eso demostraba que no me creía y que era un poco malvada, porque había que tener poca vergüenza para ligar con alguien delante de su pareja.

Fui un paso más allá y le cogí la mano a Zac, entrelazando nuestros dedos.

Él torció el cuello para mirarme.

—Y de postre me trajiste mis *cupcakes* favoritos, los de Magnolia Bakery. ¿Recuerdas, amor? —Sonreí.

—Creía que tus favoritos eran los de Lucy, con esos lo pones todo perdido de *frosting*. —Zac hizo énfasis en la última palabra.

Terminé de ponerme como un tomate al recordar el incidente de la noche anterior y reaccioné dándole un manotazo suave en el brazo con la mano libre. Él me guiñó un ojo sin un ápice de vergüenza.

—Y, bueno, esa es la historia de por qué Zac se viene a Manhattan —acabé apresurada, mirando de nuevo a Lauren.

—¿Te vas a Manhattan por ella? —le preguntó sorprendida—. Pensaba que te ibas para trabajar con Nancy Sullivan.

El asombro de su cara era casi hiriente. Como si fuese inconcebible que alguien como Zac hiciese algo así por mí.

—Lo de Nancy es un plus, pero me voy por Grace —reconoció él solemne—. Quiero estar con ella.

Lauren asintió en silencio y luego saludó con la mano a alguien que estaba detrás de nosotros.

—Me llama Sally —se disculpó—. Luego os veo —nos dijo antes de irse.

La seguí con la mirada. Cuando se unió a un grupo de chicas, encaré a Zac.

—Yo creo que ha colado, ¿no? —pregunté emocionadísima.

—Sí, amor —dijo la última palabra en tono burlón y acariciándome el dorso de la mano con el pulgar—. Aunque te has pasado con el romanticismo...

Le solté la mano tan pronto como me di cuenta de que seguíamos tocándonos.

—Zac, esa chica ha intentado ligar contigo delante de tu novia...

—No eres mi novia —me cortó.

—Da igual. Eso ella no lo sabe. Lo que ha hecho es una falta de respeto enorme —apunté indignada—. Los detalles son los que han hecho perfecta nuestra mentira. Vamos a quedarnos con eso.

Un rato más tarde, cuando salí del servicio, me topé con Lauren. Ella estaba retocándose el pintalabios frente al espejo. Yo me situé en el lavabo contiguo para lavarme las manos.

—Enhorabuena, Gretel —me dijo de pronto—. Te has llevado al soltero más cotizado del hospital.

Noté la suficiente acidez en su tono como para entender que su comentario no iba de buenas.

—Es Grace. No Gretel —dije cerrando el grifo—. Y gracias.

—Lo que sea.

Sonrió de medio lado a su reflejo y cerró el pintalabios.

—Yo no pondría mis esperanzas en que lo vuestro funcione en Nueva York. Apenas te está tocando —me dijo mientras guardaba el maquillaje en el bolso—. Cuando quedaba conmigo, no me quitaba las manos de encima.

—Nosotros no necesitamos demostrar todo el rato lo que sentimos —contesté calmada.

Seguidamente, cogí un trozo de papel del dispensador para secarme las manos.

—Mmm, lo que tú digas. Por cierto, ¿cómo llevas que le reviente el teléfono a mensajes? —me preguntó.

—¿Qué mensajes?

—Los de las chicas de Tinder, Bumble, Hinge... Ya sabes, todo eso.

No supe qué contestar.

—Lo que suponía —agregó con malicia—. Después de todo, no eres tan especial.

Me dedicó una mueca desdeñosa y salió del baño con aires de grandeza.

En cuanto la puerta se cerró, el cabreo me brotó desde el estómago. Hice una bola con el papel y la arrojé sobre la papelera con fuerza. Después, giré sobre los talones y salí de ahí con los puños apretados.

Zac estaba sentado en el mismo sofá en el que le había dejado minutos atrás. Caminé hacia él con decisión mientras «Music for a Sushi Restaurant», de Harry Styles, sonaba por los altavoces. Lo sorprendí sentándome en sus rodillas y rodeándole el cuello con el brazo. La confusión cruzó como un relámpago por su rostro, que estaba a escasos centímetros del mío.

—Grace, ¿qué...? —empezó.

—He estado pensando —lo corté—, y creo que podemos hacerlo más creíble.

Sin decir nada más, cerré la distancia que nos separaba y lo besé.

Lo que pasó a continuación fue una reacción en cadena. Zac me devolvió el beso prácticamente en el acto, provocándome un tirón vertiginoso en el estómago. Colocó la mano derecha en mitad de mi espalda y yo tiré del brazo con el que le rodeaba el cuello en mi dirección. Le metí la lengua en la boca y olvidé que mi intención era darle un beso rápido. Zac besaba de manera ardiente y arrolladora. Sus besos sabían a limonada y era facilísimo perderse en ellos.

El corazón se me aceleró cuando su mano izquierda aterrizó sobre mi pierna y la piel se me calentó por el contacto. Cuando apretó los dedos alrededor de mi muslo, sentí que el estómago se me saldría por la boca. En aquel momento, el beso se transformó en un morreo pasional. Mi respiración se agitó y empujé la lengua contra la suya con más ímpetu. A cada movimiento que daba uno, el otro respondía, como en una partida de ajedrez. Una de mis manos resbaló hasta su pecho y sentí su corazón latir contra mi palma. Estaba igual de acelerado que el mío. Él respondió trasladando la palma que tenía en mi espalda hasta mi nuca, profundizando aún más el beso. Me gustó que enterrase la mano en mi pelo y también que la piel me hormiguease por el leve movimiento de su pulgar en mi pierna.

Estaba deseando que subiese la palma por mi muslo, un centímetro más hacia arriba, pero no lo hizo. Nunca había compartido un primer beso tan ardiente como ese. Estaba siendo tan placentero que ni siquiera se me pasó por la cabeza que besarlo así fuese una mala idea.

—¡Hala, idos a un hotel! —La voz de uno de sus amigos se oyó por encima del resto.

—¿Les traemos un respirador? —contestó otra.

Esas palabras me devolvieron la conciencia y poco a poco reduje la intensidad. Presioné los labios una última vez contra los suyos y me separé lo justo para observarlo. La mano que tenía en mi nuca resbaló hasta la mitad de mi espalda.

Zac tardó unos segundos en separar los párpados.

Tenía las pupilas dilatadas. En su mirada ya no había rastro de confusión. Parecía que solo había espacio para el deseo.

Sus ojos se deslizaron hasta mis labios. No sé cuánto rato habíamos consumido besándonos, pero me los notaba un poco hinchados. Los suyos tenían restos de mi pintalabios rojo. Al percatarme de ese detalle, el rubor se adueñó de mis mejillas.

Su palma caliente sobre mi muslo me impedía pensar con claridad. Estaba igual de espesa que cuando me quedaba mucho tiempo en la sauna del gimnasio después de baile.

Zac estaba más serio que nunca.

Abrí la boca y volví a cerrarla. Quería hablar, pero no encontraba las palabras.

—¡Eh, tortolitos, tiempo muerto! —exclamó uno de sus amigos—. Zac, necesitamos tu atención unos minutos.

Respiró hondo por la nariz y yo le imité para calmar mi respiración. Sentí el aire que expulsó por la boca como una caricia cálida sobre los labios.

—Luego… —me dijo con voz grave.

Esa palabra sonó tan solemne como la promesa de un caballero.

No hacía falta que acabase la frase para saber qué se refería a «luego hablamos».

Asentí en respuesta. Dos veces.

Retiró la mano de mi pierna y me la acercó al rostro. Me frotó con el pulgar el borde del labio inferior para quitarme el pintalabios corrido, desbocando mi corazón de nuevo. Acto seguido, recompuso el rostro y se asomó por la izquierda, rompiendo la atmósfera de intimidad en la que estábamos inmersos.

Por fortuna, las piernas no me fallaron cuando me levanté y ocupé el asiento contiguo al suyo. Estaba confusa, avergonzada y un poco excitada.

—¿A qué viene tanto escándalo? —les preguntó Zac a sus amigos como si nada.

Me sorprendió que hablase con tanta calma. Como si no acabásemos de morrearnos apasionadamente delante de todos ellos.

Jackson le hizo un gesto a alguien con la mano y de la nada aparecieron dos de sus amigos cargando una tarta enorme. La colocaron en la mesa, delante de él.

—Sois gilipollas. —Zac soltó una carcajada.

En la tarta podía leerse: «Buena suerte encontrando mejores amigos que nosotros, puto traidor». A un lado estaba dibujada la silueta de un fonendoscopio y, en el otro, un balón de fútbol americano.

Zac se levantó y los abrazó a todos, incluida a Lauren, quien ya me había asesinado con la mirada trescientas veces. Le pidió a un camarero que les sacase una foto y sus amigos le rodearon enseguida. Él miró por encima del hombro y alargó la mano en mi dirección.

—Grace, ven aquí... —Me hizo un gesto—. No vamos a hacer la foto sin ti —agregó al verme titubear.

Acepté su mano al levantarme y el calor volvió a adueñarse de mi palma. Dio un suave tirón para situarme a su lado. Me rodeó la espalda con el brazo y colocó la mano derecha sobre mi cadera. Intenté ocultar la inquietud que me estaba carcomiendo el estómago y me forcé a sonreír para la foto.

El camarero le devolvió el móvil a Zac y después cortó una porción generosa de tarta y se la ofreció. Durante los minutos siguientes, se concentró en comer y en bromear con sus amigos. Pese a que me incluyó en la conversación en todo momento, le noté más distante de lo normal. En cuanto se terminó el trozo, me preguntó:

—¿Nos vamos?

—¿Ya? —Me quedé atónita—. ¿No quieres quedarte un rato más?

—No.

Lo cierto era que no tenía ganas de hablar con él porque ¿qué iba a decirle? ¿Que lo había besado sin pensar? ¿Que nuestro intercambio de saliva me había gustado más de lo que esperaba?

Zac fue todo abrazos y palmadas en la espalda mientras les aseguraba a sus amigos que los vería pronto.

Al salir del local, nos recibió la agradable brisa nocturna. Mi preocupación aumentó cuando amplió la zancada. Anduvo tan deprisa que me costó seguirle el ritmo. Según doblamos la esquina, se paró en seco y casi me choqué contra su espalda.

En cuanto se dio la vuelta y vi su expresión, supe que algo no iba bien.

—¿Puedes explicarme qué ha pasado ahí dentro? —Señaló la fachada del bar con la mano.

—¿A qué te refieres? —pregunté intentando ganar tiempo para pensar una excusa.

—A que has dicho que no ibas a besarme y lo siguiente que has hecho ha sido meterme la lengua hasta la campanilla —dijo endureciendo el tono.

—Tu amiga Lauren me ha asaltado en el baño —me apresuré a contestar—. Me ha dicho que cuando quedabas con ella no le quitabas las manos de encima. Me sentí entre la espada y la pared con sus comentarios de mierda y te he besado sin pensar.

Me observó estupefacto. Después, sus ojos se transformaron en una mirada glacial.

—¿Me has besado para darle en las narices a Lauren?

Dicho así sonaba horrible.

—No ha sido para darle en las narices —repuse—. Ha sido para hacer lo nuestro más creíble.

Él negó con la cabeza y puso un gesto de incredulidad que no se parecía en nada a las sonrisas encantadoras a las que me tenía acostumbrada.

—Solo quería demostrarle que estaba equivocada —le dije avergonzada—. Te he besado porque lo que ha dicho me ha enfadado y porque tú me habías ofrecido la posibilidad antes. Nada más.

Me pareció importante añadir ese apunte y recalcar por qué lo había hecho. No quería que se hiciese ideas equivocadas ni que las cosas se liasen más antes de compartir carretera.

Zac apretó la mandíbula y asintió un par de veces sin mirarme.

—¿Solo me has besado por eso? —me preguntó.

—Sí.

—Estupendo... —Parecía decepcionado y enfadado—. Te agradecería que la próxima vez que vayas a utilizarme al menos me avises antes.

Sin añadir nada más, me dio la espalda y siguió andando.

16

BESO (n.): Manifestación de afecto que me encanta que acabe
en sexo.

Estaba mosqueado.

Aunque el beso me había pillado de improviso se lo había devuelto encantado porque era algo con lo que había fantaseado
varias veces. El problema era que acababa de quedarme con cara
de gilipollas al enterarme de que solo me había besado para joder
a Lauren.

Mi orgullo estaba dolido de cojones. A nadie le gusta oír que
le han besado por callarle la boca a otra persona, ¿no? Habría
preferido que me hubiese dicho algo tipo: «¿Podemos volver a en-
rollarnos?», «Besas de maravilla» o «¿Quieres que vayamos a un
sitio más tranquilo?».

Pero no.

Grace no tenía ninguna intención de impresionarme como las
demás. Otras chicas buscarían cualquier excusa para tocarme, rega-
larme los oídos y pasar un buen rato conmigo simplemente porque querían hacerlo. En cambio, ella me había dejado clarísimo que
me había besado en un arrebato.

Sí. El rechazo me escocía tanto como la picadura de una avispa.

Sabía que entre Grace y yo había más química que en la tabla
periódica. Se lo había dicho la noche del baile de máscaras. Lo
percibía en el ambiente cada vez que estábamos juntos. El mo-

mento que habíamos compartido era la confirmación de que, si follábamos, entre nosotros, más que chispas, se desataría un incendio incontrolable.

Yo me había metido de lleno en el beso, bloqueando todo lo demás y perdiendo la noción del tiempo, hasta que interrumpieron mis amigos. Los habría ignorado de buena gana, pero ella se apartó. Me costó horrores no volver a pegar la boca a la suya. Porque me apetecía. Mucho.

—¡Zac, espera! —Grace se interpuso en mi camino, cortándome el paso—. Siento muchísimo haberte besado.

Con esas palabras me sacó de mis pensamientos y me devolvió a la calle desierta.

La miré impertérrito.

Quería hacerme el duro unos minutos más, pero su cara de pena me estaba ablandando.

—He actuado de manera impulsiva y no he pensado cómo ibas a sentirte tú —continuó—. De verdad que no era mi intención utilizarte. No me gustaría empezar el viaje así. Lo paso fatal cuando alguien está enfadado conmigo.

«Al menos ha sido sincera y se ha disculpado…».

Me miró arrepentida y no me quedó más remedio que claudicar.

—No estoy enfadado —dije un poco serio—. Y ya hemos aclarado el tema, no hace falta que te disculpes más —añadí en un tono más conciliador.

—¿Estamos bien, entonces?

—Claro que estamos bien, rubia. —Me obligué a sonreír—. Solo ha sido un beso de nada… —agregué para quitarle hierro al asunto.

«Un beso de nada por el que he terminado empalmado…».

No sabía qué más decir, así que le hice un gesto con la cabeza para reanudar la marcha. Estábamos al lado del coche.

Me subí por la puerta del piloto y puse la dirección del hotel en el navegador mientras ella se abrochaba el cinturón. Luego, arranqué y señalicé con el intermitente para incorporarme a la calzada.

Observé por última vez mi casa a través del retrovisor y sentí que cerraba una etapa.

Nos mantuvimos en silencio mientras dejábamos Palo Alto atrás y también cuando me metí en la autopista.

—¿Cuatro horas y media hasta el hotel? —me preguntó Grace al cabo de diez minutos.

—Eso es.

Resopló.

—Supongo que no es un buen momento para confesar que necesito ir al servicio.

Pulsé el botón del volante que activaba la búsqueda por voz del navegador.

—Gasolinera —fue lo único que dije.

En el mapa de la pantalla aparecieron varias señaladas.

—¿Puedes pinchar en la más cercana, por favor? —le pedí a Grace.

—Puedo aguantar un rato. —No lo dijo convencida.

—No hay necesidad de aguantar. Además, así echamos gasolina y ya no tenemos que parar más.

En cuanto terminé de repostar, Grace salió del establecimiento cargando una bolsa que parecía pesada. Éramos los únicos en aquella estación de servicio.

—Te he mentido. No tenía ganas de ir al baño —me informó con una sonrisilla—. Simplemente me he propuesto ser la mejor copiloto de la historia y he comprado de todo. —Al llegar a mi altura, abrió la bolsa para que viera el contenido—. Tengo chocolatinas, agua, café por si te entra sueño, gominolas y Skittles.

«Joder, así es imposible seguir cabreado con ella».

Grace sacó de la bolsa mis caramelos favoritos.

Sus intenciones se veían desde Manhattan, y estábamos a unas tres mil millas.

—¿Crees que vas a comprarme con unos caramelos como si tuviese tres años? —le pregunté, poniéndome lo más serio que pude.

Ella abrió la boca y me observó entre sorprendida y ofendida.

—No los he cogido para...

—Porque estás en lo cierto —la interrumpí con un tono burlón.

Grace se tragaba todas las bromas, sus caras eran un poema y vacilarla me resultaba tremendamente divertido.

Respondió dándome un golpe en el brazo con la bolsa de caramelos y yo me reí, disipando cualquier retazo de incomodidad que quedase entre nosotros.

Entonces fue cuando supe que enfadarme con ella me costaría mucho. Parecía la típica que conseguiría hacer reír a la Guardia Real del palacio de Buckingham con sus ocurrencias y sus muecas.

—Vamos, anda. —Le abrí la puerta del copiloto y esperé a que se acomodase la bolsa entre las piernas para cerrarla.

En cuanto me senté en el asiento del conductor, me puso delante la bolsa de los Skittles.

—Ahora no me apetecen, pero gracias por haber comprado todo.

—Bueno, cualquier cosa que quieras me la pides. —Dejó en el portavasos el café y una botella de agua—. Y si te cansas y quieres que conduzca, me avisas.

—Vale. No te preocupes. —Arranqué y quité el freno de mano.

—Puedo buscar una lista de canciones para viajes de carretera —sugirió tan pronto como me incorporé a la autopista.

—Me parece bien. Conéctate al bluetooth y pon la que quieras, o coge mi móvil.

Grace trasteó en silencio un rato y terminó seleccionando una lista de clásicos.

—Si no te gusta alguna, la paso —me dijo—. Salvo sin son de Taylor Swift o de Harry Styles, en cuyo caso no pienso hacerlo.

—Justamente esas son las que te pediré que te saltes.

—Suerte con eso —murmuró antes de contener un bostezo.

La mejor copiloto de la historia se quedó dormida antes de que terminase la tercera canción. Y yo aproveché la carretera vacía para pisar el acelerador.

—¡Hey, copiloto! —Le froté el brazo con suavidad.

Ella se sobresaltó y cerró la boca de sopetón.

—¡Estoy despierta! —exclamó.

Se irguió en el asiento y parpadeó un par de veces.

—¿Qué necesitas? —preguntó adormilada.

—Nada. Ya hemos llegado.

—¿Qué? —Se frotó la cara y miró alrededor para encontrarse con el hotel de carretera en el que pasaríamos la noche—. ¡Tendrías que haberme despertado! —se quejó.

Grace tenía los párpados hinchados y a medio cerrar.

—¿Sabías que duermes con la boca abierta? —le pregunté cuando nos bajamos del coche.

—¡No es verdad! —Se detuvo a mi lado, frente al maletero.

—Claro que sí. Babeas y todo.

En lugar de contestarme, estiró los brazos hacia arriba, desperezándose. La camiseta se le subió lo suficiente como para dejar al descubierto parte de su tripa. Me pregunté si tendría la piel tan suave y caliente como la del muslo. Al darme cuenta del hilo de mis pensamientos, aparté la mirada de inmediato y saqué las maletas.

Después de registrarnos en el hotel, bordeamos el edificio principal hasta el aparcamiento trasero para subir a la primera planta. A las habitaciones se accedía desde la calle.

—Nunca he dormido en un hotel de carretera —me dijo en voz baja mientras atravesábamos el pasillo superior—. Este es el típico sitio donde se hospedaría un asesino en serie, como en las películas de terror.

—¿Te da miedo? —le pregunté en un susurro.

—No. Qué va…

Tuve la impresión de que se hacía la valiente.

—Pero, si muero aquí —continuó—, asegúrate de que mis padres pongan una foto bonita en el documental de Netflix.

Me reí entre dientes, aunque parecía que lo decía en serio.

—Grace, si estás asustada, podemos buscar otro sitio.

Ella negó con la cabeza y se detuvo delante de su puerta.

—Son las tres de la mañana, Zac —comentó cansada—. Solo quiero dormir. Y tú tienes pinta de necesitar lo mismo.

—Sí, la verdad es que estoy reventado.

—Mierda… —murmuró cuando abrió la puerta de su cuarto.

—¿Qué pasa?

—Me he dejado la *tote bag* en el coche.

—¿La necesitas ahora?

—Sí. Dentro tengo el móvil y el libro que estoy leyendo. Necesito leer para dormir —aseguró—. Si me dejas las llaves, voy en un momento.

Estaba a punto de entregárselas cuando me percaté de que bailoteaba en el sitio.

—¿Qué te pasa?

—Que necesito ir al baño —reconoció.

—Quédate, anda. Ya voy yo.

Pasé por mi habitación para dejar mis cosas tiradas en la cama y retrocedí lo andado. El cielo estaba despejado y se veía la luna anaranjada. Hacía un poco de frío. Lo único que se oía era el ruido de los pocos coches que pasaban a toda velocidad por la autopista y los de mis propios pasos. Cuando llegué al coche, abrí la puerta del copiloto y cogí su bolsa. Aproveché para recoger los Skittles que se le habían caído al suelo. Otra cosa no, pero me gustaba llevar el coche impoluto. Estaba a punto de cerrar la puerta cuando un papel doblado llamó mi atención. Lo recogí del asiento y lo desdoblé para ver si era basura.

No lo era.

PROPÓSITOS QUE CUMPLIR ANTES DE LOS 30

☑ Convertirme en editora jefa.

☑ Improvisar un viaje.

☐ Hacerme un tatuaje.

☐ Ver el amanecer en el Gran Cañón.

☐ Bañarme desnuda en el mar.

Al llegar a ese punto, dejé de leer en el acto.

Después de debatirme unos segundos, doblé el papel y volví a dejarlo donde estaba. Esa lista era personal y, aunque me picaba la curiosidad y quería saber qué más había escrito en ella, leerla sería una invasión a su privacidad en toda regla.

Cerré el coche y eché a andar hacia las habitaciones.

Grace me había demostrado ser una persona impredecible y espontánea, pero jamás imaginé que uno de los propósitos de su lista fuese bañarse desnuda en un espacio público.

Al pensar en eso, me vino a la mente la imagen de hacía unos minutos. Solo que, en mi imaginación, su camiseta no se subía porque se estuviese estirando, sino porque se la estaba quitando para bañarse desnuda. Conmigo.

«Tío, ¿quieres dejar de pensar con la polla? —me reprendí—. Que te vas a volver a empalmar, mamonazo».

Cogí aire y llamé a su puerta.

Sí, sin duda, ese beso debía de haber roto alguna conexión neuronal en mi cerebro. Era la explicación que encontraba a esos pensamientos.

17

CARRETERA (n.): Camino que te lleva a sitios inesperados.

«Estoy desayunando con una mujer —pensé extrañado—. Y no solo eso. Estoy desayunando con una mujer con la que no me he acostado».

Debería parecerme raro.

Yo no desayunaba con tías.

Era el típico momento que me pondría los pelos de punta, pero con Grace, en el restaurante de aquel hotel de carretera, estaba cómodo.

—El bufé del desayuno es la mejor parte de dormir en un hotel, ¿no te parece? —Su voz alegre me sacó de mis pensamientos.

Levanté la cabeza cuando ella tomaba asiento frente a mí. Dejó en la mesa un plato con dos tortitas, huevos revueltos, beicon y un zumo de naranja.

Parecía la mujer más feliz del mundo. Le sonreí y no le dije la que yo pensaba que era la mejor parte de dormir en un hotel.

—No me puedo creer que un simple desayuno te haga tan feliz —le dije, cortando el beicon de mi plato.

—Es que es mi comida favorita del día —me contestó al tiempo que esparcía el sirope en su tortita—. En casa siempre me levanto la primera porque me gusta desayunar tranquila. Aunque últimamente he tenido que saltármelo un par de veces por el trabajo.

—Pues no deberías. Es importante desayunar, que luego te mareas. Yo nunca me lo salto.

—A ver, ¿qué suele desayunar un médico?

—Pues tomo algo parecido a esto —señalé, troceando las tortitas—. Suelo hacerme huevos revueltos, beicon, tortitas de plátano... Según me dé.

—¿Cocinas según te levantas? —Parecía sorprendida.

—No. Cuando vuelvo del gimnasio. Me relaja mucho, la verdad.

—Te admiro y te envidio. Últimamente lo máximo que me da tiempo a hacer por las mañanas es meter el pan al tostador y la cápsula en la cafetera.

Durante un instante, ambos nos concentramos en nuestros platos.

—¿Qué haces? —me preguntó extrañada.

—Revolver la comida —contesté, como si fuese evidente.

—Me parece asqueroso que mezcles las tortitas con los huevos y el beicon.

—¿Por qué? —pregunté—. Si estoy desayunando lo mismo que tú.

—Sí, pero tú estás mezclando lo dulce con lo salado.

Arrugó la nariz cuando me vio echarle sirope de arce a la comida.

Se me escapó la risa porque su mueca de asco era graciosa.

—Esto no es nada. De adolescente me encantaba mojar las patatas fritas en el chocolate del helado del McDonald's.

—¡Zac, eso es repugnante!

Respondí con una frase de mi madre:

—En el estómago se junta todo.

Ella me miró con cara de situación y se llevó el tenedor cargado a la boca.

Veinte minutos después salimos al aparcamiento y nos recibieron los rayos de sol de las diez de la mañana. Hacía algo de calor, pero era soportable.

—¿Cuántas horas tenemos que conducir hasta Las Vegas? —me preguntó Grace mientras arrastrábamos las maletas.

—Cuatro y algo. Depende del tráfico.

—¿Quieres que empiece conduciendo yo? —se ofreció.

—Vale.

Al acomodar nuestras pertenencias en el maletero, su brazo rozó el mío. Cuando le entregué las llaves, nuestros dedos también se encontraron y sentí la electricidad correr por mi mano.

Según abrí la puerta del copiloto, me topé con su lista de propósitos. La cogí para no sentarme encima y le dije:

—¿Esto es tuyo?

Grace torció el cuello para mirarme.

—Sí. —Cogió el papel y lo guardó dentro de su bolsa.

Acto seguido, se giró para dejarla en la parte de atrás.

Sin pretenderlo, mi mente vagó otra vez hasta el último propósito que había leído: «Bañarme desnuda en el mar». La noche anterior el que necesitó bañarse fui yo. En soledad y con agua helada.

—¡Madre mía, eres gigante! —La voz dulce de Grace me devolvió al coche.

No llegaba a los pedales y tuvo que ajustar el asiento.

—¿Cuánto mides? —me preguntó sorprendida.

—Uno noventa y uno. ¿Y tú?

—Uno setenta y tres —dijo distraída mientras palpaba con la mano debajo del volante.

—¿Qué necesitas?

—Quería acercarme el volante un poco más, pero no encuentro la palanca.

—Ah, la tienes ahí, a la derecha. —Señalé con la mano.

Grace tiró de ella, sin éxito.

—Tira sin miedo.

—No puedo. Está durísima.

—Espera, a veces cuesta un poco —le pedí.

Me incliné sobre el asiento en su dirección y coloqué la mano encima de la suya para guiarla. Una sensación cálida se despertó en mi piel al entrar en contacto con la suya.

—¿Ves que está atascada? —me obligué a decir sin mirarla.

—Sí...

—Si te pasa eso, mueve la palanca con suavidad hacia los lados para desatrancarla. —Hice el movimiento que le indicaba y conseguí bajarla al segundo intento—. Ya está. ¿Lo ves?

Pasaron unos segundos y ella no contestó.

De pronto, la tensión que se fraguaba entre nosotros parecía ocupar todo el espacio libre. Sentía las chispas saltando del uno al otro.

Ladeé el rostro y la descubrí observándome fijamente.

Joder. Eso no facilitaba las cosas.

Resistí el impulso de acercarme a ella y le solté la mano.

—¿Grace? ¿Me has entendido?

—¿Qué? —Salió de su ensimismamiento—. ¡Ah! ¡Sí! ¡Gracias!

Apartó la mirada bruscamente y se centró en colocar el volante a la altura que le iba bien. Después, ajustó los espejos y yo me encargué de poner la dirección de nuestro siguiente hotel en el navegador.

Grace condujo los primeros minutos en silencio. Por cómo apretaba el volante, me dio la impresión de que estaba un poco inquieta.

—¿Has estado en Las Vegas antes? —le pregunté con el afán de ayudarla a relajarse.

—No. ¿Y tú?

—Yo sí...

—¡Serás gilipollas! —gritó de malas maneras.

Frenó de manera brusca y el corazón se me subió a la garganta.

—¿Es que no sabes lo que es el puñetero intermitente? —preguntó cabreada.

Le tocó el claxon al Audi R8 que acababa de adelantarnos sin señalizar. No contenta con eso, le enseñó el dedo corazón.

—¿Has visto eso? —Grace negó con la cabeza, indignada—. ¿Dónde le han dado el carnet a ese imbécil? ¿En la tómbola?

Seguidamente masculló una retahíla de insultos.

—Perdona, sigue —dijo enseguida.

—No, no, sigue tú insultando a ese tío —comenté divertido

por ese nuevo descubrimiento—. No sabía que eras una conductora agresiva.

—No soy agresiva, es que ese señor no sabe conducir. Podríamos habernos estampado por su culpa.

Respiró hondo para serenarse.

—En fin, me estabas contando que has estado antes en Las Vegas. ¿Has apostado mucho en el casino?

Me sorprendió la rapidez con la que cambió a un tono amigable.

—Qué va. Cuando fui, no tenía mucho dinero. Aposté un par de dólares por hacer la gracia.

—¿En serio? Nunca lo habría dicho.

Me giré para mirarla, extrañado.

—¿A qué te refieres? —pregunté.

—¿Los médicos no nadáis en dinero?

—Los que estamos empezando no.

Ella arrugó las cejas y no apartó la vista de la carretera.

—Zac, vas a vivir solo en mitad de Manhattan, y este cochazo tiene pinta de costar una fortuna.

—A ver, por partes. Puedo permitirme el lujo de vivir solo porque con el cambio al Monte Sinaí cobraré más. El coche me lo compré hace un año y medio, y sigo pagándolo —confesé—. De hecho, he podido gastarme el dinero en él porque lo primero que hizo Will en cuanto se convirtió en best seller fue pagarme el préstamo universitario. Todo lo que he ganado de residente en Stanford se ha ido en gastos. Y, ahora, entre la mudanza, el viaje y la fianza que he tenido que pagar por el apartamento, mi cuenta bancaria está temblando. Si te soy sincero, acepté grabar el audiolibro porque me viene bien la pasta.

—Te entiendo. Yo estuve pagando el préstamo universitario hasta hace poco. También espero recuperarme con el ascenso a jefa.

Pasados unos segundos, alargué el brazo y pulsé el botón del salpicadero que activaba la música. Empezó a reproducirse «Gold on the Ceiling».

Durante un rato me concentré en mirar por la ventanilla mientras las canciones de uno de mis grupos favoritos se sucedían una tras otra.

—Podrías poner otra cosa… —sugirió Grace.

—¿Qué tienes en contra de The Black Keys?

—Nada, pero… ¿por qué no haces una lista con canciones que nos gusten a los dos?

—No es mala idea —reconocí, sacándome el móvil del bolsillo.

Abrí Spotify y así comenzamos el debate de qué canciones merecían entrar en nuestra *playlist* y cuáles no.

A mitad de camino paramos para comer y después cambiamos posiciones tras el volante. Un par de horas más tarde, y aun a sabiendas de que nos toparíamos con un atasco monumental, me desvié unas salidas antes de la autopista para conducir por Las Vegas Strip y que Grace viese la calle más famosa de la ciudad.

—¡Mira, a la derecha, el cartel de Las Vegas! —chilló emocionada.

Giré el cuello para ver el letrero más emblemático de la ciudad.

El rombo blanco con el borde dorado rezaba con letras rojas y azules: «Bienvenidos a la fabulosa Las Vegas, Nevada». El borde dorado estaba cubierto de luces brillantes que lo hacían más llamativo aún.

Grace bajó la ventanilla y el calor entró de golpe en el coche. El tráfico lento le permitió grabar el cartel con el móvil a la perfección.

En aquel momento estábamos a cuarenta grados y las calles apenas estaban transitadas. De noche, cuando la temperatura bajaba y las luces de los hoteles lo iluminaban todo, estas se llenaban y la ciudad recuperaba la vida.

En cuanto nos bajamos del coche en el aparcamiento del Bellagio, sentí el calor abrasador como un puñetazo en la cara.

—¿Puedes explicarme qué llevas aquí para que pese tanto?

—le pregunté al sacar su maleta pequeña del maletero—. ¿Tanta ropa necesitas?

—Verás, la maleta pequeña está llena de libros. Y esta grande —le dio un golpecito a la otra— tiene mi ropa. Llevo un poco de todo. Por si acaso.

Parpadeé confundido.

—Pero... ¿cuántos libros te has traído? —le pregunté.

—Unos cuantos.

La miré sorprendido y ella siguió:

—No me mires así, aprovecho para leer siempre que puedo.

—¿Y no puedes sacar de la maleta el libro que vayas a leer hoy y ya está? —le pregunté mientras cogía la mía.

—¿Y arriesgarme a que alguien te abra el coche y me roben mis bienes más preciados? —Me miró espantada—. Ni hablar.

—Grace, aquí hay seguridad por todas partes. Y yo voy a dejar mis cajas, como anoche. —Señalé el maletero.

—Tú haz lo que quieras, yo me lo llevo todo.

Subió el asa de sus maletas y echó a andar, arrastrando una con cada mano. Una rueda de la pequeña se atascó con una piedra y ella maldijo por lo bajo al tropezarse.

Cerré el maletero y la seguí conteniendo la risa.

Según pusimos un pie en el hotel, el cambio de temperatura fue tan drástico que me estremecí de frío. El aire acondicionado estaba puesto a todo trapo.

La recepción era descomunal. Los techos eran altos y los suelos de mármol brillaban tanto que podía verme reflejado en ellos. A través de las ventanas en forma de arco entraba muchísima luz natural. Había esculturas por todas partes, inclusive en el techo, lo que le daba al lugar un aspecto opulento y recargado. A un lado estaba el mostrador de recepción y al otro empezaba el área del casino.

—¿Este no es el que atracan en *Ocean's Eleven*? —me preguntó Grace.

Esquivé a la gente para colocarme a su lado. Todo estaba hasta los topes.

—Es uno de ellos, sí.

Ella miró maravillada a su alrededor.

—Estoy pisando el suelo que un día pisó Julia Roberts —fue todo lo que dijo.

El recepcionista que nos atendió nos explicó que había seis piscinas, spa y una galería de tiendas. También nos contó los horarios de los distintos espectáculos, entre ellos el de la fuente más famosa de la ciudad.

Nuestras habitaciones estaban en la planta veintitrés, una enfrente de la otra. Grace estaba impaciente por recorrer el resort, así que nos despedimos en el pasillo con la promesa de reencontrarnos media hora más tarde.

La habitación era enorme, tenía las paredes grises y un ventanal de suelo a techo desde el que se veían algunos de los principales casinos de la ciudad. Al adentrarme en la estancia, le eché un vistazo al baño. De pasada vi que tenía dos lavabos, dos espejos y una bañera de un tamaño considerable.

Dejé la maleta al lado de la cama. Era extragrande y tenía la colcha blanca. Enfrente y colgada sobre la pared estaba la televisión, que también era grande. Tiré sobre el colchón las cosas que llevaba en los bolsillos y me quité la ropa, que se me había pegado al cuerpo por culpa del sudor.

Después de afeitarme y ducharme con agua fría, me sentía un hombre renovado. Me vestí con unas bermudas verdes oscuras y una camisa estampada de rayas blancas y verdes. Al peinarme el pelo húmedo hacia atrás, le sonreí a mi reflejo.

Estaba guapo.

Un instante después, la música de The Black Keys que sonaba en mi teléfono se interrumpió con un mensaje de Grace en el que me decía que estaba lista.

—La ducha hidromasaje es genial —me dijo según salí de mi habitación.

Se había puesto un vestido sencillo de tirantes amarillo y llevaba el pelo mojado.

—¿Qué ducha hidromasaje? —pregunté.

—La de la habitación.

—Yo no tengo. La mía es normal.

—¿En serio? —Sonrió y abrió la marcha hacia los ascensores—. Yo tengo uno de esos cabezales que rocían el agua de maneras distintas.

Se detuvo y pulsó el botón de llamada.

—He probado el modo lluvia y es increíble.

«Ni se te ocurra imaginártela en la ducha».

Grace rotó los hombros un par de veces hacia atrás.

—Y luego he subido la presión para esta zona —continuó.

«No te la imagines desnuda. No te la imagines desnuda».

Dobló el cuello y se acarició el trapecio.

—Porque me la notaba cargadísima y la verdad es que me ha venido de perlas.

«No te la imagines desnu... ¡Joder, Zac!», me reprendí.

—Ajam... —fue todo lo que respondí.

—Es la primera vez que voy al casino —me informó según pasamos al ascensor—. Podríamos apostar algo y luego ir a ver las piscinas o el jardín que ha mencionado el recepcionista, ¿no?

Asentí.

Mi cerebro se había quedado en la ducha hidromasaje.

—Y después de cenar, que por cierto tendremos que buscar algún sitio, podríamos ver el espectáculo de la fuente y dar un paseo.

—De la cena no te preocupes. Reservé hace siglos en un restaurante de los de abajo porque quería ir mi hermano. ¿Te acuerdas de que te lo conté?

—Ah, es verdad —musitó—. El italiano que estaba frente a la fuente...

—Ese.

Al bajarnos, la seguí mientras serpenteaba entre la gente que transitaba la recepción a toda prisa, como si fuese el aeropuerto.

El casino estaba hasta los topes. El ambiente era bullicioso y el sonido que imperaba era el que hacían las máquinas tragaperras. El olor a tabaco me hizo arrugar la nariz. Siempre olvidaba que, a diferencia de en California, en Nevada se podía fumar en interiores.

—Qué asco —comenté mientras agitaba la mano delante de mi cara.

Grace se detuvo delante de una mesa de póker y se quedó absorta observando a los jugadores.

—¿Sabes jugar? —le pregunté.

—Sí. ¿Y tú?

—Digamos que podría desplumarte en un santiamén —le dije en broma.

Grace arqueó una ceja al mirarme escéptica.

—Eres un flipado.

—Un requisito fundamental para ganar al póker es saber mentir y con el espectáculo que diste en casa de mi hermano con el cojín quedó claro que se te da de pena —le recordé.

Ella hizo una mueca.

—¿Quieres apostar algo? —Señalé la mesa con la mano.

En lugar de contestar, Grace avanzó hacia las máquinas. Recorrió la sala hasta el final, mirando curiosa todo lo que la rodeaba. Se sentó frente a una de las que tenían un asiento doble y tiró de mi brazo para que ocupase el hueco libre a su derecha.

—Voy a apostar cinco dólares —me informó—. Ni uno más.

—Una mujer conservadora. Me gusta. ¿Qué te parece si apostamos cinco cada uno?

—Lo veo bien. Se supone que tiene que salir tres veces la misma figura en la pantalla, ¿no?

—Sí.

Me adelanté y metí mi billete de cinco por la ranura antes que ella. Después, Grace pulsó el botón que iniciaba la partida. Resopló cuando perdió el primer dólar.

—¿Qué haces? —le pregunté al ver que apretaba el botón de «doblar apuesta».

—Hemos venido a jugar, ¿no? —Me sonrió.

Pulsó el botón verde y perdió dos dólares más.

Hizo un mohín y al final me dijo:

—Dale tú la siguiente, anda. A ver si tienes más suerte.

Rebajé la apuesta a un dólar para jugar lo que quedaba en dos rondas. Le di un toque al botón y me quedé en vilo.

Los rodillos de la pantalla fueron girando uno a uno.

El primero se detuvo en la figura de las cerezas.

El segundo, también.

Y, de pronto, sonaron las campanas que indicaban que habíamos ganado.

Sonreí lleno de júbilo al ver las monedas virtuales caer por la pantalla sin parar.

—¡Grace! —exclamé contento—. ¿Has visto eso? ¡Acabamos de ganar cien dólares! ¡Ja! Ni yo me creo la suerte que…

—¡Zac! —Grace me interrumpió dándome un par de palmadas en la pierna—. ¡Zac, una pedida! —dijo emocionada.

Fue entonces cuando entendí que no estaba mirando la pantalla. Grace tenía la vista clavada en la pareja que estaba parada a un par de metros de distancia y que no parecían pasar de los veinticinco años.

—¡Venga, Betty! —le dijo el chico a la chica.

—¿Estás loco? —respondió ella—. ¡No podemos casarnos así! ¿Y nuestras familias?

—¿Por qué no? —Él le cogió las manos—. Mi amor, yo te quiero, tú me quieres y la capilla está ahí mismo. ¿Quién nos lo impide?

La tal Betty se rio.

—James, no tenemos nada… —le contestó dubitativa—. No tenemos anillos, no tenemos ropa, no tenemos testigos…

—¡Yo! —Grace pegó un bote en el asiento. La pareja la miró tan sorprendida como yo—. ¡Me ofrezco voluntaria!

—¿Qué haces? —susurré entre dientes—. Esto no son *Los Juegos del Hambre*.

Ella me ignoró y se levantó para dirigirse a ellos.

—¡Nosotros podemos ser vuestros testigos! —Me señaló con la mano sin mirarme.

«Pero ¿qué cojones está diciendo?».

Abrí los ojos, horrorizado, cuando el chico se acercó a Grace, tirando del brazo de su novia.

—¿De verdad haríais eso por nosotros? —nos preguntó emocionado.

Los dos contestamos a la vez:

—¡Por supuesto! —afirmó Grace.

—Nah, no lo decía en serio —apunté yo.

Grace se volteó y me miró apenada.

—¿Nos dais un segundo? —le dijo a la pareja.

Volvió a sentarse a mi lado y ellos nos dieron espacio.

—¡Ni de coña! —Negué con la cabeza antes de dejarla hablar.

—¿No te dan pena?

—Ninguna. No los conozco de nada.

Grace torció la boca hacia abajo y parpadeó como el gato de *Shrek*.

—Zac, por favor... —empezó en tono meloso.

—No vas a convencerme.

Me puso la mano en la pierna otra vez y continuó:

—Nada me haría más ilusión que ayudar a estas dos personas a casarse.

«¡Tío, no puedes ablandarte porque te haga ojitos!».

Desvié la mirada hasta la palma que había dejado olvidada sobre mi pierna.

—Seguro que los casará alguien vestido de Elvis y será divertido —siguió.

«Y con ese tono de súplica termina de ablandarse el hombre de hierro».

No había nada que me diese más repelús que una boda improvisada en Las Vegas.

Quería decir que no.

Sin embargo, lo que salió de mi boca fue un:

—A ver, si te hace mucha ilusión...

—¡Sí! ¡Muchísima! —me cortó.

—A cambio tendrás que invitarme a un par de copas...

Antes de que me diese tiempo a terminar la frase, Grace se me tiró encima y me abrazó con tanto ímpetu que casi me tiró de la silla. El olor tropical de su champú se me metió por la nariz.

—¡Gracias, eres el mejor! —añadió.

Era la primera vez que me abrazaba sin pensar.

Iba a devolvérselo, pero se levantó y corrió al lado de la pareja para contárselo. A la chica se le llenaron los ojos de lágrimas.

—Me llamo Grace. —Se llevó la mano al pecho al presentarse—. Y él es Zac —terminó señalándome.

Me quedé sentado, porque todavía estaba en *shock*, y ellos se acercaron a estrecharme la mano.

—Gracias, tío —me dijo James.

Asentí sin contestar y forcé la sonrisa.

Ante mi atónita mirada, Grace se ofreció a acompañar a Betty a la tienda de vestidos de novia de la galería. Después, se acercó a mí con una sonrisa radiante. Estaba más emocionada que un niño en Disneyland.

—Te veo en una hora —me dijo—. Tienes que acompañar a James a comprarse algo bonito, y tú también. Alquila un traje o lo que sea ¿vale?

—¿Qué?

—¡Luego voy a buscarte!

Sin decir nada más, salió corriendo con Betty y me dejó plantado con el novio.

Parpadeé confundido y lo único que hice fue girarme hacia la máquina y sacar el cheque con los cien dólares.

Una hora más tarde, Grace llamó impaciente a mi puerta.

—Ya voy —alcé la voz mientras me acercaba.

Siguió golpeando con los nudillos sin parar. Mientras abría, le dije:

—No hace falta que llames ochenta vec...

En cuanto posé los ojos en ella, las palabras se perdieron en mi garganta.

Grace estaba despampanante.

Llevaba un vestido de satén granate. Era largo hasta el suelo y la abertura de la falda dejaba su pierna derecha al descubierto. Los tirantes se anudaban en los hombros. Llevaba un colgante fino y dorado que terminaba justo donde empezaba el escote.

Cuando mis ojos volvieron a su cara, me di cuenta de que me había quedado atolondrado mirándola, como si tuviese hipoxia cerebral y no me llegase suficiente oxígeno al cerebro.

—¡Hola! —me saludó.

Sacudí la cabeza y tragué saliva, tratando de recomponerme.

—Vaya. Estás impresionante —le dije.

—Gracias. —Sus mejillas se colorearon—. Tú también.

—¿Yo también estoy impresionante? —Sonreí de medio lado.

—Quería decir que tú... Que estás muy elegante —agregó a toda prisa.

—Gracias.

—¡Te he traído esto! —Alargó el brazo en mi dirección, con una pajarita a juego con su vestido.

Estaba pensando la manera educada de decirle que ni por todo el oro del mundo me pondría eso cuando ella se asomó por la derecha y elevó la voz para decir:

—¿Tu cuarto tiene vistas a la Torre Eiffel?

Sin darme tiempo a reaccionar, me estampó la pajarita contra el pecho y se internó en mi habitación.

Me quedé unos segundos con la vista fija en el pasillo vacío.

—¡Qué morro! —exclamó a mi espalda—. ¡Puedes ver el espectáculo de la fuente desde aquí!

Solté la puerta y giré sobre los talones.

Al ver que su vestido dejaba la mitad de la espalda al descubierto, tuve que morderme la lengua para no decirle que el verdadero espectáculo podríamos montarlo nosotros entre esas cuatro paredes.

18

ESPECTÁCULO (n.): Función con la que los actores cautivan a la audiencia.

Las vistas desde la habitación de Zac eran asombrosas. Apoyé la palma en el cristal mientras admiraba la réplica de la Torre Eiffel del hotel París. Bajo aquel cielo azul se alzaban algunos de los casinos más famosos del mundo. Aquellos edificios altos contrastaban con las montañas áridas que se veían en el infinito.

—Me pregunto cómo será la vista de noche... —murmuré para mí misma.

Oí la puerta cerrarse y los pasos de Zac aproximarse.

—Grace...

Pronunció mi nombre con suavidad.

—Dime. —Me volví; se había parado a los pies de la cama.

Zac llevaba un traje azul marino. Un trozo de piel bronceada asomaba por los primeros botones desabrochados de su camisa blanca. Se había afeitado y estaba muy guapo. Por alguna razón que desconocía, estaba conteniendo la sonrisa.

—Tienes la etiqueta del vestido puesta —añadió pasados unos segundos.

—Uy, no es la primera vez que salgo a la calle con la etiqueta colgando —confesé.

Me llevé la mano a la espalda para intentar arrancarla, pero fue inútil. No llegaba.

—¿Quieres que te ayude? —se ofreció.

—Sí, por favor.

Zac se agachó al lado de su maleta; la tenía abierta a los pies de la cama. De entre la ropa sacó una bolsa roja y enorme que parecía rígida. Cuando la dejó sobre la cama y la abrió, me di cuenta de que era un botiquín.

Se irguió con unas tijeras en la mano y se acercó a mí con decisión.

—Date la vuelta, anda —me pidió en un tono tranquilo.

Le hice caso.

A través del reflejo del cristal lo vi dar un paso adelante y a mi mente le pareció que era el momento idóneo para aturullarse.

—Nunca he estado en París —escupí a toda prisa—. ¿Y tú?

Nuestros ojos se encontraron en el cristal.

—Yo sí. Hace años fui a Europa con mi hermano.

La piel se me puso de gallina cuando sus nudillos rozaron mi espalda.

—Ya está —dijo al cortar la etiqueta.

Sentí su voz grave como una nueva caricia sobre mi piel. Notaba la espalda tan caliente como cuando tomaba el sol.

—Gracias —murmuré.

Cuando me di la vuelta, él caminó hasta la papelera para tirarla. Acto seguido, se acercó a la cama y guardó las tijeras en el neceser. Después de abrocharse los primeros botones de la camisa, se puso la pajarita.

—¿Qué tal estoy? —me preguntó.

Mi cerebro colapsó.

La pajarita era la guinda del pastel; con ella puesta, Zac estaba monísimo.

—Estás bien —reconocí.

—Venga ya, ¿solo bien? —Me miró incrédulo.

Luego se acercó al espejo que estaba en la puerta del armario. Se ajustó la pajarita y se pasó la mano por el pelo.

—Yo creo que me queda fenomenal —apuntó pagado de sí mismo.

«¿Cómo se puede ser tan creído? Es increíble…».

—Sí, Zac, estás genial —suspiré—. ¿Podemos irnos ya? —dije cruzando la habitación.

Me detuve al llegar a la puerta y me volteé. Sentí otro tirón en el estómago al verlo caminar hacia mí con decisión mientras se abrochaba el primer botón de la chaqueta.

Abrí la puerta y la sostuve para que saliera. Se me escapó la risa cuando echó a andar hacia los ascensores como si fuese un modelo desfilando en la semana de la moda de Nueva York.

Los novios ya nos esperaban en la puerta de la capilla cuando llegamos. James llevaba un traje negro, y Betty, el vestido blanco que se había comprado conmigo. Era largo, con escote palabra de honor y la falda recubierta de una capa de tul. En la mano llevaba un ramo de rosas naranjas.

—Estás guapísima —le dije al llegar a su altura.

—Tú también. —Me sonrió.

A nuestro lado, James y Zac chocaron el puño para saludarse.

Entramos en la capilla unos minutos después. La sala era pequeña, con bancos de madera blancos a ambos lados del pasillo y flores por todas partes. En el altar del fondo nos esperaba el maestro de ceremonias vestido de Elvis. Su traje rojo era lo más llamativo del lugar.

El servicio fue rápido y escueto.

Me emocioné cuando Betty improvisó sus votos, haciendo un resumen de su relación. Y también cuando James le dijo a ella: «Mi vida, superaremos cualquier obstáculo cogidos de la mano». Luego, repitieron entre lágrimas los votos genéricos que les dictaba el Elvis falso.

—Betty, ¿aceptas a James como tu legítimo esposo?

—Sí, quiero —respondió ella con una sonrisa mientras le ponía la alianza.

—Y, tú, James, ¿aceptas a Betty como tu legítima esposa?

—Sí, quiero. —Él le besó el dorso de la mano antes de colocarle el anillo en el dedo anular.

Cuando se besaron, después de que los declarasen marido y mujer, solté un gritito y aplaudí más que con el final de *Luna nueva* en el cine.

—Son monísimos —murmuré para mí misma.

Mi parte favorita en las bodas era el beso.

Le propiné un codazo amistoso a Zac en el costado para que aplaudiese. Él llevó su interpretación un paso más allá y gritó un:

—¡Vivan los novios! —Mientras aplaudía como si la vida le fuese en ello.

Seguidamente, se inclinó y me habló al oído:

—Esto te costará una copa extra.

—Sin problema. —Me reí.

Les di la espalda a los novios mientras firmaban el contrato matrimonial. Quería hacerme un *selfie* con ellos de fondo para mandárselo a mis amigas. Zac se coló detrás de mí en el último segundo, con la mano en la barbilla y los ojos entrecerrados. Quería repetir la foto, pero nos llamaron para que nos acercásemos a firmar también.

La boda terminó con el imitador de Elvis cantando «Can't Help Falling in Love», una de las baladas románticas más famosas. James tiró de la mano de Betty y comenzaron a bailar. Se miraban como si en el mundo no existiese nadie más que ellos. Solté un suspirito al verlos acaramelados y los ojos se me llenaron de lágrimas. Por el rabillo del ojo vi a Zac abandonar el banco. Supuse que era demasiado romanticismo para él. Me llevé las manos al pecho y me balanceé de un lado a otro, al ritmo de la música. De pronto, una servilleta se materializó delante de mi cara. Giré el cuello hacia la derecha y me encontré con Zac sosteniéndola.

—Toma, esta es para que te limpies los mocos —bromeó en un susurro.

La acepté agradecida.

—Y esta la he cogido para cuando vomite ahora, a la salida.

Fingió una arcada y yo le di un manotazo en el brazo.

—No me hagas reír —me quejé.

—¿Por qué?

—Porque quiero llorar —dije limpiándome las lágrimas con cuidado.

El Elvis falso cambió de tercio y fusionó el estribillo de la balada con la melodía animada de «(You're the) Devil in Disguise».

—¿Me he emborronado el rímel? —le pregunté.

—No. Estás genial —aseguró él—. Venga, alegra esa cara, que estamos de bodorrio. —Terminó haciendo un bailecito tonto en el sitio a la vez que canturreaba la canción.

Cuando salimos de la sala, charlamos unos minutos con ellos y Betty y yo intercambiamos los perfiles de Instagram para seguir en contacto.

—Chicos, mil gracias otra vez —nos dijo James—. Si alguna vez pasáis por Phoenix, avisadnos.

—De nada, hombre —contestó Zac—. Ha sido un placer.

Mientras Zac y James se estrechaban la mano, Betty y yo compartimos un abrazo fugaz.

No habíamos dado ni dos pasos en la dirección opuesta cuando Zac se detuvo súbitamente y giró sobre los talones.

—¡Eh, chicos! —Los llamó.

Me di la vuelta a la vez que ellos.

—Casi lo olvidaba. —Zac se sacó un papel del bolsillo interno de la chaqueta—. Tomad, un regalito de boda —dijo entregándoselo.

—¿Cien dólares? —Betty alzó la voz.

En ese momento, entendí que Zac les había dado el cheque con el dinero que habíamos ganado en el casino.

—No podemos aceptarlo —apuntó James.

—Sí que podéis —contestó Zac—. Y ya lo habéis hecho.

Retrocedió un paso cuando Betty hizo amago de devolvérselo. Le dieron las gracias y él se despidió por segunda vez.

—¿Acabas de darles el cheque de la máquina tragaperras? —le pregunté atónita cuando regresó a mi lado.

—Sí.

—¿Por qué?

—Para que se lo pasen bien en su noche de bodas —contestó segundos después—. Además, está feo ir a una boda sin regalo, ¿no?

Ese gesto me enterneció lo suficiente como para darle un abrazo. Un abrazo de verdad, en el que me puse de puntillas y le eché los brazos al cuello. Un abrazo en el que su olor a loción de afeitar, gel y colonia de tío bueno me envolvieron a la par que sus brazos me estrecharon la cintura.

Apoyé la cara en su pecho y permanecimos así unos segundos. Varias imágenes de Zac siendo atento con los demás se colaron en mi mente. Y me pregunté si en realidad no sería un hombre tan básico como creía y si descubriría más caras suyas que me sorprenderían. Empezaba a tener la sensación de que Zac era como un iceberg y que yo solo había visto la punta que salía del agua.

—Eso ha sido muy generoso por tu parte. —Le sonreí al apartarme.

Él se encogió de hombros, restándole importancia.

—¡Grace! —exclamó una voz femenina.

Betty derrapó al llegar a nuestro lado.

—Perdonad. No quería interrumpiros —nos dijo, alternando la mirada de uno a otro—. Esto es para ti. —Extendió su ramo de novia en mi dirección.

Lo acepté dubitativa y ella añadió:

—Para que seáis los siguientes.

Se me congeló la sonrisa y me quedé cortada unos segundos.

—Nosotros no… —empecé en un murmullo apenas audible.

—¡Tengo que irme! —me interrumpió—. ¡Gracias otra vez!

Salió corriendo en la dirección opuesta. No aparté los ojos de ella hasta que se detuvo al lado de su marido. Se despidieron de nosotros con la mano y entonces Zac dijo:

—Vamos, anda, que me muero de hambre.

El restaurante italiano era moderno y refinado. Tuvimos la suerte de que nos sentasen en la terraza con vistas al lago artificial y a la réplica de la Torre Eiffel. La mesa redonda era tan pequeña que apenas cabía la vajilla. La silla de Zac estaba a mi derecha en lugar de enfrente, para disfrutar del espectáculo que tendría lugar delante.

—¿Qué vas a pedir? —Su voz grave me distrajo.

—El risotto de pescado. —Despegué la vista de la carta para mirarlo—. ¿Y tú?

—La lasaña —me contestó, dejando su menú sobre la mesa.

Zac se había quitado la chaqueta tan pronto como habíamos abandonado el aire acondicionado del hotel. Miré por encima de su hombro al resto de los comensales. Todos iban bien vestidos, aunque nadie tan elegante como nosotros.

Como si me leyese la mente, Zac se quitó la pajarita y se desabrochó los primeros botones de la camisa. Yo crucé las piernas, cuidando de poner la izquierda encima. El vestido tenía una abertura en el lateral derecho y no quería enseñarlo todo mientras cenábamos.

—¿De dónde has sacado el traje? —le pregunté.

—Lo he alquilado en la galería. Tengo que devolverlo mañana. ¿Dónde te has comprado el vestido?

—Lo tenía en la maleta.

Zac parpadeó confuso.

—¿Por qué tenías un vestido así en la maleta?

—Por si acaso iba a una boda improvisada.

—Venga ya... No me lo creo.

Aguanté su mirada penetrante unos segundos.

—Está bien —claudiqué—. Me lo compré antes de venir porque creía que aquí la gente se vestiría tan estilosa como en *Casino Royale*.

Zac soltó una carcajada y solo me dijo:

—Has visto demasiadas películas.

Me encogí de hombros y clavé la vista en el lago. El agua reflejaba los tonos rosas del ocaso. Saqué el móvil del bolso para fotografiar la réplica de la Torre Eiffel. Era una estampa bonita y no quería olvidarla.

—¿Qué te ha parecido la boda? —le pregunté.

—Ha sido más corta de lo que esperaba, y eso es de agradecer.

—Te sabías todas las canciones de Elvis.

—Por supuesto. He visto *Lilo y Stitch* mil veces.

—¿Las conoces por eso? —le pregunté conteniendo la risa.

—Claro. Mi hermana y yo nos sabíamos la película de memoria. Tendrías que habernos visto... Nos poníamos las gafas de sol y bailábamos todas sus canciones. —Sonrió con nostalgia al contármelo—. Dimos tanto la lata que acabaron regalándonos una camisa hawaiana a cada uno.

Me reí.

Imaginarme a Zac y a su hermana de pequeños bailando me hacía gracia, a la par que me enternecía.

El camarero apareció con las bebidas y nos tomó nota de la comida.

—¿Por qué brindamos? —me preguntó Zac cuando nos quedamos solos.

—Porque hemos sido los mejores testigos de la historia —propuse con una sonrisa.

Chocamos las copas y bebimos. Mi cóctel afrutado sabía tan dulce que podría emborracharme sin darme cuenta. Dejé la copa en la mesa y acaricié con mimo los pétalos del ramo que tenía sobre el regazo.

—¿Te imaginas que nos emborrachamos y que amanecemos casados por culpa de este ramo? —bromeé.

—Uf. Te aseguro que no me caso ni borracho —aseguró riéndose.

—Cierto —murmuré en voz baja.

Centré la vista en mi copa y la giré entre los dedos.

Enseguida me distrajo la melodía que marcaba el inicio del *show* acuático. Me quedé maravillada por las distintas formas y alturas que fue adoptando el agua en sincronía con las luces y la música. El espectáculo era mágico e hipnótico. Bailé en la silla las canciones que me sonaban y saqué alguna que otra foto.

En un par de ocasiones vi a Zac mirarme por el rabillo del ojo. Resistí el impulso de devolverle la mirada. Cuando la exhibición terminó, ya era de noche y teníamos la cena delante.

—¿Te ha gustado? —me preguntó Zac interesado.

—Mucho. —Sonreí—. Ahora entiendo por qué es uno de los atractivos de la ciudad.

Me llevé el tenedor a la boca y degusté el risotto. Estaba buenísimo.

—Si solo pudieses comer un tipo de comida para el resto de tu vida…, ¿cuál sería? —le pregunté.

—La mexicana, sin duda —respondió de manera automática—. No imagino mi vida sin tacos.

—¿Tanto te gustan?

—Sí. Lo mío con la comida mexicana se intensificó cuando viví en San Diego —me explicó—. Me pasé la mitad de la vida universitaria alimentándome a base de tacos. Hay una taquería estupenda en La Jolla, siempre que voy de visita es una parada obligatoria. ¿Qué comida elegirías tú?

—Mmm… Como soy de Boston, me veo obligada a responder que la sopa de marisco.

—Sabes que en California la preparamos mejor, ¿verdad? —comentó con una mueca burlona.

—No te lo crees ni tú. Además, es un plato originario de Boston.

En ese momento, me di cuenta de que Zac ya se había comido la mitad de su lasaña.

—Bah. —Le restó importancia con un gesto de la mano—. En mi estado la gente es más simpática, hace mejor tiempo…

—¿Vivir en una primavera constante te parece mejor tiempo? —interrumpí escéptica—. ¿Sin estaciones? —Negué con la cabeza—. Con lo bonito que es el otoño, por favor, con las hojas de los árboles tiñéndose de amarillo y rojo, la vuelta del pumpkin spice latte, *Las chicas Gilmore*, el frío de las mañanas…

—¿El frío? —Me miró horrorizado.

Suspiré.

—Qué mal vas a pasarlo en Manhattan en invierno, chico californiano.

El resto de la cena transcurrió entre la rivalidad entre costas.

—¿Te puedo robar un poco? —le pregunté a Zac cuando el camarero le dejó el postre delante.

—Claro. —Empujó el tiramisú al centro de la mesa.

Yo no había pedido nada porque estaba llena, pero siempre tenía hueco para una cucharada dulce.

—Está riquísimo —corroboré con la boca llena.

—Es que tengo un gusto exquisito. —Él asintió como si eso fuese evidente.

Al final, me comí la mitad de su postre sin pretenderlo.

La avenida principal de Las Vegas era tan ancha como las de Nueva York y estaba iluminada artificialmente por las luces de colores de los casinos y por los neones. Había tantas pantallas que tenía la sensación de estar en un Times Square interminable. El ruido del tráfico incesante se mezclaba con el de la música que salía de las tiendas y los restaurantes. Había muchísima gente en la calle gritando y bebiendo de vasos gigantes como si nada. Esa extravagante vida nocturna distaba mucho de la ciudad desierta que había visto por la tarde.

—¿Qué sueles hacer los fines de semana? —me preguntó Zac mientras caminábamos entre las tiendas lujosas del centro comercial del Caesars Palace.

—Normalmente leer, salir con mis amigas, hacer maratones de Netflix y visitar mis librerías favoritas.

—¿Tienes librerías favoritas?

—Tengo dos. Shakespeare & Co, que está en el Upper West Side, y The Ripped Bodice, que está en Brooklyn —comenté emocionada—. La primera es mitad cafetería. Me apasiona ir los sábados a desayunar y sentarme a leer. Me encanta cotillear lo que está leyendo la gente en la mesa de al lado. Y la otra que te he dicho está especializada en novela romántica y simplemente por eso es el mejor sitio del mundo. En las dos tienen una sección de «cita a ciegas con un libro».

—Espera un momento, ¿tienes citas a ciegas con tíos en las que quedáis para leer? —me preguntó extrañado.

—¿Qué? —Arrugué las cejas.

¿De verdad su mente funcionaba así?

—La cita a ciegas es con el libro —expliqué entre risas—, porque viene envuelto y no sabes cuál es.

—¡Ah! —exclamó al entenderlo—. Ya decía yo que era raro… —Se rio.

—Pues a mí me encantaría que apareciese un chico y me regalase uno de esos libros. No sé, me parece muy romántico.

Zac asintió sin decir nada.

Me detuve para sacar una foto de una de las estatuas que plagaban aquel lugar. La imitación de la arquitectura romana me sorprendió tanto como la simulación del cielo del techo. Eran cerca de las once de la noche y parecía mediodía. Estaba segura de que, gracias a eso, la gente perdía la noción del tiempo allí dentro, como ocurría en Percy Jackson.

—Bueno, ¿y qué más sueles hacer los findes? —me preguntó cuando reanudamos la marcha.

—Algunos domingos voy de *brunch* con las chicas a The Smith. Ya te llevaremos, tiene los mejores huevos benedictinos de Manhattan —aseguré—. El plan sagrado es la cena. Solemos cocinar o pedir algo para ver la tele juntas. Aunque últimamente apenas las he visto, entre que ellas se pasan la mitad del tiempo con sus novios y que a mí se me ha acumulado el trabajo...

—A mí qué me vas a contar, he ido a Nueva York y he visto menos a Will que cuando está encerrado escribiendo.

—Es normal. Raquel y él están en esa primera fase de la relación en la que no se despegan ni para respirar. ¿Tú qué haces los fines de semana?

—Depende de si tengo guardias o no. Suelo ir al gimnasio, quedo con mis amigos, bajo a visitar a mis padres y ceno por ahí.

Supuse que con el «ceno por ahí» se refería a con sus conquistas potenciales. Estaba a punto de comentárselo cuando me distraje.

—¡Mira! —exclamé emocionada.

En mitad de aquella plazoleta había una réplica exacta y a menor escala de la Fontana di Trevi de Roma. Me acerqué a toda prisa para sacarle un par de fotos. Después, rebusqué el monedero en el bolso.

—Mierda —maldije al ver que no lo tenía. El bolso era minúsculo y solo había cogido las tarjetas y el carnet de identidad—. ¿Tienes un par de monedas?

—¿Para qué las quieres?

—Para tirarlas a la fuente como hacen los turistas en Roma.

Zac sonrió.

Las luces azules del cielo artificial se proyectaban en su rostro de manera irregular.

—Déjame ver —me dijo, llevándose la mano al bolsillo—. Creo que sí.

Extendí la mano contenta cuando sacó unas cuantas.

—¿Me grabas mientras la tiro, por favor? —le pregunté.

—Claro.

Le entregué mi teléfono, me coloqué de espaldas a la fuente y cerré los ojos.

—¿Estás grabando ya?

—Sí.

—Vale. Una, dos y... tres —Lancé la moneda hacia atrás, rezando por no dar a nadie.

Entonces una voz irritada y masculina exclamó:

—¡Eh, vosotros dos, ¿qué cojones estáis haciendo?!

Abrí los ojos sobresaltada.

Un guardia de seguridad caminaba apresurado hacia nosotros.

—¡Está prohibido tirar monedas! —continuó gritando.

Miré a Zac horrorizada.

—¡Ay, joder, nos va a detener! —le dije nerviosa—. ¡Va a llamar a la policía y pasaremos la noche en el calabozo!

—Finge que estás borracha y sígueme el rollo —me contestó calmado.

El guardia llegó a nuestra altura y yo me puse tiesa como un palo. Era del tamaño de un mastodonte y tenía cara de pocos amigos.

—No se pueden tirar monedas a la fuente —espetó en un tono borde que me puso los pelos de punta—. ¿Es que no sabéis leer? Hay un cartel ahí mismo. —Señaló con el dedo una columna romana y después a mí—. Lo pone bien clarito.

—Lo sentimos, Jerry —le dijo Zac al leer la placa metálica que llevaba colgada del pecho con su nombre—. No lo hemos visto.

Luego me sorprendió poniéndome una mano en la cadera y acercándome a él.

—Mi novia se ha tomado unas cuantas copas y le hacía muchísima ilusión tirar la moneda —añadió.

Me tomé esa alusión como mi señal para entrar en escena. Esperaba hacerlo bien, la inquietud bailaba en mi estómago y me sudaban las palmas.

—Lo siento, Jerry. —Me dejé caer contra el costado de Zac y solté una risita nerviosa que, con suerte, se confundiría con una achispada—. Vamos a casarnos mañana. Queríamos ir de luna de miel a Italia, pero no podemos permitírnoslo. Esto es lo más cerca que estaré de cumplir uno de mis sueños —terminé apenada.

A Jerry le cambió la expresión cuando oyó mi voz triste. Torcí la boca hacia abajo y escondí la cara en el pecho de Zac.

—Venga, mi amor, no llores, por favor —suplicó Zac frotándome la espalda.

Mi piel se calentó bajo su contacto.

Se me escapó otra risita baja y nerviosa.

Jerry debió de pensar que estaba llorando de verdad porque dijo:

—Bueno, que sea la última vez que tiréis una moneda, y ahora marchaos antes de que me arrepienta.

—No se preocupe —contestó Zac—, me la llevo derechita a la cama para que no cause más problemas.

Tenía la adrenalina a flor de piel y no procesé esas palabras hasta un rato más tarde.

Zac le dio las buenas noches al guardia y se agachó. Sin previo aviso, pasó un brazo por detrás de mis rodillas y me alzó al vuelo.

—¿Qué haces? —le pregunté cuando echó a caminar en dirección opuesta a la fuente.

—Shhh, calla —susurró—. Estoy poniéndole el broche de oro a la actuación. No lo estropees ahora.

En ese momento fui consciente de varias cosas: mi cara estaba a centímetros de su cuello, la pierna derecha me hormigueaba porque su mano había terminado debajo de mi vestido y sentía que en cualquier momento podría entrar en combustión por todo lo anterior.

No sabía si el corazón me latía más rápido por la adrenalina de habernos librado del guardia o porque el agarre de Zac en mi muslo evocó el recuerdo del beso pasional que habíamos compartido la noche anterior. La piel me ardía tanto que estaba segura de que se me quedaría la marca de su palma.

Respiré hondo, intentando serenarme. El olor amaderado de su colonia me entró por la nariz y terminó de embotarme la mente. Cuando doblamos la esquina, Zac me dejó en el suelo.

—Hacemos un buen equipo —me dijo, ajeno al revuelo de mi interior.

—Sí. —Le devolví la sonrisa como pude.

Levantó la palma y chocamos los cinco.

—Se lo ha creído de lleno. —Soltó una carcajada—. Si hubieras visto la cara que ha puesto cuando creía que estabas llorando…

Me contagió la risa y el nerviosismo que había sentido por su cercanía pasó a un segundo plano.

—¿Ha entrado la moneda en el agua?

—Sí. Está grabado. —Se sacó mi móvil del bolsillo y me lo devolvió.

—¡Genial!

Abrí el vídeo y Zac se inclinó sobre mi pantalla. Nos reímos al ver mi cara de susto por los gritos del guardia en los últimos segundos.

—¿Adónde vamos ahora? —le pregunté divertida.

—Creo que ha llegado el momento de que me pagues las copas que me debes —contestó guiñándome un ojo.

19

INDIRECTAS (n.): Verdades disfrazadas de broma.

Zac y yo terminamos en un bar clandestino que estaba dentro de nuestro hotel. El local era pequeño, apenas había diez mesas y unos cuantos taburetes desperdigados en la barra. Las luces eran tenues y la música estaba al volumen justo para no interferir en la conversación, lo que propiciaba un ambiente íntimo. Nosotros éramos los únicos que estábamos sentados frente a la barra, en un rincón.

—Porque mis clases de interpretación han vuelto a salvarnos. —Zac levantó su vaso para brindar conmigo.

—Menos mal que no nos han detenido —comenté aliviada después de probar el cóctel—. Habría salido fatal en la foto de la ficha policial. —Me reí.

—Eso es imposible. Esta noche estás preciosa.

Intenté permanecer impasible. Quería hacerle ver que sus palabras no me afectaban, aunque sí que lo hacían. Hacía meses que no tomaba nada con un hombre en un bar y echaba de menos el coqueteo. Me había vuelto más selectiva con el género masculino y había descartado a la mayoría de los que había conocido en Tinder antes de quedar en persona.

—Te voy a contar un secreto —comenzó Zac.

Giré sobre el eje del taburete para orientarlo en su dirección y él hizo lo mismo.

—Bueno, no. —Se lo pensó mejor—. Te lo cuento si luego me cuentas otro.

Me regaló una sonrisa angelical cuando lo miré dubitativa. Los dos sabíamos que no tenía ni un pelo de inocente.

—Vale —acepté pasados unos segundos.

—¿Recuerdas el día que te pasaron mi llamada en la editorial y me confundiste con mi hermano?

—Sí. —Asentí antes de meterme la aceituna del cóctel en la boca.

Sus ojos bajaron una milésima de segundo a mis labios.

—En realidad, sí que me hice pasar por Will. Se me da genial imitar su manera hosca de hablar.

—¿En serio?

Zac carraspeó. Después, entrecerró los ojos e imitó la voz de su hermano para decir:

—Harris, ¿llamas café a esta basura? —Puso los ojos en blanco y resopló.

Eché la cabeza hacia atrás al reírme. Había clavado la imitación.

—Te toca —dijo poco después.

—Mmm... —Pensé un instante qué contarle—. Tengo una lista de propósitos que quiero cumplir antes de los treinta. La escribí el pasado marzo. Después de la experiencia cercana a la muerte que tuve por tu culpa.

Arqueó las cejas.

—¿Hasta cuándo vas a echármelo en cara?

—Probablemente hasta que muera.

Zac negó con una sonrisa en la cara.

—Cuéntame algún propósito de tu lista —me pidió.

—No puedo. Son muy personales.

—¿Qué pasa? —preguntó socarrón—. ¿Es que hay alguno guarrillo?

Las mejillas se me colorearon y aparté la mirada.

—Te está dando vergüenza. Eso es que sí...

Dio un sorbo a su bourbon y esperó a que contestara.

—¿Eres una chica traviesa? —me preguntó cuándo entendió que no lo haría.

—Nunca lo sabrás... —respondí, centrando la vista en el vaso.

—Estoy seguro de que conseguiré que te abras conmigo.

No sabía si sus palabras iban con doble sentido, pero su tono calmado y grave hizo que mi corazón se acelerase. Agradecí estar sentada, porque me temblaron las piernas por su seguridad aplastante.

—¿Cuál es tu libro favorito? —se interesó al cabo de un rato.

—*Forastera*. El primer libro de la saga Outlander.

—¿De qué va?

—¿No sabes nada de Outlander? —pregunté sorprendida.

—¿Debería?

—¡Por supuesto! ¡Es uno de los libros más importantes del mundo!

Él se rio.

—¿Por qué no le pones remedio y me cuentas de qué trata, chica de los libros?

«Chica de los libros».

Sonreí.

Ese mote me gustaba.

—Es una novela histórica de viajes en el tiempo —expliqué—. La protagonista viaja con su marido a Escocia, a las Tierras Altas y, por una serie de cosas que no te voy a contar, retrocede sola hasta 1743 y se enamora de mi marido.

—¿Tu marido? —Zac arrugó las cejas.

—Sí. De Jamie Fraser, mi marido ficticio —apunté de manera obvia.

Hice una búsqueda en el móvil y le enseñé mi fotografía favorita. Era una en la que salían Jamie y Claire juntos. Zac se inclinó para verla mejor y nuestras rodillas se rozaron. Él no las retiró, y yo tampoco.

—Desde luego, tu fetiche está clarísimo —comentó con sorna.

Levanté el cuello un centímetro para mirarlo.

—¿Qué dices? —pregunté sin comprender.

—Tus preferencias sexuales...

Mi tripa se retorció al ver el brillo malicioso de su mirada. Me aparté y bloqueé el móvil.

—Sé lo que significa fetiche —le contesté, entrecerrando los ojos.

—Entonces sabrás que el tuyo son los tíos en falda. Igual que Elizabeth —terminó, refiriéndose a la protagonista del audiolibro que había grabado.

—Se dice *kilt*, idiota —lo corregí, ruborizada—. Y no lo es.

—¡Eso, se me había olvidado el tecnicismo! —Chasqueó los dedos—. ¿Cómo era la frase estrella? —Hizo una pausa y se quedó pensativo—. ¡Ah, sí! «Te follaré hasta que estés satisfecha y sigas suplicando más» —dijo entonando el acento escocés.

El estómago se me puso del revés. Todo mi interior se agitó.

—«Y cuando me corra dentro de...».

Le tapé la boca con la mano.

—Cállate, por favor —le pedí, muerta de la vergüenza—. Que te puede oír alguien.

En cuanto su aliento calentó mi palma, la retiré.

Estaba segura de que mis mejillas brillaban tanto como para alumbrar el bar.

Sus ojos parecían seguir todos mis movimientos. Giré el cuello y miré por encima del hombro para descubrir que los asientos contiguos seguían vacíos. Por fortuna, nadie nos prestaba atención, y no estaban lo suficientemente cerca como para oírnos.

Zac apoyó el antebrazo en la barra y ladeó la cabeza para mirarme con interés.

—Si me cuentas uno de tus propósitos guarrillos, paro.

Me coloqué un mechón de pelo detrás de la oreja y lo sopesé unos segundos.

—Si te lo cuento, ¿vas a hacer bromas al respecto? —cuestioné.

—¿Por quién me tomas? —Se hizo el ofendido.

Le dediqué una mueca incrédula.

—No haré bromas sobre tus preferencias sexuales —me prometió.

Centré la vista en la pared que había detrás de la barra; estaba recubierta de espejos y de estantes con botellas. Un instante después, respiré hondo y se lo solté a toda prisa:

—Acostarme con un escocés.

Zac me miró sorprendido.

—¿Acostarte con un escocés es un punto de tu lista?

—Has dicho que no ibas a burlarte —recordé.

—Y no lo he hecho…

Su sonrisa se fue estirando a medida que yo intentaba parecer más seria.

Acto seguido, y sin dejar de mirarme, levantó el vaso y le dio un sorbo.

Me quedé absorta contemplando su nuez cuando tragó.

—¿Es porque no llevan nada debajo de la falda? —me preguntó, sin cortarse.

No iba a confesarle que ese era uno de los motivos.

—Bueno, ¿y tu fetiche cuál es? —me burlé en un intento de desviar la atención—. ¿Qué te llamen «papi» en la intimidad?

—No. De hecho, odio los apodos. En la cama me gusta que griten mi nombre.

—Tiene gracia, porque tú no te sabrás ni la mitad de los nombres de las chicas con las que te acuestas. ¿Eres uno de esos que las llama a todas «nena» para no tener que memorizarlos?

Me aguantó la mirada unos segundos. Asentí con una mueca irónica en la cara. Parecía que había acertado.

—Está claro que eres el típico tío que…

—¿Las deja a todas satisfechas? —Me cortó con una sonrisa encantadora.

—Eres un flipado… Además, ¿cómo sabes que no han fingido? ¿Es eso? —Me reí—. En realidad, ¿son ellas las que no quieren repetir contigo porque solo eres una cara bonita?

Zac arqueó la ceja derecha y puso una expresión altanera antes de contestar:

—Te aseguro que el cien por cien de las tías repetirían conmigo porque se quedan plenamente satisfechas.

—Ah, ¿sí? ¿Les pasas una encuesta después para que te puntúen?

—Una encuesta de satisfacción, sí. —Se inclinó en mi dirección y añadió—: ¿Y sabes qué? Tengo cinco estrellas.

Puse los ojos en blanco.

—¿Y luego qué? —Me encogí de hombros—. ¿Les dices que tienes una emergencia en el hospital y te largas?

—No. Luego compruebo el condón, me subo los pantalones y les doy un beso de despedida. En ese orden.

Asentí mientras acariciaba el borde de la copa con el dedo índice.

—¿Alguna vez has fingido un orgasmo? —me preguntó.

No levanté la vista.

Él pareció tomarse mi silencio como una respuesta afirmativa.

—Conmigo no te pasaría eso —dijo en voz baja.

Según sus palabras entraron por mis oídos, se me contrajo el estómago.

«NO HA DICHO ESO, ¿VERDAD?».

El descaro era más que evidente en su sonrisa.

Nerviosa, crucé las piernas y nuestras rodillas volvieron a rozarse.

Me aguantó la mirada unos segundos. Parecía estar evaluando el efecto que su comentario había tenido en mí. Algo me decía que ambos sentíamos lo mismo.

Tenía que reconocer que esa noche con Zac le daba mil vueltas a las citas que había tenido en los últimos tiempos.

Él bajó la vista hasta mi pierna. Lo imité y me di cuenta de que tenía el muslo al aire. Sentí su mirada intensa como una caricia en la piel. Sus ojos regresaron a mi cara y el pecho se me calentó. En otra ocasión me habría tapado enseguida, pero quería que me siguiera observando con deseo unos segundos más.

Después de todo, solo era un juego, ¿verdad? Como en el casino.

—Dime tres cualidades que busques en tu tío ideal —dijo de pronto.

Aunque me pilló de improvisto, tenía la respuesta clara desde hacía tiempo.

—Que sea romántico, gracioso y alto —respondí—. Ah, y como extra: que sea bueno en la cama.

—Vaya, cumplo tres de esas cualidades —contestó con el pecho hinchado de orgullo.

—¿En serio? —me hice la sorprendida—. No sabía que eras un romántico.

Zac me regaló una sonrisa irónica y yo me reí, contenta de haberme adelantado.

Al reírme le puse la mano en la pierna sin darme cuenta.

Él desvió los ojos a su muslo y los subió muy despacio hasta mi cara. Después, dijo con toda la calma del mundo:

—Mido uno noventa y uno, te hago reír cada dos minutos y, cuando quieras, puedes comprobar que soy el mejor en la cama.

«UF».

Ninguno de los dos apartamos la mirada.

Esperé unos segundos a que dijese algo tipo: «Es broma, rubia, no me mires así», pero se quedó callado.

—¿Estás ligando conmigo? —le pregunté por salir de dudas.

No sé por qué se lo pregunté. Probablemente porque en la oscuridad de aquel bar me sentía un poco más valiente.

—Depende —dijo con tranquilidad—. ¿Te gustaría que lo hiciera?

Bajo aquella luz tenue sus ojos se veían más oscuros de lo que eran.

—¿Qué dirías si digo que no? —me atreví a preguntar.

—Te diría que es una pena que no quieras nada conmigo porque podríamos pasarlo muy bien.

Intenté que no me temblase la voz cuando dije:

—¿Y qué dirías si digo que sí?

Zac ladeó el rostro y me estudió unos segundos.

—Te diría que estás preciosa y después te invitaría a subir a mi habitación.

El corazón se me había acelerado. La seguridad con la que hablaba me abrumaba. En ese instante, me di cuenta de que su mano se había encontrado con la mía, sobre su muslo, y de que me estaba acariciando la palma despacio. Ahora que era consciente de ello, estaba distraída y no me veía capaz de seguirle la conversación.

Respiré agitada y retiré la mano.

—¿Por qué te quitaste la máscara en el baile? —le pregunté de pronto.

Él arrugó las cejas.

—Si no lo hubieses hecho, te habría besado —continué—. Hasta podríamos habérnoslo montado en los baños.

Zac sonrió como si hubiese ganado otro premio en el casino y se inclinó en mi dirección. Fue entonces cuando comprendí la magnitud de la confesión que acababa de hacer.

—Lo sé, pero quería que supieses que era yo —respondió despacio—. Si follábamos, quería que gimieses mi nombre y no que te imaginases que era otro.

«GRACE, RESPIRA HONDO. NO TE CAIGAS DE LA SILLA».

El calor me subió hasta las mejillas.

¿Qué se suponía que debía contestar a eso?

Él ni se inmutó. Era evidente que estaba acostumbrado y disfrutaba del juego de la seducción.

Mis ojos se desviaron de manera involuntaria hasta sus labios. Él se los humedeció, invitándome a besarlo, y yo sentí el calor bajarme de las mejillas al cuello y al pecho.

Aparté la vista de su boca.

Por su mirada supe que el momento de vacile y risas había quedado atrás. Aquello iba en serio. Sus ojos brillaban con la astucia de un hombre que sabe lo que quiere.

—Grace, ya sabes lo que dicen: lo que pasa en Las Vegas se queda en…

—Ningún sitio —lo corté levantándome—. Porque no va a pasar nada.

¿Cómo había escalado la conversación a hablar de acostarnos juntos?

¿Y por qué seguía sintiendo ese calor abrasador en el pecho?

Todo aquello era una locura.

—Es tarde —agregué—. Deberíamos irnos a la cama ya.

Él sonrió de medio lado.

—A dormir —aclaré rápidamente—. Cada uno a la suya. No pienses mal porque no lo he dicho con doble sentido.

—Yo no he dicho nada, pero, si necesitas aclararlo, quizá la que está pensando con doble sentido eres tú.

Le hice un gesto al camarero y, cuando se acercó, le entregué mi tarjeta para pagar. Apenas le había dado un par de sorbos a la copa y la tenía llena, pero me daba igual. Quería alejarme de Zac y de lo que me hacía sentir.

Salimos de allí sumidos en un silencio incómodo.

Zac me cedió el paso para entrar al ascensor.

Me situé a la izquierda y él ocupó el extremo opuesto. El trayecto de subida, con la vista clavada en el panel de botones, se me hizo eterno. ¿Desde cuándo era tan lento? El corazón me dio un bote al escuchar la campanita que indicaba que habíamos llegado a nuestra planta.

A diferencia de por la tarde, recorrimos el pasillo callados. La atmósfera se había llenado de tensión. Nuestras manos se rozaron y sentí un chisporroteo de energía subirme por el brazo.

Me crucé de brazos para evitar más roces inesperados.

Nos paramos al llegar a las habitaciones, cada uno frente a su puerta.

—Buenas noches —le dije.

—Buenas noches, Grace.

Le di la espalda hecha un manojo de sensaciones.

Quería entrar en mi habitación y perderlo de vista. El problema era que la fuerza magnética de Zac me atraía en su dirección. Estaba a punto de meter la tarjeta en la ranura cuando se me cayó al suelo. No entendía por qué me temblaban las manos. Ni por qué lo único que se oía en aquel pasillo eran los latidos sordos de mi corazón. Solté una maldición y me agaché para recogerla. Cuando me incorporé con ella en la mano, vi que Zac seguía frente a su puerta, mirándome expectante.

—¿Qué pasa? —le pregunté.

—Nada. —Negó con la cabeza—. Estoy esperando a que entres en tu cuarto.

¿Era yo o ese pasillo estaba empequeñeciendo?

Volví a darle la espalda antes de hacer una tontería.

Cerré los ojos y respiré hondo.

Apreté la tarjeta con fuerza. Solo tenía que meterla en la ranura, dar un paso adelante y cerrar la puerta. Me olvidaría de todo lo que habíamos dicho en el bar y, al día siguiente, actuaría como si nada.

De pronto, estaba frustrada. Había un par de hechos innegables: Zac me atraía, me había gustado besarlo y sentía un cosquilleo cuando me tocaba.

Pero...

No podía liarme con él otra vez, me lo había prometido a mí misma.

Zac Anderson no tenía madera de novio.

Zac Anderson tenía madera de tío que te echaba el polvo de tu vida contra una pared y la poca vergüenza como para regalarte una sonrisa lasciva y decirte: «De nada por haber hecho que te corras siete veces», antes de largarse.

Una parte de mi voluntad empezó a flaquear. Sin querer, me imaginé que Zac me subía al lavabo de mi habitación y le dábamos rienda suelta a la pasión. La quemazón que sentía por el cuerpo me hizo juntar las piernas. Quizá, si caía en la tentación, todo eso se pasaría. Además, una vez no significaba nada, ¿no?

Ese fue mi punto de inflexión.

Quizá el problema era que lo había enfocado todo desde el ángulo incorrecto desde el inicio. No había querido nada con Zac porque estaba segura de que lo pasaría mal cuando me dejase tirada. En cambio, si lo único que esperaba de él era buen sexo, era imposible que me decepcionase después, ¿no?

¿Y si el universo me había mandado al tío más bueno de la Tierra como una prueba? Quizá Zac era la manera de demostrarme a mí misma que había avanzado.

Era una mujer fuerte, independiente y madura, capaz de acostarme con un hombre por el que sentía una atracción física colosal y no pillarme simplemente porque fuese majo conmigo.

No necesitaba sentir cosas a nivel emocional para disfrutar de una noche de sexo. De hecho, que Zac fuese tan sarcástico en el amor solo facilitaba las cosas.

Y... ¿Había mejor sitio para dejarme llevar que en la Ciudad del Pecado?

Fui consciente de la velocidad con la que se aceleró mi respiración.

Volví a darme la vuelta, sin pensar. Él seguía observándome

con intensidad. El corazón me latía en la base de la garganta y no estaba segura de que no fuese a temblarme la voz.

—No deberíamos… —No fui capaz de terminar la frase.

—Pero podríamos… A mí me apetece mucho.

Me mordí el labio antes de confesar en un murmullo:

—A mí también.

Zac tragó saliva y se pasó una mano por el pelo.

—Si fuese cosa de una vez y… —continué.

—Dejásemos las cosas claras…

—No tendría que estropearse nada, ¿no?

—Claro que no. Somos adultos.

—Y tú lo has hecho mil veces…

Nos quedamos unos segundos en silencio.

Y entonces me encontré repitiendo la frase que él había usado en el bar:

—Lo que pasa en Las Vegas se queda en…

—Joder. Ven aquí —me interrumpió impaciente.

No sé quién de los dos fue el que se abalanzó sobre el otro, pero al segundo siguiente nos estábamos besando.

20

DESEO (n.): Sensación que temporalmente te nubla el juicio.

Tan pronto como nos encontramos en mitad del pasillo, Zac me agarró la cintura y me pegó contra él. Las sensaciones que había reprimido se liberaron en el preciso momento en que sus labios se encontraron con los míos. Sin perder el tiempo, su lengua ardiente buscó la mía. Subí una mano hasta su nuca y tiré de él hacia abajo para acercarlo más a mí. La boca le sabía a whisky, lo que hacía que sus besos fuesen más embriagadores.

Zac retiró las manos de mi cintura y me sujetó la cara. Se separó lo justo para mirarme. Abrió la boca para decir algo y yo me puse de puntillas para volver a besarlo.

—¿Tu habitación… o la mía? —murmuró entre besos.

—Me da igual —susurré contra sus labios.

—La mía entonces…

Zac bajó las manos, acariciándome desde los hombros hasta las caderas. La piel se me iba erizando bajo su contacto. Dio un paso hacia atrás y tiró de mí para que lo siguiera. Se apartó para abrir su habitación y entramos sin despegarnos.

Cuando la puerta se cerró detrás de nosotros, solté la tarjeta de la mía. Zac buscó a tientas la ranura para meter la tarjeta sin dejar de besarme. Tras lo que parecieron varios intentos fallidos, se apartó de mis labios con una maldición. En cuanto la luz iluminó la estancia, me fijé en su aspecto: tenía el pelo revuelto, las pupilas dilatadas y restos de mi pintalabios en la boca. Se apoyó contra la pared y carraspeó.

—¿Estás segura de esto? —me preguntó alto y claro.

En ese instante, estaba más que segura de que quería acostarme con él. Una parte de mí llevaba un tiempo deseándolo. Las dudas se habían quedado fuera de la habitación.

—Sí —asentí con fervor—, ¿y tú?

—Yo estoy seguro de querer follar contigo desde que nos conocimos —confesó con voz grave.

El corazón me dio un vuelco mortal dentro del pecho.

¿Cómo podía hablar con tanta firmeza? ¿Es que no tenía el estómago colgando de la campanilla, como yo?

En lugar de contestar, salvé la distancia que nos separaba y volví a besarlo.

A partir de ahí todo se descontroló. Sus manos enormes estaban en todas partes: en mi cara, en mi cuello, en mi cintura y en mis caderas. Yo me centré en explorar su pecho con las palmas, hasta sus hombros, para quitarle la americana. Dejé que la prenda cayese al suelo, seguida de mi bolso.

Nuestros pies se sincronizaron mientras nos adentrábamos en su habitación sin mirar. Con cada paso que dimos fui soltando como pude los botones de su camisa. Le acaricié la piel del abdomen con las yemas de los dedos y él gimió contra mis labios. Ese sonido ronco y sensual hizo que el calor se trasladase por todo mi cuerpo. Subí las manos por su torso para quitarle la ropa. Zac llevó las suyas a mi espalda y tanteó en busca de la cremallera.

—Está en el lateral —le dije con voz trémula.

—Date la vuelta.

Le hice caso y me quedé de cara al espejo que ocupaba la puerta corredera del armario. Cuando nuestros ojos se encontraron en el cristal, Zac me puso una mano en mitad del estómago y la deslizó muy despacio hacia arriba. El calor de su palma atravesaba la tela y se agarraba a mi piel. Cuando me apretó el pecho derecho, se me escapó un gemido. Él se dio cuenta de que no llevaba sujetador y pasó el pulgar por mi pezón, mandando una descarga eléctrica a mi entrepierna.

Gracias al reflejo vi que estaba atento a todos mis gestos. Inspiró hondo y subió la otra mano por mi costado. Al sentir sus manos cerrarse alrededor de mis pechos, recosté la cabeza en su hombro. Me rozó ambos pezones a la vez y yo respondí empujando las caderas hacia atrás. Sentía que me corría fuego por las venas. Repitió el movimiento y yo me restregué contra su erección.

—Joder... —siseó—. Me muero por hacerte tantas cosas...

Ese susurro grave era lo más sexy que había oído en la vida. La temperatura aumentó un par de grados. El corazón me latía tan fuerte que estaba segura de que se me saldría del pecho. Eso si no me fallaban antes las piernas y me caía al suelo.

Zac bajó la mano derecha por mi cuerpo y la metió por la abertura del vestido. Cuando su palma entró en contacto con mi muslo, me temblaron las rodillas. Su expresión de suficiencia parecía significar: «¿Apenas te he tocado y ya estás así?».

La piel me quemaba, estaba excitadísima. Él lo notaría tan pronto como me acariciase entre las piernas. Me estremecí cuando me rozó la ingle y enganchó la costura de la ropa interior con los dedos. Con la mano libre me apartó el pelo del cuello y me lo lamió hasta llegar al lóbulo. Sus labios acariciaron mi oreja en una provocación sensual, y entonces me preguntó:

—Antes, cuando estabas mirando por la ventana y yo estaba detrás de ti, estabas pensando en esto, ¿verdad?

—Sí. —No tenía sentido mentir.

Esa confesión de dos letras hizo que él soltase una risita engreída.

Esa noche era libre de decir lo que quisiese. Los secretos podían quedarse en esa habitación de Las Vegas para siempre.

Cuando se arrodilló detrás de mí y colocó las manos en mis tobillos, me estremecí. Y cuando las deslizó por mis piernas, subiendo primero por las pantorrillas y luego por los muslos, me tambaleé y tuve que apoyar las palmas en el espejo para estabilizarme. No entendía cómo podía seguir manteniendo la calma cuando yo me estaba deshaciendo bajo sus atenciones.

Zac me bajó las bragas despacio. Cuando se irguió y me miró con intensidad supe que la tranquilidad se había acabado. La humedad y la quemazón que sentía entre las piernas eran insoportables. Zac lanzó la ropa interior lejos y después metió la mano por la raja de la falda.

Cuando me acarició con habilidad, gemí de gusto. El corazón se me detuvo cuando coló un dedo en mi interior para reanudar los latidos completamente acelerados.

—¿Te gusta así? —me susurró al oído.

Abrí la boca para responder y lo que salió de mi garganta fue un gemido altísimo.

—¿O prefieres así? —Zac me frotó el clítoris con el pulgar, sin dejar de penetrarme con el otro dedo. Me sentí desbordada. Los pensamientos coherentes se habían esfumado. Solo podía concentrarme en lo que me hacía sentir, y era incapaz de articular palabra.

—Grace... —Zac detuvo la mano.

Busqué sus ojos en el espejo y lo descubrí mirándome con curiosidad.

—Así mejor... —me apresuré a responder.

—Entendido.

Movió los dedos otra vez y, cuando gemí, sus labios se curvaron en una sonrisa sensual. Su mirada estaba cargada de intenciones. Sus ojos azules parecían prometerme: «Te lo vas a pasar tan bien que lo recordarás el resto de tu vida».

Conforme me derretía con sus caricias, la frustración salía de mi pecho para dejarle espacio al deseo, que cada vez era más grande. Empecé a balancearme contra su mano, y entre los dos acompasamos un ritmo perfecto.

—Mírate... Eres preciosa —me dijo antes de besarme el cuello.

Cerré los ojos, lo que estaba sintiendo era indescriptible. No tardé mucho en apretarme alrededor de su dedo. Estaba muy cerca.

De pronto, Zac retiró la mano. Sin mediar palabra, me giró por las caderas y me recibió con un beso arrollador. Me tomé mi tiempo para acariciarle el torso con los dedos. Contrajo los músculos del estómago cuando bajé las manos hasta la hebilla del cinturón. Se lo desabroché y le rocé la erección por encima del pantalón. Me sentí poderosa cuando echó las caderas hacia delante. Le solté el botón y, cuando le bajé la cremallera, él me sujetó las muñecas. Seguidamente, me levantó la barbilla con delicadeza.

Lo miré confusa y él solo dijo:

—Todavía no.

Zac se arrodilló delante de mí. Me apartó el vestido con la mano izquierda y sujetó la tela contra mi cadera. Levantó la mirada y yo asentí contestando a su pregunta muda. Tenía el estómago encogido por las ganas. Me instó a separar los muslos y hundió la cara entre mis piernas. Las rodillas me fallaron cuando dibujó círculos con la lengua. El calor se concentró en el punto que lamía a conciencia y tuve que buscar un apoyo en su hombro. Solo una palabra abandonó mis labios entre los jadeos:

—Cerca...

Zac deslizó un dedo en mi interior y yo ahogué una exclamación. Eché la cabeza hacia atrás, el fuego me subió hasta el pecho y, sin poder contenerlo, me dejé ir con un gemido asolador. Un espasmo me recorrió el cuerpo cuando retiró el dedo. Agradecí que volviera a sujetarme las caderas con ambas manos porque me notaba las piernas laxas. Cuando se incorporó, me robó un beso. Tenía la respiración tan agitada como mi corazón.

—Creo que ya has llevado demasiado tiempo este vestido puesto —dijo mientras me bajaba la cremallera.

Asentí y tragué saliva.

Se me encogió el estómago cuando llevó las manos a los tirantes. Estaba a punto de quedarme desnuda frente a él. Los deslizó despacio por mis hombros y el vestido se cayó al suelo. Zac desvió la vista al espejo que estaba detrás de mí. Apretó la mandíbula e inspiró hondo. La forma que tenía de mirarme y tocarme me hacía sentir como una reina. Como si en aquella habitación lo prioritario fuese mi placer, y después el suyo.

En cuanto nuestras miradas se reencontraron, me puse de puntillas y lo besé. Zac llevó las manos a mi cintura y me estrechó contra él. Su pecho irradiaba un calor abrasador y calentaba el mío. Le lamí los labios y me las ingenié para meter la mano dentro de su ropa interior. Gimió cuando le rodeé, y yo me calenté al notar lo excitado que estaba. Quería llevarlo al límite, como había hecho él conmigo. El beso se tornó frenético cuando moví la muñeca de arriba abajo, primero con suavidad y después con decisión. Sus palmas recorrieron mi espalda y me apretaron el culo. Una de sus manos volvió a acariciarme entre las piernas.

—Te necesito. Ahora —no tardé en decir.

—Cama, baño, mesa, sofá.

—¿Qué?

—Elige dónde quieres follar.

Me excitaba que fuese tan directo.

—La cama está bien —contesté con un hilo de voz.

En ese momento temblaba como una gelatina y no me veía capaz de hacerlo en otro sitio. Zac me dirigió hasta ahí y acabé sentada sobre el colchón. Él se agachó para rebuscar en su maleta y arrojó la caja de condones a mi lado.

Se sacó el cinturón de un tirón y lo dejó caer al suelo. Con el corazón latiéndome en la base de la garganta, le quité los pantalones. Después, abrí la caja de condones y la volqué sobre la colcha. Los preservativos que le quedaban cayeron a mi lado. Zac se deshizo de la ropa interior y se puso uno sin dejar de mirarme.

Apoyó la rodilla en la cama y se inclinó para rozarme el pezón con la boca en una caricia tentadora que me arrancó un suspiro. Después, me lamió el pecho de manera deliberada y el suspiro se convirtió en gemido.

Cuando se colocó entre mis piernas, se me contrajo el estómago de anticipación. Al sentir el calor de su cuerpo sobre el mío creí que me volvería loca. Zac bajó la mano hasta mi pierna derecha y dijo:

—Llevo toda la noche pensando en esta pierna rodeándome.

Su confesión hizo que algo se fundiese en mi interior. Cuando hice lo que me pedía, él empujó la pelvis hacia delante. Al sentirlo duro contra mí, un escalofrío me recorrió la columna vertebral. Se introdujo en mi interior un par de centímetros y se quedó quieto.

—¿Bien? —me preguntó.

—Sí.

Empujó las caderas para terminar de penetrarme y yo arqueé la espalda cuando llegó al fondo. Se detuvo unos segundos y le lamí los labios. En el momento en que comenzó a moverse, dejé de pensar. Respirábamos el uno sobre la boca del otro, mientras su lengua ardiente se enredaba con la mía sin descanso. El incendio que estábamos provocando en la habitación no tardó en absorbernos.

—¿Te gusta así? —me preguntó mientras se movía con determinación.

Emití un sonidito afirmativo.

—Necesito que respondas, Grace —me pidió—. Habla, dime lo que quieres y cómo lo quieres.

—Me encanta lo que estás haciendo —le contesté jadeando—. No pares.

Durante un rato solo fui consciente de cómo Zac entraba y salía de mi interior alternando el ritmo lento y rápido a su antojo. Cuando me apreté contra él, porque estaba a punto, redujo la intensidad.

Lo miré contrariada y él sonrió contra mis labios.

—No podemos terminar ya —me dijo—. Necesito que esto dure para que me pongas cinco estrellas.

Solté una carcajada.

La risa se me cortó en cuanto volvió a penetrarme.

—¿Quieres hacerlo de lado? —me preguntó poco después.

—Vale.

Salió de mi interior y yo suspiré.

—Ponte mirando hacia el espejo —me pidió.

Se tumbó detrás de mí, haciendo la cucharita, y me sujetó la pierna tras deslizarse en mi interior. Ver lo que hacíamos en el reflejo era muy erótico, y sentir su aliento en la oreja cada vez que me susurraba lo que sentía, más aún. Estábamos sonrojados y sudados. En una de las ocasiones en que redujo el ritmo hasta casi detenerse, me giré todo lo que pude para besarlo.

—Creo que prefiero besarte —me dijo—. Para que me gimas en la boca cuando te corras.

Ese lenguaje era mi perdición.

Volvimos a la postura inicial y le rodeé la cintura con las piernas. No tardé en despegar las caderas del colchón en busca de un contacto más profundo.

—Si quieres algo..., tienes que pedirlo —recordó jadeando.

Le pasé la lengua por la nuez y se la mordí con suavidad. Él sabía lo que necesitaba. Se lo veía en la mirada. Pero me haría decirlo en voz alta de todos modos.

—Más —rogué.

—¿Más qué?

Cuando entendió que para mí era imposible hablar, salió de mí despacio y entró más lento todavía.

—Te quiero más adentro —susurré.

Zac sonrió de medio lado.

—¿Ves como sabes pedir? —dijo en un tono presuntuoso.

Salió de mi interior y me ayudó a colocar una pierna sobre su hombro. Cuando volvió a hundirse en mí, llegando más hondo, solté un grito y él gimió de manera profunda. El calor que se acumulaba en mi pecho y en mi estómago amenazaba con derramarse.

Zac empujó las caderas hacia delante y un segundo grito de placer rasgó el silencio. Seguido de otro, y otro más. El sonido de nuestras respiraciones y jadeos se entremezcló con el del cabecero golpeando con furia la pared.

—Grace..., me tienes al límite —murmuró con los dientes apretados.

Estaba a punto de contestarle cuando alguien aporreó la pared gritando: «¡Son las putas cinco de la mañana! ¡Basta ya!».

Una oleada de vergüenza me calentó las mejillas. El pecho me subía y bajaba a toda velocidad.

—Zac, por favor... —advertí cuando hizo amago de volver a moverse.

—¿Quieres que pare?

Me mordí el labio y negué con la cabeza. Él esbozó la mayor sonrisa de capullo de la historia.

—Lo que suponía —añadió con arrogancia.

Volvió a moverse sobre mí con energía y yo me tapé la boca. Él chasqueó la lengua disconforme.

—Ni de coña. —Me quitó la mano—. Quiero oírte.

Tuve que taparmela otra vez enseguida.

—Si vuelves a hacer eso, paro —prometió sin detenerse.

—No te atreverías.

—¿Quieres ponerme a prueba?

Zac se movió más fuerte y yo gemí con los labios apretados y los ojos cerrados.

—Grace, mírame —me pidió con la voz anhelante.

Al separar los párpados me quedé sin aliento. Zac estaba guapísimo con el pelo pegado a la frente y los ojos brillantes. Su piel enrojecida resbalaba contra la mía.

—Zac...

—Así me gusta, que gimas mi nombre.

Se balanceó más rápido y yo grité mientras me desintegraba bajo su cuerpo en un orgasmo increíble. Zac se dejó ir poco después, en medio de una retahíla de obscenidades. Cuando se retiró, bajé la pierna y me llevé la mano al pecho. Zac apoyó su frente sudada sobre la mía.

—¿Te lo has pasado bien? —Me acarició la mejilla.

—Sí. —Lo besé despacio—. ¿Y tú?

—Mucho.

Se tumbó a mi lado y nos besamos mientras nuestras respiraciones se regulaban.

Un rato después se levantó para ir al baño. En cuanto cerró la puerta, salí de la cama, me envolví en la sábana y recogí mis cosas. Quería irme sin protagonizar una despedida incómoda, prefería quedarme con el buen recuerdo.

Oí la puerta del baño abrirse mientras me encaminaba a la salida.

—¿Adónde vas? —me preguntó.

Me apreté la sábana contra el pecho y me volteé para mirarlo.

—A mi habitación —respondí.

Él negó con la cabeza y se acercó a mí con tranquilidad. Cuando llegó a mi altura, hundió la mano en mi nuca y me dijo:

—Todavía no puedes irte. Esto acaba de empezar.

Acto seguido, me llevó de vuelta a la cama.

21

AFORTUNADO (adj.): En el juego y en el amor.

Un ruido molesto se inmiscuyó en mis sueños. Tardé una eternidad en darme cuenta de que era la alarma. Soltando un quejido, rodé sobre el colchón y tanteé la mesilla de noche en busca del móvil. Abrí un ojo con dificultad para apagarla y vi que eran las doce y media de la mañana. Con suerte, había dormido unas tres horas. Estaba cansado, aliviado y de buen humor después de una noche de pasión con Grace. O más bien era mi polla la que se sentía así. Desde que había puesto un pie en Manhattan para ir a la entrevista del Monte Sinaí, la pobre había estado más sola que la una y la única compañía que había tenido en los últimos tiempos había sido la de mi mano. La noche que acababa de pasar con Grace había sido tan increíble que la tenía dando saltos de felicidad debajo de las sábanas.

Después de frotarme los ojos, me puse las gafas de ver. Parpadeé un par de veces para acostumbrarme a la luz. La cortina estaba abierta y el sol incesante de Las Vegas llenaba la habitación. Rodé en el sentido contrario a la ventana. Sobre la almohada, donde había estado recostada Grace, me esperaba un papel. Lo atrapé y descubrí que era una servilleta adornada con su caligrafía fina y ordenada.

Solté una carcajada al leerlo.

¿De verdad me había puntuado como si fuese un libro?

Releí lo que había escrito y entrecerré los ojos al procesar la primera línea. ¿Cuatro estrellas? Estaba de coña, ¿no? Quiero decir, si cada estrella simbolizaba un orgasmo, por su parte le faltaba añadir, por lo menos, una más.

«Estuvo bien, pero las expectativas me jugaron una mala pasada».

No. La noche no había estado solo «bien».

Una sonrisa perezosa se extendió por mi cara conforme los recuerdos se fueron abriendo paso por mi mente adormilada. Al volver con Grace a la cama, llamé a recepción para ver si era posible extender la hora de salida del hotel. Por suerte, me dijeron que sí. Cuando colgué y se lo conté, ella se sonrojó y se cubrió con la sábana, que enseguida acabó en el suelo.

De todos los polvos que habíamos echado, no sabía cuál se llevaba la palma. El primero había sido duradero y nos había servido para descargar la tensión acumulada. En el segundo me porté bien y se lo hice despacio porque ella no quería hacer ruido. Creía que nada me pondría más cachondo que oírla gritar, pero verla contener los gemidos para guardar silencio era casi más erótico todavía. El tercero fue en el sofá, con ella encima; verla manejar la situación me había vuelto loco.

La química entre nosotros fue tan brutal que era imposible que la hubiese sentido solo yo. Y, teniendo en cuenta que lo habíamos hecho en todas partes, diría que había sido una noche espectacular. Al menos yo, después de proporcionarle el cuarto orgasmo, tuve que resistir la necesidad de salir al pasillo y ponerme a gritar «¡Soy el rey del mundo!», como Leonardo DiCaprio en *Titanic*.

Por no mencionar que había pruebas de lo «bien» que lo habíamos pasado por toda la habitación: el traje estaba tirado en el suelo, el espejo del armario estaba lleno de huellas y había envoltorios de preservativos en la mesa, en el suelo y en el sofá. Las marcas de nuestras manos en el cristal de la mesa me hicieron rememorar lo «bien» que me había sentido empujando detrás de ella.

Cerca de las ocho y media de la mañana se fue a su habitación. No me hizo ojitos como otras tías para quedarse a dormir conmigo.

Pasado un instante, salí de la cama para despejarme en la ducha.

En cuanto el agua entró en contacto con mi piel, sentí un escozor en la espalda. Miré por encima del hombro hacia el espejo y me encontré con la marca roja que habían dejado las uñas de Grace. Por lo general, cuando me acostaba con una tía, me concentraba en disfrutar del momento y después no pensaba en ello. En aquella ocasión, el recuerdo de Grace aferrándose a mi hombro mientras la exploraba con la lengua se coló en la ducha conmigo. Me arrepentí de no haber pasado la noche en su habitación, porque estaba seguro de que habríamos encontrado la manera de ser creativos en su ducha de hidromasaje.

Cerré los ojos y metí la cabeza debajo del chorro. El pelo se me pegó a la frente, pero mis pensamientos obscenos no se fueron por el desagüe. El agua caliente sobre el cuello me hizo pensar en la lengua de Grace recorriéndolo. No era la primera vez que esa mujer tenía un rol principal en mis fantasías. En mi imaginación había diferencias sutiles respecto a las veces anteriores, que le daban más realismo a la escena. Ahora sabía que, cuando estaba cerca de terminar, su piel suave se coloreaba, que apretaba los párpados con fuerza y que se agarraba a las sábanas. Recordar su respiración agitada en mi oído y la manera en que se arqueaba contra mí en busca de más contacto terminó de descontrolarme. Apoyé una mano en la pared de baldosa y con la otra me la agarré. Una paja no haría daño a nadie, ¿verdad?

Un poco más tarde, me peiné cuidadosamente frente al espejo y me eché colonia mientras canturreaba «Do I Wanna Know?», mi canción favorita de Arctic Monkeys. Al ir a parar la música del móvil, me topé con un mensaje de Grace:

En ese momento me di cuenta de que tenía que haber dejado la habitación hacía cinco minutos. Me apresuré a recoger mis cosas y salí a toda prisa.

Divisé a Grace sentada en una mesa para dos, con los ojos clavados en un libro y una sonrisilla en la cara. Delante de ella había una taza de café enorme y una tira de pósits de colores. Estaba tan metida en su lectura que no se enteró de que me había detenido delante. Se dio un par de golpecitos en el labio con el bolígrafo antes de subrayar algo.

—Buenos días —saludé al sentarme frente a ella.

Grace se sobresaltó y se le cayó el bolígrafo sobre la mesa.

—Te he traído esto —le dije cuando centró la vista en mí.

Ella cerró el libro y desvió los ojos al paquete de caramelos que le había dejado enfrente. Arrugó las cejas y me miró sin comprender.

—Es probable que tengas las cuerdas vocales inflamadas después de todo lo que has gritado esta noche —la informé tranquilamente—. Estos caramelos te vendrán bien. Puedes tomarte uno cada dos horas.

El rubor le subió por el cuello y se propagó hasta sus mejillas. Echó un vistazo sobre su hombro para asegurarse de que nadie me había oído. Abrió la boca para contestarme y yo seguí:

—Intenta no forzar la voz, bebe mucha agua y, si lo necesitas, luego te reviso la garganta —terminé guiñándole un ojo.

Ella se sonrojó todavía más.

Me encantaría saber lo que pasaba por su mente. Estaba a punto de preguntárselo cuando rompió su silencio:

—¿Todo este paripé es porque no te he puesto cinco estrellas? —me preguntó sorprendida.

—¡Shhh! No hagas esfuerzos para hablar. Toma. —Arrastré por la mesa mi servilleta y puse encima su bolígrafo—. Hoy tendrás que comunicarte por escrito.

—Para eso no necesito la servilleta.

—Pero sí la necesitas para escribirme la reseña real. —Señalé el papel con el dedo—. Porque lo de las cuatro estrellas no te lo crees ni tú...

Grace soltó una risita suave y me devolvió la servilleta.

—Me parece que tú la necesitas más que yo, para que tu ego sensible se limpie las lágrimas —bromeó.

—Te aseguro que mi ego está intacto.

—Sí, me ha quedado claro.

Aunque se notaba que necesitaba descansar, se la veía relajada y complacida. Llevaba una camiseta blanca y ajustada de tirantes. Estaba guapa y me encantaba saber que había contribuido a su buen humor.

—Y, por cierto, ¿podemos cambiar de tema? —prosiguió de carrerilla—. Acordamos que no lo hablaríamos más y prefiero dejarlo así. Quiero decir, fue cosa de una sola noche, lo pasamos bien y ya, ¿no?

Asentí sorprendido.

Normalmente era yo el que soltaba esa frase.

Grace suspiró aliviada. Acto seguido, clavó los ojos en la carta del restaurante y yo hice lo mismo. Después de pedir el desayuno, me ladeé sobre el asiento para poder ver el título de su libro.

—*El diablo en invierno...* —leí en alto—. ¿De qué va? —pregunté para darle conversación.

—De una chica que tiene que casarse con un mujeriego para escapar de sus parientes.

—¿Y por qué casarse es la solución?

—Porque en el Londres de 1843 las mujeres necesitaban casarse para irse de casa. Es un matrimonio de conveniencia.

—¿Y qué gana él?

Grace me miró sin comprender.

—Has dicho que es un matrimonio de conveniencia y que él es un mujeriego. Por lo tanto, él ganará algo casándose, ¿no?

—Sí, claro —dijo de manera obvia—. Sebastian gana el amor de Evie. Aparte de estatus y dinero.

Arqueé las cejas.

—A ver si lo he entendido… —empecé—. Él es un mujeriego, pero ¿está enamorado de ella? Eso hace agua por todas partes.

—No exactamente. Al principio no está enamorado. Solo se acuestan una vez para hacer efectivo el matrimonio. Después de eso, hacen un trato. Si Sebastian no se acuesta con nadie durante tres meses, Evie le volverá a dejar entrar en su cama.

Negué con la cabeza y solo le dije:

—Ese tío es gilipollas y no tiene ni puñetera idea de negociar.

—A mí me gusta —repuso encandilada—. Me encanta ver cómo va cambiando a través de los pequeños detalles que tiene con ella y todo eso.

—Dios…

—¿Qué pasa?

—Que me doy cuenta de que lo que os gusta de esos libros es ver a un tío cambiar por amor, y es surrealista.

Ella suspiró de manera profunda y negó con la cabeza, como si me estuviese perdiendo algo trascendental. Abrí la boca para preguntarle y justo apareció el camarero para tomarnos la comanda.

Nos marchamos después de desayunar. Teníamos por delante un trayecto de cuatro horas y media de carretera para llegar al Gran Cañón. Dado que habíamos planificado unas cuantas paradas por el camino, no llegaríamos hasta el atardecer. Según salimos del aparcamiento del hotel, nos recibió el tráfico de la avenida principal.

—Voy a aprovechar el atasco para acabarme el libro —me dijo Grace—. Esto está interesantísimo.

—Muy bien.

Yo puse música para distraerme.

—¿Tienes un bolígrafo? —me preguntó enseguida—. Me he dejado el mío en la cafetería —se lamentó.

—Mira en la guantera —le indiqué sin quitar las manos del volante—. Creo que tiene que haber uno entre los papeles del coche.

Ella la abrió y se quedó unos segundos congelada.

—Me parece que aquí solo tienes preservativos —comentó, cerrando la guantera.

Aceleré porque el coche de delante avanzó.

—¿Y aquí? —Grace me rozó el brazo para que lo apartase y abrió el compartimento central—. ¿En serio? Lo tuyo es de manual... ¿Tienes condones en todas partes? ¿Si miro debajo del asiento me encontraré otra caja?

Me reí mientras negaba con la cabeza.

—¿Vas a juzgarme por practicar sexo seguro? —le contesté tranquilamente.

—¿También llevas un condón en la cartera?

—Nunca sabes cuándo vas a necesitarlo.

Pisé el acelerador cuando el semáforo cambió a verde.

—Por curiosidad, ¿a cuántas chicas te has tirado en este coche?

—Como soy todo un caballero, no responderé a esa pregunta.

Ella guardó silencio unos segundos y cambié de tema.

—¿Para qué querías el boli? —le pregunté sin apartar la vista de la carretera.

—Para marcar una frase preciosa que acabo de leer —respondió enternecida—. Te juro que es tan bonita que me casaría con el libro si pudiera.

—¿No te da pena subrayar las páginas?

—No. Es lo que demuestra que el libro ha vivido. —El cariño era palpable en su voz—. Además, hay veces en que me apetece releer mis partes favoritas, por eso subrayo con el bolígrafo y marco las páginas con pósits.

—¿Por qué tienes tantos?

—Porque utilizo un código de colores —explicó emocionada—. Los azules para frases bonitas, los rosas para momentos en los que me río, los amarillos para cuando lloro, los verdes para frases de ella, los negros para frases de él, y los rojos son para momentos...

—¿Guarros? —adiviné.

—Se dice *spicy* —me corrigió con una risita—. Pero sí. Los uso para eso.

—Entonces, si entro en tu habitación, podría adivinar cuál es tu favorito si busco el libro con más marcadores rojos, ¿no?

—Podría ser...

—Al final va a resultar que sí eres una chica traviesa.

Ella me dio un manotazo en el brazo y yo me reí antes de incorporarme a la autopista.

Pocas cosas me producían la misma sensación de libertad y desconexión que me daba conducir. Tan pronto como cambiamos Nevada por Arizona, entramos en el tramo más famoso de la antigua Ruta 66. Explorar aquella carretera infinita que serpenteaba por mitad del paisaje desértico fue toda una experiencia. En nuestro camino nos cruzamos con vehículos antiguos y nos adelantaron moteros que parecían salidos de *Sons of Anarchy*. De cuando en cuando, el sonido de los motores se imponía por encima de la música de AC/DC que Grace se había empeñado en escuchar para esa parte del viaje. La brisa que entraba por la ventanilla me agitaba el pelo y a ratos traía consigo el olor a gasolina y a aceite de motor mientras el sol me calentaba la piel a través del parabrisas.

Nuestra primera parada fue en Kingman, un pueblo mítico de estética retro. Allí el Museo de la Ruta 66 nos acercó a la historia y al recuerdo de lo animada que fue aquella carretera en su momento. Nos hicimos unas cuantas fotos al lado de las señales de la ruta y de distintos vehículos clásicos. Cada vez que Grace se detenía para sacarse un selfi, me las ingeniaba para colarme detrás poniendo cara de interesante. Al final, se hartó y acabamos posando juntos con varios de ellos.

Cuando llegamos a Seligman, la parada estrella, nos recibió un calor bochornoso. El pueblo era famoso por haber conservado la estética y la arquitectura del viejo Oeste. Su atractivo eran los murales coloridos, las tiendas de regalos y las atracciones temáticas relacionadas con la ruta. El sol de las cinco de la tarde era cegador y, a lo lejos, en la carretera, se creaba el efecto de los espejismos, lo que hacía la estampa aún más legendaria.

—¡Mira! —exclamó Grace—. ¿Ese no es el coche de *Cars*?

—Sí. —Asentí—. Este pueblo inspiró Radiador Springs.

—¿En serio? No lo sabía —Sonrió encantada—. ¡Después de comer podríamos volver a hacernos una foto!

—Vale.

Estábamos muertos de hambre. Se suponía que íbamos a llegar a esa parada a mediodía, pero nos habíamos retrasado. Aparqué directamente enfrente de Delgadillo's Snow Cap. El restaurante era un antiguo autocine y, en teoría, las hamburguesas estaban tremendas. Grace se quedó esperando en la mesa de la terraza y yo entré para pedir.

Una campanita sonó cuando abrí la puerta. El local era diminuto, consistía en un pequeño mostrador y ni siquiera tenía mesas para sentarse. Las paredes estaban recubiertas de billetes, parches para la ropa, postales y pegatinas de distintos lugares del mundo que habían pegado los turistas que habían pasado por allí.

—Parece una película del Oeste —comentó Grace cuando salí—. Solo falta que un matojo cruce rodando por la carretera.

Le reí la broma y dejé sobre la mesa dos limonadas. Di un trago bastante largo por la pajita con la esperanza de aplacar el calor incesante que se adhería a mi piel. La calle estaba desierta y la única compañía que teníamos era el ruido de las chicharras y la música de los años cincuenta que se oía en el establecimiento.

—He pedido tu hamburguesa con extra de pepinillo —la informé.

Ella paró de sorber por la pajita.

—¿Te has acordado de que me gustan? —me preguntó sonriendo.

—Gastaste un bote entero en casa de mi hermano, claro que me acuerdo —bromeé.

Respondió sacándome la lengua.

—Gracias —murmuró poco después.

Me encogí de hombros restándole importancia.

Grace se emocionó cuando nos trajeron las hamburguesas y

vio que una de sus patatas tenía forma de cara. La observé mientras sacaba unas cuantas fotos al plato para mandárselas a sus amigas y subirlas a Instagram. Tenía las mejillas sonrosadas y el pelo pegado a la cara. La piel le brillaba por la transpiración. Se había recogido la camiseta con un nudo debajo del pecho, dejando su estómago al descubierto.

Aparté la mirada cuando ella levantó la cabeza.

—Esta va a ser la primera vez que voy al Gran Cañón —me dijo de pronto.

—¿Sí? —Cogí una patata—. Yo estuve de pequeño, casi no me acuerdo.

—Me han dicho que al amanecer es muy bonito.

Una gota de sudor deslizándose por su escote acaparó toda mi atención. La imagen me hizo pensar en lo colorada que estaba gimiendo horas atrás. Recordar cómo movía las caderas al compás de las mías no me ayudó en nada. De pronto, me apetecía sentarme en el asiento trasero del coche y que volviese a subirse encima de mí como había hecho en el sofá.

«Ni se te ocurra», intenté mandarle el pensamiento a mi polla, pero ya era tarde. Me estaba empalmando.

Si ya me había acostado con ella. ¿Por qué seguía deseándola?

—Está buenísima —me dijo refiriéndose a la patata—. Tenías razón, este sitio es genial.

Asentí incómodo mientras masticaba.

—Estoy supercaliente —comentó tocándose el cuello—. Hace más calor que en el infierno. Me voy a derretir y me voy a quedar pegada a la silla.

En ese momento, Grace se abanicó con la mano y yo me obligué a concentrarme en la hamburguesa.

Oculto tras las gafas de sol, sentía que mis pensamientos estaban a salvo. Necesitaba encontrar un tema de conversación que bajase mi erección. Ya.

—¿Por qué no me cuentas el final del libro ese del matrimonio? —le pregunté.

Eso valdría. Seguro.

Cuando llegamos al Gran Cañón, era prácticamente de noche y tenía un dolor de cabeza insoportable. Mientras Grace conducía, no pude evitar mirarla en un par de ocasiones. Por alguna razón, los recuerdos de la noche anterior todavía danzaban por mi cabeza, haciéndome sentir un poco incómodo.

Como habíamos comido tardísimo, no teníamos hambre. Aun así, compramos algo de cena en el supermercado del valle y de ahí fuimos al hotel.

—Zac... —Grace me llamó cuando cerré el maletero.

A mi cerebro le pareció que era un buen momento para recordar que la última vez que me había llamado por mi nombre fue antes de correrse.

«Genial».

—¿Qué? —Me di la vuelta.

—¿Va todo bien? —me preguntó, poniéndome la mano en el brazo.

Me aparté de su contacto con discreción.

Parecía un poco preocupada.

No tenía muy claro cómo responder a su pregunta. ¿Qué iba a decirle? ¿Que estaba pensando en volver a acostarme con ella?

Eso era ridículo.

Yo no repetía con nadie.

Para mí el sexo era sinónimo de diversión. Me lo pasaba bien y luego seguía con mi vida como si nada. Aquello tenía que ser cosa de mi orgullo. Me había jodido que no me pusiese cinco putas estrellas y por eso estaba pensando en repetir. Para dárselo todo y quitarme la espinita. Nada más.

—La verdad es que estoy cansadísimo y me duele un poco la cabeza —confesé.

—Si necesitas algo...

—Tranquila, ahora me tomaré un Advil.

Le di las buenas noches y me encerré en mi habitación. Necesitaba poner algo de distancia y distraerme leyendo o jugando con el móvil.

Y lo demás ya se me pasaría durmiendo.

22

FRUSTRADO (adj.): Extremadamente insatisfecho.

Después de entretenerme leyendo un par de capítulos de *El problema de los tres cuerpos*, la cara preocupada de Grace me vino a la mente. Cerré el libro y suspiré con los ojos clavados en el techo.

Aunque no me lo había dicho, sabía que ver el amanecer en el Gran Cañón era uno de los propósitos de su lista. Guiado por un impulso, consulté cuáles eran los mejores sitios para verlo y le escribí un mensaje:

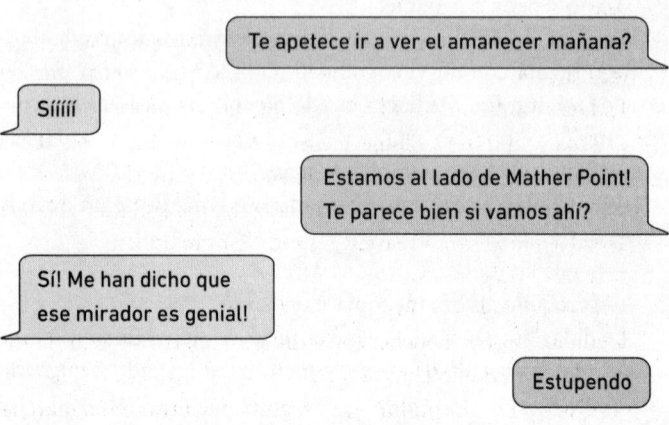

> Tendríamos que salir a las cinco de la mañana

> Por mi parte no hay problema :)

> Qué tal tu cabeza?

> Mejor. Gracias

> Bueno, me voy a dormir ya

> Buenas noches, Zac :)
> Que descanses!

> Igualmente!

Cuando sonó la alarma unas horas más tarde, sentí que me habían apaleado. Aun así, salí de la cama, me di una ducha rápida y me puse las lentillas. Antes de vestirme, consulté el tiempo en el móvil. Estábamos a seis grados, así que opté por ponerme el chándal gris.

Estaba cerrando la puerta de mi habitación cuando Grace salió de la suya.

Todavía era de noche. El frío seco me saludó antes que ella.

—Hola —dije frotándome la cara.

—Buenos días —contestó con una sonrisa suave.

Se había puesto unas mallas moradas y una sudadera blanca que llevaba el mensaje «Team Rhysand» estampado.

—¿Estás lista?

—Sí. —Cerró la puerta.

Según arranqué el coche, encendí la calefacción y puse la dirección del mirador en el navegador.

—¿Qué tal has dormido? —le pregunté mientras daba marcha atrás.

259

—Bueno… La cama era viejísima y me duele todo. ¿Y tú?

—Igual, la mía también era una mierda.

Me incorporé a la carretera principal. Varios coches circulaban en la misma dirección y ralentizaban un poco el tráfico.

—Si quieres, después de ver el amanecer podemos ir a desayunar —le propuse.

—Vale. He visto que luego hará bastante calor.

—Sí. Podríamos volver al hotel después para cambiarnos.

Me agradó comprobar que ya no había rastro de los pensamientos que habían infectado mi cerebro el día anterior. La incomodidad se había quedado en el cuarto, durmiendo, y volvíamos a ser dos… ¿amigos?

—Pero ¿a qué hora se levanta la gente aquí? —preguntó Grace espantada.

Eran las cinco y diez de la mañana y el aparcamiento de Mather Point estaba lleno. Decidí probar suerte en la última fila y encontré un hueco de chiripa.

Según nos bajamos del coche, Grace se echó a temblar. Ya no teníamos los edificios del hotel para protegernos y el frío era más intenso en la explanada.

—¿Quieres una sudadera? —le ofrecí.

—¿Tienes otra? —El vaho se escapó de su boca cuando habló.

—Creo que tengo una en el maletero.

Retrocedí sobre mis pasos para abrirlo.

Cogí una que tenía tirada por ahí y, al levantar la vista, me encontré a Grace haciendo un bailecito para entrar en calor.

Le entregué la prenda y ella arrugó las cejas al extenderla.

—No pienso ponerme una sudadera de los 49ers —dijo antes de devolvérmela.

Acto seguido, se abrazó las costillas y caminó apresurada hacia el mirador.

—¿De verdad vas a ser así de infantil? —Me apresuré a seguirla.

—¿Te pondrías una sudadera mía de los Patriots? —contestó por encima del hombro.

—Prefiero que me dé una hipotermia antes que rebajarme así —bromeé.

—Entonces entenderás que prefiera congelarme.

Reanudó la marcha y la seguí escaleras abajo.

—Venga, no seas...

—¡Shhh! —Grace se detuvo de golpe en el último escalón.

Despegué los ojos de ella y me topé con una estampa que me dejó sin palabras. Bajo el cielo añil con matices anaranjados, numerosos cañones se extendían hasta donde abarcaba la mirada, formando un mar de rocas infinito. Sabía que esos acantilados áridos y escarpados eran rojizos; sin embargo, bajo las tonalidades azules del amanecer parecían morados. Algunos árboles y plantas se encaramaban en las cimas de las rocas formando un paisaje de postal.

—Esto es precioso —murmuró Grace para sí misma.

—Es jodidamente increíble —coincidí—. ¿Estás llorando? —Me asomé por encima de su hombro y comprobé que así era—. ¿Por qué?

Ella se limpió los ojos con la manga de la sudadera antes de contestar:

—Porque es muy bonito. No quiero olvidarlo nunca.

Estaba a punto de ponerle las manos en los hombros para reconfortarla cuando bajó el escalón que le quedaba para llegar al balcón de piedra en el que se amontonaba toda la gente. La mayoría de las personas estaban en silencio o hablaban en susurros. Todos parecían sobrecogidos por la vista majestuosa.

Grace consiguió llegar hasta la barandilla metálica del borde. Esquivé a la gente como pude y me detuve a su lado. Después de verla llorar, sentía la necesidad de hacerla reír.

—Madre mía, te está quedando un vídeo precioso —ironicé en un susurro cerca de su oreja—. ¿Es un nuevo filtro de Instagram o te tiemblan las manos porque estás helada?

Ella detuvo la grabación y me miró.

Tenía las mejillas y la punta de la nariz enrojecidas.

—Lo he pensado mejor... —empezó en voz baja—. Y voy a aceptar la sudadera.

—Sabía que renunciarías a tus principios... —Se la entregué con una sonrisa.

Grace se la puso encima de la suya. Le quedaba enorme. Literalmente podía nadar dentro de ella. Se recogió las mangas y se atusó el pelo con los dedos.

—¡Puaj! —comentó asqueada—. Ya es oficial: soy una deshonra para mi familia —bromeó.

Me quedé atontado unos segundos. Hacía siglos que una chica no se ponía mi ropa.

—Yo creo que te queda bien —comenté en un susurro.

Me dio la impresión de que sus mejillas se colorearon un pelín más.

—Mira. —Tiró de mi brazo y señaló hacia la derecha—. Las nubes rosas parecen algodones de azúcar, ¿no te parece?

Su apunte me hizo gracia.

La luz fue iluminando poco a poco el cañón.

Respiré hondo y el aire puro me llenó los pulmones. Sin duda, el madrugón había merecido la pena. Mientras contemplaba aquel amanecer, con la mano de Grace agarrada a mi bíceps derecho, supe que jamás encontraría otro lugar que me transmitiese tanta paz. Porque hacía bastante tiempo que nada me dejaba sin palabras.

Después de desayunar, fuimos a comprar bocadillos y pasamos por la habitación para preparar las mochilas. En previsión del calor que haría más tarde, nos cambiamos los pantalones largos por unos cortos, pero mantuvimos las sudaderas.

Habíamos acordado hacer una ruta de senderismo que nos permitiera aprovechar el cañón. Como Grace no tenía botas de montaña, optamos por una de dificultad fácil que nos llevaría gran parte del día.

Cuando llegamos al sendero, eran las nueve de la mañana. Empezamos la caminata hablando animados. A mano derecha teníamos el borde del cañón y a mano izquierda asomaba algún árbol de vez en cuando. La naturaleza había revelado sus auténticos colores: la roca se veía de distintas tonalidades rojizas, marrones y naranjas, y el río Colorado, que corría a tantos metros por debajo, se veía de un azul vibrante. Al principio nos detuvimos en todos los miradores para sacar fotos y nos cruzamos con bastante gente.

Conforme fuimos avanzando, la ropa empezó a sobrarnos. Yo fui el primero en guardar la sudadera en la mochila. Grace se fue quitando capas poco a poco. Primero mi sudadera y después la suya. Aguantó con la camiseta todo lo que pudo. Cuando el sol estaba en lo más alto, hicimos una pausa para sentarnos en un banco de piedra que encontramos a la sombra. En aquel momento, Grace se deshizo de la camiseta y se quedó con un top deportivo morado a juego con sus mallas cortas.

Estaba buenísima con esa ropa ajustada.

Mis ojos se detuvieron un instante en su estómago y aparté la vista, incómodo. Ahora sabía lo cálida y suave que era su piel. De pronto, me pareció interesantísimo mirarme las botas. La tierra polvorienta que habíamos levantado al caminar se había adherido a ellas y mi propósito era no dejar de observarlas.

Grace refunfuñó algo sobre el calor cuando se levantó, y volví a clavar los ojos en ella.

Se limpió el sudor del cuello y del escote con la camiseta, y sentí que la temperatura que me quemaba la piel aumentaba un par de grados. Me incliné y saqué el agua de la mochila. Estaba muerto de sed.

—¿Me das un poco? —me dijo Grace, deteniéndose delante de mí.

Levanté la cabeza para darle un sorbo a la botella y la vi colocarse la gorra morada.

—Deberías ponerte la crema solar —le aconsejé, y le pasé el agua.

—Ya me he puesto antes.

—Ya, pero han pasado más de tres horas. Deberías reaplicarla. Además, ahora tienes más piel descubierta. —La señalé con la mano.

Le dio un buen trago a la botella.

—¿Vas a ponerte en modo médico? —me interrumpió con una sonrisa insolente.

—Sí. Es importante. Si no te pones crema, podrías quemarte —agregué—. A la larga, aumenta el riesgo de melanoma y envejecimiento prematuro de la piel. De hecho, pásame la crema, yo también voy a volver a echarme —dije para dar ejemplo.

—Vale —cedió al final, y se sentó a mi lado—. Le haré caso, doctor Anderson.

Me gustó que me llamase «doctor Anderson».

Grace sacó todas las cosas de la mochila y fue dejándolas sobre la piedra hasta dar con la crema. Se la aplicó primero en la cara y después en el cuello, en el escote y en el estómago. Cuando terminó, me observó divertida. Se colocó entre mis piernas y me dijo:

—Te la has esparcido fatal. —Soltó una risita y me sorprendió pasándome la mano por la frente—. Pareces Simba recién nacido, cuando lo bautiza Rafiki.

Su mano se deslizó hasta mi mejilla y yo tragué saliva sin apartar los ojos de los suyos. Intenté leer qué pasaba tras su mirada, pero ella sacudió la cabeza y retrocedió, rompiendo la atmósfera. Hizo amago de guardar el bote en la mochila y yo la detuve diciendo:

—Te falta la espalda.

—Cierto. ¿Te importa…?

Negué con la cabeza y me levanté.

Grace me entregó el protector y se dio la vuelta.

—Sujétate el pelo, anda —le pedí.

La melena le rozaba los hombros y no quería manchársela.

Me eché crema en la palma y se la esparcí primero por las lumbares y luego por los trapecios. Grace tenía la piel caliente y sudada. Al tocarla, la electricidad volvió a correr de su cuerpo al mío. Sentí un hormigueo y ya no sabía si era por el calor abrasador o si era porque quería inclinarme y…

«Joder, Zac. ¿Qué cojones estás pensando, tío?», me reprendí.

Aparté las manos de ella de forma automática. Me faltaba echarle crema en los hombros, pero tocarla me estaba afectando demasiado.

—El resto puedes hacerlo solita —le dije, devolviéndole el bote.

Como mis neuronas se habían derretido por las altas temperaturas, me colgué la mochila al hombro y eché a andar sin esperar una respuesta por su parte.

—¿Qué te pasa? —me preguntó Grace cuando me alcanzó segundos después.

—Nada —contesté con sequedad—. ¿Y a ti?

—¿A mí? —Parecía estupefacta—. A mí no me pasa nada. Eres tú el que ha vuelto a ponerse rarito, como anoche...

—No me pasa nada —repetí—. Ya te lo he dicho.

Grace murmuró algo por lo bajini que no entendí, y no contesté.

Durante un rato largo solo se oyeron nuestras pisadas y los graznidos de las águilas y los buitres que sobrevolaban el cañón.

—No puedo más —declaró Grace una hora más tarde—. Necesito descansar.

En ese momento me di cuenta de que iba con la lengua fuera por seguirme el ritmo.

—Ahí hay sombra. —Señalé el camino, a un par de metros—. ¿Quieres que paremos a comer?

—Sí —accedió.

Nos sentamos en el banco de piedra, el uno al lado del otro. Después de soltar la mochila en el suelo, me quité la gorra y me pasé la mano por el pelo. Lo tenía chorreando de sudor.

Grace abrió la suya y rebuscó en su interior.

—¿Tienes tú la comida? —me preguntó extrañada.

—No.

—¿Estás seguro?

—La llevabas tú... —Negué con la cabeza—. Te he visto sacarla cuando estabas buscando la crema.

Grace se tapó la boca y ahogó una exclamación. Cuando me miró horrorizada, me temí lo peor.

—¿Te has dejado la comida en el banco? —me aventuré a preguntar.

Ella me contestó con un asentimiento.

—Estupendo. —Agaché la cabeza y jugueteé con la gorra.

—Esto es culpa tuya —apuntó de manera acusadora.

—¿Perdona? —Alcé la vista para mirarla incrédulo—. ¿Te olvidas la comida y yo soy el culpable? —Me señalé con el dedo índice.

—¡Pues sí! —Se puso de pie—. ¡Si no me hubieses dado la charla de dermatólogo, yo no habría sacado las cosas de la mochila! —estalló.

—¿Y qué? —Me levanté yo también—. ¿No sabes volver a guardarlas? —pregunté escéptico.

—¡Te recuerdo que te has largado corriendo y yo he recogido a toda prisa para seguirte! —exclamó indignada—. ¡Y ahora estamos aquí, en mitad de la nada, muertos de calor y sin comida!

Ella endureció la mirada mientras esperaba una respuesta.

El cansancio se mezclaba con el agotamiento por el calor, y la frustración que me había esforzado por esconder amenazaba con salir de la peor de las maneras.

—Mira, lo último que me apetece ahora mismo es discutir —dije intentando serenarme.

Grace soltó una carcajada amarga y negó con la cabeza antes de decir:

—¡Eso podías haberlo pensado antes de estropearme el día! —Me apuntó con el dedo—. Llevas toda la mañana diciéndome lo que tengo que hacer: ponte crema, bebe agua, ponte la gorra, vuelve a ponerte crema...

—¿Me estás echando en cara que me preocupe por ti? —la interrumpí, elevando el tono yo también.

—¡Sí! —exclamó cabreada—. ¡Porque no te entiendo! ¡Un minuto eres majísimo y al siguiente te comportas como un gilipollas y no me explicas qué te pasa!

—¡Ya te he dicho que no me pasa nada! —contesté a la defensiva.

—No me lo creo, pero... ¿sabes qué? —Gesticuló con las manos—. ¡Me da igual! ¡Si me lo quieres contar, genial, y, si no, que te den!

Grace me dio la espalda y arrancó a andar.

—¿Se puede saber adónde vas? —pregunté cansado.

Me ignoró completamente.

—¡Grace, no se vuelve por ahí! ¡Te vas a perder!

Se paró en seco y me fulminó con la mirada.

—¿Puedes dejarme tranquila cinco minutos? —me preguntó con brusquedad.

Apreté los labios y me crucé de brazos. Ella simplemente se dio la vuelta y siguió caminando con los puños apretados a los costados.

Mientras la veía alejarse, suspiré y me pasé la mano por la cara.

Volví a sentarme en el banco de piedra y vacié la mochila. Saqué las cosas, una a una. En el fondo me encontré una barrita de chocolate que debía de haberse escurrido entre mis cosas. Estaba aplastada y se había derretido por el calor. Era una de las que había comprado Grace la primera noche de viaje, en la gasolinera.

Fue entonces cuando el remordimiento ocupó mis pensamientos. En las últimas horas me había portado como un capullo con Grace. Había pasado de bromear con ella a dejar de hablarle sin darle una explicación. Le hacía ilusión visitar el Gran Cañón y yo le había amargado el día al pagar mi frustración con ella.

Mi comportamiento no tenía sentido. Estaba actuando como un gilipollas cuando yo no era así. Y, para ser sincero, lo último que me apetecía era seguir de malas con ella.

En ese momento caí en la cuenta de que lo mínimo que podía hacer era ofrecerle la barrita en son de paz.

Lo guardé todo y me levanté, dispuesto a enterrar el hacha de guerra y disculparme. Al colgarme la mochila giré el cuello y descubrí que Grace ya no estaba.

—¿Grace? —alcé la voz, y nadie contestó.

Mi voz sonó con eco en el cañón.

Salí corriendo, sin pensar, y entonces oí un grito.

—¿Grace? —Me obligué a ampliar la zancada.

Tenía el corazón acelerado, me daba miedo que le hubiese pasado algo.

La encontré sentada en el suelo, detrás de unos matorrales, con una mueca de dolor en el rostro y con una pierna flexionada. Su gorra y su móvil estaban sobre la roca. Al comprender que estaba fuera de peligro, una enorme sensación de alivio se apoderó de mí.

—¿Estás bien? —le pregunté, agachándome a su lado.

—Sí. —Ni siquiera me miró.

—¿Te has hecho daño?

—Estoy bien.

La examiné rápidamente con la mirada. Tenía tierra en las rodillas y un raspón en la derecha. Parecía alicaída. Verla así me hizo sentir fatal.

—Voy a curártela, ¿vale? —le dije.

Grace no parecía muy por la labor de volver a dirigirme la palabra, pero asintió casi imperceptiblemente.

Saqué el neceser de primeros auxilios de la mochila. Ella se estremeció cuando le eché agua en la herida para quitarle la tierra. Usé una gasa estéril para secársela con cuidado y, después de ponerle un antiséptico, le pegué un apósito.

—Ya está —informé.

—Gracias.

Nos quedamos en silencio unos segundos, mirándonos a los ojos.

—Siento haberme puesto borde —me disculpé primero.

—Yo siento haberme olvidado la comida.

—No pasa nada. Me podría haber pasado a mí...

—Y también siento haberte llamado gilipollas...

—Bueno, me he portado como tal, ¿no?

—Un poquito. —Arrugó la nariz al asentir.

Reprimí el impulso de colocarle un mechón rubio detrás de la oreja.

—En una escala del cero al diez, siendo cero la ausencia de dolor y diez un dolor insoportable, ¿cuánto dirías que te duele la rodilla? —le pregunté.

—Si digo que un diez, ¿me llevarás a caballito de vuelta o me dejarás aquí tirada para que los buitres me devoren sin piedad?

Contuvo la sonrisa y yo me reí antes de decir:

—Si respondes un diez, tendré que llamar a emergencias porque significaría que te la has roto.

—No tenemos cobertura.

Fingí sopesar la respuesta y ella abrió la boca, ofendida.

—Entonces tendré que llevarte en brazos —contesté.

Ella me miró complacida y añadió un:

—Mmm…, yo diría que me duele un seis y medio. Creo que en unos minutos podré caminar otra vez.

Asentí.

—¿Cómo te has caído? —quise saber.

—Se me ha enganchado el pie en una planta y me he resbalado.

Me saqué la barrita del bolsillo y la extendí en su dirección.

—¿Y esto? —preguntó sorprendida—. ¿De dónde la has sacado?

—La he encontrado en el fondo de la mochila.

—¿Crees que vas a comprarme con una barrita? —dijo, repitiendo mis palabras del otro día.

—No. Para comprarte necesito un *cupcake* de red velvet de Magnolia Bakery —respondí—. Aunque espero que esto ayude.

Se sacudió las manos para quitarse la tierra y la aceptó, sellando así nuestra reconciliación.

23

HERMANA (n.): Persona que te conoce mejor que tú misma.

A la mañana siguiente, la atmósfera entre Zac y yo seguía un poco tirante.

Desde que habíamos hecho las paces, sentía que algo había cambiado entre nosotros. Volvíamos a hablar como si nada, pero no pasábamos de temas triviales. Quizá se debía a que nuestra conversación se había reducido a una disculpa en vez de encontrar un motivo a nuestro comportamiento.

Según divisamos las montañas rojizas de Sedona, la emoción creció en mi interior. Mi hermana se había mudado ahí hacía unos meses y me moría por conocer su nuevo hogar, además de por verlas a ella y a mi sobrina.

Me desabroché el cinturón de seguridad tan pronto como Zac aparcó frente a la fachada color terracota de la casa de Natalie y casi salté del coche antes de que apagase el motor.

Me recibió el calor sofocante y el cielo azul brillante de aquella ciudad desértica. Subí los escalones corriendo y con cuidado de no rozar las piernas contra ninguno de los cactus que decoraban el porche. Cuando llegué al último peldaño, la puerta de la entrada se abrió. Un segundo después estaba inmersa en el abrazo apretado de mi hermana. Natalie y yo nos balanceamos de un lado a otro mientras chillábamos lo contentas que estábamos de vernos.

Cuando nos separamos, me sujetó las manos y me observó enternecida.

Teníamos algunos rasgos similares, como la nariz respingona y los ojos azules y vivaces. Siempre había sido un poco más alta que yo. La melena rubia le llegaba por debajo del pecho y la tenía despeinada. Llevaba una blusa blanca que le quedaba bastante ancha, unos pantalones cortos y la muñeca llena de pulseras de colores que le había hecho su hija y que le daban un aspecto aún más desenfadado.

—Estás guapísima —le dije con los ojos humedecidos de alegría.

—Tú más —contestó.

Era la mejor hermana mayor que se podía tener: era tierna, divertida y cariñosa. Aunque nos llevábamos seis años, desde niñas habíamos estado muy unidas. Siempre había sido mi gran confidente y defensora, y no tenía pelos en la lengua.

En ese momento, apareció un torbellino gritando mi nombre.

—Pero ¿cuánto has crecido, chiquita? —Cogí a mi sobrina en brazos—. Si ya eres más grande que yo.

Ellie tenía cinco años.

Me echó los brazos al cuello para darme un beso en la mejilla. No la veía desde las Navidades pasadas y el cambio era evidente. Tenía el pelo rubio recogido en dos trenzas y las paletas separadas, su vestido azul tenía un tulipán enorme en la parte delantera, y estaba adorable.

—¿Me has traído un regalo? —me preguntó directamente—. Te prometo que me he portado muuuuuy bien.

—Sí. Lo tengo en la bolsa.

Mi hermana carraspeó de manera sonora, llamando mi atención. Cuando la miré, ella señaló con la barbilla detrás de mí. Torcí el cuello para ver a Zac.

—Perdón —me disculpé—. Zac, esta es mi hermana, Natalie —la señalé con la cabeza—, y esta renacuaja es Ellie.

Natalie se adelantó para darle la mano y mi sobrina se refugió en mi hombro.

—Es gigante —me dijo, provocando la risa de todos.

—¿Quieres saludarlo o te da vergüenza? —le pregunté bajito.

Ellie se apartó de mi cuello y lo saludó con la mano. Seguidamente, la dejé en el suelo y saqué su regalo de la *tote bag*. Ella lo cogió y se internó en la casa chillando contenta.

—¿Cómo está Gordon? —le pregunté a Natalie mientras entrábamos en el recibidor—. ¡Qué pena no haber coincidido!

Su marido estaba en Londres por trabajo.

—Muy bien. Te manda saludos —respondió con una sonrisa—. ¿Qué tal el Gran Cañón? ¿Os ha gustado? —preguntó alternando la mirada entre Zac y yo.

—A mí me ha encantado —dije mientras me quitaba las sandalias—. Aunque ayer podría haber muerto devorada por los buitres carroñeros.

Mi hermana me miró interrogante.

—Tengo una herida que lo demuestra. ¡Mira! —Levanté la rodilla para que viera mi raspón—. Casi me desangro y por poco Zac tuvo que llevarme en brazos —comenté de manera exagerada.

Zac se rio y procedió a contarle nuestra aventura.

Seguidamente, ella nos enseñó la casa.

La planta de abajo era diáfana. La cocina era moderna, tenía el suelo de baldosa marrón y una isla amplia en medio. El salón era inmenso, una alfombra granate recubría parte del suelo de madera, y de las paredes colgaban tapices de macramé. La casa estaba rodeada de colinas de roca rojiza que se veían gracias a la cristalera que daba al jardín

Corrí emocionada a sentarme en el sofá, esquivando los juguetes, que estaban tirados por todas partes.

—Dios, es el sofá más cómodo del mundo —comenté acariciando los asientos de cuero—. Te dije que el color mostaza quedaría genial. —Le sonreí a Natalie—. Y sigo pensando que esa esquina es perfecta para que montes un rincón de lectura. —Señalé con el dedo.

—Lo pensaré —prometió ella.

Según salimos al jardín, su golden retriever se me tiró encima para darme la bienvenida.

—¡Sookie! —exclamé agachándome—. ¡Hola, pequeña! ¿Cómo estás?

Le acaricié la cabeza y ella se revolvió inquieta. Levantó las patas delanteras y las apoyó en mis caderas; su efusividad me hizo reír. Zac se detuvo a mi lado y la perra corrió a saludarlo.

—Hola, bonita —le dijo él mientras le frotaba la cabeza con cariño—. ¿Cuánto tiempo tiene? —le preguntó a mi hermana.

—Tres años —le contestó ella.

Sookie dejó su pelota a los pies de Zac, que enseguida se puso a jugar con ella.

El jardín era tan grande como imaginaba, con una piscina y una barbacoa. Me encantó ver la hamaca de macramé, la mesa rústica de madera y las sillas de mimbre con los cojines verdes y amarillos que la había ayudado a escoger.

—Vamos, que os enseñamos el resto.

Las tres habitaciones de la planta superior eran igual de espaciosas que el resto de la vivienda: una era la de matrimonio, otra era la de Ellie, y la última era un despacho.

—La casa es preciosa —le dije a mi hermana tan pronto como volvimos a la cocina—. Me encanta.

—Gracias. —Sonrió—. ¿Queréis tomar algo? ¿Agua, limonada, refrescos…? —ofreció.

—¿La limonada es casera? —le pregunté.

—Claro. La he hecho especialmente para ti.

—Entonces yo beberé limonada —respondí.

—Yo también —dijo Zac.

Mi hermana sacó la jarra de la nevera. Cuando hizo amago de entregarme un vaso lleno, mi sobrina se interpuso.

—¡Mami, no! —chilló Ellie—. A la tía se la tengo que dar yo…

Natalie se rio antes de darle el vaso.

—Toma, tía Grace. —Ellie me dio la limonada.

—Muchas gracias, cielo —respondí.

Ella asintió con una sonrisa y después se acercó a Zac.

—Te tengo que preguntar un secreto al oído —le dijo.

Él parpadeó confundido y se agachó.

—¿Eres uno de los elfos de mi tía? —No lo susurró tan bajo como ella creía y mi hermana y yo nos reímos.

—Eh... —Zac me miró en busca de una respuesta y yo asentí con vehemencia—. Sí.

—Vale. —Ella se volvió hacia su madre y le dijo—: ¿Me das otro vasito de limonada, por favor?

Zac se incorporó y me observó interrogante. Ellie le entregó el vaso a Zac y le tiró del borde de la camiseta para que se agachase otra vez. Apoyó la mano en su sien y le susurró al oído:

—Tienes que decirle a mi tía que me he portado muuuuuuy bien, para que me traiga más regalos.

—Por supuesto... —aceptó él.

—¡Genial! Voy a por el dibujo de la tía —dijo Ellie antes de salir corriendo.

Le di un sorbo a la limonada. Estaba fresquita y era justo lo que necesitaba.

—¿Qué es todo eso de los elfos? —nos preguntó Zac.

—Nada —me apresuré a contestar—. Tú dile a todo que sí y ya está.

—Grace, cuéntaselo —me pinchó Natalie—. Mi hija cree que Grace es Papá Noel —le explicó al ver que yo no contestaba.

—Mamá Noel —la corregí.

Zac arrugó las cejas.

—Las Navidades pasadas nos reunimos en casa de mis padres —empezó Natalie, riéndose—. Después de la cena de Nochebuena, Ellie dejó una bandeja de dulces al lado del árbol para Papá Noel y se fue a dormir. Al rato, mi padre y yo nos encargamos de dejar los regalos a los pies del abeto. Pasada la medianoche, la sinvergüenza de Grace bajó a cotillear...

—No bajé a cotillear —la corté—. Solo quería comprobar que todo el mundo había dejado los suyos. Nada más.

Mi hermana me miró con las cejas alzadas y se dirigió únicamente a Zac:

—Estaba cotilleando —aseguró—, y se comió el *cupcake* navideño que mi hija había dejado para Papá Noel...

—Era de Magnolia Bakery —me justifiqué.

Zac me observó divertido y negó con la cabeza.

—¿Qué pasó? —siguió Natalie—. Que Ellie encendió la luz y la pilló con uno de los regalos en la mano. Y a Grace no se le ocurrió otra cosa que decirle a mi hija que ella era Papá Noel.

—Me puse nerviosa, ¿vale? —me defendí—. Ellie se me quedó mirando muy seria y solté lo primero que se me pasó por la cabeza —continué—. Le dije que era Mamá Noel y que, si le contaba a alguien que me había visto cerca del árbol, me llevaría sus regalos. Desde entonces me trata como si fuese una reina.

—No es verdad… —Zac estalló en carcajadas.

—¡Mami! —Ellie la llamó—. ¡No encuentro mi dibujo!

—¿Has mirado en la mesa del jardín? —contestó Natalie mientras salía de la cocina.

Zac volvió a soltar otra risita baja y yo lo miré. Estaba guapo. La barba de varios días le favorecía y se había puesto una camiseta blanca que resaltaba su piel bronceada.

—Es una anécdota bonita —me dijo—, excepto por la parte en la que tu sobrina lleva meses engañada.

—Eso es cosa de sus padres. Cuando decidan que Ellie tenga que saberlo, se lo dirán. Hasta entonces disfrutaré del trato preferente.

Él asintió aguantándose la sonrisa.

—¡Tía Grace! —El terremoto volvió corriendo—. ¡Ven!

Me escurrí fuera de la cocina justo cuando mi hermana regresaba.

—Grace me ha contado que eres profesora… —empezó Zac dispuesto a sacarle conversación.

—Sí, de primaria. ¿Y tú a qué te dedicas? —le preguntó Natalie.

—Soy médico.

Mi hermana ya lo sabía. Se había encargado de interrogarme por teléfono hacía unos días y ahora le haría la ficha policial a Zac en persona.

—¿Estás especializado en algo? —Fue lo último que oí antes de seguir a Ellie.

Un rato más tarde salí del baño con el bikini morado puesto y con un vestido veraniego encima. Zac, que estaba jugando con el perro, había reemplazado sus vaqueros por un bañador rojo y todavía llevaba la camiseta.

Mi hermana estaba sentada a la sombra, poniéndole los manguitos a Ellie. Al detenerme a su lado, me deshice del vestido y, pese a que llevaba el bikini, me sentí desnuda. Zac me estaba mirando desde el otro lado de la piscina; aunque llevaba puestas las gafas de sol, sus ojos calentaban cada rincón de mi cuerpo. Sookie le colocó las patas en el estómago, reclamando su atención y forzándole a apartar la mirada, y así me sacó de su hechizo.

Me metí en la piscina. Dejé las gafas de sol en el bordillo y hundí la cabeza en el agua. Cuando salí a la superficie, mi sobrina se zambulló al lado.

—¿Has visto cómo me he tirado? —me preguntó emocionada—. ¡Haciendo el palito!

—¡Sí, muy bien, cariño! —Le sonreí.

—¡Ahora me voy a tirar en bomba! —me avisó mientras salía por las escaleras.

Cuando lo hizo, sacó la cabeza del agua riéndose.

—¡Sookie, ven! —llamó a su mascota.

La perra se tiró al agua y nadó hasta las escaleras de baldosa. Cuando salió, se paró al lado de Zac y se sacudió el pelaje, empapándolo.

La risa se me cortó cuando él se sentó en el borde de la piscina y se llevó las manos al dobladillo de la camiseta para quitársela.

Zac bajó por allí mismo y con las gafas de aviador puestas. Dobló el cuello hacia atrás y se mojó la parte posterior de la cabeza en el agua. Cuando la sacó, me pareció un gesto sensual.

—¿No vas a meter la cara en el agua? —le pregunté.

—No. El cloro me irrita muchísimo los ojos.

Asentí y él me regaló una sonrisa ladeada que consiguió que mi estómago se echase a bailar. Ellie nos llamó desde la parte baja de la piscina, rompiendo el momento. Mi hermana se había sentado en el bordillo y había sumergido los pies en el agua.

Por alguna razón, estar tan cerca de la desnudez de Zac me ponía nerviosa. Dispuesta a poner distancia entre nosotros, nadé hacia la otra punta, salí por las escaleras y me senté al lado de mi hermana. Recuperé las gafas de sol y me las puse. Tras los cristales oscuros lo observé nadar en nuestra dirección para recoger la pelota que le había lanzado Ellie.

—Bueno, ¿cuándo piensas contármelo? —me preguntó Natalie en un susurro.

—¿El qué?

Ella alzó las cejas por encima de la montura. Su sonrisa maliciosa me puso en alerta.

—Que estás liada con Zac... —respondió de manera obvia—. ¿Es tu novio?

—¿Qué dices? —Me envaré y alcé la voz más de lo que pretendía, llamando la atención de todos—. Solo somos amigos —respondí en un susurro poco después.

—A mí no me engañas... Se nota que os habéis acostado.

La miré sorprendida. Acto seguido, giré el cuello a toda velocidad. Por suerte, Zac estaba hablando con la niña, ajeno a nuestra conversación.

—¿Cómo lo has sabido? —susurré.

—La tensión sexual es tan evidente que da hasta vergüenza miraros...

Estaba a punto de mandarla callar, pero me vi interrumpida.

—¡Hala! —exclamó Ellie asombrada—. ¿Qué te ha pasado?

Mi sobrina señalaba la espalda de Zac. Al ver el arañazo que tenía en el hombro, una imagen de Las Vegas cruzó mi cabeza como un relámpago. La vergüenza me subió desde el estómago hasta las mejillas y contesté sin pensar un:

—¡Le arañó un oso!

Zac se volvió en mi dirección y yo le hice una mueca para que me siguiese el rollo.

—Sí... —le contestó a Ellie—. Me arañó un oso polar mientras ayudaba a tu tía.

—¿Estabais en el Polo Norte preparando mis regalos? —preguntó ella entusiasmada.

—Sí, cariño —aseguré.

Respiré hondo y encaré a mi hermana.

—Veo que la osa le ha dado un buen meneo —susurró con sorna.

La salpiqué con la mano y ella soltó una risita.

—¡Calla, que te va a oír! —contesté entre dientes.

No me hizo caso.

—Si es que lo sabía —musitó satisfecha—. Tenéis toda esta atmósfera rarita alrededor...

—Eso es porque ayer nos enfadamos y no lo hemos arreglado del todo.

—¿Sabes qué arreglaría esto que hay entre vosotros? —Se rio y yo la miré con las cejas enarcadas—. Un buen polvo de reconciliación.

Me enrabé y miré a Zac de soslayo para ver si nos había oído. Tenía una sonrisilla en la cara, pero parecía atento a algo que le decía mi sobrina.

—Eso estaría genial —suspiré.

Horas después, estábamos a punto de terminar de comer cuando mi hermana preguntó:

—¿Seguro que no podéis quedaros a dormir?

—Tía Grace, porfi, porfi, porfiiiii... —insistió Ellie.

Torcí la sonrisa hacia abajo y negué con la cabeza.

—Me encantaría, pero tenemos que conducir cinco horas hasta Albuquerque —me apresuré a contestar para que Zac no se sintiese en un aprieto.

Natalie asintió en silencio. Sentí en el pecho la tristeza que brillaba en su mirada. Cuando ella vivía en Boston, nos veíamos con más regularidad. Ahora era más complicado. De pronto, Zac me sorprendió diciendo:

—Si mañana salimos temprano y nos saltamos la parada de Santa Fe, llegaríamos a Amarillo para cenar.

—¿Seguro que no te importa? —le pregunté antes de emocionarme—. Va a ser una paliza. Y pasado mañana también tenemos que conducir muchísimo...

—Seguro —contestó.

Le observé durante un instante; quería asegurarme de que no lo decía por compromiso. Zac asintió, contestando así a mi pregunta muda.

—Vale, pues nos quedamos. —Sonreí.

—¡Yupi! —La niña se levantó y bordeó la mesa corriendo para abrazarme.

Le correspondí el abrazo a la par que me reía por su entusiasmo. Cuando Ellie fue a abrazar a Zac, me topé con la expresión de listilla de Natalie. La conocía lo suficiente como para saber que su sonrisa significaba un: «¿Lo ves?».

—¿Vamos a por el postre? —propuso mi hermana—. Hay helado.

Sin decir nada más, nos levantamos para recoger la mesa.

La brisa del atardecer me revolvió el pelo cuando regresé al jardín. Las colinas de roca rojiza estaban bañadas por la luz dorada y el aire olía a una mezcla de cloro y vegetación.

Estaba todo lo contenta y cansada que se podía estar después de un día de sol y piscina. Una sonrisa se extendió por mi cara al ver que Zac seguía jugando con Sookie y con mi sobrina. Parecía que nos estaba dejando espacio a mi hermana y a mí para estar a solas y ponernos al día.

Me acerqué a ellos para oír su conversación.

—De mayor quiero cuidar perritos —le estaba contando ella—, porque son muy bonitos.

—Sí que lo son —le contestó él, sin dejar de acariciar el lomo de Sookie.

—Tú cuidas a las personas, y yo, a perritos —repitió encantada—. ¡Hola, tía! —Ellie fue la primera en darse cuenta de mi presencia.

Zac levantó la mirada y centró sus ojos en mí.

—Hola. —Sonrió.

Una palabra y me temblaron las tripas por culpa de su voz grave.

—Hola. —Los saludé con la mano—. Vamos a cenar en quince minutos.

Ellie ahogó una exclamación.

—¿Me lees el cuento que me ha regalado la tía? —le preguntó a Zac.

—Claro.

La niña salió corriendo y él se levantó.

—¿Limonada? —Extendí en su dirección el vaso que le había llevado.

Él lo cogió y le dio un sorbo.

—No tienes que leérselo si no te apetece —le dije.

—Claro que me apetece. Soy su mejor amigo. —Me sonrió satisfecho—. Me lo ha dicho.

Me reí.

—Siento comunicarte que le dice eso a cualquiera. Te ha pedido algo después, ¿verdad?

—Un helado —confesó él.

—¿Y qué le has dicho?

—Le he prometido que después de cenar le daré uno a escondidas.

Si Ellie no hubiese aparecido corriendo, me habría quedado sonriéndole toda la noche.

Después de cenar, ayudé a Zac a montar el colchón hinchable en el salón.

—Gracias por el día de hoy —le dije al pasarle la almohada.

Él se encogió de hombros, restándole importancia y le puso la funda.

—¿Te lo has pasado bien? —se interesó. Cuando dije que sí con la cabeza, sonrió—. Eso es lo importante.

Volví a asentir y correspondí a su sonrisa.

—Bueno, si necesitas algo, me avisas.

—Vale.

—Hasta luego —le dije antes de subir las escaleras.

Me dirigí al cuarto de mi hermana. Ellie, ella y yo íbamos a ver una película juntas. Aunque nos supiéramos los diálogos de memoria, nos decantamos por *Princesa por sorpresa*.

—Oye, ¿qué haces con mi móvil? —le pregunté a Ellie al cabo de un rato—. Atenta a la peli, bicho —le dije, y se lo quité.

Ellie se quedó dormida a los diez minutos. La llevé en brazos hasta su habitación y, cuando volví, descubrí que mi hermana había llevado una botella de vino. Durante un rato, disfrutamos de la película.

—Hay una cosa que no me queda clara... —comentó Natalie.

La miré para que supiera que contaba con toda mi atención y solté una risita tonta al ver que tenía los labios manchados de vino.

—¿Tú qué quieres? —me preguntó.

—¿Yo? —Le di otro sorbo a mi copa y paladeé el merlot—. Que la abuela me diga que soy la heredera al trono de un reino europeo y vivir un *enemies to lovers* tórrido con Chris Pine.

Nos reímos a carcajadas.

—Grace, nunca serás Mia Thermopolis —respondió alzando la voz—, te recuerdo que la mayor soy yo.

Me quedé en guardia, esperando a que volviese a sacar el tema.

—Me refería a qué quieres con Zac...

—Nada. —Agité la cabeza de manera exagerada—. Lo nuestro fue un encuentro casual.

—¿Estás segura de eso? —preguntó con una sonrisilla.

—Sí. Además, da igual... Él nunca repite con la misma chica.

—Mira que me sorprende, porque no te ha quitado los ojos de encima en todo el día. Se ha ofrecido a conducir mañana un millón de horas...

—Zac no me mira de ese modo —me convencí—, y si lo hace es porque estamos en tu casa y soy la única persona que conoce.

Mi hermana soltó un hipido y procedió a rellenarme la copa.

—Es muy majo —comentó pasado un rato, el alcohol estaba haciendo efecto en ella y arrastraba las palabras—. Y ha trabajado en el hospital de Stanford, tiene que ser listísimo, ¿no?

—Sí.

—Es atento, guapo...

—Sí que es todas esas cosas, pero también es un *playboy* —le recordé—, y no quiero que nadie más me rompa el corazón.

Ella me sonrió como si yo fuese un cachorrillo adorable.

—Grace, no te estoy diciendo que te enamores de él. Solo digo que, si quieres acostarte con él, cosa que es evidente por cómo lo miras, se lo digas. ¿No decías que querías ser la protagonista de tu historia?

—Sí, pero…

—Pero nada.

Nos interrumpió el sonido de su teléfono. Era una llamada de Gordon. Durante los siguientes minutos la oí hablar con su marido, que iba camino de la oficina. Perdí la cuenta de la cantidad de risitas tontas que soltó. Y me enternecí cuando empezaron a decirse que se querían y que se echaban de menos. Llevaban trece años tan acaramelados como el primer día.

—Quiero lo que tienes con Gordon, pero mi media naranja está exprimida —le dije cuando colgó.

—El amor llega cuando menos te lo esperas.

—Entonces tengo un problema —me lamenté con aire teatral—, porque yo siempre lo espero y nunca aparece. Ni en el metro, ni en la librería, ni en Central Park, y eso que voy mirando, ¿eh? Con los ojos bien abiertos. —Alcé la copa y bebí otro poco más—. Supongo que, si no llega, siempre puedo meterme a monja y dedicarme a hornear pastelitos. Seguro que así estaré más tranquila.

—Mientras llega el chico de tus sueños, podrías dejar que el doctor te haga un chequeo —propuso entre risas.

—¡Shhh! ¡Baja la voz, escandalosa! —la regañé.

Natalie tenía los mofletes rojos y los ojos vidriosos.

Cuando nos acabamos el vino, me ofrecí a buscar otra botella.

—¿Quieres más o prefieres ir a la consulta del médico? —Mi hermana soltó una carcajada estruendosa—. ¿Necesitas que te ausculte?

No pude contener la risa y ella siguió:

—Vamos a bajar las dos. Mientras yo voy al sótano a por el vino, tú ve a la cocina a por chocolate.

—Vale. —Le enseñé el pulgar.

Era un buen plan.

Unos minutos después, mientras rebuscaba en el armario con sigilo, oí un gritito de mi hermana seguido de una carcajada.

—¡Grace, ven, corre! —dijo Natalie.

La encontré recostada contra el dintel de la puerta del baño.

—¡Aquí hay un paquete para ti! —Soltó otra carcajada.

Me asomé por encima de su hombro. Ahogué una exclamación y me quedé petrificada. El calor me subió de golpe. Dentro estaba Zac. Desnudo. Tapándose la entrepierna con una toalla de manos verde y minúscula.

24

CONFESIONES (n.): Cosas que jamás dirías en voz alta.

—¡Ay, madre! —exclamé—. Pero... ¿qué está pasando aquí?

Zac me regaló una sonrisa pícara y se encogió de hombros, sin soltar la toalla.

Mi hermana le apuntó con el dedo a la par que decía:

—Te está esperando. —Natalie soltó una risita y yo reaccioné tapándole los ojos con la mano.

—¡Vamos, fuera de aquí! —La empujé con suavidad al pasillo—. ¡Y deja de decir tonterías!

—¡Es verdad! —se defendió ella—. ¡Me lo ha dicho!

«¿Qué?».

Natalie alzó las cejas de manera sugerente. Agradecí que estuviese fuera del campo de visión de Zac.

—Recordad que las paredes son de papel —agregó con otra risita tonta—. Pasadlo bien.

Me guiñó un ojo antes de desaparecer escaleras arriba.

Según me di la vuelta, vi que Zac ya se había puesto el pantalón de chándal gris. En busca de un poco de privacidad, me interné en el baño y cerré la puerta.

—¿Me estabas esperando desnudo? —balbuceé ligeramente.

Él asintió sin inmutarse y yo apoyé la espalda contra la madera porque me temblaron las rodillas. Tenía la impresión de que las paredes se movían a mi alrededor.

Sus ojos brillaban con descaro.

Le regalé una sonrisa ebria antes de preguntarle:

—¿Por qué?

—¿Cómo que por qué? —Zac compuso una mueca irónica y se enfundó la camiseta blanca por la cabeza—. Tu mensaje lo dejaba claro, ¿no?

—¿Qué mensaje? —Arrugué las cejas.

En esa ocasión fue él quien frunció el ceño.

—¿Estás jugando conmigo? —me preguntó.

—No. —Negué con la cabeza.

Aunque no entendía qué pasaba, se me escapó una risita por su tono incrédulo.

Zac recuperó el teléfono del mueble del lavabo y me lo puso delante de la cara. Me llevó un instante comprender que lo que estaba viendo era nuestra conversación.

Después de un intento fallido de lectura, le sujeté la muñeca. Las letras bailaban por la pantalla y me costaba concentrarme.

> Te he oído antes... A mí también me apetece reconciliarme

> Nos vemos a medianoche en el baño?

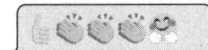

Parpadeé confusa y lo releí.

—No entiendo... nada —dije cuando le solté la muñeca.

—Le has dicho a tu hermana que no te importaría echar un polvo para reconciliarte. Y, como me parece una idea excelente, te he escrito. Me has contestado y aquí estamos.

Me llevó unos segundos procesar sus palabras. Cuando comprendí lo que había sucedido, me tapé la boca con la mano y me reí.

—¿Estás borracha?

—No. —Volví a reírme cuando él arqueó una ceja—. Solo estoy salpicada por la alegría. —Alcé la mano y prácticamente junté el dedo índice con el pulgar—. Un poquito achispada.

Zac contuvo la sonrisa.

—Entonces ¿has recibido mis emoticonos aleatorios y has dado por hecho que vendría a buscarte desnuda? —Me aguanté la risa al preguntárselo.

Él asintió con una mueca de obviedad dibujada en la cara.

—Grace, me has enviado el emoticono del pulgar hacia arriba y los aplausos... —explicó de manera evidente—. Por supuesto que pensaba que vendrías desnuda.

Di una palmada y me desternillé en su cara.

—No te he contestado yo —le informé—. Ellie tenía mi móvil. Les habrá dado a mis emojis más frecuentes sin querer.

Él me miró horrorizado y yo solté otra carcajada.

—Tranquilo. Todavía no sabe leer. Y el mensaje no es para tanto.

Di un paso adelante y lo sorprendí poniéndome de puntillas y besándole la mejilla.

—Me parece bonito... lo que has hecho.

—¿Te parece bonito que me haya desnudado?

—En parte sí... —Me reí sola.

Retrocedí un paso y me tambaleé. Zac me sujetó por los codos para estabilizarme. El calor que emanaba su piel hizo que la risa se me cortase de golpe. De pronto, fui consciente de la cercanía que había entre nosotros y se me embarullaron los pensamientos.

—¿Puedo decirte una cosa? —le pregunté.

—Dispara.

Cogí aire.

—El último chico con el que estuve no me comía el coño y tú lo hiciste tan bien que he estado pensando en ello —solté sin tapujos.

Zac abrió los ojos, asombrado por esa confesión. Era algo que no le habría dicho si no estuviese bajo los efectos de la falsa valentía que da el alcohol.

Las mejillas me ardían tanto que se me iban a carbonizar. El silencio atronador reinó en el baño unos segundos. Sus ojos azules se oscurecieron y una sonrisa perversa se adueñó de su expresión.

—Yo también he estado pensando en ello —dijo al fin.

Tragué saliva sin dejar de mirarlo.

—¿Has pensado en ello en plan... bien? —me aventuré a preguntar.

Zac asintió muy despacio. El corazón me dio un vuelco, como si me hubiese tropezado con un escalón.

—He pensado en ello en plan más que bien —enfatizó las últimas palabras.

Su tono se espesó y los nervios camparon a sus anchas por mi estómago. Solté por la boca el aire que estaba reteniendo.

—Yo estoy pensándolo todo el rato —me lamenté.

—Yo también —reconoció con satisfacción.

Sonreí embriagada y me acerqué un poco más a él.

—Entonces... ¿quieres volver a acostarte conmigo? —le pregunté.

—¿Tú qué crees?

—Que sí, pero tú nunca repites con las chicas...

—Contigo estoy dispuesto a hacer una excepción.

Esas palabras hicieron que mi corazón se acelerase lleno de regocijo.

Le puse una mano en el pecho y subí la mirada hasta sus labios. El recuerdo de nuestros besos pasionales inundó mi mente y una nueva oleada de calor abrasador terminó de excitarme.

—Eso es genial... —empecé en voz baja.

—Grace, no vamos a tener esta conversación ahora —me cortó—. Mañana, cuando estés sobria, si sigues pensando lo mismo, hablamos.

Me desinflé igual que un bizcocho cuando abres el horno antes de tiempo.

Hice un mohín y Zac me acarició la mejilla.

—Si no vamos a hablar..., ¿podemos besarnos? —le pregunté esperanzada.

Él perfiló mis labios despacio con el pulgar y sentí que no podía respirar. Su boca estaba peligrosamente cerca de la mía.

—Me encantaría, pero vas borracha, así que la respuesta es no.

Y, dicho esto, se apartó.

Le aguanté la mirada unos segundos. Posteriormente, retiré la mano de su pecho y dejé caer los hombros abatida. La embriaguez hizo que el rechazo me escociese y una amargura repentina se apoderó de mi pecho, ocupando más espacio que el deseo.

—Si no te apetece…, no pasa nada… —empecé.

Él me empujó la barbilla con los dedos, obligándome a encararlo.

—Yo no he dicho que no me apetezca besarte… —Zac agarró el satén negro de mi camisa y se acercó a mi oído para susurrar—: De hecho, este pijama me está volviendo loco…

La piel se me puso de gallina al sentir su aliento sobre el cuello.

—… y estaré encantado de quitártelo en otro momento.

Gemí derrotada por su promesa.

—Aquí hace mucho calor —le dije cuando volvió a mirarme—. Voy a ir a beber algo.

—Me parece bien. El agua te ayudará con la resaca.

Sin decir nada más, me dio la mano y me acompañó a la cocina.

Cuando llegamos, cogí la bolsa de chucherías que me había dejado en la encimera. Seguidamente, me senté de un salto en la isla de mármol y me felicité internamente por haberlo hecho con gracia.

—¿Quieres irte a dormir? —le pregunté.

—No, ¿y tú?

—Prefiero quedarme un rato contigo.

—Vale.

Zac abrió un armario al azar y se topó con un montón de especias.

—Los vasos están en ese. —Señalé el que estaba encima del fregadero mientras le arrancaba con los dientes la cabeza a un osito de gominola.

Él se detuvo delante de mí y me tendió el vaso lleno de agua. Cuando me lo llevé a la boca, dijo:

—Venga, sé una buena chica y bébetelo enterito.

Me eché hacia delante y se me escapó una carcajada sobre el vaso. El agua saltó en todas direcciones, salpicándonos a los dos.

—¿De qué te ríes ahora? —Zac contuvo la risa mientras se secaba la cara con un trozo de papel de cocina.

Yo me limpié la boca con el dorso de la mano.

—Perdón. Es que lo que has dicho tiene demasiado doble sentido.

—¿El qué? —Zac me miró extrañado—. ¿Que te bebas el agua?

—Sí. Bueno…, no. El «buena chica» es un cliché literario —expliqué al ver que no me seguía—. Un cliché romántico, vaya.

—¿«Buena chica» es un cliché romántico?

Me sonrojé al asentir.

—¿«Buena chica»? ¿Eso no es lo que le dirías a Sookie si te trae la pelota? —preguntó extrañado—. Espera un momento…, ¿estás intentando decirme que eso te pone? Que si te gusta, yo te lo llamo, ¿eh?

—No me gusta ese rollito. —Negué con la cabeza—. No sé. Supongo que todo ha sido culpa de tu voz.

—¿Qué le pasa a mi voz?

—Que es muy sexy.

La contestación de Zac se resumió en una sonrisa engreída. Y entonces me percaté de lo que acababa de decir en voz alta. Dejé el vaso sobre la encimera y me tapé la cara.

—Mañana me arrepentiré de ser tan bocas —me lamenté.

Zac me cogió las manos y me las apartó.

—No te cortes ahora —me dijo—. Soy todo oídos.

Busqué a toda prisa otro tema de conversación porque, a ese paso, acabaría confesándole todos y cada uno de los pensamientos tórridos que había tenido sobre él.

—¿Quieres que te cuente otro propósito de mi lista? —le pregunté de pronto.

Zac me observó sorprendido por el cambio repentino de tema.

—Claro —dijo pasados unos segundos.

—Me encantaría colarme en algún sitio.

—¿Quieres colarte en un sitio? —repitió—. ¿Dónde? ¿Por qué?

—El sitio me da igual. A ver, si puedo elegir, me encantaría colarme en la biblioteca pública de Nueva York por la noche.

Zac se rio.

—¿Qué pasa? —Le di un golpecito en el pecho.

—Creo que eres la única que elegiría colarse en una biblioteca.

—Es que esa biblioteca por la noche tiene que ser increíble. Me recuerda a Hogwarts —comenté con una sonrisilla—. Aunque también me gustaría colarme en casa de algún famoso.

—Tienes ganas de ir a la cárcel, ¿no?

—No. —Me crucé de piernas—. Simplemente tengo ganas de hacer algo que nunca me he atrevido a hacer para sentir la adrenalina y todo eso… No sé, tengo la sensación de que me haría sentir viva.

Zac se acarició la barbilla con gesto pensativo.

—Podrías colarte en el cine —sugirió.

—Eso es imposible.

—Qué va, es lo más sencillo del mundo. Te compras la entrada para ver una película y, cuando se acabe, te metes en otra.

Me quedé pensativa un instante.

—¿Tú tienes algo que quieras hacer antes de morir? —le pregunté.

—Mmm… Cientos de cosas.

—Dime una.

—Me gustaría montar una clínica de salud gratuita.

—¿En serio?

—Sí. No creo que nadie merezca quedarse sin acceso al sistema sanitario por no tener recursos.

Necesité un momento para asimilar lo que había dicho. Tuve la sensación de que el iceberg era más profundo de lo que parecía a simple vista.

—Vaya, es un propósito muy altruista —comenté sorprendida.

—¿Te esperabas otro tipo de respuesta?

—Sí, me esperaba algo más parecido a tirarme en paracaídas o tener sexo en una azotea.

A él se le escapó la risa y negó con la cabeza.

Nos quedamos charlando hasta que me vio contener un bostezo. Eso dio por concluida la velada. Me fui a la cama con la esperanza de que al día siguiente no hiciese ningún comentario de lo que le había confesado.

Aunque… Zac Anderson no era de los que se quedaban callados.

25

QUÍMICA (n.): Asignatura en la que Zac y yo sacamos matrícula.

Natalie me despertó clavándome el dedo en la mejilla.

—Grace —susurró—. Despierta, que os vais enseguida.

—Mmm... Ya voy...

Su segundo intento de levantarme fue menos amistoso. Abrió la cortina de un tirón y yo enterré la cara en la almohada con un quejido, huyendo de la claridad.

—Venga, espabila y cuéntamelo todo. —Natalie se sentó a mi lado, en el borde de la cama.

Rodé sobre el colchón para mirarla y tuve que parpadear un par de veces para acostumbrarme a la luz.

—No pasó nada... —contesté con la voz pastosa por el sueño.

—Grace, ese hombre estaba esperándote en pelotas, así que desembucha...

El recuerdo de la noche anterior hizo que mi pecho se despertase antes que yo. Hice memoria y me embargó una sensación de vergüenza espantosa.

¿De verdad le había confesado al tío más creído sobre la faz de la Tierra lo bien que me había hecho sentir en la cama?

—Madre mía, te estás poniendo como un tomate... —comentó divertida.

Me tapé la cara con la almohada y solté un gemido lastimero. Mi hermana me la arrebató mientras decía:

—Ya estás tardando en contármelo todo.

Solté un suspiro y me froté los ojos.

—Resulta que te oyó decir lo de la reconciliación con un polvo, porque eres una indiscreta —la reprendí, y ella se rio—. Y me escribió para vernos en el baño. Debió de contestarle Ellie, cuando tenía mi móvil, con un montón de emoticonos.

Alcancé el teléfono de la mesilla de noche y le enseñé los mensajes. Ella soltó una carcajada que, probablemente, se oyó desde la planta inferior.

—Y después —proseguí—, le dije un montón de cosas que pienso, como que tiene la voz muy sexy y... que quiero volver a acostarme con él.

—¡Sí, señora! —Mi hermana dio una palmada, orgullosa—. ¡Muy bien!

—¿Sí?

—¡Claro que sí! Has actuado como una mujer madura que sabe lo que quiere y va a por ello —me felicitó—. ¿Y luego qué pasó?

—Luego me dijo que, si seguía pensando lo mismo cuando estuviese sobria, se lo dijese, y entonces terminaríamos la conversación.

—Suerte que tenéis nueve horas de viaje por delante... Os va a dar tiempo a charlar largo y tendido —se burló.

—Supongo...

Ella arrugó las cejas al ver que me había quedado seria.

—¿Te arrepientes de algo que le hayas dicho?

—No exactamente. A ver..., le hice algunas confesiones que... Yo qué sé, ahora me da vergüenza mirarle a la cara...

Natalie se rio.

—Nada de avergonzarse por eso, le has dicho lo que querías decirle y punto. Y no sé qué sería, pero parece de buen humor y nos está preparando el desayuno.

—¿En serio?

—Sí. Creo que se siente un poco mal por el espectáculo de anoche. Ha vuelto a pedirme disculpas y todo.

La miré extrañada.

—Cuando abrí la puerta del baño y le pillé, me pidió perdón —me contó entre risas—. Sus palabras textuales creo que fueron: «Mierda. Joder. Perdón. Creía que eras Grace. Me cago en todo». Y ahora, cuando he bajado, ha vuelto a disculparse.

—¿Y tú qué le has dicho? —Apoyé los codos sobre el colchón para incorporarme.

—Le he dicho que no pasa nada. Partiéndome de risa, claro, y él ha insistido en compensarlo haciendo tortitas. Como comprenderás, no iba a decirle que no.

—Qué majo —Sonreí, y volví a recostarme.

—Muchísimo. —Se puso de pie—. ¡Venga, levanta, que me muero de hambre!

Natalie salió de la habitación y yo me quedé remoloneando en la cama. Entré en Instagram y me topé con un mensaje de Raquel. Mi amiga había respondido a la última historia que había subido. En la foto se nos veía a mi hermana y a mí sonrientes.

> Son las hermanas Harris las más guapas?
> Yo digo sí

> Por cierto, qué tal va el viaje? Y qué tal con Zac?

> No nos has contado nada desde la boda en Las Vegas!

Tragué saliva. Me sentía en una encrucijada.

Después de debatirme unos segundos, decidí omitir el detalle de la noche de pasión que había compartido con Zac. Una cosa era contárselo a mi hermana y otra muy distinta sería decírselo a Raquel. No iba a preocuparla mientras estaba en España con algo que había pasado una sola vez y que no tenía claro que fuese a volver a pasar. Prefería esperarme a verla en persona.

> Tú sí que eres guapa! ♡

Solté un suspiro y enseguida salí a rastras de la cama.

El olor dulce subía hasta las escaleras. Entré en la cocina justo para ver a Zac darle la vuelta a una tortita en la sartén. Me quedé absorta mirándolo. Parecía en su salsa cocinando, y llevaba un delantal blanco encima de la camisa de rayas marrones. Se lo veía fresco y descansado.

—Buenos días, tía Grace. —Ellie entró corriendo desde el salón, alertando a Zac de mi presencia.

—Buenos días, cariño. —Me agaché para abrazarla.

Igual que había venido, se fue al jardín, donde mi hermana estaba colocando los platos en la mesa.

—Hola. —Zac me saludó con la espátula de cocina—. ¿Cómo estás? ¿Te duele la cabeza o algo?

—Estoy bien. —Le dediqué una sonrisa escueta—. Cero resaca.

Me sonrió.

—Eso es porque fuiste una buena chica y te bebiste el agua.

Recordar el momento en el que le había hablado de ese cliché, a la fría luz de la mañana, hizo que los colores me subieran hasta las mejillas. No sé cómo había sido tan ingenua de pensar que Zac no sacaría el tema a la mínima oportunidad.

—Tu hermana ha hecho café —dijo al ver que no contestaba.

Me acerqué al armario para sacar una taza justo cuando él se giraba con un plato en la mano, y por poco nos chocamos.

—¡Vaya, están perfectas! —admiré sus tortitas doradas y esponjosas.

—Sí, está claro que hay un par de cosas que se me da muy bien hacer. —Enfatizó las últimas palabras para que supiese a lo que se refería—. Si quieres repetir, ya sabes, no te cortes en pedirme más. —Terminó guiñándome un ojo con descaro.

Abrí la boca para contestar y él agregó:

—Estoy hablando de las tortitas, por supuesto.

—Claro...

La sonrisilla de capullo que adornaba su cara hablaba por sí sola. Los dos sabíamos que se refería a lo que le había confesado la noche anterior.

Sin duda, las nueve horas de carretera serían interesantes.

Las despedidas no eran lo mío. Siempre terminaba llorando.

Zac le dio un abrazo amistoso a mi hermana y otro a mi sobrina. Acto seguido, se alejó con la excusa de llevar las maletas al coche y me dejó unos minutos a solas con ellas en el porche.

—Gracias por acogernos —le dije a Natalie.

—Anda, boba, si no es nada. Cuídate mucho —contestó al abrazarme.

—Tú también. Y échame mucho de menos. —La estrujé con fuerza—. Hasta que te duela el corazón y tengas que llamarme llorando.

Ella se rio.

El calor de las nueve de la mañana en Arizona era insoportable, pero me daba igual. No pensaba soltarla. Cuando Natalie se apartó, me agaché para despedirme de Ellie, que me prometió que se portaría bien para que le trajese muchos regalos.

—Grace, pásatelo bien, ¿vale? —me pidió Natalie—. No les des tantas vueltas a las cosas.

—Lo intentaré. Nos vemos en Navidad —dije mientras bajaba las escaleras del porche.

Mi hermana pasaría Acción de Gracias con la familia de su marido, así que no coincidiríamos antes.

—Ya estoy contando los días —aseguró—. ¡Avísame cuando llegues!

Tan pronto como me senté en el asiento del copiloto, los nervios trastabillaron en mi estómago. Me coloqué entre las piernas la bolsa repleta de snacks que me había dado mi hermana.

—¿Lista? —me preguntó Zac.

—Sí.

Mientras él daba marcha atrás, me aguanté las lágrimas. Zac dio la vuelta despacio y, cuando enfiló por el camino de tierra rojiza, me volteé sobre el asiento para despedirme con la mano por última vez. El polvo que levantaron las ruedas ensució la luna trasera, embarrando la despedida. En cuanto perdimos la casa de vista, me coloqué bien en el asiento y miré por la ventanilla. Mi cristal también estaba manchado.

—¿Estás bien? —me preguntó él.

—Sí. —Me limpié las lágrimas con disimulo.

—¿Quieres hablar?

—No. Me da pena irme, nada más.

—Ya… Bueno, piensa que has tenido la oportunidad de verlas un poco más de lo que esperabas.

Me saqué el móvil del bolso para enviarle un mensaje pasteloso a Natalie y sonreí al ver que ya tenía uno suyo esperándome. Cuando le respondí, volví a guardar el teléfono. De pronto, tenía la sensación de que el Mustang de Zac había empequeñecido. La perspectiva de pasar el día entero en el coche con él hizo que me sudasen las palmas de las manos.

Teníamos casi setecientas millas por delante, nueve horas y trece minutos de viaje, sin contar las paradas. Cruzaríamos tres estados.

El paisaje desértico y lleno de cactus nos acompañaba a ambos lados de la carretera. Lo miré de reojo. Zac llevaba puestas las gafas de sol y una sonrisa engreída dibujada en la cara. Había bajado la ventanilla para sacar el brazo y agarrarse al techo del vehículo. Solo llevaba una mano en el volante.

Estaba sonando «West Coast», de Imagine Dragons. En ese instante, tuve la certeza de que, a partir de ese momento, siempre asociaría esa canción al hombre que estaba sentado a mi lado.

Quería hablar con él. De verdad que sí. Pero necesitaba encontrar el momento adecuado. No quería que fuese mientras iba concentrado en la carretera. Creía que era una conversación para tener cara a cara. No podía soltarle «Eh, tú, ¿quieres parar y montártelo conmigo en el arcén?», ¿no?

—Vamos a echar gasolina y de paso lavaremos el coche —me dijo—. Se ha llenado de mierda.

—Vale. Genial, así voy al baño.

—¿Ya? —preguntó sorprendido—. Pero si acabamos de salir…

—Lo sé.

Según nos detuvimos en la gasolinera, Zac se quedó repostando y yo fui al servicio. Al salir, lo vi dirigiéndose al área de lavado manual con el coche.

—¿Por qué no vamos al túnel de lavado? —cuestioné.

—Porque los cepillos esos joden la pintura —contestó mientras metía un par de dólares en la máquina del agua.

—Cierto. Olvidaba que este cochecito es el amor de tu vida…

Zac sacó del maletero una bolsa gris. La abrió y me tendió una mopa de mano.

—¿Para qué es esto?

—Para que me ayudes a limpiar. Obviamente. Empezamos por las ruedas.

Cogí el trapo, resignada, y sacó otro para él.

—Esto es explotación —me quejé pasado un rato—. Es trabajo no remunerado —alcé la voz para que me oyera.

—Luego te invito a tomar algo en el *diner* de ahí atrás.

—¡Pienso pedir el batido más caro!

Cuando acabamos con las ruedas, Zac roció el coche con una espuma que también era suya.

—Trabajar con este calor sofocante merece un plus —me quejé por enésima vez mientras pasaba otra mopa por el capó—. Me voy a derretir y me quedaré pegada a este asfalto para siempre.

—¿Tienes calor? —Zac estaba limpiando la ventanilla del conductor.

—¿Calor? —Me abaniqué con la mano—. Parece que me he tirado a un volcán de cabeza.

—No te preocupes, que yo te refresco…

De pronto, un chorro de agua me mojó parte de la cara y del escote.

Abrí la boca, sorprendida, y lo miré ofendida.

Zac me apuntaba con la manguera, tenía las gafas de sol puestas y los primeros botones de la camisa desabrochados. Con el único propósito de borrarle la sonrisa maliciosa del rostro, le lancé el trapo mojado.

—¿Qué haces? —preguntó esquivándolo—. Si solo te estaba ayudando. —Volvió a mojarme y yo me escondí detrás del coche.

—¿Eres idiota o qué?

Se me escapó la risa y él soltó una carcajada.

—¿No decías que tenías calor? —dijo por encima del ruido del agua.

Salí de mi trinchera para tirarle el otro trapo mojado. Zac apareció por el maletero y me mojó entera. Corrí hasta el otro lado del vehículo, tropezándome, y él me siguió.

—¡Para un momento! —le pedí tapándome la cara—. ¡El agua está helada y no estamos en igualdad de condiciones!

—Tienes razón. —Zac apagó la manguera—. Perdona, toma…, cógela un rato.

Bordeé el coche para acercarme a él. Cuando me tuvo delante apretó el botón y terminó de empaparme. En ese momento, se cortó el agua.

—¡Te vas a enterar! —advertí.

Zac retrocedió a toda prisa hasta la máquina para volver a pagar, pero esa vez fui más rápida. Cogí el cubo que teníamos lleno de agua y jabón, y le arrojé el contenido a la espalda. Zac dio un respingo y se dio la vuelta con la manguera en la mano.

—¿Quién se ríe ahora, eh? —me burlé.

—Me parece que yo —comentó mientras volvía a apuntarme.

Sin pensar, solté el cubo y me abalancé contra él. Forcejeamos unos segundos por hacernos con el control de la manguera. Le di un montón de puñetazos cariñosos en la mano para que la soltase. Se reía a carcajadas y me contagiaba la risa.

—¡Estate quieta! —dijo cuando atrapó mi muñeca.

—¡Estate quieto tú! —dije, tirando con fuerza.

Me soltó la muñeca y su mano terminó en mi cintura.

—A veces no te soporto —aseguré, intentando convencerme más a mí misma que a él.

Zac esbozó una sonrisa lenta y sensual. Durante unos segundos me observó fijamente. El corazón me latía a toda velocidad por la adrenalina que corría a toda prisa por mis venas.

—Pero te gusto y crees que estoy tremendo —dijo con toda la confianza del mundo.

Su sonrisa arrogante consiguió excitarme. Tuve ganas de besarlo y también de arrojarle otro cubo lleno por encima de la cabeza. Su mirada se desvió un segundo a mi escote. En ese momento fui consciente de mi estado: el pelo me goteaba y tenía el vestido empapado y completamente pegado a la piel, el sujetador negro se transparentaba un poco a través de la tela amarilla de flores y se me marcaban los pezones.

Zac se quedó serio y tragó saliva. Después, soltó la manguera, que aterrizó en algún lugar, cerca de nuestros pies, y me sujetó la cintura con las dos manos. Tiró de mí en su dirección y yo apoyé las manos en su pecho. El mundo pasó a ser un borrón. Lo único que quedaba en esa estación de servicio era la energía que irradiábamos juntos. El poco espacio libre que separaba nuestros cuerpos estaba cargado de la tensión que precede a un buen beso. Tenía claro lo que iba a pasar. Me besaría y yo me desmayaría allí mismo, tal cual le pasó a Bella con Edward en *Crepúsculo*. Cuando se inclinó para besarme, le eché las manos al cuello y tiré de él hacia abajo.

Y entonces el ruido de un claxon nos devolvió a la realidad.

—Eh, ¿habéis acabado ya de hacer el gilipollas o qué? —nos gritó un señor antes de volver a pitarnos.

26

PROTAGONISTA (n.): Persona que sabe lo que quiere.

Cuando nos apartamos, sentí los ojos de Zac atentos a todos mis movimientos. La sonrisilla que llevaba acompañándolo todo el día seguía ahí. No parecía afectarle que un señor acabase de chillarnos enfadado, ni tampoco que hubiésemos estado a punto de volver a besarnos. En cambio, yo sentía que acababa de bajarme de una montaña rusa: tenía el pulso acelerado, me notaba los músculos relajados y estaba eufórica.

Me disculpé para ir al baño mientras él movía el coche. La tela de la falda corta se me pegó a los muslos al caminar. Abrí la puerta del servicio de un tirón y observé mi reflejo en el espejo.

Tenía el pelo alborotado y húmedo. Como había sospechado, el vestido se transparentaba un poco. Tenía la sonrisa tonta todavía pintada en la cara.

Me pasé medio minuto debatiéndome entre si sacar ya el tema de la noche anterior o no. Desde que me había levantado, Zac no había parado de lanzarme miraditas e indirectas. El peso de lo que le había confesado cada vez ocupaba más espacio entre nosotros. Me habría venido de perlas tener los mensajes de apoyo de mis amigas escritos en aquel espejo.

Respiré hondo y decidí ir a por todas.

A partir de ese momento actuaría tal cual lo haría el personaje principal de una comedia romántica. Una buena protagonista tomaba decisiones y no dejaba que otros las tomasen por ella. Una buena protagonista aprendía de sus errores y equivocaciones, y, si era necesario, hacía las cosas con miedo. No quería pensar en las tormentas que vendrían en el futuro, prefería disfrutar de aquel día soleado y caluroso de julio. Además, si una vez no había cambiado nada entre nosotros, dos tampoco tendrían por qué hacerlo, ¿no?

—A por todas, reina —le susurré al espejo.

Me atusé el cabello y me lo coloqué detrás de las orejas. Aquel día me había puesto un pendiente en forma de sol y otro en forma de luna. Salí del baño y caminé con decisión mientras mi corazón corría dos pasos por delante. Zac estaba recostado en el lateral de su vehículo, con la vista centrada en el móvil. Me detuve delante de él, irrumpiendo en su espacio personal.

—Me acuerdo perfectamente de todo lo que hablamos anoche y sigo pensando lo mismo —escupí de golpe.

—¿Respecto a qué? Dijiste muchas cosas. Vas a tener que ser un poco más específica.

Zac me observó expectante.

—Reconozco que tenemos complicidad... —empecé.

—Nos sobra, y atracción también.

—Sí.

—Sería una pena desperdiciarla.

Asentí y miré por encima del hombro para ver que no teníamos a nadie cerca. Esa zona del aparcamiento estaba vacía. Volví a mirarlo. Zac se quitó las gafas de sol y se las colocó en la cabeza. Sus ojos azules brillaban con astucia y anticipación, eran un reflejo de su expresión seductora.

—Quiero volver a acostarme contigo —le dije con las mejillas coloradas.

—Sí, eso me pareció entender anoche...

Zac se despegó del vehículo para acercarse un poco más a mí.

—Yo también quiero volver a follar contigo.

El estómago se me puso del revés. La crudeza y sinceridad con la que decía las cosas siempre me dejaba baldada.

—Podríamos repetir una vez más —propuse.

—Estupendo —comentó, antes de abrirme la puerta del coche—. Cuando te apetezca, me lo dices y ya está.

Paramos a comer en Nuevo México e hicimos un descanso al entrar en Texas. Nos intercambiamos un par de veces al volante y nos entretuvimos con todo lo que puedes hacer cuando te tiras un montón de horas en un coche: escuchar música, hablar de un millón de tonterías y comer chucherías.

Llegamos a Amarillo, la ciudad de Texas en la que íbamos a dormir, a las nueve y media de la noche. Habíamos cambiado dos veces de huso horario y no me había dado ni cuenta. Notaba las piernas entumecidas de pasar tantas horas sentada y estaba un poco saturada mentalmente. Cuando Zac sugirió cenar en el bar que estaba pegado al hotel para poder ir andando, me pareció una buena idea.

El bar era enorme y estaba repleto de mesas. La barra era larga y de madera, aunque no estaba muy bien iluminada. Las paredes de color verde musgo estaban decoradas con pósteres de deportistas. En una de ellas había un televisor gigante que retransmitía un partido de béisbol y en otra destacaba el neón de una marca de cerveza. Al fondo del local había un billar y varias dianas de dardos. Olía a cerveza y a patatas fritas.

Seguí a Zac hasta los dos únicos asientos que quedaban libres frente a la barra. Me senté a su izquierda y colgué el bolso en el respaldo de mi taburete, que cojeaba de una pata y tenía el cuero granate desgastado.

La carta tenía los platos de pub típicos. Zac y yo compartimos nachos, alitas de pollo, palitos de queso y patatas fritas. La comida me sentó tan bien que olvidé que saldría de ahí oliendo a fritanga. Un poco más tarde, cuando terminamos de cenar, Zac se ausentó para ir al servicio. Recuperé el móvil del bolso y escribí a mi hermana para que supiera que habíamos llegado. Estaba tan tranquila y sumida en mi mundo que no me di cuenta de que alguien se había sentado en la silla de Zac hasta que una voz nasal dijo:

—Tú no eres de por aquí.

Levanté la vista y me topé con un hombre que parecía ser de

mi edad. La sonrisa se me quedó congelada en la cara cuando me inspeccionó de pies a cabeza sin cortarse un pelo.

—Soy Miles —se presentó sin dejarme contestar siquiera—. ¿Te puedo invitar a una cerveza?

—No, gracias —dije con educación—. Voy servida.

Alcé mi bebida para que la viese y, seguidamente, le di un sorbo, ignorándolo. Esperaba que captase la indirecta y se fuese por donde había venido.

No la captó.

—No me has dicho cómo te llamas…

—Evelyn —respondí cortante con el primer nombre que me vino a la cabeza.

Cuando se me acercaba alguien que no me interesaba o que me daba mala espina, mentía. Era una costumbre que tenía desde la universidad.

—¿Y qué te trae por aquí, Evelyn?

Decidí cortar por lo sano.

—Miles, estoy segura de que eres majísimo, pero no me interesa charlar.

—Venga, guapa, no te pongas borde…

Me pareció el colmo que me mirase el escote.

—La silla en la que te has sentado está ocupada —le interrumpí—. Así que prefiero que te vayas.

—Ah, ¿estás con una amiga? —Me regaló una sonrisa lasciva y repugnante antes de añadir—. Porque tengo de sobra para las…

—Estoy aquí con mi novio.

Por desgracia, no era la primera vez que usaba esa excusa para librarme de un tío que no entendía un «no» por respuesta.

—Bah, eso dicen todas, te lo estás inventando…

Respiré hondo. Iba a pedirle educadamente que se fuera cuando vi a Zac aproximarse. Sin pensar, salté de la silla para saludarlo.

—Cariño, ¡cuánto has tardado! —le dije acercándome.

Él arrugó las cejas confundido. Enseguida leyó la situación. Sus ojos vagaron de mi cara de circunstancias al hombre que ocupaba su asiento.

—¿Te está molestando? —Zac lo preguntó lo suficientemente alto como para que el tío le oyera.

Fui testigo de cómo se endurecía su mirada. De pronto, parecía un león con ganas de sacar las garras a pasear. Lo intercepté antes de que llegase a nuestra altura y me puse de puntillas para abrazarlo. Me rodeó la cintura y me estrechó contra su cuerpo. Lo notaba rígido como un ladrillo bajo mi agarre.

—Estoy bien —le susurré al oído.

Zac soltó una exhalación larga. Supe que no le había convencido mi respuesta.

—Le he dicho que eres mi novio, pero no se lo cree.

Me apartó con suavidad por las caderas. Intenté transmitirle calma con la mirada. Estiré el brazo y le retiré un mechón rebelde de la frente.

—¿Quieres hacerlo más creíble? —me preguntó sin titubear.

Tan pronto como entendí lo que me estaba preguntando en realidad, el bar desapareció. Era como si alguien hubiese bajado la música y las luces hasta que lo único que quedó delante de mí fue él. El pulso se me aceleró. Mi corazón ya sabía de antemano la respuesta que daría. La conexión que tiraba de mi ombligo en su dirección resurgió con fuerza.

—Sí, quiero —respondí.

Zac colocó una mano en mi cintura y volvió a acercarme a él. Su mirada voló un segundo hasta mi boca. Cuando sus ojos regresaron a los míos, me sujetó la barbilla con delicadeza y cerró la distancia que nos separaba.

Esa era la tercera vez que nos besábamos.

Cada vez que lo hacíamos era como una experiencia nueva. Un simple roce de labios bastó para que todo mi cuerpo sintiese la atracción que teníamos. La suavidad con la que me acarició la mejilla contrastaba con la pasión con la que me besaba. Su lengua ardiente sobre la mía calentó mi sangre tanto como para sentir que corría lava por mis venas. Plantó la otra mano en mi nuca para profundizar el beso hasta dejarme sin aliento.

Estábamos completamente pegados y, aun así, parecía que había una distancia considerable que cerrar. No sé cuántos minutos consumimos así. Pero sí sé que fue haciéndose más y más pasional, y que la necesidad y el calor fueron aumentando en mi interior. Las cosas entre nosotros escalaban deprisa. Éramos como una caldera a punto de explotar.

—Zac... —murmuré contra sus labios—. Zac..., ¿quieres... —le di otro beso más— subir... —y otro más— a la habitación... conmigo?

—Sí.

Tenía las pupilas dilatadas y los labios enrojecidos. La expresión salvaje que encontré en su mirada dejaba a las claras que él necesitaba lo mismo que yo. La adrenalina corría por mis venas a toda velocidad.

Cuando Zac se adelantó hasta la barra para pagar, comprobé que Miles había desaparecido.

—¿Qué haces? —le pregunté al verlo dejar un billete de cien dólares al lado de mi vaso—. No creo que la cuenta sea tanto dinero...

—Me importa una mierda el dinero, Grace —dijo atrapando mi mano—. Llevo cuatro días pensando en volver a desnudarte. Solo quiero salir de aquí y quitarte el vestido.

Y, tras eso, tiró de mí en dirección a la puerta.

27

SEXY (adj.): Sinónimo de mi nombre.

Grace se estremeció cuando le besé el cuello. El sonidito que escapó de su garganta me instó a volver a hacerlo. Me acarició el brazo y la piel se me erizó. Joder. ¿Cómo una caricia podía despertar todas mis terminaciones nerviosas?

La tenía apoyada contra la puerta de mi habitación. Besé cada centímetro de su cuello, aspirando el aroma floral de su colonia, dejando un reguero de besos hasta su clavícula derecha. Subí la mano por su estómago y le apreté el pecho izquierdo por encima del vestido.

Ella cerró los dedos alrededor de mi pelo y buscó mis labios con los suyos. Su lengua se enredó con la mía y gimió contra mi boca cuando apreté las caderas contra las suyas. Quería que supiera lo excitado que estaba. Una parte de mí se moría por quitarle el vestido y llevarla en brazos a la cama, pero había otra parte más grande que quería tentarla un rato más. Quería hacerla enloquecer hasta que lo único que le importase fuese tenerme entre sus piernas.

—En la gasolinera, cuando estabas empapada, me he puesto cachondísimo —le confesé al oído—. Solo pensaba en follarte.

—Yo también…

—¿Ah, sí? —Sonreí contra sus labios.

Ella asintió antes de lamérmelos.

306

Metí la mano debajo de su vestido. Cuando la acaricié por encima de las bragas, ella soltó el gemido más sexy del mundo. Volví a repetirlo y respondió agarrándome los hombros y empujando las caderas hacia delante en busca de más contacto.

—Zac... —gimió.

—¿Qué?

En lugar de contestar, intentó volver a besarme, pero yo aparté la cara y presioné los labios contra su mandíbula.

Sin apartarse de mis labios, Grace llevó las manos al borde de la camisa y me la sacó por la cabeza. Las mías enseguida regresaron a su cintura. El estómago se me tensó de anticipación cuando ella recorrió mi torso con las palmas calientes. El corazón me palpitaba con tanta violencia que estaba seguro de que ella notaría mis latidos. Cuando me mordió el labio, le apreté el culo y la pegué más a mí. Ella me cogió una mano y la guio a su entrepierna.

—¿Quieres esto? —le pregunté metiendo la mano por debajo de sus bragas.

—Sí —jadeó cuando rocé su punto más sensible—. Quiero que me toques.

Contuvo la respiración cuando bajé el dedo un poco más y la soltó con brusquedad cuando lo introduje en su interior con facilidad. El beso se volvió frenético en ese instante. Grace me desabrochó el pantalón a toda prisa y metió la mano en mis calzoncillos para agarrármela.

—Grace... —gemí entre dientes cuando movió la muñeca de arriba abajo.

Si seguía tocándome así, el que perdería la razón sería yo.

Me miró a los ojos mientras me tocaba. Tenía la respiración entrecortada y las mejillas sonrosadas. Incapaz de resistirme, cerré la distancia que nos separaba y le robé un beso.

—¿Qué tal esto? —le pregunté moviendo la muñeca más rápido—. ¿Está a la altura de tus expectativas?

Ella soltó una risita suave.

—No está mal —reconoció.

Su sonrisita me puso a mil.

Saqué el dedo de su interior y alcancé la costura de sus bragas.

Ella protestó cuando tuvo que soltarme para que pudiera bajárselas. Al agacharme, le subí la falda del vestido y ella echó las caderas hacia delante en una invitación. Se recostó contra la puerta y le besé el muslo. Apreté los labios contra su ingle y ella inspiró con fuerza. Le tembló el cuerpo entero cuando hundí la cara entre sus piernas y la rocé con la lengua.

—¿Y esto? —Lamí a conciencia y ella gimió—. ¿Te gusta más?

Grace emitió un sonido afirmativo y placentero que me hizo hervir la sangre. Le agarré las caderas y la inmovilicé contra la madera. Al principio la exploré con la lengua despacio. Conforme sus jadeos se elevaban fui haciéndolo más rápido. No había nada que desease más que oírla exhalar mi nombre. Cuando se tensó, supe que estaba cerca.

—Zac, me voy a… —gimió mientras se aceleraba su respiración.

Sin perder el tiempo, retiré una mano de sus caderas e introduje un dedo en su interior. Lo moví a la par que le lamía el clítoris. Ella cerró los dedos alrededor de mi pelo. Me ponía muchísimo que gritase como lo estaba haciendo, sin importarle nada más que el placer que sentía. Se dejó ir con un grito y yo volví a sujetarle las caderas porque sus piernas se convirtieron en gelatina.

Cuando me incorporé, la tenía durísima. Coloqué una mano en su cintura y la besé con ansias mientras nos acercábamos a la cama. La atracción que sentía por ella me incendiaba la piel. Estaba seguro de que acabaría con quemaduras de tercer grado e internado en la unidad de cuidados intensivos, pero no me importaba. Deseaba a esa mujer con cada célula de mi cuerpo y eso era todo lo que tenía cabida en mi mente en aquel momento.

Grace abandonó mis labios y escaneó la estancia. Tiró de mi mano y la seguí. Se detuvo al lado de la butaca y, al ponerse de puntillas, me sujetó la cara para besarme. Después, se sentó y tiró de la trabilla de mi pantalón en su dirección. Al comprender sus intenciones, me subió la frecuencia cardíaca y a partir de ahí mi polla cogió las riendas de mi cerebro. En un tiempo récord me descalcé y me deshice de los pantalones. Grace me quitó el bóxer. Alzó la mirada y me observó con los labios entreabiertos.

—¿Te apetece? —me preguntó.

—Lo estoy deseando.

Me tensé entero cuando volvió a sujetármela. La miré con atención mientras se inclinaba en mi dirección; era la primera vez que lo hacía y no quería perderme nada. Grace deslizó la lengua despacio sobre mi piel y yo me clavé las uñas en las palmas. Gemí cuando se la introdujo en la boca. Notar su calidez alrededor era una sensación muy placentera. Me quedé sin aire cuando movió la lengua. Mis pulmones parecían haberse olvidado de que la respiración era su función fundamental. El corazón me latía a doscientos por hora.

—Dios, Grace... —gemí.

—¿Te gusta?

Bajé la vista y apreté la mandíbula. La imagen era demasiado sexy.

Estaba tan cachondo que no podía ni hablar.

Le pasé el pulgar por el labio inferior, lo tenía enrojecido y un poco hinchado, y asentí para responder a su pregunta.

Durante un rato, Grace se concentró en darme placer, y yo, en disfrutar. Al final, tuve que pedirle que parase. Atrapé su mano y tiré de ella hasta el baño. Le di un beso ardiente y la giré por las caderas para dejarla de cara al espejo. Subí las manos por sus piernas y le acaricié el culo.

—Pareces acalorada —le dije mientras deslizaba un tirante sobre su hombro—, debería quitarte este vestido para que no te dé un golpe de calor.

—Qué considerado...

Presioné los labios contra su hombro y, después, contra su cuello. Cuando le bajé el otro tirante, la prenda resbaló hasta su cintura, revelando un sujetador de encaje negro. Se lo desabroché y ella se lo quitó.

—Madre mía, eres preciosa —le dije mientras jugaba con sus pezones.

Grace se dejó caer contra mí y se mordió el labio. Me encantaba tocarla; su piel era suave y cálida y despertaba sensaciones en la mía.

Le besé la parte posterior de la cabeza.

—Coge los condones —le pedí.

Ella se apresuró a abrir el neceser y me pasó uno. Después de ponérmelo, le separé las piernas con la rodilla. Ella se reclinó hacia delante para apoyarse en la encimera de mármol. Me coloqué en su entrada y le sujeté las caderas. Grace se echó hacia atrás para encontrarse conmigo. Apreté los dientes al notar cómo se abría para mí, y ella ahogó un gemido. Apenas me había movido y ya quería hundirme en ella sin control.

Observé su cara en el reflejo, no quería perderme ni un detalle de su expresión. Me gustaba ver qué expresiones ponía, cómo enrojecía su piel y oírla gemir. Tiré de ella para penetrarla hasta el fondo. Todos mis pensamientos coherentes se convirtieron en un borrón y la mente se me quedó en blanco. Lo único que asimilaba era lo que mi cuerpo sentía con ella. Hacerlo en esa postura, frente al espejo, me excitaba mucho. Encontré un ritmo estable. Su cuerpo se acoplaba al mío a la perfección.

—Creo que deberíamos follar cuatro horas seguidas —le dije.

—Vale... Es buena idea.

Apretó los labios cuando empujé las caderas contra las suyas, y se aferró a la encimera.

Nuestros ojos se encontraron en el espejo. La calidez que destacaba en su mirada por encima de la lujuria hizo que sintiese un tirón en el estómago. Sin poder evitarlo, me incliné y besé el punto en el que se unían su cuello y su hombro.

—Me encanta... —balbuceó cuando volví a moverme detrás de ella.

Sonreí.

Una punzada de orgullo se abrió camino por mi pecho.

—Pues esto te va a gustar más —la avisé.

Bajé la mano por su abdomen y reduje la intensidad de las embestidas para acariciarle el clítoris.

El gemido sofocado que salió de su garganta alteró cada una de las células de mi cuerpo de manera permanente. Me gustaba hacerla disfrutar, quería que me pidiese más y también notar cómo se estremecía. Cuando se apretó contra mí, indicando que se acercaba al orgasmo, me descontrolé y empujé con más fuerza.

—Joder, Grace... —murmuré.

En mi interior se estaba librando una batalla. Una parte de mí quería follársela así; era muy excitante. Pero otra, que estaba ganando terreno, quería besarla y sentir sus manos sobre mi cuerpo.

—Zac...

Su gemido urgente tomó la decisión por mí. Estaba a punto de correrme y quería alargarlo un poco más. Cerré los ojos y me mordí el labio, intentando recuperar el control de la situación, pero no lo conseguí. Lo que sentía con ella era demasiado intenso.

—No puedo... —Me detuve de golpe.

Salí de su interior y me encontré con sus ojos confusos en el espejo. La roté por las caderas.

—Prefiero besarte —le dije.

Ella asintió contra mis labios y me dio un morreo pasional. De un manotazo tiré al suelo los botecitos de jabón que descansaban sobre la encimera y la subí sobre ella. Le lamí el pecho y arqueó la espalda. Me coloqué entre sus piernas; solo podía pensar en volver a estar unido a ella. Al volver a penetrarla una oleada de alivio me recorrió el cuerpo entero. Igual que la primera noche, quería que fuese memorable. Quería que lo recordase después, como sabía que me pasaría a mí.

Ella se aferró a mis hombros, como si necesitase sentirme más cerca.

—Más deprisa —me pidió.

—No.

—Zac, por favor...

Le sujeté la cara con las manos. Grace tenía la vista nublada por el deseo y las mejillas enrojecidas.

—No tienes que pedirme nada por favor —aseguré.

Enredó la mano en mi cuello y me atrajo hacia ella para volver a besarme. Después, me lamió el cuello hasta la oreja y susurró una sola frase:

—¿Quieres que te folle yo a ti?

Dios...

—Me encantaría, pero entonces duraría dos segundos —me sinceré.

En aquel momento estaba sobrepasado por lo que sentía y necesitaba ser el que llevase el ritmo. Nunca había deseado tanto proporcionarle un orgasmo a una mujer como lo deseaba con ella.

Grace pasó la mano por mi torso sudado. Una sensación cálida me atravesó el pecho cuando sonrió. Me moví guiado por el impulso de dárselo todo. Aumenté la velocidad y la intensidad, y volví a devorar sus labios. Cuando se ciñó con fuerza a mi alrededor, perdí el norte. Un orgasmo brutal me sobrevino y me corrí casi a la vez que ella.

Me quedé inmóvil unos segundos. No estaba listo para despedirme de su calor. Tenía el pulso acelerado y la respiración entrecortada. Creía que, si la soltaba, se desplomaría. O quizá, si ella me soltaba los hombros, sería yo él que se caería. Nos besamos mientras recobrábamos el aliento. La pasión de nuestras lenguas había dado paso a algo parecido a la dulzura. Apoyé la frente contra la suya.

—¿Te ha gustado? —le pregunté entre besos.

—Mucho. ¿Y a ti?

—También.

Grace rozó mi mandíbula con las yemas de los dedos. Esa caricia hizo que la sensación cálida de mi pecho se agitase de nuevo.

Salí despacio de su interior. No me atreví a mirarla. Estaba un poco confuso, sentía que estaba desnudo en más de un sentido y no entendía en qué posición me dejaba eso.

28

LEER (v.): Acción de viajar, enamorarte y olvidarte de todo por un rato.

El sexo con Zac había vuelto a ser increíble. Nuestros cuerpos tenían una conexión que no era capaz de explicar con palabras. Zac había sido apasionado, sexy, considerado y también dulce al final.

No debería molestarme que no me hubiese retenido como la primera vez. No abrió la boca mientras me subía los tirantes del vestido, ni tampoco cuando agarré el pomo para salir de su habitación. La cosa era que una parte pequeñita de mí se había sentido especial porque hubiese roto la norma de no repetir conmigo. Qué tonta, ¿no?

Cuando nos encontramos para desayunar a la mañana siguiente, no hizo ninguna broma sobre si le había puesto cinco estrellas ni sobre lo que habíamos hecho. Parecía dispuesto a dejar el desliz atrás, y yo estaba decidida a demostrarme que también podía hacer como si nada.

Al darme cuenta de que estaba pensando otra vez en nuestro encuentro de la noche anterior, me reprendí mentalmente y miré por la ventanilla del coche. Teníamos otro día entero de carretera por delante en el que cambiaríamos Texas por Missouri. En aquel momento, estábamos dejando Amarillo atrás cuando la canción de Imagine Dragons que sonaba se vio interrumpida y una notificación apareció en la pantalla del salpicadero. Una tal «Samantha Rubia» le estaba mandando una ristra de mensajes.

Me quedé observando la última notificación hasta que desapareció.

Si Zac tenía a una chica guardada como «Samantha Rubia», sería porque tendría a otra guardada como «Samantha Morena» o «Samantha Pelirroja». ¿De verdad la manera que tenía de distinguir a las mujeres con las que se relacionaba era el color de pelo? ¿Había algo más impersonal que eso? Esa pregunta me llevó a otra: ¿me tendría guardada como «Grace Rubia»?

Intenté hacer memoria. En casa de mi hermana me había enseñado su móvil con nuestra conversación abierta, pero no me había fijado en qué nombre me había puesto.

En aquel instante las palabras de Lauren resonaron en mi cabeza:

«¿Cómo llevas que le reviente el teléfono a mensajes? Lo que suponía… Después de todo, no eres tan especial».

Mi cerebro se dividió en dos corrientes de pensamiento distintas. Por un lado, no quería acabar como Lauren: pillada por Zac y recogiendo las migajas del suelo como un pájaro. Por otro, seguía pensando que mi hermana tenía razón: mientras aparecía el hombre indicado, podía divertirme con Zac sin que significase nada.

Con el fin de distraerme, cogí el móvil para enviarles un mensaje a mis amigas y me encontré con uno de Caroline, la responsable de audiolibros.

> Grace, el audiolibro del *highlander* está quedando genial!

> Anderson tiene que repetir un par de escenas, le escribiré para ver su disponibilidad. Salvo eso, todo perfecto!

> Te envío una muestra para que la oigas cuando quieras

Aquello me hizo sonreír.

—Caroline me ha dicho que el audiolibro ha quedado genial —le dije a Zac—. Solo vas a tener que regrabar un par de escenas.

—Entendido...

Guardamos silencio unos segundos.

—¿Vas a contarme ya por qué estás tan callada? —me preguntó con cautela.

—Ah, no, por nada —me apresuré a responder—. Es la cafeína, que todavía no ha surtido efecto.

Busqué desesperada un tema de conversación diferente. No quería arriesgarme a preguntarle qué le había pasado la noche anterior para quedarse tan callado cuando la respuesta que recibiría por su parte sería: «Nada, fue un encuentro casual, no le des más vueltas, rubia».

—¿Y si escuchamos un audiolibro? —propuse, contenta de haber encontrado algo con lo que podría distraerme sin hablar con él.

—Si encuentras uno que nos guste a ambos, por mí vale.

—Genial —dije mientras abría Audible—. ¿Qué sueles leer?

—La verdad es que la mayoría de las cosas que leo son trabajos de investigación... Pero, fuera de eso, me gustan el misterio, la ciencia ficción y la fantasía.

—Déjame ver... —le pedí.

Después de sopesar opciones, acabamos decantándonos por *Balada de pájaros cantores y serpientes*.

El audiolibro funcionó y consiguió que las cuatro horas de viaje siguientes se pasasen en diez minutos.

Aquel día paramos a comer en una hamburguesería de carretera en Oklahoma City. Después, visitamos Full Circle Bookstore, una librería independiente que tenía en mi lista y en la que también servían café. Nada más entrar me perdí entre las estanterías haciendo fotos y curioseando los libros.

—¡Mira, los de tu hermano! —Apunté con el dedo a una torre de libros de Will.

Zac cogió uno, lo abrió por los agradecimientos y señaló orgulloso su nombre. Acto seguido, me siguió por la tienda mientras yo escaneaba los títulos.

—¿Te he contado que siempre que viajo me compro un libro? —le pregunté mientras decidía cuál llevarme—. Hay gente que se compra llaveros o postales, y yo suelo llevarme un libro de recuerdo.

Me tomó un rato decidirme por uno. Mientras pagaba el elegido, Zac fue a pedir los cafés.

—Al final me llevo la edición especial de *El diario de Bridget Jones* —le conté al sentarme enfrente.

—¿Cuántas veces lo has leído?

—Mmm... No lo sé. Muchas —me reí.

Dejé el libro en la mesa y le saqué una foto para enseñárselo a mis amigas. Me disponía a contarle a Zac por qué ese libro me gustaba cuando me entró una llamada de Ava.

—Grace, perdona que te moleste en tus vacaciones —dijo mi asistente cuando descolgué—, pero tengo a Carter Moore en la línea tres y me ha insistido tres veces en que necesita hablar contigo.

—Ah, vale... —Todo eso me pilló de sorpresa—. ¡Pásamelo, sí!

Esperé unos segundos y enseguida me saludó la voz aguda de Carter. Me soltó el bombazo de golpe:

—Creo que no estoy enfocando la novela como me gustaría. Se me ha ocurrido una idea que cambia gran parte de la trama y necesito retrasar la fecha de entrega.

—¿Cuánto tiempo? —Intenté que no se notase mi nerviosismo.

—Dos o tres meses...

«¿QUÉ?».

Cerré los ojos y me llevé la mano a la frente.

El libro de Carter estaba programado para otoño; con ese retraso la salida se caía del año.

—¿Qué nuevo enfoque se le ha ocurrido? —le pregunté.

Mientras él hablaba, rebusqué en el bolso un bolígrafo y anoté en unas cuantas servilletas lo que me iba contando.

—Gracias por avisarme —le dije antes de despedirme—. Si necesita cualquier cosa, llámeme, por favor.

Cuando colgué, dejé el móvil en la mesa, cerré los ojos y me masajeé las sienes. Me había entrado un dolor de cabeza terrible.

—¿Por qué todo me tiene que pasar a mí? —murmuré para mí misma.

—¿Qué ocurre? —me preguntó Zac.

Levanté la mirada y me encontré con su cara de preocupación.

—¿Sabes quién es Carter Moore? —cuestioné.

—¿El escritor de thriller?

—Sí. Es uno de los autores más importantes que llevo ahora mismo —expliqué—. Y acaba de llamarme para decirme que necesita entregar dos o tres meses más tarde de lo previsto. Eso significa que su libro ya no saldrá hasta el año que viene.

—¿Y qué pasa por eso?

—Lo que pasa es que me deja un hueco en la programación y no vamos a llegar a facturar lo que teníamos previsto. —Todo el nerviosismo que había logrado contener milagrosamente durante la llamada con Carter salió en ese momento a la luz—. A ver cómo leches cubro ahora ese espacio —me lamenté.

—Está claro que es una putada para la editorial, pero ¿dónde está el drama para ti?

—El drama está en que todo el mundo va a pensar que no sé gestionar autores grandes, que no soy lo suficientemente profesional —comenté agobiada—. Además, ¿recuerdas la reunión que te conté que había salido mal cuando nos quedamos encerrados en el almacén?

—Sí.

—Aquel día me enfrenté con Patrick, un editor que tuvo que retrasar la publicación de uno de sus libros para que el de Will saliese en esa misma fecha. Le sentó fatal y, después de la reunión, le oí decirle a otra compañera que solo soy una niñata con enchufe… Uf, es que me estreso solo de pensar lo que dirá ahora…

—Por partes, Grace —empezó tranquilo—. Hasta donde he entendido, no puedes hacer nada por lo del autor. No ha sido cosa tuya ni depende de ti solucionarlo, ¿verdad?

Asentí.

—Pues, entonces, no te rayes más.

—Pero…

—No hay pero que valga. —Negó con la cabeza—. Disfruta

del viaje, seguro que a la vuelta lo solucionas —aseguró—. Y sobre lo otro, no puedes dejar que te afecte tanto lo que diga la gente de ti, y menos si lo dice un gilipollas.

—Lo sé, pero siento que hay muchos ojos puestos en mí. Hay compañeros que creen que soy muy joven para tener este puesto y parece que desde que he ascendido solo ocurren desgracias... Me da la sensación de que no sé lo que estoy haciendo, de que alguien se dará cuenta de que no merezco esta responsabilidad y de que únicamente he tenido suerte.

—Grace, quítate eso de la cabeza, porque nadie te va a regalar nada. Si estás ahí es porque te lo has ganado. Fin de la historia.

Asentí y me quedé pensativa un instante. Sabía que Zac tenía razón, como también sabía que mis amigas entenderían el nuevo drama literario mejor que nadie.

—Necesito contárselo a Suzu y Raquel. —Fue todo lo que dije antes de acercarme el móvil a la cara para grabarles un audio.

Les expliqué brevemente lo que había ocurrido y les recordé lo mucho que las echaba de menos. Cuando terminé, Zac no me dejó autocompadecerme.

—Querías ver otra librería antes de irnos, ¿no? —Se levantó y señaló la calle con la cabeza—. Venga, vamos...

Cuando llegamos a Springfield cinco horas más tarde, estaba muerta de cansancio. En aquella ocasión nos alojaríamos en una casa de campo que estaba a las afueras y que Zac había reservado por Airbnb.

—¿Por qué has alquilado una casa en mitad del bosque? —le pregunté mientras sacábamos nuestras cosas del maletero—. ¿Quieres que nos asesinen?

Zac se rio antes de contestar:

—Porque este sitio habría inspirado a mi hermano para escribir.

Sonreí como respuesta.

Luego, inspiré hondo; el aire olía a una mezcla de hierba, flores silvestres y robles. Hacía calor, pero la sombra que proporcionaban los árboles ayudaba a sobrellevarlo.

Observé la fachada de madera. Desde fuera, la casa parecía pequeña y encantadora.

—¡Me encanta! —Solté la maleta y corrí a sentarme en la silla colgante de madera que había en el porche—. Podría pasarme la vida aquí sentada, leyendo, con una limonada fresquita al lado.

—Te pega.

La cabaña por dentro era preciosa y olía a mueble antiguo. La entrada daba al salón, que tenía un sofá ocre de tres plazas, una mesa que parecía hecha a mano y una televisión encima de la chimenea. El suelo de madera estaba cubierto por una alfombra azul. Una barra separaba la estancia de una cocina diminuta. A ambos lados del salón, estaban las habitaciones. Las dos tenían una cama de matrimonio y baño propio. Lo más llamativo de la casa era el techo en forma de bóveda y las ventanas que daban al bosque.

Después de instalarnos, Zac y yo nos encontramos en el salón.

—¿Qué quieres hacer? —me preguntó.

—Mmm… La verdad es que estoy cansadísima.

—Resumiendo: quieres leer en el porche, ¿verdad?

—Sí. —Sonreí—. Eso mejoraría muchísimo mi día.

—¿Pedimos algo de cena, entonces? —sugirió.

—Lo que quieras.

Zac se dejó caer en el sofá con el móvil en la mano.

—No hay muchas opciones de restaurantes que lleguen hasta aquí… ¿Tacos? —propuso, y yo asentí—. Venga, ven, a ver cuáles quieres.

Media hora más tarde, Zac salió al porche con un libro y una bolsa de Skittles bajo el brazo. Me saludó con un gesto de la cabeza. Se había afeitado y su pelo húmedo indicaba que había pasado por la ducha. Llevaba una camiseta azul con una camisa blanca y abierta encima, y vaqueros. Se sentó en el último escalón y apoyó la espalda contra la estructura de madera que sostenía la barandilla. Lo observé mientras abría el libro y ahogué una exclamación.

—¿Doblas las páginas para saber por dónde vas? —pregunté horrorizada.

—¿Por qué me miras como si hubiese cometido un crimen?

—¡Porque lo es! —exclamé conmocionada.

Me levanté y entré en la casa.

Regresé al porche un minuto más tarde, me senté a su lado en el suelo y me coloqué la caja de latón sobre las piernas. Fui sacando marcapáginas de ella y los dejé entre nosotros.

—Voy a prestarte uno —le dije.

—¿Por qué te has traído tantos al viaje?

—Porque, dependiendo del libro que vaya a leer, utilizo uno u otro. Creo que para tu lectura pega…

Zac me interrumpió soltando una carcajada.

—¿Por qué tienes uno con la cara de Chris Evans?

—Porque estoy enamorada de él.

—Venga, ya, Grace. No puedes estar enamorada de tantos tíos.

—Claro que puedo. —Le quité el marcapáginas y suspiré—. Además, este en concreto es mi hombre ideal.

—¿Tu hombre ideal es un famoso que no sabe que existes? —preguntó con sarcasmo.

—¿Sabes que se crio en el mismo pueblo que yo?

—¿Os conocisteis?

—No.

—¿Habéis coincidido alguna vez?

—Todavía no —contesté con la boca pequeña.

—Lo dicho.

Zac cogió otro punto de libro y leyó lo que estaba escrito:

—«Me lo leo por la trama y por los tíos sin camiseta». —Alzó en el aire el marcapáginas en el que había dibujada una guindilla—. Por favor, déjame este.

—Vale —me reí—. No me lo pierdas, ¿eh?

—Descuida.

Sus dedos tropezaron con los míos cuando me ayudó a guardar el resto en la caja. Bajo la luz dorada del atardecer, Zac estaba más guapo todavía. En ese instante fui consciente de que, por primera vez desde que había empezado el viaje, íbamos a dormir en un lugar en el que no había nadie en millas a la redonda. Los nervios se deslizaron por mi estómago, así que me levanté, tratando de huir de ellos y de la persona que los despertaba.

Recuperé mi libro de la silla colgante y me senté con las piernas cruzadas. Durante un rato me concentré en la lectura. Lo único que se oía era el ruido que hacíamos al pasar las páginas y el de los pájaros cantando. La parte buena de estar en mitad de la nada era que podía leer tranquila. Unas horas antes había estado preocupadísima por lo que sucedería con la novela de Carter y, aunque ese malestar no se me había pasado del todo, aquel libro me estaba ayudando a dejar los problemas atrás.

Solté un suspiro y, un segundo después, oí la risita de Zac. Despegué los ojos de la página y lo descubrí mirándome.

—¿Qué? —le pregunté.

—¿Por qué tienes esa sonrisilla en la cara, chica de los libros?

Sonreí internamente por el apodo.

—Por una escena que estoy leyendo —contesté.

Zac cerró el suyo, lo dejó en el suelo y extendió la mano en mi dirección.

—¿Me dejas leerla? —me preguntó.

—¿Por qué?

—Porque quiero saber por qué sonríes.

La madera del porche crujió bajo mis pies. Me senté a su lado y se lo entregué reticente. Una sonrisa maliciosa se adueñó de su expresión al ver la portada.

—*Entre las sábanas del highlander* —leyó el título en voz alta y después lo giró para ver el canto—. Vaya, qué cantidad de pósits rojos. ¿Tan guarro es?

Sus ojos, divertidos, buscaron los míos.

—Aunque no te lo creas, es una historia muy bonita —contesté.

Zac abrió el libro, retiró con cuidado el marcapáginas y sus ojos vagaron por la página a toda velocidad.

—«No puedo resistirlo más» —comenzó a leer—. «Fóllame como si fuese tu mujer... Tírame sobre esa cama y hazme tuya por esta noche».

Me reí y negué con la cabeza. Zac leyó el resto de la página en silencio. Cuando me lo devolvió, me preguntó con curiosidad:

—A ver, ¿esto te gusta tanto por lo que hace el tío en sí o por lo que dice?

—Por las dos cosas.

—O sea que quieres que un escocés te llame *lass* mientras te folla como si fueses su mujer —se mofó.

Volví a reírme. Su tono divertido me hacía gracia.

—Puede. —Me encogí de hombros.

—Al final tendré que convertirme en lector de romántica. Se aprende un montón sobre lo que os gusta en el sexo.

Me devolvió el libro y me lo apreté contra el pecho.

—Yo solo sé que he tenido un día regulero y que está mejorando gracias a John Campbell.

—¿Gracias a John Campbell? —preguntó Zac incrédulo—. Que yo sepa he sido yo el que te ha pedido unos tacos, el que te ha dejado la habitación más grande y el que te ha llevado a tres librerías.

Sin contestar, abrí el libro por donde estaba marcado y continué con la lectura.

Cuando llegó la cena, era prácticamente de noche. Entramos en el salón, huyendo de los mosquitos. Mientras Zac ponía el mantel en la mesita de café, yo cambié de canal en busca de algo que ver en la televisión.

—¡*Anatomía de Grey*! —exclamé emocionada—. ¿Lo vemos?

—Uf, no soy muy fan, pero, si te hace ilusión…

—Yo estaba enganchadísima en la universidad.

Como no rebatió nada, lo dejé puesto.

Zac se rio todo el rato. A veces de indignación, como cuando se quejó de la falta de realismo diciendo: «¿Un paciente desangrándose y ellos hablando tranquilamente?». Otras se partió de risa de verdad, como cuando una paciente le dijo a Alex Karev que era demasiado joven y que prefería que le atendiese alguien más mayor. Zac me confesó que durante su residencia eso le pasaba mucho.

Además, me explicó un montón de cosas de medicina, como que lo primero que hay que hacer ante un «código azul» es comprobar el pulso del paciente y hacerle la RCP.

—Estas series son muy fantasiosas —puntualizó al acabar el episodio.

—¿Te puedo robar un poco de flan? —le pregunté.

Él me acercó el recipiente de plástico y yo clavé la cuchara.

—Yo las veía todas —le confesé—. *Anatomía de Grey, New Amsterdam, Chicago Med, Everwood...* Y he aprendido mucho gracias a ellas.

—¿Qué has podido aprender de esto? —Se llevó la cuchara a la boca y me observó escéptico.

—Por ejemplo, si te atragantas, podría salvarte la vida con la maniobra de Heimling.

—Heimlich —me corrigió con una sonrisa.

—Lo que sea...

Zac dejó el táper en la mesa.

—Demuéstramelo. —Se levantó.

—¿Ahora?

—Sí.

Al ver que no me levantaba, empezó a toser de manera exagerada.

—¡Vamos! —exclamó—. ¡Me estoy ahogando!

Todavía riéndome, me coloqué detrás de él, le rodeé la cintura con los brazos y le empujé en mi dirección.

Zac fingió que agonizaba y entonces dijo:

—Muchas gracias, Grace. He muerto por tu culpa. —Me encaró—. Date la vuelta, que te enseño.

Hice lo que me pedía.

Él se acercó a mi espalda, me rodeó la cintura con los brazos y me separó las piernas colocando la suya en medio. El gesto me recordó a cómo me las había separado la noche anterior, antes de penetrarme frente al espejo del baño.

—Esto se hace por si acaso la persona se cae —me explicó—. Ahora, cierras el puño y lo colocas por encima del ombligo y por debajo del esternón.

Cuando posó el puño sobre mi estómago, me estremecí. De pronto, solo era consciente de que el top me llegaba por debajo del pecho y del hormigueo que se propagaba por mi piel al entrar en contacto con la suya. Me gustaba oírle hablar de medicina, se ponía muy serio y profesional.

—Ahora, agarras el puño con la otra mano y haces la compresión —indicó mientras me enseñaba lo que había que hacer—. Yo no voy a hacerlo porque no quiero hacerte daño.

Una parte de mi cerebro había desconectado de la explicación y estaba centrada en imaginar que Zac subía las manos por debajo de la tela y me acariciaba los pechos.

—Grace, ¿me has entendido? —Su voz firme me devolvió a la realidad.

—Eh, sí, puño entre ombligo y esternón, y compresión.

Zac aflojó su agarre despacio. En ese instante, me reprendí por estar pensando con la vagina. Los pezones se me habían endurecido y estaba un poco acalorada. Intenté aparentar normalidad cuando dije:

—Bueno, ha sido un día muy largo. Creo que me voy a ir a la cama.

Recogimos la mesa y me escabullí a mi cuarto a toda prisa.

Estuve leyendo hasta que me entraron ganas de dormir. Al apagar la lamparita, no conseguí conciliar el sueño y me espabilé por arte de magia. Pasado un rato, cogí el móvil de la mesilla y entré en Instagram. Zac había subido una historia a mejores amigos. La abrí y me topé con una foto de él sin camiseta frente a lo que supuse que sería el espejo de su baño. Mientras observaba la imagen recordé la voz grave con la que había dicho: «Fóllame como si fuese tu mujer». Y eso me llevó a pensar en la muestra del audiolibro que todavía no había escuchado. Me acurruqué en el colchón y puse el sonido muy bajito. Entré en el enlace que me había enviado Caroline y la voz profunda de Zac llenó la estancia enseguida:

—Capítulo dos. —Zac hizo una pausa—. El sonido de la corriente del río despertó a la hermosa Elizabeth…

Había muchos adjetivos para describir su voz: grave, fuerte, clara, bonita, sexy, cautivadora… Al entonar a Callum, el personaje del libro, su voz parecía un poco más áspera de lo normal. Casi parecía que aquel escocés rudo estaba ahí, tumbado conmigo. O que era yo la que estaba perdida en aquel bosque con él.

Me fui excitando poco a poco. Cuando terminé de oír la muestra, una imagen danzaba por mi cabeza: Zac llevando únicamente un *kilt* rojo.

Después de debatirme unos segundos, encendí la luz y rebusqué en la maleta. Saqué el Satisfyer, apagué la lamparilla y volví a tumbarme. Colé la mano dentro del pantalón del pijama y encendí el succionador. Cerré los ojos y me concentré en la imagen que había conjugado mi mente. Recordé la lengua de Zac en mi cuello y cómo se me había calentado el pecho con sus palabras lascivas. El corazón se me fue acelerando y me mordí el labio para contener un gemido.

De pronto, un ruido estruendoso me sacó de la fantasía. Parecía que algo se había caído al suelo, fuera de mi habitación. Apagué el juguete y agudicé el oído. El corazón se me desbocó cuando oí el crujido de la puerta de la entrada abrirse y cerrarse. Me quedé en vilo unos segundos. Alguien había entrado en casa. El golpe debía de haber sido la cerradura, que la habían reventado.

Al oír pasos, la piel se me erizó y los nervios me destrozaron el estómago. Todo estaba oscuro y no veía nada. Sin perder un segundo, cogí el bolso de la mesita de noche y, a tientas, busqué algo con lo que defenderme.

Salí de la cama, tratando de no hacer ruido, y me agazapé a los pies de esta. Tenía ganas de llorar. La sangre me huyó del rostro al entender que las pisadas se acercaban a mi habitación. Casi me dio un infarto cuando alguien giró el pomo. Zac no entraría en mi habitación en mitad de la noche sin llamar. Eso si no le habían matado ya. Intenté controlar la respiración para no delatarme antes de tiempo. Cuando la puerta se abrió, segundos más tarde, vi el haz de luz de una linterna. En un impulso, salí de mi escondite chillando y gaseando con el espray de pimienta a la figura que se alzaba en la oscuridad.

Si hubiese sabido que esa noche iba a morir, al menos me habría vestido más elegante.

29

UNA SOLA CAMA (n.): Cliché romántico en el que los protagonistas solo duermen.

—¡Au! —grité cuando el líquido entró en contacto conmigo—. ¡Grace, ¿qué haces?! ¡Soy yo!

Cerré los párpados porque los ojos comenzaron a quemarme. Por suerte, los cristales de las gafas habían parado la mayoría del espray de pimienta.

—¿Zac? —la oí preguntar sorprendida.

—¡Dios, joder! —exclamé dolorido—. ¡Me arden los ojos!

Retrocedí hacia la puerta y me choqué con la madera. Me notaba algo desorientado y la piel del antebrazo se me estaba chamuscando.

Por encima de la neblina mental, la oí hablar:

—¡Zac, lo siento! ¡Creía que eras un asesino en serie!

—¿¿¿Y me gaseas sin preguntar??? —alcé la voz, incrédulo.

—¿Qué esperas que haga? —preguntó nerviosa—. ¡Has entrado en mi cuarto en mitad de la noche!

Tosí. Tenía la sensación de estar ahogándome.

—¡Mierda! —exclamó ella—. ¿Dónde está el puñetero interruptor?

Chasqueé la lengua cuando una nueva oleada de escozor me sacudió el cuello. Unos segundos después, Grace me apartó el brazo con el que me cubría la cara y me obligó a bajarlo.

Parpadeé y los ojos se me llenaron de lágrimas.

—¡Dios santo! —exclamó al verme—. ¡¿Te vas a quedar ciego?! Y ¿desde cuándo llevas gafas?

En contra de mi voluntad, volví a cerrar los ojos. La quemazón era insoportable.

Escondí la cara en el ángulo interno del codo porque me sobrevino un nuevo ataque de tos. Retrocedí a tientas para salir de la habitación.

—¿Tú estás bien? —le pregunté con un hilo de voz.

—Sí. Sí. Tranquilo. —Grace me sujetó el brazo cuando me tambaleé, y yo me solté como si su contacto abrasase aún más mi piel.

—No me toques. Por si acaso.

No sabía dónde me había caído el espray y no quería que ella sufriese lo mismo que yo.

—¿Qué puedo hacer por ti? —Respiraba agitada.

—Nada.

Despegué los párpados lo justo para ver y caminé a toda prisa a mi habitación sin dejar de lamentarme. Me ardía el antebrazo derecho, parte de la cara y el cuello. Sabía que, si abría los ojos del todo, vería las estrellas. Le di un manotazo a la pared para encender la luz del baño. Solté sin cuidado las gafas sobre el lavabo y entré en la ducha con la ropa puesta.

Agarré la alcachofa, me apunté a la cara con ella y abrí el grifo. Me froté los párpados con la mano libre en busca de alivio. Sabía que el agua fría no me serviría para paliar los efectos del gas pimienta, pero quería intentarlo. No supe cuánto tiempo pasé bajo el agua ni si Grace seguía dentro del baño conmigo o no.

Cuando cerré el grifo, un rato después, estaba más calmado. Parpadeé un par de veces y descubrí que Grace seguía ahí. Al no llevar las gafas puestas, no veía todo lo nítido que me gustaría.

—Toma. —Me pasó una toalla y me sequé la cara.

Tenía la ropa pegada al cuerpo y estaba chorreando.

—Lo siento mucho —repitió agobiada—. Madre mía, tienes los ojos muy enrojecidos, y la zona de la ojera también.

No hacía falta que me lo dijera porque podía notarlo. Se acercó a mí y pude enfocarla mejor.

—¿Cómo te encuentras?

—Como si me hubiesen frotado los ojos con guindilla —contesté dolorido.

—¿Quieres que vayamos al hospital?

—No hace falta —contesté—. Los efectos se me pasarán de aquí a un rato. Por cierto, ¿puedes pasarme las gafas? No veo una mierda…

—Sí. —Vi su figura alejarse—. Las he limpiado —me informó cuando reapareció en mi campo de visión.

—Gracias —le dije al aceptarlas.

Chasqueé la lengua y resoplé, todavía me escocían los ojos. Me las puse y parpadeé.

—¿Tienes algo en tu neceser que te sirva? —Grace me observó preocupada.

—No, pero ¿te importa traerme ropa seca, por favor?

—Sí. Voy —dijo saliendo a toda prisa del baño.

Planté un pie sobre la alfombrilla y abandoné la ducha. Me quité la camiseta y la colgué en la puerta de cristal. Grace regresó un minuto más tarde y me pilló secándome el pelo con la toalla.

—Tienes parte del cuello enrojecido… —comentó, y se acercó para verlo mejor—. Ay, de verdad que lo siento muchísimo. Me siento fatal. Ni siquiera se me ha pasado por la cabeza que fueses a ser el intruso.

—No pasa nada. Ya está.

La frustración y la culpabilidad brillaban en sus ojos azules.

—Bueno, te espero fuera. —Me entregó la ropa y me dejó solo.

Me quité los pantalones empapados y los colgué. Después de secarme el cuerpo, evalué los daños en el espejo. Tenía los ojos enrojecidos, igual que el cuello. Por fortuna, la peor parte se la había llevado el antebrazo con el que me había cubierto.

Estaba vistiéndome cuando un objeto rosa que descansaba en la encimera del lavabo llamó mi atención. Me pasé la mano por la cara al comprender lo que era y se me escapó la risa. ¿Qué hacía un Satisfyer ahí? ¿De verdad Grace se estaba masturbando cuando he entrado en su habitación? ¿O es que pensaba usarlo como arma arrojadiza?

Me vestí con la camiseta blanca y el pantalón de chándal, y salí del baño. Necesitaba tumbarme y descansar.

Grace caminaba de un lado a otro de la habitación como un animal enjaulado. Al verme, se detuvo súbitamente. Llevaba puesto el pijama negro de satén que dejaba sus piernas al descubierto. Intenté no fijarme en el borde de encaje de su escote.

—¿Pensabas atacarme con esto? —le pregunté extendiendo el Satisfyer en su dirección—. ¿Ibas a tirármelo a la cabeza o algo así?

En cuestión de segundos, un montón de expresiones distintas cruzaron por su cara: incomprensión, horror, vergüenza...

—¡Dame eso! —Cuando me lo arrancó de la mano, estaba tan roja como un tomate maduro.

Se cruzó de brazos y escondió el succionador en el costado.

Quise reírme de su reacción, pero los ojos me escocieron y la risa se convirtió en un quejido lastimero. Crucé la habitación y me tumbé boca arriba en la cama. Tenía la cara contraída por las molestias. Grace se sentó en el borde del colchón, a mi lado.

—¿Por qué no has llamado a la puerta? —me preguntó con suavidad.

Emití otro quejido bajo antes de contestar con la verdad:

—Porque quería dejarte un mensaje en el espejo del baño para que lo vieras mañana.

—¿Por qué? —Arrugó las cejas sin comprender.

—Porque has tenido un mal día —dije repitiendo sus palabras— y has dicho que echabas de menos a tus amigas. He pensado que eso te animaría... —Fui reduciendo la voz hasta quedarme callado.

Su expresión había ido cambiando conforme hablaba y había pasado de la incomprensión a algo parecido a la dulzura.

Ella apartó la mirada y se colocó un mechón rubio detrás de la oreja. Cuando volvió a mirarme, una sonrisa tierna adornaba su rostro.

—¿De verdad ibas a hacer eso por mí?

Asentí sin contestar.

De pronto, me sentía tontísimo.

Qué digo tontísimo, me sentía un gilipollas de remate.

—Eso es... muy considerado por tu parte —me dijo—. Muchas gracias. Si no estuvieses convaleciente, te abrazaría.

Sonrió otra vez y sentí la misma sensación cálida que la noche anterior expandirse un poco más por mi pecho.

Cerré los ojos y solté un suspiro eterno.

—¿Te sigue escociendo? —preguntó preocupada.

Escocer se quedaba corto para describir la quemazón que sentía, era como si me estuviesen mordiendo y quemando la piel con un mechero a la vez. No obstante, me hice el fuerte y respondí:

—Un poco.

—¿Quieres que te traiga un paño húmedo para los ojos? —oí que me preguntaba.

—No va a servir de nada.

—¿Qué te parece si me quedo un rato y te cuento algo gracioso para que te distraigas?

—Me parece bien.

El colchón se movió cuando se levantó para acomodarse en el extremo opuesto de la cama.

—Hace dos meses robé unos guantes sin querer —soltó de pronto.

Esbocé una sonrisa perezosa. Sabía que se avecinaba una anécdota absurda y divertida.

—No sonrías, soy una fugitiva —aseguró con dramatismo.

Giré el cuello en su dirección y separé los párpados. Grace estaba sentada con las piernas cruzadas y orientada en mi dirección.

—¿Cómo se roba sin querer? —pregunté con curiosidad.

—A ver, un día entré en una tienda buscando unos guantes que necesitaba para un disfraz...

—¿De qué era el disfraz? —la interrumpí. Ese dato me parecía relevante.

—De los años veinte. Le organicé a Suzu una fiesta temática inspirada en *El gran Gatsby* por su cumpleaños.

—Vaaale...

—Total —siguió Grace—, que vi unos que me gustaron. Después de probármelos, me los colgué del brazo y, sin darme cuenta, puse mi chaqueta vaquera encima.

—Sí, seguro que fue sin querer... —ironicé.

—¡Que sí! Te lo juro, iba distraída hablando con mis amigas y, cuando ya nos habíamos alejado cinco manzanas de la tienda, digo: «Uy, ¿qué es esto que tengo en la mano?». Y bingo, eran los guantes, que me los había llevado sin querer.

Me reí. Me parecía surrealista que fuese tan despistada como para robar sin darse cuenta.

—¿Y qué hiciste? —cuestioné—. ¿Fuiste a devolverlos?

—Lo consideré, pero me moría de vergüenza. Así que unos días después volví a la tienda y, cuando nadie miraba, dejé un billete de veinte dólares en el mostrador. No quería arriesgarme a que imprimiesen mi foto y la pusiesen en la puerta debajo de la palabra «ladrona» escrita en rojo, ¿sabes?

Solté una carcajada y me anoté mentalmente que, en algún momento, tenía que hacerle un cartel así.

—Quiero pensar que así compensé mi mala acción —terminó riéndose—. Así que, técnicamente, no se considera robo, solo pagué después lo que me había llevado. Como cuando utilizas la tarjeta de crédito.

—Entonces... ¿nunca has robado nada?

—De niña robé una bolsa de ositos Haribo mientras mi hermana despistaba al dependiente de la tienda de golosinas.

—Mírala, hurtando desde pequeña —bromeé.

Grace me dio un manotazo cariñoso en el brazo y yo me reí. Su anécdota era tan ridícula que consiguió distraerme. La piel me quemaba cada vez menos.

—¿Has hecho más cosas al margen de la ley? —me aventuré a preguntar.

—Mmm... —Torció la boca y se quedó pensativa, y yo aproveché la pausa para descansar la vista—. Cuando estaba en la universidad, le hice una paja a un chico en el cine.

—¿Ah, sí? —Abrí los ojos y vi que se había sonrojado.

—Sí. —Asintió—. Con el abrigo por encima, por supuesto. No quería que me pillasen con las manos en la masa y que me prohibiesen la entrada a mi cine favorito.

—¿Estabais sentados en un lateral de última fila? —adiviné.

Contuve la risa cuando asintió en un gesto afirmativo. No quería que pensase que me reía de ella. Lo que me hacía gracia era la manera exagerada que tenía de contar las cosas y los aspavientos que hacía con las manos al gesticular.

Ella inclinó la cabeza y me miró con curiosidad.

—¿Tú... has follado en el cine? —me preguntó.

Oírla decir «follar» me excitó un poco.

—Ahora no estamos hablando de mí —le respondí.

Ella abrió los ojos de par en par.

—Eso es que sí... —Se tapó la boca con la mano y me observó unos segundos—. ¿Hay algún sitio en el que no lo hayas hecho?

—Unos cuantos... —confesé—. Por cierto, no es por meterme donde no me llaman, pero ¿el tío de la paja en el cine era el gilipollas que no te comía el coño? —pregunté sin anestesia.

Ella suspiró y apartó la mirada.

«¿Por qué le preguntas eso? ¿El gas pimienta te ha dejado tonto o qué?».

—No. No es el mismo...

—¿Y qué excusa te ponía para no hacerlo?

—Decía que no le gustaba —contestó.

—¿Cómo? —pregunté incrédulo—. Eso es imposible.

El rubor le subió por el cuello.

—Pero, a ver, que yo me entere —continué—. ¿No le gustaba contigo o con ninguna tía?

—Imagino que a su mujer sí que se lo hacía.

«¿Qué?».

La miré interrogante. Grace me dedicó una sonrisa entristecida antes de musitar:

—Yo era la otra.

Guardé silencio un instante. No me esperaba esa respuesta.

—¿Lo sabías? —le pregunté.

—Por Dios, no. —Negó con la cabeza, ofendida—. Dylan

nunca me contó que estaba casado. Si lo hubiese sabido, jamás me habría liado con él…

—¿Qué pasó?

—Es una historia un poco larga y no quiero aburrirte.

—Tú nunca me aburres —contesté automáticamente.

Grace me dedicó una sonrisa suave, atrapó la almohada que descansaba a su lado y se la colocó encima de las piernas. Roté hacia la derecha y me recosté de lado para mirarla.

—Dylan era mi *crush* en el instituto —empezó—. Yo estaba pilladísima, pero él salía con Emma, la jefa de animadoras, y no iba a enrollarse con la hija de la bibliotecaria. Al acabar el instituto, le perdí la pista. Estuve más de diez años sin saber qué era de su vida… El pasado febrero coincidimos en Boston, en la reunión de antiguos alumnos. Estuvimos toda la noche hablando. Me contó que era piloto y que viajaba mucho…, y yo le conté que era editora y que vivía en Nueva York. A partir de ahí empezamos a hablar muchísimo por Instagram. A las pocas semanas, quedamos en Manhattan y nos enrollamos. Después de eso, vino a visitarme unas cuantas veces, incluso me propuso viajar juntos a París por el Cuatro de Julio. Dijo que podría colarme en un vuelo y a mí me pareció la idea más romántica del mundo…

Suspiré y ella continuó:

—El día antes del concierto de Imagine Dragons recibí un mensaje de un número que no tenía guardado. Era Emma, su mujer…

—¿La jefa de animadoras? —pregunté sorprendido.

—Sí.

—Menudo cabronazo.

—Sí. Un cabrón total.

Grace jugueteó con un hilo suelto de la almohada para evitar mirarme.

—Emma me llamó por teléfono —continuó poco después— y me contó que tenían una hija.

La cara apenada de Grace estaba removiendo algo en mi interior. Lo único en lo que podía pensar era en abrazarla y reconfortarla.

—Cuando le dijo que había descubierto mis mensajes, Dylan

se excusó diciéndole que yo estaba loca y que estaba obsesionada con él. Y Emma quiso comprobarlo por sí misma.

—Qué puto asco de tío —comenté apretando el puño.

Un sentimiento enorme de impotencia y de enfado me cogió por sorpresa.

—Fue bastante doloroso. —Volvió a mirarme—. Me sentí engañada, humillada y estúpida. Lo más triste de todo es que sentía que me había puesto los cuernos cuando la otra era yo... No tiene sentido, ¿verdad?

—Sí que lo tiene.

—Me rayé muchísimo pensando que había roto una familia y que yo le había hecho eso a otra mujer...

—Tú no hiciste nada malo —aseguré—. Fue ese asqueroso.

—Lo sé, pero eso es lo que sentía. Aquella noche, entre lágrimas, les prometí a mis amigas que me metería a monja de clausura. Cosa que, evidentemente, no he hecho —bromeó.

—Menos mal... —Sonreí ligeramente.

Durante unos segundos nos miramos a los ojos. Y luego ella continuó:

—Al día siguiente estuve a punto de morir por culpa de un pastelito. No sé si te enteraste de que me ingresaron y todo...

—Te recuerdo que estaba ahí, sujetándote la mano.

Ella me sonrió con dulzura.

—Y nada, el resto de la historia ya la sabes. Tuve una crisis existencial por mi experiencia cercana a la muerte, hice una lista de propósitos y me corté el pelo otra vez.

—¿Lo del pelo es algo de tu lista?

—No. —Se echó la melena hacia atrás en un gesto teatral—. Siempre había querido llevar el pelo corto, pero nunca me atrevía a dar el paso porque me daba miedo parecer un champiñón. A finales del año pasado rompí con Chad, el chico con el que estuve saliendo durante años... Llevaba mucho tiempo queriendo dejarlo, pero me daba pena. Habíamos perdido la chispa y yo no quería asimilarlo. Así que, cuando reuní el valor necesario para dejarlo, me corté la melena por la barbilla. Y en abril, cuando pasó lo de Dylan, hice lo mismo. Creo que todo cambio de vida radical requiere un cambio de look acorde.

Guardé silencio unos segundos. No entendía qué tenía que ver el aspecto exterior con una decisión interna, pero si a ella le funcionaba…

—Siento mucho que hayas tenido que pasar por eso —le dije con sinceridad—. Eres una chica increíble y ese tío solo es un gilipollas que no sabe lo que se pierde.

Ella asintió en silencio.

—Perdón por la chapa —agregó poco después.

—Grace, te pasas la vida pidiendo perdón —le dije—. No tienes que disculparte por contarme algo.

Ella parpadeó sorprendida. Como si hasta ese instante no se hubiese dado cuenta.

—¿Y qué me dices de ti? —me preguntó—. ¿No te han roto nunca el corazón?

Suspiré.

La mirada de Grace se tornó curiosa. En ese instante tuve la sensación de que la había conocido para llegar a este momento. A esta conversación triste que nos estaba haciendo conectar.

—Me lo rompieron una vez —le dije—. En realidad, mi historia se parece un poco a la tuya.

—¿Eras el otro? —preguntó en un susurro.

—No. Yo era el novio.

Sus ojos azules y enormes volvieron a entristecerse.

—Es una historia muy larga. No quiero aburrirte —le dije.

Grace alargó la mano y le dio un apretón a la mía.

—Tú nunca me aburres —aseguró, repitiendo mis palabras.

Cogí aire de manera profunda. Ni siquiera sabía por dónde empezar a desnudar mi corazón.

30

CONFIANZA (n.): Seguridad que sientes con otra persona para abrir tu corazón.

—Se llama Madison —comenzó Zac en tono neutro—. La conocí el último año de instituto, en teatro. Me presenté a la audición de *Romeo y Julieta* por probar suerte y me dieron el papel principal. Ella interpretaba a Julieta... Congeniamos al instante. Quedábamos cada día para ensayar después de clase. El roce hizo el cariño y enseguida empezamos a salir. Estaba un poco solo y Madison se convirtió en un pilar fundamental para mí.

Hizo una pausa para respirar hondo antes de continuar:

—Como quería estar cerca de ella, eché la solicitud para estudiar Medicina en todas las universidades de California. Me aceptaron en la de San Diego, así que al año siguiente me fui de Salinas. Ella no quería ir a la universidad, porque iba a heredar el negocio familiar, y se quedó en el pueblo. Todos los meses subía al menos una vez a verla. —Su voz carecía de emoción mientras me lo contaba—. Cuando llevábamos cinco años juntos, me gasté todos mis ahorros en un anillo.

—¿Qué? —Lo miré sorprendida.

—Sí. —Suspiró—. Iba a pedirle que se casara conmigo en Acción de Gracias. Quería darle una sorpresa y le dije que no podía subir a pasar las fiestas con ella. Me inventé que tenía muchísimo que estudiar para los finales. Aquel día, cuando llegué a Salinas, me fui directo a su casa. Utilicé la llave que tenían debajo del felpudo para entrar, subí a su habitación y la pillé con su mejor amigo.

—¿Cómo que «la pillaste»? —le pregunté temiéndome lo peor.

—Los pillé follando —aclaró volteándose para mirarme.

Me tapé la boca con la mano y se me revolvió el estómago.

—Te juro que, en ese momento, el puñetero anillo me quemaba en el bolsillo.

—¿Y qué pasó?

—Se puso a llorar y me contó que llevaban meses juntos. Después de eso, rompimos. Yo estaba en *shock*. Bajé las escaleras en piloto automático, me monté en el coche y conduje sin rumbo durante un par de horas.

—¿Supo que ibas a pedirle matrimonio? —pregunté sobrecogida.

—No. Eso solo lo sabe Will, y ahora tú… Al día siguiente me deshice del anillo. No podía devolverlo porque lo había comprado hacía mucho, pero mi hermano me acompañó a empeñarlo.

Me quedé callada. No sabía qué decir y tenía ganas de llorar. De pronto, todas las piezas encajaron y no me costó nada imaginarlo así. Enamorado, sonriendo, besando a una chica, hablándole a su hermano de ella y comprando ilusionado un anillo.

—Me la encontré las pasadas navidades. —Zac interrumpió el hilo de mis pensamientos—. En el supermercado. Ella iba empujando un carrito de bebé. Tiene un hijo.

—¿Con el asqueroso del amigo?

—Sí. Se casaron un año después de que rompiésemos. Me quedé como un imbécil detrás del estante de la leche y, por un momento, pensé que esa podría haber sido mi vida.

—Lo siento mucho, Zac. Igual soy mala, pero espero que les vaya fatal y que tengan un divorcio espantoso.

—Yo no. Lo tengo superado y los he perdonado. Si me quedo la rabia dentro, no avanzo.

Rumié sus palabras durante un instante. De alguna manera, sentía que él sería la persona que mejor me comprendería en este tema. Nuestras historias no eran la misma, pero se parecían mucho.

Coloqué la almohada en su sitio y me tumbé a su lado. Nos quedamos cara a cara, sobre el colchón.

—¿Llegaste a creer que no eras suficiente? —le pregunté.

—Sí, al principio me culpaba de lo que había pasado. Quería entender qué había hecho mal para empujarla a los brazos de otro. Se suponía que todo iba sobre ruedas.

Suspiré.

Compartimos el silencio unos segundos. Me lo había contado impasible, pero el dolor que se reflejaba en sus ojos era el mismo que sentía yo: el miedo al rechazo, el miedo a no ser suficiente, a no ser querida y a la traición. Todo eso estaba ahí, oculto en su océano. Esa era la parte del iceberg que no se veía a simple vista y que conformaba la personalidad de Zac.

Me asusté un poco. Por primera vez desde que lo conocía quise tener el poder de congelar el tiempo. Quería quedarme en ese instante, en el que había conectado emocionalmente con un hombre que tenía sentimientos. Un hombre que arrastraba la misma herida del engaño que yo. Aunque la suya ya era una cicatriz, de esas que tienen tantos años que ya forman parte de ti y que casi ni recuerdas cómo te la hiciste. En su día esa herida le hizo el daño suficiente como para decidir que odiaba las bodas o que no se veía comprometido con nadie. Zac le entregó su corazón a una sola mujer, que lo apuñaló y lo guardó en un cofre, como la madrastra de Blancanieves.

Y luego estaba yo, que había metido el mío en la caja y se lo había regalado a varios hombres que no lo merecían.

—¿Por qué lloras? —me preguntó taciturno.

—Porque la gente es horrible —contesté mientras me limpiaba las lágrimas con el dorso de la mano—. Debió de ser muy duro reponerse de esa ruptura, entiendo que no quieras que te rompan más el corazón.

—No es eso. Simplemente ahora lo tengo puesto en otra cosa.

Quería saber más. Más sobre él. Sobre su vida. Sobre su hermana. Sobre el día en que fue a comprar el anillo. Sobre sus clases de teatro. Quería saberlo todo.

—¿Cómo acabó el *quarterback* siendo Romeo?

—Esa historia es para otro día.

Me ladeé para mirar la hora en el reloj de la mesilla.

—Son las dos de la mañana, ya es otro día —le dije al volverme.

Zac sonrió levemente y negó con la cabeza, dando el tema por zanjado.

Lo miré unos segundos. Sus ojos parecían menos enrojecidos que hacía un rato. Sus gafas eran de pasta y tenían la montura negra.

—¿Por qué nunca te pones las gafas?

—Porque prefiero llevar lentillas.

—¿Es porque eres un coquetón? —adiviné con una sonrisa.

—Me veo más atractivo con lentillas, sí.

«Pero si está monísimo con gafas», una vocecita se derretía entre suspiros en mi mente.

—Bueno, creo que deberíamos dormir —dije poco después.

—Vale. —Zac estiró el brazo y apagó la luz.

—¿Qué haces? —le pregunté.

—Apagar la luz. Vas a dormir aquí, ¿no?

—No pensaba…

—No puedes volver a tu habitación porque la has gaseado. Es importante que no respires ese aire; al tener alergia, se te podrían cerrar las vías respiratorias con más facilidad…

Sonaba a excusa, pero no iba a llevarle la contraria porque me apetecía dormir con él.

«Supongo que con esto puedo tachar el cliché de "una sola cama"», me reí internamente.

—Ah, es verdad… —contesté—. Buenas noches, Zac —dije antes de darme la vuelta.

—Buenas noches, Grace.

Me quedé un rato acurrucada.

La ventana estaba abierta y podía oír el rumor de la brisa que agitaba las hojas de los árboles. Le daba vueltas a lo que me había contado y a por qué me habían afectado tanto sus palabras.

Yo era enamoradiza. Siempre lo había sido. Pero todavía no había encontrado a alguien a quien de verdad quisiera ponerle un anillo, como sí le había pasado a Zac. Por muchos planes de futuro que hubiese hecho con los hombres con los que había salido, nunca me había visualizado casada con ninguno. Al final, los príncipes azules con los que me había topado habían acabado convirtiéndose en rana.

Zac se movió sobre el colchón. No supe hacia qué lado se había girado. Solo era consciente de que estaba a tan solo unos centímetros. Si me daba la vuelta y estiraba el brazo, podría acariciarle con las yemas de los dedos.

Estaba más despierta que una lechuza. Me debatí sobre si romper el silencio o no. Al final lo hice:

—¿Estás despierto? —susurré.

—Sí.

—¿Quieres hablar otro rato? —propuse—. No tengo sueño.

—Vale.

Rodé sobre el colchón como una oruga y él hizo lo mismo. Nos quedamos el uno frente al otro. Apenas veía en la oscuridad, pero la poca luz de la luna que llegaba hasta nosotros me permitía intuir su figura.

—¿De qué quieres hablar? —me preguntó.

—Mmm… ¿Qué fue lo primero que pensaste de mí cuando nos conocimos?

—Lo primero que pensé es que eras guapísima —reconoció—. Y luego que eras muy graciosa.

Sonreí.

—¿Y tú? ¿Qué pensaste de mí? —continuó.

—Que eras un chulito.

—No seas mentirosa. —Me hizo cosquillas en la cintura, provocando que mi estómago se estremeciera—. Me mirabas con ojitos, te caí bien.

—No te miraba con ojitos…

—Claro que sí. Estuviste toda la cena mirándome.

—Y tú a mí.

Alargué la mano hacia delante, acariciando el colchón y, sin querer, me topé con sus dedos. Él no retiró la mano y yo tampoco. Un escalofrío me recorrió la columna vertebral cuando me acarició la mano con suavidad. Intenté permanecer impasible por fuera, pero por dentro mi corazón temblaba como un flan. Durante unos segundos no pude decir nada. Mi cerebro estaba concentrado en la sensación agradable de sus caricias en mi piel.

—¿Quién fue tu primer amor? —le pregunté.

—Brenda Abrams.

—¿Por qué todas las chicas que mencionas tienen nombre de animadora?

—Probablemente porque esta era la capitana.

Me reí.

—¿Y el tuyo? —inquirió segundos después.

—Mi primer amor se llamaba Eric. Tenía el pelo negro, los ojos azules, un perro monísimo y un barco.

—¿Un barco? Pero ¿de quién estabas enamorada?

—Del príncipe Eric de *La Sirenita*.

Zac soltó una carcajada y yo también me reí. Su risa era tan contagiosa como un bostezo.

—Pero ¿cómo te va a gustar ese?

—¿Qué tiene de malo Eric?

—Grace, ese tío quería follarse a un pez —dijo como si fuese evidente—. Probablemente la expresión «que te folle un pez» se inventó por él.

Se me escapó la risa.

Sin darme cuenta, le tomé el relevo de las caricias y le rocé el dorso de la mano. Lo oí tragar saliva perfectamente.

—¿Puedo decirte una cosa? —le pregunté en un susurro.

—Sí.

—Estás muy guapo con gafas. Pareces más inteligente.

—Soy inteligente —me corrigió.

—Yo solo digo que podrías ponértelas más a menudo.

—Gracias.

Zac colocó la palma encima de la mía. Las yemas de sus dedos encontraron mi muñeca y subieron despacio por mi antebrazo, haciendo que la piel se me pusiera de gallina.

—A ti también te quedan bien las gafas —comentó—. El día que las llevabas en la editorial...

—¿Qué?

—Me puse un poco cachondo.

El corazón me dio un vuelco en el pecho y el calor se expandió hacia el sur de mi cuerpo. Había bastado que me dijese que se había puesto cachondo para excitarme yo. Contuve la respiración y me aproximé un poco a él.

Me quedé en vilo.

Suspiré aliviada cuando él también se acercó algo más a mí. Tenía los nervios a flor de piel. Nuestras piernas se rozaron y enredé una entre las suyas.

Zac volvió a llevar la mano a mi brazo, subió los dedos en una caricia hasta llegar al hombro. Me arrimé un poco más a él. De pronto, me apetecía mucho cometer una locura y besarlo.

En la oscuridad de aquella cabaña de Misuri me sentía más valiente. Me gustaba que Zac fuese sincero y directo conmigo. Yo también quería ser así.

—Me apetece mucho besarte —solté sin pensar.

—A mí también.

Él plantó una mano en mi cintura y terminó de acercarme a su cuerpo. Rocé mis labios con los suyos y noté su aliento caliente acariciarme la piel.

Esa vez no hubo necesidad de seguir hablando. Las palabras sobraban. Cerré la distancia que nos separaba y lo besé con suavidad. Nuestras lenguas se reconocieron con calma en un beso lento y sensual. Le acaricié desde la sien hasta el mentón, y su palma resbaló por el satén de mi pijama cuando me tocó la espalda.

Llevé la mano hasta su nuca y él respiró hondo sobre mi boca, despertando hasta la última célula de mi cuerpo. Le lamí los labios y él atrajo mi cintura en su dirección. En ese instante, el beso ganó intensidad. Le empujé del hombro para que se recostase sobre el colchón y me subí encima sin dejar de besarlo. Apoyé los antebrazos sobre su almohada y él me agarró las caderas.

El corazón se me aceleró cuando coló las manos por debajo de mi camiseta y me acarició la espalda. Gemí al notarlo duro contra mí y una oleada de calor me sacudió entera. Bajé las manos hasta su pecho y me apoyé en él para incorporarme. Me deshice de la parte de arriba del pijama y la dejé caer al suelo.

Debajo de mí, Zac se incorporó, subió las manos de mis caderas hasta mi cintura, erizándome la piel. Le sujeté la cara y capturé sus labios con los míos. Él guio las manos hasta mi espalda y la recorrió entera sin prisa. Yo bajé las mías hasta el borde de su camiseta y se la saqué por la cabeza. La prenda se reunió en el suelo con la parte de arriba de mi pijama.

Al sentir su pecho caliente contra el mío, me restregué contra él, impaciente. Zac me arrastró consigo cuando apoyó la espalda en el colchón. Privada de la vista, tenía el resto de los sentidos agudizados y centrados en él. Cada roce, cada caricia, cada ruido que escapaba de sus labios multiplicaba las sensaciones por diez. Allí solo importaba lo que nos hacíamos sentir el uno al otro.

Apreté los labios contra su nuez, siempre me había parecido muy sexy. Repartí un montón de besos por su cuello, y después por su torso y por su estómago. Zac se tensó debajo de mí cuando agarré la costura de sus pantalones para quitárselos. Casi me derretí al descubrir que no llevaba ropa interior. Volví a sentarme sobre él y cubrí sus labios con los míos. Zac agarró la cinturilla de mis pantalones y comenzó a bajármelos. Tuve que apartarme de su cuerpo para poder bajármelos, junto con las bragas.

Esa vez, cuando volví a ocupar mi sitio, el corazón se me subió a la garganta al notar su piel caliente contra la mía. Zac hundió la mano en mi pelo y profundizó nuestro beso.

—Zac... —susurré anhelante.

Él entendió lo que necesitaba.

Apartó una de las manos que tenía en mis caderas y tanteó la mesilla de noche. Abrió el envoltorio del preservativo y el sonido rasgó el silencio.

—Ven aquí... —me pidió en un ruego un segundo más tarde.

Su voz grave, cargada de deseo, me hizo temblar de anticipación.

Se la agarré y lo guie a mi entrada. Me quedé sin aliento cuando bajé las caderas para encontrarme con las suyas. El alivio me invadió cuando me penetró y volvimos a estar completamente unidos.

—Grace... —musitó cuando empecé a moverme.

Noté su corazón latir apresurado bajo mi palma. Sus músculos se contrajeron bajo mis caricias.

—Necesito besarte —dijo con la voz entrecortada.

Sonreí cuando se irguió sobre la cama para juntar sus labios con los míos. Sus manos me llenaron de caricias mientras mis caderas se encontraban con las suyas una y otra vez. Lo que estaba sintiendo en ese momento, esa conexión, iba más allá del plano físico. Zac me dejó hacer y deshacer a mi gusto. Le lamí el cuello, como hacía él, y acerqué la boca a su oído:

—¿Te gusta así o prefieres más rápido? —le pregunté.

—Hazlo como tú quieras.

Me aferré a sus hombros para moverme con más firmeza. Arqueé la espalda y gemí cuando me lamió un pezón. La habitación estaba en llamas. El calor se acumulaba en mi pecho, cada gemido sonaba más alto que el anterior. Durante un rato, disfruté de controlar el ritmo. No podía pensar, lo único que podía hacer era dejarme llevar por las emociones.

Zac presionó los labios en cada centímetro de mi piel que quedaba a su alcance. Sus gemidos placenteros eran el combustible que necesitaba para seguir ardiendo. Perdí la cuenta de las veces que me moví sobre él. Sus caricias eran adictivas, y sus besos, enloquecedores. Poco a poco llegamos a un punto de no retorno.

Quería decir algo, pero no era capaz de formular una frase coherente.

Su lengua le estaba explicando a la mía, sin palabras, lo mucho que necesitaba esto.

Mi respiración se aceleró contra sus labios.

Zac se dio cuenta de que estaba cerca. Me agarró las caderas y me ayudó a moverme más y más deprisa, hasta que estallamos de placer el uno bajo las caricias del otro.

Cuando me desplomé contra su pecho, nos abrazamos. Yo le abracé por todo. Por el daño que nos habían hecho y también por haber tenido la valentía de haber compartido nuestras historias. Esperaba que lo único que se enredase fuesen las sábanas entre nuestras piernas. Porque, después de ver su lado vulnerable, enamorarse de Zac Anderson parecía más sencillo que nunca.

31

SUNSHINE (adj.): Personaje cálido que pone color a las páginas.

Para mi sorpresa, me desperté solo en la cama. No me hizo falta abrir los ojos para saber que Grace se había marchado. Me bastó con estirar el brazo en su busca y encontrarme con las sábanas frías.

Conforme fui recuperando la conciencia, recordé la noche anterior. Grace y yo habíamos compartido uno de esos momentos que marcan un antes y un después. En la intimidad de aquella habitación me había desnudado dos veces. La primera al contarle cosas que solo sabía mi hermano, y la segunda, cuando ella me quitó la ropa.

El sexo había sido más lento y tierno que las otras veces. Después de eso, ella se recostó contra mi pecho y la envolví con los brazos para pegarla más a mí. Estuvimos hablando hasta las tantas de la madrugada, compartiendo anécdotas divertidas mientras mis dedos trazaban círculos sobre su espalda, riéndonos entre besos y caricias, y descubriendo más cosas el uno del otro. Cuando dejó de contestarme, la arropé con la sábana y le di un beso cariñoso en la cabeza antes de abandonarme al sueño yo también.

Volví al presente al oír un murmullo lejano.

Separé los párpados con dificultad y me puse las gafas. La claridad que entraba por la ventana iluminaba la habitación. Sabía que estaba solo, pero al corroborarlo sentí una punzada amarga en el pecho.

«¿Qué esperabas, campeón? ¿Un beso de despedida?».

Me quité la sábana de un tirón para ir en busca de Grace. Al levantarme, me puse los pantalones del chándal y pasé por el baño para lavarme la cara. Frente al espejo comprobé que mis ojos habían vuelto a la normalidad. Intenté domar el pelo despeinado con la mano y no lo conseguí. Estaba a punto de ponerme las lentillas cuando recordé lo que había dicho Grace. Después de debatirme unos segundos, decidí dejarme las gafas puestas.

Al abrir la puerta de mi habitación, la voz de Grace se amplificó. Parecía que estaba hablando con alguien. Asomé la cabeza y me quedé pasmado en el dintel. Estaba sentada frente a la mesa del salón, con la vista clavada en su portátil. Llevaba unos cascos enormes y las gafas de ver. Sentí una oleada de satisfacción al ver que llevaba puesta mi camisa blanca. Esa que había tirado en una silla la noche anterior antes de ponerme el pijama. Tenía una pierna cruzada por encima de la otra y balanceaba el pie sin darse cuenta.

Por el contexto de su conversación, enseguida entendí que era una reunión de trabajo. Me metí las manos en los bolsillos y me recosté contra el marco de la puerta. Tardó unos minutos en darse cuenta de que no estaba sola.

Sus ojos brillaron cuando se encontraron con los míos y sus mejillas adquirieron un bonito tono escarlata cuando vio que no llevaba camiseta. Me gustaba saber que la ponía nerviosa, que me encontraba atractivo y que se alegraba de verme. La saludé con un gesto de cabeza y volvió a concentrarse en la pantalla para despedirse.

—Gracias a todas. Me gustaría que tuviésemos una reunión presencial para sopesar nuestras opciones para la programación de otoño y ver cómo podemos cubrir el hueco de Carter Moore. Ava, por favor, reserva una sala para el lunes de nueve a doce.

Cuando colgó, se quitó los cascos y las gafas. Seguidamente, anotó algo en un pósit y lo pegó en el teclado de su portátil antes de cerrarlo.

—Buenos días —me saludó levantándose—. ¿Te he despertado?

Negué con la cabeza.

—He tenido una reunión de emergencia por lo de ayer y te he cogido prestada la camisa —me informó.

La prenda le llegaba hasta mitad de los muslos y se había recogido las mangas.

—Te queda bien —reconocí, por no decirle: «Estás buenísima y creo que deberías llevarla puesta todo el día».

Grace sonrió y desvió la mirada a su teléfono, que acababa de iluminarse sobre la mesa. Lo que vio en su pantalla hizo que soltase un chillido y que teclease a toda velocidad.

—¿Qué pasa? —Me acerqué a ella sonriendo.

Ella soltó el móvil sobre la mesa y, sin previo aviso, colocó las manos en mis hombros. De manera automática, las mías fueron a parar a su cintura.

—¡Emily Conrad ha enseñado en TikTok el libro de Sophie! —comentó dando saltos—. ¡Ha dicho que es la mejor novela romántica que ha leído este año y le ha puesto cinco estrellas! ¡El vídeo tiene dos millones de visitas!

—Bien, ¿no?

No tenía ni puñetera idea de a quién se refería, pero su entusiasmo era contagioso.

—¡Sí! ¡Se lo envié hace unas semanas, pero no pensé que fuese a gustarle tanto! —siguió emocionada—. ¡El libro de mi Sophie va a petarlo! ¡Y en otoño sale la segunda parte! ¡Si suben mucho las ventas podré cubrir el hueco de Carter con ella!

—¿Lo ves? Te dije que se solucionaría. —Le sonreí.

Sin previo aviso, se detuvo, tiró de mis hombros y apretó los labios contra los míos. Me quedé inmóvil por la sorpresa. Ni siquiera me dio tiempo a devolverle el beso porque se apartó. Me sonrió y entonces se dio cuenta de lo que había hecho.

Rompió el contacto y retrocedió, saliendo de mi agarre.

—¡Ay, Dios! ¡Lo siento! —se disculpó a toda prisa—. No sé por qué te he besado. Es que estás guapísimo con las gafas y me ha salido solo, perdón…

—No tienes que disculparte —le interrumpí—. No pasa nada. Si te apetece besarme, puedes hacerlo.

—¿Sí?

—Sí.

Atrapé una de sus manos y le di un apretón.

Después me incliné despacio, saboreando la antesala al beso. La estreché de la cintura y la acerqué a mí. Su lengua se enredó con la mía en un beso lento y cariñoso. Subió las manos hasta mi pecho y, después, me rodeó el cuello con ellas. Me encantaba sentir sus palmas cálidas contra mi piel. La cogí y la senté sobre la mesa. Dejé un reguero de besos desde su boca hasta su cuello. Ella echó la cabeza hacia atrás y le arranqué un suspiro placentero. Al regresar a su boca, empecé a desabrocharle los botones de la camisa.

—Espera… —me pidió con la voz entrecortada.

—¿Qué pasa? —Me separé para mirarla.

—¿Qué estamos haciendo?

—Me parece que es evidente —aseguré con una sonrisa.

Grace respiró hondo y yo apoyé las manos en la madera, a ambos lados de su cuerpo.

—Tu problema es que piensas demasiado las cosas —continué—. Y esto es muy sencillo. ¿A ti te apetece?

—Sí.

—Estupendo. —Me incliné hacia delante y le robé un beso—. Me atraes, te atraigo, te gustaría repetir y yo llevo cachondo desde que te he visto concentrada en la reunión.

Ella gimió sobre mis labios y buscó mis manos con las suyas.

—Madre mía, es que me dices las cosas así… —se lamentó entrelazando nuestros dedos—, con esa voz tan sexy, y no puedo decirte que no…

—Sí que puedes, pero no quieres —aseguré confiado—. Los dos sabemos que piensas que soy buenísimo en la cama.

—Eres un creído… —Negó con la cabeza.

—Sí, ¿y?

—Y te da igual.

—Exacto. Ahora mismo lo único que me importa es quitarte las bragas.

—Menos cháchara.

Me echó los brazos al cuello y yo le desabroché la camisa mientras la besaba. Ella bajó una mano por mi pecho y, después, por mi estómago. Cuando me la acarició por encima de los pantalones, estuve a punto de perder el control. Al soltar el último botón, subí las manos por sus costados y le acaricié despacio los pechos, bebiéndome sus gemidos. Abandoné sus labios para contemplarla.

La visión de Grace sentada sobre la mesa, con la camisa abierta y la mirada cargada de deseo, era demasiado sexy. Toda la sangre de mi cuerpo se concentró en el mismo punto y noté perfectamente cómo se me ponía más dura. Estaba deseando penetrarla y perderme en ella.

—Te lo habrán dicho un millón de veces, pero eres preciosa.

Ella me quitó las gafas y las dejó con cuidado en la mesa. Después, me mordió el labio inferior y me besó de manera apasionada. Sus bragas no tardaron en encontrar un nuevo hogar en el suelo. Su respiración se agitó cuando le acaricié el clítoris.

—Joder... —solté un taco al comprobar que estaba empapada.

El deseo que se había despertado en mi interior me estaba matando.

Ella gimió cuando me agaché y la busqué con la lengua. No tardó en retorcerse y en aferrarse al borde de la mesa, balbuceando incoherencias. Sentí en la polla el grito que soltó al correrse.

Me erguí y me puse las gafas para verla con nitidez. Ella esbozó una sonrisa perezosa que me puso más cachondo todavía. Su pecho enrojecido subía y bajaba a toda prisa. Tuve que reprimir mis instintos para no follármela sobre esa mesa como un animal.

—Es imposible que a alguien no le guste hacerte esto, porque sabes muy bien —aseguré.

—Tú también sabes bien —me dijo, sonrojada.

Me encantaba la manera casi inocente que tenía de decirme las cosas.

—Y creo que ya has llevado demasiado tiempo los pantalones puestos —añadió enganchando el elástico de mi chándal.

—Entonces, quítamelos. —Fue un milagro que no me temblase la voz.

Ella me los bajó un poco y me la sacó. Cuando me la agarró sentí que me quedaba sin aire en los pulmones. Durante un instante, me dejé llevar y empujé las caderas hacia delante, en busca de más fricción. Apreté la mandíbula cuando ella movió la mano más rápido, y el sudor no tardó en cubrirme la frente.

No quería correrme así.

Me aparté de ella. Intenté ralentizar la respiración y serenarme un poco.

—¿Qué haces? —me preguntó confundida.

Hizo un mohín y la encontré más irresistible que nunca.

La sensación cálida que había asolado mi pecho el día anterior volvió a hacer acto de presencia.

Rota la norma de no repetir..., ¿qué más daba ya ocho que ochenta?

—Vamos a la ducha, anda —le pedí—. Llevo pensando en follar ahí desde que estuvimos en Las Vegas.

La ayudé a bajar de la mesa y la guie de la mano hasta el baño.

El College Street Cafe era un *diner* típico de los años cincuenta. En la fachada tenían un cartel de la Ruta 66 que invitaba a entrar a desayunar. El local era pequeño y olía a patatas fritas. Las paredes estaban decoradas con señales de tráfico y matrículas, y el suelo era de baldosas blancas y negras. Las mesas eran diminutas, y los sofás, acolchados.

Nos sentamos en la única mesa libre, al lado de la ventana que daba a la carretera. Enseguida ojeé la carta. Estaba muerto de hambre.

—¡Me encanta esta canción! —exclamó Grace.

Reconocí la melodía al instante. Era «Build Me a Buttercup», de The Foundations.

—A mí también me gusta —contesté.

Grace ni siquiera me oyó decirlo.

—¡Tienen una máquina tocadiscos! —comentó emocionada—. ¡Voy a poner una canción!

Despegué la vista del menú para ver la catástrofe a cámara lenta.

Grace se levantó del sofá sin mirar y se chocó con una camarera, provocando que a esta se le cayese la bandeja al suelo con un gran estruendo.

La chica parpadeó sorprendida mientras Grace se disculpaba a toda prisa:

—¡Ay, Dios, mierda! ¡Lo siento! —exclamó avergonzada—. Quería poner una canción, me he levantado sin mirar y no te he visto. De verdad que lo siento.

Por fortuna, los vasos eran de plástico y no se rompieron, pero sí se derramaron los batidos por el suelo.

Las dos se agacharon, fueron a recoger el mismo vaso y sus manos se rozaron. La chica se la quedó mirando un instante, parecía un poco cortada. Les pregunté si necesitaban ayuda y ninguna me contestó.

—Te he puesto perdida —se lamentó Grace mientras apilaba los vasos encima de la bandeja.

Lo que parecía un batido de fresa decoraba parte de la trenza morena que la camarera tenía sobre el pecho.

—No te preocupes —le dijo ella incorporándose—. Voy a por la mopa.

—Lo siento mucho —repitió Grace al ponerse de pie—. ¡Te prometo que dejaré una buena propina!

Después, se volvió en mi dirección. Se mordió el labio y me miró horrorizada antes de decir:

—¡Qué vergüenza, lo ha visto todo el mundo!

Estaba roja como un tomate.

Sin darme tiempo a responder, siguió a la chica por el restaurante. Me reí entre dientes al verla alejarse a toda prisa.

Cuando regresaron, ayudó a la camarera a limpiar. La chica, que parecía de nuestra edad, desistió tras la tercera vez que le pidió a Grace que se sentase. Volví a ofrecer mi ayuda, pero, de nuevo, no me hicieron caso. Al terminar, Grace se sentó frente a mí.

El ruido del tintineo de los cubiertos y las conversaciones ajenas disminuyó cuando posé los ojos en ella. Grace se había puesto una camiseta de la Ruta 66 que se había comprado el día anterior; era gris oscuro, sin mangas, y le quedaba bastante ancha. La llevaba metida dentro de los vaqueros deshilachados. Sus Converse moradas con flores bordadas resaltaban por encima de lo demás. Como siempre, estaba guapa.

—Que sepas que he invertido mi dólar en pedir una de las canciones de Elvis que te gustan —dijo con los ojos fijos en la carta—. Y eso que tenían ABBA.

—Gracias. —Aparté la mirada y volví a concentrarme en la carta.

Unos minutos más tarde, la misma camarera se acercó a nuestra mesa para tomarnos nota. En cuanto nos quedamos solos, Grace me dijo:

—¿Recuerdas que te pregunté si podías enseñarme algo de español?

—Sí.

—He pensado que podrías empezar ahora. Creo que en los dos días de viaje que nos quedan me dará tiempo a aprender algo para sorprender a Raquel, ¿no?

Asentí. Por primera vez, fui consciente de que hacía días que habíamos pasado el ecuador del viaje.

—Solo sabías palabras sueltas, ¿no? —la interrogué.

—Sí. Sé decir cosas como: *familia, casa, amiga, hola, ¿cómo estás? Yo muy bien. Me llamo Grace* —dijo en español.

Su acento y que pronunciase algunas palabras con torpeza me hicieron sonreír. Se notaba que no tenía ni idea del idioma.

—Veamos… —Me acaricié la barbilla y me quedé pensativo un instante—. Podemos empezar con esto… —Cambié a español para decir—: *Estás tremendo.*

—*Estás te…*

—*Tremendo* —vocalicé más despacio.

—*Temendo…*

Negué con la cabeza y me incliné sobre la mesa:

—*Tremendo*, con «erre» entre «te» y «e».

—*Estás tremendo* —consiguió decir tras varios intentos—. ¿Qué significa?

—Significa que algo está muy bueno —le dije sin un ápice de vergüenza.

La camarera regresó con la comida, dejó un plato delante de Grace y otro delante de mí. Ambos habíamos pedido el desayuno con tortitas, huevos revueltos y beicon, café y un batido de fresa. Por último, dejó un plato de galletas con pepitas de chocolate en el centro de la mesa.

—Creo que te has confundido —le dijo Grace—. No hemos pedido *cookies*.

—Invita la casa —le contestó ella, sonriente—. Por la demora con la comida.

—¡Ah, gracias! —Grace le correspondió la sonrisa.

Alargó la mano para coger una galleta y yo retiré el plato de su alcance.

—Perdona —llamé a la camarera, que ya se iba—. ¿Esto lleva nueces? —le pregunté cuando se dio la vuelta.

—No.

—Es que mi amiga es alérgica —la señalé con la mano libre.

Ella se dirigió a Grace:

—Puedes comer tranquila.

Le dedicó otra sonrisa y se fue.

—¡Qué maja es! —me dijo Grace.

Asentí mientras echaba sirope sobre mis tortitas. Después, corté toda la comida y la mezclé mientras Grace me miraba con desaprobación. No tardamos en volver a las lecciones de español.

—Ahora te voy a enseñar una frase más larga. Repite después de mí —le pedí—. *Me encanta comerte entero.*

—¿Qué significa? —Quiso saber.

—Significa que te lo has comido todo… —Dibujé un círculo con el dedo sobre mi plato medio vacío, para ilustrar mis palabras—. Porque te ha gustado mucho.

Ella asintió en señal de entendimiento y empezó:

—*Me encan…*

—*Me encanta* —repetí.

—*Me encanta.*

—*Comerte…*

—*Comerte*.

—*Entero* —puntualicé.

Le llevó un par de intentos pronunciarlo todo bien. Mientras tanto, la comida de nuestros platos iba desapareciendo.

—Genial —la felicité cuando lo consiguió al final—. Ahora di la frase completa: *Me encanta comerte entero*.

—*Me encanta... comerte... entero* —dijo dubitativa—. ¿Lo he dicho bien? —agregó en inglés.

—A ver, repítelo otra vez, para asegurar.

—*Me encanta comerte entero*.

Reprimí la sonrisa y le contesté un:

—*A mí también me encanta comerte entera*.

Ella arrugó las cejas y señaló mi plato vacío con su tenedor.

—¿Eso significa que a ti también te ha gustado tu comida?

—No te haces una idea de lo mucho que me gusta.

Grace sonrió y se levantó para ir al baño. En ese instante, la camarera se acercó a la mesa para dejar la cuenta.

—Oye..., no suelo hacer esto —empezó la chica nerviosa—, pero, si no te lo digo, me voy a arrepentir después y estaré todo el día dándole vueltas...

«Otra vez...».

—Toma. —Se sacó una servilleta del delantal—. He apuntado mi número...

Abrí la boca para decirle que no me interesaba cuando añadió:

—¿Puedes dárselo a tu amiga?

—¿A mi amiga? —pregunté sorprendido.

Ella señaló el asiento vacío de Grace con la cabeza.

—Sí. —Me sonrió—. Es monísima y yo me muero de la vergüenza. No quiero hacer más el ridículo delante de ella.

Parpadeé mientras asimilaba que el teléfono no era para mí.

—Claro, yo se lo doy —dije aceptando la servilleta.

—Muchas gracias. Por cierto, no corre prisa la mesa —agregó señalando la cuenta con la mano—. Podéis quedaros todo el tiempo que queráis.

Asentí y clavé los ojos en la servilleta.

Unos segundos más tarde, Grace ocupó su sitio.

—La camarera acaba de traer la cuenta —le informé.

—Sí… Ya lo he visto —respondió un poco cortante.

—¿Quieres pedir algo más?

Ella negó con los labios apretados y me dirigió una mirada afilada.

—¿Qué te pasa? —le pregunté extrañado.

—Nada.

Fruncí las cejas.

—Es muy guapa —añadió poco después.

—¿Quién?

—La camarera.

—¿Ah, sí? —pregunté—. No me he fijado.

Grace resopló y me miró incrédula. Sonreí al darme cuenta de por dónde iban los tiros. Miré a la chica por encima del hombro y decidí pincharla un poco:

—La verdad es que no está nada mal.

—Puedes ir a hablar con tu amiguita si quieres. —Hizo énfasis en «tu amiguita» y yo casi me partí de risa allí mismo—. Se os veía muy cómodos conversando.

Grace pasaba de cero a cien en segundos y, por alguna razón, verla celosa se me hacía muy divertido.

—Estoy bien aquí —respondí.

Ella arqueó las cejas y me soltó:

—He visto cómo te daba la servilleta… Te ha apuntado su número, ¿no?

—Sí.

Grace torció el gesto y asintió.

—No debería sorprenderme —dijo por lo bajo—. Tendrás una colección de servilletas y posavasos con números de chicas. ¿Las guardas en un archivador y las llamas cuando te aburres?

—Claro que no… —Negué con la cabeza—. Por lo general, las tiro después de llamarlas —dije para provocarla.

—Supongo que ya tienes otra más para el grupo de «mejores amigas» de Instagram… —dijo con retintín.

—En realidad, en ese grupo estás tú sola.

Grace parpadeó sorprendida por esa revelación. Por fortuna,

tras unos segundos, volvió a desviar la atención hacia la camarera.

—Bueno, aun así, alucino con el descaro de la gente. Ligando en horario laboral, ¿no le da vergüenza?

—No deberías criticarla, la tienes justo detrás.

Ella puso los ojos como platos y la sangre le huyó del rostro.

—¿En serio? —preguntó horrorizada—. ¡Vámonos, por favor!

Miró por encima del hombro para asegurarse y suspiró aliviada al verla atendiendo una mesa... en la otra punta del local.

—¡Me lo he creído, idiota! —Grace hizo una bola con una servilleta limpia y me la lanzó.

Tenía tan mala puntería que ni siquiera tuve que esquivarla. La bola aterrizó a mi lado, sobre el asiento, y solté una carcajada.

—Entiendo que estés celosa, pero...

—Más quisieras —me interrumpió.

—No hace falta que te pongas borde con la pobre camarera —bromeé—. Encima de que le has tirado el batido y todo...

Empujé la servilleta por la mesa en su dirección y le dije:

—Además, el teléfono es para ti, boba.

Grace parpadeó confundida.

—¿Cómo que es para mí? —preguntó al cogerla.

—Sí, me ha pedido que te dé su número.

Ella desdobló la servilleta y leyó lo que había escrito. Después, levantó la cabeza y buscó a la chica con la mirada. Volvió a leer lo que había escrito en el papel y su ceño se relajó. Con la misma facilidad que había llegado su enfado, este se diluyó.

—¡Es la primera vez que alguien me apunta su teléfono en una servilleta! —me comentó—. ¿Qué te ha dicho? ¡Cuéntamelo todo!

Me hizo repetirle, palabra por palabra, lo que me había dicho.

—¡Claro! —Sonrió cuando me callé—. ¡Es que hemos tenido un *meet cute* digno de comedia romántica!

La miré sin comprender.

—Ya sabes. —Señaló el suelo—. Nos hemos chocado, nos hemos agachado las dos a por las cosas, nuestras manos se han rozado y Cupido le ha lanzado la flecha. —Sonrió ilusionada—. ¡Qué romántico!

Se me escapó la risa y me recosté en el respaldo del asiento para mirarla. Grace cogió el bolígrafo de la mesa.

—Tendrás que dejarle una buena propina, porque vas a romperle el corazón —le dije.

—Yo nunca rompo corazones —aseguró mientras garabateaba algo en la servilleta—. Ahora vengo —comentó levantándose.

Cuando se alejó, me guardé en el bolsillo la servilleta que me había tirado. Acto seguido, alcé la vista. Grace ya había llegado a la barra. Le devolvió la servilleta y se llevó la mano al pecho. No sé qué le diría, pero la hizo reír. La chica la observó con una sonrisa mientras ella se encaminaba en mi dirección. Grace alzó el pulgar para que supiera que todo había ido bien. Mis ojos se toparon con los de la camarera y me di cuenta de que estaba igual de embobado que ella.

32

SPORTS ROMANCE (n.): Subgénero romántico en el que hay deporte y guindillas.

Zac se puso las gafas de sol tan pronto como salimos del restaurante y me rodeó los hombros con el brazo mientras caminábamos por el aparcamiento. Su actitud era igual de chula que la de Edward la primera vez que llevó a Bella al instituto.

—Te pones muy graciosa cuando estás celosa —me dijo con una sonrisilla.

—No me he puesto celosa —aseguré.

Él soltó una risita incrédula antes de decir:

—Vete a contarle la mentira a otro.

Me aparté de su cuerpo porque justo nos detuvimos en el lateral del coche.

—Sé que te cuesta creerlo porque estás acostumbrado a que te bailen el agua —empecé—, y como yo paso de ti y no intento impresionarte, pues...

—Es evidente que ya lo has hecho —me cortó.

—¿El qué?

—Impresionarme.

Resoplé y él ensanchó aún más la sonrisa.

—Venga ya —me quejé—. Eso es de primero de hombre básico. ¿De verdad te funciona para ligar? —pregunté escéptica.

—Sí.

—Conmigo no te va a funcionar.

Él avanzó con seguridad hacia mí. Apenas nos separaban un par de pasos de distancia. Su sonrisa era más cegadora que la luz del sol. Cuando llegó a mi altura, me agarró de las caderas y se inclinó.

—¿Estás segura de eso? —preguntó cerca de mis labios.

Su sonrisa arrogante hizo que me temblasen las piernas.

—Sí —contesté pasados unos segundos.

Él rozó mis labios con los suyos deliberadamente. De pronto, el corazón se me aceleró como si estuviese impaciente por salírseme del pecho. Cuando creía que iba a besarme, el capullo se apartó con una sonrisita. Acto seguido, se adelantó para abrirme la puerta del copiloto y me la sujetó para que entrase.

Zac se subió al coche y arrancó. Al dar marcha atrás para salir del aparcamiento, apoyó la mano en mi asiento, miró hacia atrás por encima del hombro y giró el volante con la otra mano. ¿Cómo alguien haciendo algo tan mundano como dar marcha atrás podía ser tan sexy?

Me echó un vistazo rápido antes de volver a mirar atrás.

—¿Qué? —me preguntó pagado de sí mismo.

—Nada.

Aparté la mirada y me volví hacia la ventanilla.

En las últimas horas habían pasado muchas cosas entre nosotros. Desde que me había enterado de su historia, le veía con otros ojos. Creía que, al haber vuelto a acostarnos, habíamos sellado una especie de pacto que consistía en que, si nos apetecía, seguiríamos divirtiéndonos juntos.

Siendo sincera, me había molestado un poco que hubiera aceptado la servilleta con el número de la camarera. Aunque eso hubiese acabado bien, no podía olvidar que lo único que yo esperaba del resto del viaje era pasármelo bien, soltarme la melena y disfrutar de la sensación de ser libre. Y para seguir por ese camino no había mejor conductor que Zac.

Aquel día el viaje fue distinto. Condujimos por autovías destartaladas y vacías mientras dejábamos Misuri atrás, peleándonos en broma por la música que elegíamos, por sí queríamos o no seguir con el audiolibro y compartiendo Skittles. Cuando conducía Zac, su mano derecha se las apañaba para tocarme a cada tanto. Me quedé sin aliento cuando dejó la mano en mi muslo, y también cuando nuestros dedos se enlazaron sobre mi pierna. Por el contrario, yo conduje con las dos manos pegadas al volante. Mientras atravesábamos Illinois insulté a los conductores que realizaban adelantamientos peligrosos o que se pegaban mucho a mí por detrás, lo que le arrancaba risas a Zac, y lo di todo cantando Taylor Swift cada vez que saltaba una de sus canciones en la lista. Cruzamos tres estados y podría decirse que las casi siete horas de trayecto se me hicieron cortas.

Al llegar a Indianápolis, fuimos directos al circuito de Fórmula Uno. Will le había regalado a Zac la experiencia de ir de pasajero en un biplaza.

Conforme nos fuimos aproximando a nuestro destino, Zac se fue emocionando. Cuando bajamos del coche, ya parecía un niño en la mañana de Navidad. Seguimos las indicaciones y nos acercamos al barracón para que hiciese el registro de llegada.

—¿Estás segura de que no te quieres montar? —me preguntó mientras rellenaba la documentación.

—Segurísima.

No había nada que me llamase menos la atención que los coches y la velocidad.

Cuando terminó con el papeleo, Zac entró en el vestuario para cambiarse. Mientras lo esperaba, aproveché para subir a Instagram un par de fotos que había hecho. Subí una que había sacado de la carretera desierta por la que habíamos conducido y otra de la librería que habíamos visitado en San Luis. Después, me entretuve buscando un restaurante para cenar más tarde.

Cuando Zac salió vestido como un piloto, por poco no se me cayó el móvil al suelo. Llevaba un mono ignífugo negro con franjas rojas en los hombros y en el pecho. Era consciente de que me había quedado mirándolo con la boca abierta.

—¿Qué tal estoy? —me preguntó.

—Guapo —contesté.

Me sonrió ampliamente y me hizo un gesto con la cabeza para

que le acompañase. Salimos por el otro lado del edificio para ir a la pista. Eran las seis de la tarde y el calor era pegajoso como la miel.

Al divisar la pista a lo lejos, me puse un poco nerviosa.

—Oye, esto es seguro, ¿verdad? —No fui capaz de disimular la inquietud.

—Bah, ni te preocupes. —Hizo con la mano un gesto que le restaba importancia—. Conduce un experto y solo voy a dar dos vueltas. En cuestión de unos minutos habrá terminado.

Traspasamos la verja y me dejaron quedarme con él en el área de seguridad. Desde donde estábamos se veía un trozo de carretera, la torre de control y las gradas que teníamos detrás.

Arrugué la nariz. El aire olía a combustible y a neumático. El par de coches que circulaban a toda velocidad por la pista armaba un gran estruendo.

—¿Has visto eso? —me preguntó, contento—. ¡Dios, estoy deseando montar! ¡Va a ser la leche! ¡No me creo que esto esté pasando por fin!

Asentí en silencio.

Un miembro del personal se acercó a Zac y le entregó unos guantes y una braga ignífuga para que se protegiese la cara.

—Bueno, te veo ahora —me dijo dándose la vuelta.

No dio ni dos pasos en la dirección al coche cuando me puse en marcha.

—¡Zac, espera! —Le detuve cogiéndolo del brazo.

Cuando se volvió para mirarme y posó sus ojos claros en mí, no pude evitar que se me encogiese aún más el estómago.

—Ten cuidado —le pedí antes de soltarle.

—No tienes de qué preocuparte —me prometió mientras caminaba hacia atrás—. Además, no conduzco yo.

—¡Eso no me deja más tranquila!

Después, me dio la espalda y se metió la braga por la cabeza.

Me guiñó un ojo antes de que le pusieran el casco y yo me despedí con la mano.

Los nervios me arañaron el estómago cuando se subió en el asiento trasero del coche negro que le indicaron. Dos miembros

361

del *staff* le abrocharon los cinturones de seguridad. Alcé el móvil y le grabé. Zac me enseñó el pulgar enguantado para indicarme que todo iba bien y se bajó la visera del casco.

El ruido del motor resonaba dentro de mi pecho. En cuanto el personal de seguridad se apartó, el motor rugió porque el conductor pisó el acelerador. El coche avanzó a toda velocidad y, cuando lo perdí de vista, dejé de grabar. Caminé nerviosa de un lado a otro y me mordisqueé la uña, inquieta. Los minutos de espera se me hicieron eternos.

En el momento en que el vehículo se detuvo delante de mí me embargó una sensación de alivio. Saqué el móvil y volví a grabarle. Supuse que le gustaría tener su reacción de recuerdo.

A partir de ahí, lo visualicé todo a cámara lenta. Zac se bajó del coche con elegancia y se agachó para darle la mano al conductor, que seguía en su asiento. Acto seguido, se quitó el casco y se lo entregó a un hombre. Después, se deshizo de la braga y de los guantes. Al mirarme, me hizo un gesto de cabeza y se pasó la mano por el pelo. Sin perder el tiempo, se acercó corriendo.

—¿Cómo te sientes? —le pregunté haciendo *zoom* a su cara.

—¡Es una pasada, Grace! —dijo saltando en el sitio.

—Me alegro. —Me reí por su efusividad.

Tenía los ojos brillantes y estaba muy contento.

—Esto es lo mejor que he hecho en la vida —aseguró mirando a cámara—. He ido todo el viaje riéndome y gritando.

En cuanto bajé el móvil, Zac me sorprendió sujetándome la cara con las manos y besándome. Asoló mis labios con una pasión que aumentó la temperatura de Indianápolis unos cuantos grados.

—La adrenalina —se excusó—. Podría correr una maratón ahora mismo. Voy a cambiarme —me dijo al apartarse.

Después de eso, fuimos al hotel a dejar las cosas. Nos hospedábamos en el casco antiguo de la ciudad, así que lo teníamos todo más o menos a mano. Nos dieron las habitaciones en la misma planta, alejadas la una de la otra. La mía no tenía nada destacable. Era bastante grande, tenía una cama de matrimonio con la colcha blanca, un escritorio diminuto y una cafetera de goteo.

Me di una ducha rápida para quitarme de encima el calor que llevaba arrastrando todo el día. Nuestro plan era visitar un par de librerías que tenía marcadas en el mapa y cenar en el restaurante mexicano que había reservado. Aquella tarde me apetecía estrenar modelito. Saqué de la maleta el vestido veraniego que me había comprado en Zara. Era amarillo y tenía el escote en forma de pico. La falda me llegaba a mitad del muslo y era en forma de A. Lo acompañé con unas sandalias planas. Canturreé mientras me maquillaba un poco. Había cogido algo de color en la cara durante el viaje y me veía guapa. Cuando Zac llamó con los nudillos a mi puerta, yo me estaba poniendo los pendientes: un aro dorado en la oreja derecha y una margarita del mismo color en la izquierda.

Un rato más tarde, estaba leyendo la sinopsis de un libro en la librería cuando oí la voz de Zac.

—No sabía que te interesaban los Na'vis.

Despegué la vista de la contraportada. Él estaba apoyado en la estantería de novela romántica.

—¿Na'vis? —le pregunté extrañada.

—Sí, los bichos azules de *Avatar*, ¿no?

—Ah, no, estos libros no son de *Avatar*.

Él se acercó y se fijó mejor en la portada. El libro se escurrió de mis manos cuando me lo quitó para leer de qué iba. Cuando me lo devolvió, tenía una sonrisa maliciosa en la cara.

—¿Lees libros de avatares follando? —me preguntó.

Me sonrojé y miré a mi alrededor.

Estábamos en medio de la tienda, pero él no se cortaba un pelo.

—No son avatares. Son bárbaros —expliqué mientras colocaba el libro en su sitio—. Y no he leído ninguno. Todavía.

Su sonrisa se ladeó aún más y me atrapó el magnetismo de su mirada.

—Bueno —empezó—, yo venía a hacerte una propuesta que no vas a poder rechazar.

Alargó un libro en mi dirección y yo lo cogí. En la portada salía un coche de Fórmula Uno.

—¿Qué te parece si te lo compro y hacemos todas las guarradas que hagan los protagonistas? —me propuso sin un ápice de vergüenza.

—¿Qué?

Le había entendido perfectamente. La respuesta me salió como un acto reflejo.

Sentí que mi estómago se fundía lentamente.

«Me estoy derritiendo, ¿verdad?».

—He estado leyendo un poco por encima —comentó con una sonrisa— y creo que tiene buena pinta.

El libro se titulaba *Calentando motores*. Le di la vuelta y leí la sinopsis. Un piloto se veía envuelto en un romance tórrido con la hermana de su mejor amigo. Una frase en negrita prometía una historia de alto voltaje que le sacaría los colores a cualquiera.

—Tiene cinco guindillas —lo oí decir.

Una pequeña sonrisa brotó de mis labios. Me parecía increíble que se hubiese dedicado a leer las contraportadas de los libros eróticos hasta dar con el más salvaje.

Cuando lo miré, Zac alzó las cejas de manera sugerente.

Como si tuviera los rayos láser de Superman en la mirada, sus ojos quemaron todas las partes de mi cuerpo. Me miró el cuello, el escote, la curva de las caderas y las piernas. Luego se quedó unos segundos mirándome a los ojos.

Tragué saliva y noté cómo me excitaba.

Estaba segura de que las llamas saltarían de mi piel a los libros y el local se incendiaría en un santiamén.

Solo él tendría la poca vergüenza de regalarte un libro romántico para recrear todas las escenas fogosas que estaban escritas entre sus páginas.

—¿Qué me dices? —Se acercó a mi oído y susurró muy despacio—: Por lo poco que he leído, follan delante de un espejo, y él dice muchas cosas que te gustarían.

«UF. Respira», me pidió mi corazón.

Todas las partes de mi cuerpo que podían temblar temblaron.

Ese hombre despertaba mi lado más salvaje. De pronto, la Fórmula Uno me parecía el deporte más interesante del mundo. En aquel instante comprendí que no me importaría protagonizar un *sports romance* erótico siempre y cuando fuese con él.

—Cómpralo. —Le estampé el libro contra el pecho—. Y apréndete las frases.

—Dios, cómo me pone que te pongas mandona.

Si había alguien capaz de transformar una librería en el lugar más pecaminoso del mundo ese era Zac Anderson.

33

PICANTE (adj.): Obsceno y gracioso.

Zac y yo cenamos en un restaurante mexicano que se llamaba Nada. El local era enorme y estaba dividido en salas. Las paredes estaban revestidas de madera oscura y algunas tenían baldas con innumerables botellas. Lo más llamativo era el ambiente vibrante, propiciado por la decoración colorida y la música en español.

Nos condujeron al centro de la sala principal, hasta una mesa que estaba enfrente de la barra. Aquella zona estaba abarrotada de gente. Colgué la *tote bag* en el respaldo de la silla. Zac me pidió un momento y se apartó.

—Perdone, ¿tendrían algo más íntimo? —le preguntó a la camarera.

—Lo siento, señor, pero ahora mismo todas las mesas están reservadas —le respondió ella.

—Ya... —Zac hizo una pausa—. Verá, hemos venido desde California única y exclusivamente para cenar aquí. Es nuestro aniversario y... —Redujo tanto la voz que no alcancé a oír el final de la frase.

—Deme un momento, a ver qué puedo hacer —le pidió ella.

Zac se volvió en mi dirección.

—¿Cómo la has convencido? —le pregunté divertida.

—Le he dicho que, si no me ayudaba a conseguir otra mesa, me dejarías porque eres muy exigente.

Abrí la boca sorprendida.

—¿Por qué le dices eso? —pregunté haciéndome la ofendida—. Va a pensar que soy una tirana.

Zac se rio por lo bajo.

—En realidad, le he dicho que quería que la cena fuese especial y que significaría mucho para mí si pudiese darnos otra mesa. Después, he puesto mi sonrisa infalible.

Para ilustrarlo, me regaló una sonrisa deslumbrante. Era increíble su capacidad para salirse siempre con la suya.

En ese instante, regresó la mujer.

—Parece que ha habido una cancelación y tenemos disponible una mesa en el reservado del fondo —le dijo a Zac—. ¿Le parece bien?

—Me parece estupendo. Muchas gracias —contestó él.

—Si son tan amables, síganme por aquí.

Cuando la mujer se dio la vuelta para encabezar la marcha, Zac me guiñó un ojo y yo reprimí la sonrisa. Él me hizo un gesto con la mano para cederme el paso y luego la apoyó en mi espalda baja para guiarme por el restaurante. Su palma irradiaba calor y traspasaba la tela de mi vestido. Aunque el reservado estaba a la vista de todos, nos ofrecía un espacio más privado. Me senté en un banco que estaba recubierto por tela roja y Zac en el de enfrente.

—¡Mira! —exclamé señalando el cartel de la pared en el que podía leerse: SE HABLA ESPAÑOL—. ¿Me ayudas a pedir la cena en español?

—Claro. ¿Qué quieres?

Consulté la carta rápidamente. Zac tenía clarísimo que iría a por los tacos de carne, yo me acabé decantando por los de gambas y decidimos compartir unos nachos. Él pronunció despacio el nombre de todos los platos y, cuando se nos acercó el camarero, me animé a pedir.

—*Queremos tacos de carne a... asada, gambas y nachos con guacamole, por favor.* —Me costó pronunciar algunas palabras, pero más o menos lo conseguí.

—*¡Muy bien!* —me felicitó Zac cuando nos quedamos a solas.

Le sonreí contenta y alcé la palma para chocar los cinco con él.

Mientras esperábamos la comida, Zac me enseñó algunas frases más. Creía que mi debilidad eran los escoceses, pero aquel día el ranking de acentos que más me gustaban cambió y Zac hablando español pasó a ocupar el primer puesto.

—¿Cuál ha sido tu peor cita? —le pregunté interesada después de coger el último nacho del bol.

—Yo no tengo malas citas —aseguró.

Negué con la cabeza y se me escapó la risa.

—Eres un flipado —musité sonriendo.

Se acarició la barbilla con gesto pensativo y, pasados unos segundos, me dijo:

—Una vez quedé con una chica que había conocido por Tinder. Reservó mesa para cenar en una marisquería y me sugirió pedir ostras porque eran afrodisiacas. Le dije que eso era un mito, pero ella insistió y yo no quería quitarle la ilusión.

Él empezó a reírse en ese instante.

—Total, que me comí la puñetera ostra, me sentó fatal y antes de llegar al postre estaba vomitando en el baño. Cuando salí, ella se había ido y me tocó pagar la cuenta.

Me reí al imaginarlo. Nuestras manos fueron por libre y se encontraron encima de la mesa.

—Y la tuya, ¿cuál ha sido? —se interesó.

No necesitaba pensarlo. Lo tenía clarísimo.

—La mía fue la vez que quedé con un tío que tenía la lengua supergrande. La cita en sí fue bien, pero casi me ahogué mientras nos besábamos en la puerta de mi casa.

Zac soltó una carcajada.

—Fue una experiencia horrible —aseguré con dramatismo—. Te juro que notaba cómo me quedaba sin aire.

—Eres tan exagerada que me encantas.

El corazón me dio un salto mortal en el pecho.

«ME ENCANTAS».

¿Dos palabras bastaban para que mi corazón diese volteretas?

Él me miró expectante y yo le dediqué una leve sonrisa.

¿Qué se suponía que respondía una a eso? Y lo más importante, ¿cómo iba a contestar si me había quedado sin palabras?

El camarero se acercó para recoger los platos.

—¿Desean algún postre? —nos preguntó—. Tenemos churros y arroz con leche.

—¿Cuál te apetece más? —me preguntó Zac.

—Ninguno. Estoy llenísima.

—Queremos uno de cada, por favor. —Se dirigió al camarero y le devolvió la carta.

—¿Por qué has hecho eso? —le pregunté cuando el hombre se fue.

—Porque siempre finges que no quieres postre y luego me robas la mitad. Como no me has dicho cuál te apetece más, he pedido los dos.

«¡Qué romántico!», suspiró una vocecita encantada en mi mente.

Parpadeé confundida cuando sentí cómo el corazón me aumentaba de tamaño. No me dio tiempo a darle vueltas a esa idea, porque él siguió hablando.

—Además, te pones insoportable cuando no tomas nada dulce después de comer —apuntó con una sonrisa vacilona.

Me perdí en el azul infinito de su mirada y le devolví la sonrisa como una idiota. Me gustaba que se hubiese dado cuenta de eso. Todo lo que nos rodeaba se había desdibujado, como le pasaba al paisaje tras la ventanilla del coche. En aquel restaurante, fue como si bajasen las luces y los focos se centraran solo en él.

El camarero interrumpió el momento al dejar los postres en el centro de la mesa. Cuando se fue, Zac empujó el arroz en mi dirección y se sentó a mi lado. Le clavé la cuchara y me la llevé cargada a la boca.

—Mmm…, está buenísimo —le sonreí.

Tenía la tripa y el corazón llenos, y estaba contenta.

Un rato después, mientras el camarero estaba recogiendo los platos vacíos, le dije en español:

—*Me encanta comerte entero*.

El chico se quedó congelado y me miró con los ojos como platos.

—Madre de Dios… —dijo Zac a mi lado.

—¿Perdón? —contestó en inglés el camarero. Estaba tan rojo como el bote de salsa picante.

Al comprender que debía de haberlo dicho mal, decidí repetírselo:

—*Me encanta comert...* —No pude terminar la frase porque Zac me tapó la boca.

—Discúlpela —le dijo, y entonces cambió a español para decirle algo que no comprendí.

—Ah —dijo el chico asintiendo con entendimiento—. No pasa nada.

Y se marchó.

—¿Qué le has dicho? —le pregunté extrañada a Zac cuando retiró la mano de mi boca—. ¿Tan mal lo he pronunciado?

—Que estás aprendiendo español y que todavía confundes algunos términos —contestó divertido.

Él me rodeó los hombros con el brazo y escondió la cara en mi oreja para susurrar:

—Básicamente le has dicho que quieres comértelo entero.

—¿Qué? —Me aparté de su contacto y lo miré ultrajada.

—Estoy seguro de que le has provocado una erección...

—¿Por qué me has enseñado a decir eso?

—Porque me pone que me digas cosas indecentes —contestó con la poca vergüenza que le caracterizaba.

—Eres un cerdo. —Le di un manotazo en el brazo y él se rio.

—Ya... —Asintió—. ¿Y sabes qué?

Negué con la cabeza y me acerqué a él como un mosquito que vuela hacia la luz. Me acarició la mejilla y me dijo:

—*Me encantaría comerte entera.*

Aquella tarde, en la librería, algo se había desatado en mi interior: la certeza de que aquella noche quería ser yo la que lo dejase sin palabras. Con ese pensamiento en la cabeza, me ausenté para ir al baño. Entré en uno de los cubículos y cerré la puerta para quitarme las bragas. Las escondí dentro del puño y abrí la puerta. Observé mi reflejo en el espejo y me gustó lo que vi. Los ojos me brillaban bajo la iluminación de las bombillas halógenas. El pintalabios se me había difuminado, pero estaba guapa.

Y nerviosa.

Era la primera vez que hacía algo así. La Grace de hacía unos meses no se habría imaginado quitándose las bragas llevando un vestido corto. Pero esta Grace, la que sonreía frente al espejo, se sentía más viva que nunca, y no necesitaba colarse en un sitio para sentir un chute de adrenalina recorrerle las venas. Le bastaba con sentarse frente a Zac y dejar que las emociones estallasen.

Se me escapó la risa al imaginar la cara que pondría al enterarse de que no llevaba bragas. Quería excitarlo y que volviese a mirarme como si fuese la última gota de agua en el desierto. Quería que me llevase a su habitación y que me leyese las frases del libro. Y quería volver a dormir con él.

Todo lo que tenía era un plan y una sonrisa.

Me alisé la falda y me observé en el espejo desde todos los ángulos para comprobar que la tela amarilla no se transparentaba.

«Eres la protagonista de tu vida. —Le dediqué un asentimiento confiado a mi reflejo—. Sabes lo que quieres y vas a por ello».

Salí del baño con las pulsaciones por las nubes. Sentía que llevaba un cartel de neón en la frente, en el que podía leerse: «Eh, miradme, no llevo bragas», y que todo el mundo se daría cuenta.

Sonreí a Zac al volver a la mesa y me senté enfrente, en el sitio que antes había ocupado él.

—¿Qué te apetece hacer ahora?

Le oía hablar, pero estaba buscando la manera de confesarle que iba sin bragas. ¿Qué se suponía que tenía que hacer? ¿Inclinarme sobre la mesa y decírselo? ¿Tirar accidentalmente algo al suelo y abrirme de piernas cuando se agachase a recogerlo?

«Tu problema es que piensas demasiado las cosas...», me había dicho, y tenía razón.

—Grace... —Su voz grave me devolvió a la mesa—. ¿Te encuentras bien?

—¿Qué?

—Estás muy roja —comentó.

—Sí. Sí. Es que... me he reabierto el raspón de la rodilla en el baño —escupí de sopetón lo primero que se me ocurrió—. Me escuece un montón. ¿Me la miras, por favor?

Zac se quedó serio de inmediato y se asomó por debajo de la mesa. Eché un vistazo a mi alrededor y separé bien las piernas, sintiéndome la persona más temeraria del universo. Zac se golpeó la cabeza con la tabla y esta tembló.

—¡Au, joder! —lo oí exclamar dolorido.

Cerré las piernas, complacida.

Zac reapareció frotándose donde se había dado.

—¿Te encuentras bien? —repetí sus palabras con una sonrisa angelical.

Sus ojos se oscurecieron cuando abrí el puño para que viera el encaje morado que escondía en la mano. Él alzó las cejas con una mueca insinuante. Acto seguido, guardé las bragas en la *tote bag*. Sin decir nada, se acercó el vaso a la boca y sonrió de medio lado antes de darle un sorbo.

—Lo sabía —comentó satisfecho.

—¿El qué?

—Que eras una chica traviesa —contestó dejando el vaso—. Estoy deseando meterme debajo de la mesa y hacerte pasar un buen rato.

Sentí su voz grave como una caricia en la piel. Las pulsaciones se me dispararon y los colores se me subieron a las mejillas. Junté las piernas con deseo y me removí incómoda en el banco. Zac me regaló una sonrisilla maliciosa. Parecía contento de haberme dejado sin réplica.

—No deberías intentar jugar sucio con alguien que juega mejor que tú. —Fue todo lo que dijo antes de recostarse en su asiento.

Cogí el margarita y sorbí por la pajita. Me salió el tiro por la culata y al final fui yo la que se quedó sin palabras otra vez.

—Dicho esto, ¿nos vamos? —me preguntó.

Entramos en el ascensor del hotel detrás de varias personas. Zac se las ingenió para colocarse detrás de mí. En cuanto se puso en marcha, me agarró de las caderas y me pegó contra él.

Tragué saliva al notarlo duro contra mí.

Al llegar a la octava planta, nos quedamos solos.

—Espero que eso sea el móvil —comenté con una risita mientras se cerraban las puertas.

—Es el inyector de epinefrina —contestó tranquilamente.

«¿Qué?».

Me volví para encararlo confundida.

—¿Por qué llevas un Epipen en el bolsillo?

—Por ti.

Todo mi cuerpo se estremeció por esas dos palabras.

—¿Desde cuándo? —cuestioné con un hilo de voz.

Se encogió de hombros.

—Llevo uno en el bolsillo desde que empezamos el viaje —reconoció—. Y puede ser que lleve unos cuantos más en la maleta, por si acaso.

El ascensor se detuvo en nuestra planta, pero no me moví.

—¿Por qué? —pregunté mientras se abrían las puertas—. Soy yo la que tiene que llevarlos…

Él permaneció callado unos segundos. Me dio la impresión de que todo lo que se oía en aquel espacio cerrado eran mis latidos. Zac tenía que estar oyéndolos también, ¿verdad?

«¿Qué quieres? —le pregunté a mi corazón—. Relájate un poco, por favor».

Me latía tan rápido que parecía que se me iba a salir del pecho.

La campanita del ascensor indicó que las puertas volvían a cerrarse detrás de mí.

Zac se había quedado muy serio, mirándome con intensidad.

Delante de mí se extendía un puente imaginario. Ahora solo me quedaba decidir si lo cruzaba y me iba al otro lado con él o si me quedaba en el mío, contemplándolo desde lejos. Me armé de valor y repetí la pregunta:

—Zac, ¿por qué llevas mi medicación de la alergia encima?

Me hacía una idea de la respuesta, pero necesitaba oírselo decir.

Él cogió aire y soltó la respuesta al exhalar:

—Porque me preocupo por ti.

Con esa confesión le dio un golpe certero al caparazón que tanto me había esforzado en construir para proteger mis sentimientos. Durante un instante, fue como si el mundo entero se detuviese porque se había quedado sin aliento. Igual que yo. Sabía que tenía que estar asustada. Me estaba enamorando del hombre que no debía. Pero en mi interior no había ni rastro de miedo. Lo que estaba sintiendo dentro del pecho era lo suficientemente fuerte como para que mi corazón cruzase el puente corriendo, sin que me diese tiempo a pensar en las consecuencias. El mundo volvió a ponerse en marcha, y yo lo hice con él. Le eché el brazo al cuello y me puse de puntillas para besarlo, dejándome llevar por todo lo que sentía. Cuando me devolvió el gesto, sentí que mi estómago caía al vacío, como si el ascensor descendiese sin control a una velocidad vertiginosa. Zac me estrechó por la cintura y, sin dejar de besarme, me empujó hacia abajo, obligándome a apoyarme en las plantas de los pies.

Me di la vuelta y presioné el botón que abría las puertas. Según salí del cubículo, Zac me cogió la mano y me atrajo suavemente hacia él. Al voltearme lo besé con tanto ímpetu que nuestros dientes chocaron. ¿El suelo estaba temblando o era yo? ¿Era mi corazón?

—Quiero dormir contigo —admití en un susurro.

—Joder, yo contigo también. —Me robó otro beso—. Estaba a punto de proponértelo.

—No sabía cómo decírtelo —le dije apartándome—. Por si me decías que no…

Zac me sujetó la cara con las manos. Su expresión parecía casi atormentada cuando negó con vehemencia, como si eso fuese inconcebible para él.

—Grace, si me miras así no puedo decirte que no a nada.

Su corazón tiró del mío, empujándome a seguirlo hasta su habitación.

El sonido de la puerta cerrándose a lo lejos me hizo preguntarme si eso que sentía descontrolándose dentro del pecho seguiría acompañándome al día siguiente. Sus manos cálidas acariciaron mis hombros cuando me bajó los tirantes del vestido, pulverizando por completo el hilo de mis pensamientos. Cuando volvió a besarme, encontré en su lengua el refugio que necesitaba en ese momento, y lo demás… ya se vería a la mañana siguiente.

34

DESVÍO (n.): Alejamiento consciente de la ruta inicial.

—¿De verdad tienes que vestirte? —le pregunté a Grace cuando salió de la cama.

Ella se rio mientras recogía del suelo el vestido que le había quitado hacía un rato.

—No puedo ir por el pasillo del hotel desnuda.

—¿Quién lo dice?

—Yo.

—Por si te interesa mi opinión en esto, yo creo que deberías hacerlo todo desnuda —dije levantándome—. O, en su defecto, llevando mi ropa puesta. —Esa última parte se me escapó.

—Sí, claro. —Se enfundó el vestido por la cabeza.

En ese momento me di cuenta de lo mucho que me gustaría verla con mi camiseta de fútbol americano, esa en la que podía leerse: «Anderson» y debajo un «13».

Me vestí y la acompañé a su habitación a recoger sus cosas.

Cuando regresamos a mi cuarto, Grace abrió su maleta. Me sorprendió ver que tenía toda la ropa organizada en bolsas. Su equipaje era la definición de paz mental, y el mío, la viva imagen del caos.

Sacó el pijama y el neceser, y los dejó sobre el colchón.

—Voy a lavarme los dientes —me dijo antes de dirigirse al baño.

Me puse los pantalones del chándal y la seguí hasta allí.

—¿Puedo pasar? —le pregunté al llamar a la puerta con los nudillos.

Grace emitió un sonido afirmativo desde el interior. Empujé la puerta entreabierta y la encontré lavándose los dientes frente al espejo. Alargué el brazo por detrás de ella y saqué el cepillo de dientes de mi neceser, que descansaba sobre la encimera de mármol. Ella se sacó el suyo para decirme:

—Te he robado pasta de dientes.

Tenía las comisuras de la boca manchadas de pasta y estaba guapa. Le di un beso en el omoplato y me recliné sobre el lavabo para mojar el cepillo.

Mientras nos lavábamos los dientes le hice cosquillas en la cintura con la mano libre. Ella se rio al intentar esquivarme y salpicó de pasta el espejo. Se agachó para enjuagarse y yo aproveché para acariciarle el culo, ignorando sus protestas. Cuando se incorporó, intentó hacerme cosquillas.

—Para —le dije riéndome.

—¿Cómo dices? —se rio—. Si no te sacas el cepillo, no te entiendo.

Siguió fastidiándome mientras me aclaraba la boca.

—Te voy a atar las manos para que te estés quietecita —le dije después de escupir en el lavabo.

Grace soltó una risita juguetona cuando la acorralé contra la pared y le sujeté las manos por encima de la cabeza. Tenía las muñecas tan estrechas que pude sostenerle ambas con una sola mano. Se estremeció cuando le besé el cuello.

Inspiré hondo. Grace olía a su colonia floral y a sexo.

—Hueles muy bien —le dije antes de apretar los labios contra su pulso.

—Tú también.

Sonreí con la cara escondida en su cuello. Me gustaba que me dijese esas cosas.

Ella giró el cuello y buscó mis labios. En cuanto le solté las muñecas, sus manos aterrizaron en mis hombros y nos besamos. Unos cuantos besos después, me empujó con suavidad para apartarme.

Atontado, la observé mientras se volvía para sacar unos algodones de su neceser. Me coloqué a su lado para lavarme las manos y la salpiqué con el agua.

—Eres insoportable —me dijo riéndose.

Mientras se desmaquillaba, yo me quité las lentillas. Cuando me puse las gafas, me encontré con su sonrisilla en el espejo.

—Ay —suspiró antes de dejarse caer contra mi pecho.

—¿Qué haces? —le pregunté al sujetarle la cintura.

Ella negó con la cabeza y murmuró algo para sí misma que no alcancé a entender. Tiró el algodón a la papelera y se llevó la mano a la frente.

—Desmayarme —contestó con los ojos cerrados.

—¿Por qué?

—Porque con gafas y sin camiseta estás monísimo.

Una sonrisa tierna brotó en su rostro cuando me reí. La sensación cálida de mi pecho volvió a avivarse. Sin poder contenerme, la abracé desde atrás y ella recostó la cabeza contra mi hombro.

—¿Vamos a la cama? —propuse mirándola a través del reflejo.

—¿A dormir?

Sonreí de medio lado.

—¿Ya tienes ganas otra vez, salidilla?

Grace se dio la vuelta entre mis brazos con la risa resonando en el fondo de su garganta.

—Lo decía porque me apetece que me leas un capítulo del libro nuevo.

—¿Porque te gusta mi voz? —adiviné.

Asintió y me recorrió una sensación de satisfacción.

—Hacemos un trato: tú duermes sin pijama y yo leo lo que quieras.

Supe que había ganado en cuanto tiró de mi mano fuera del servicio.

Nos tumbamos en la cama y le leí los dos primeros capítulos de *Calentando motores*. De tanto en tanto, habíamos parado para comentar alguna escena mientras ella soltaba suspiros amorosos. Desde luego, el libro cumplía lo que prometía en la sinopsis. En el capítulo dos la pareja principal ya estaba follando en el asiento trasero de un Mercedes.

—A ver —empecé cuando acabé de leer el capítulo—. Es un poco surrealista que ya la llame por todos estos apodos cariñosos, ¿no?

—A mí me parece romántico —contestó Grace.

Tenía la cabeza apoyada en mi hombro y trazaba circulitos sobre mi pecho con el dedo.

—Grace, estamos en el capítulo dos. Me parece cutre que le diga... —Hice una pausa antes de releerle con un tono irónico—: «Te gusta hasta el fondo, ¿eh, amor...? ¿Lo quieres más duro, cariño?».

Paré de leer y ella soltó una risita.

—En el capítulo dos —repetí escéptico.

—¿Qué tienes en contra de los apodos amorosos?

Apoyó la palma en mi pecho y se irguió para mirarme con sus preciosos ojos azules.

—Para empezar, no me gustan —comenté dejando el libro a un lado—. Y, para seguir, me parece difícil de digerir que la llame «mi amor», «mi vida» y «cariño» tan pronto... Así que yo memorizo las frases que quieras para follar contigo, pero los motes empalagosos van fuera.

—Eso no vale —refunfuñó.

—Míralo de esta manera: estamos mejorando el libro. Nos quedamos con la parte divertida y la parte horrible la cambiamos.

—Entonces ¿puedo llamarte Max? —se aventuró a preguntar.

—Grace, no vas a llamarme por el nombre de otro mientras follamos. Ya te dije que me gusta que me llamen por mi nombre.

Mi tono de indignación fingida le hizo gracia.

—Bueno, ¿por qué no me lees otro rato más? —me pidió—. Que está muy interesante.

Me aclaré la garganta antes de proceder a leerle el siguiente capítulo. Según comencé, Grace contuvo un bostezo y se le empañaron los ojos. Se durmió tres páginas después.

Me despertó el sonido estridente de la alarma de Grace. Inspiré hondo cuando se apartó para apagarla.

—¿Qué hora es? —pregunté adormilado cuando volvió a acurrucarse contra mí.

—Las ocho —contestó igual de amodorrada que yo.

Me rodeó la cadera con la pierna y yo la pegué a mi pecho.

—La he retrasado cinco minutos.

—Buena chica —le contesté medio inconsciente.

Ella soltó una risa perezosa.

Apretó los labios contra los míos y después contra mi barbilla, mi mandíbula y mi nuez. Suspiré cuando me acarició la cabeza, y abrí los ojos despacio.

—Buenos días. —Grace me regaló una sonrisa suave.

Estaba completamente despeinada, tenía los párpados hinchados y las arrugas de la sábana marcadas en la mejilla.

—Buenos días —contesté—. Estás preciosa.

Ella me acarició la sien y yo le rocé la espalda con los dedos. Me gustó tenerla así. Desnuda. Y en mi cama otra vez. La noche pasada, cuando hizo el amago de ponerse el pijama, lo arrojé a la otra punta de la habitación.

No tenía mal despertar, pero habría tirado su móvil por la ventana cuando volvió a sonar la alarma. Quería quedarme bajo las sábanas con ella, pero teníamos otra jornada de coche por delante.

—No pienso salir de la cama —aseguré a regañadientes.

—Y yo que pensaba proponerte que te duchases conmigo…

Apenas había terminado la frase y ya me estaba levantando.

Un rato más tarde salió del baño envuelta en un albornoz. La seguí desnudo por la habitación, secándome el pelo con una toalla de mano.

Tenía clarísimo que la había cagado al saltarme las reglas. El problema era que no lo sentía así ni un poco. Tenía que haber una palabra. Seguro. Una palabra para cuando cometes un error de manera consciente y te importan un bledo las consecuencias. Pero mi cerebro la había olvidado. En aquel momento, ni siquiera estaba presente aquella vocecita que me decía que volver a meterla en mi cama había sido un disparate. Mirándola, todo eso se me olvidaba.

La realidad era que Grace me gustaba y no sabía cómo gestionarlo. Tampoco quería rayarme analizando lo que sentía. No iba a ponerle una etiqueta a lo mío con ella en el último momento. Prefería dejarme llevar y disfrutar del viaje, que llegaba a su fin. Al día siguiente llegaríamos a Manhattan y todo se pondría en su sitio. Volveríamos al mundo real y dejaríamos atrás el viaje y todo lo que había pasado en él. Ella dormiría en el apartamento que compartía con sus amigas, y yo llegaría a un piso inhóspito y vacío. Ese pensamiento me hizo darme cuenta de dos cosas: la primera era que quería dormir esa última noche con ella, y la segunda que era un desastre y no había comprado ni un solo mueble para mi casa.

—¿Qué haces ahí parado? —me preguntó Grace.

Sacudí la cabeza; me había quedado embobado admirándola. Otra vez.

—Te miraba —respondí con sinceridad mientras me subía las gafas por el puente de la nariz.

Llevaba otro de sus vestidos veraniegos, aquel era morado y de manga corta. La tela de la falda flotó a su alrededor cuando caminó en mi dirección. Me dio un beso escueto en la mejilla y se perdió dentro del baño.

Saqué de la maleta una camisa limpia y unas bermudas, y las arrojé sobre la cama.

Grace salió del baño justo cuando me subía los pantalones. Me senté en la cama con las piernas estiradas, apoyé la espalda contra el cabecero y me coloqué el portátil encima. Había decidido que, mientras se arreglaba, yo visitaría la web de IKEA. Era la primera vez que amueblaría una casa al completo y no tenía ni idea de por dónde empezar.

Lo primero que hice fue buscar una cama. Escogí una de las más grandes, con el cabecero de madera blanca. Cuando la añadí al carrito, le eché un vistazo a Grace. Estaba sentada en el suelo, frente al espejo del armario. Desenroscó la máscara de pestañas y abrió la boca al aplicársela, concentrada. Verla así de graciosa encendió una bombilla en mi cabeza. Solo me quedaba un día entero con ella y quería hacer algo especial para agradecerle que me hubiese acompañado a llevar el coche a mi nuevo hogar. Rápidamente consulté la ruta que haríamos ese día y planifiqué un desvío a una cabaña a los pies de un lago, para la que me había dejado parte del presupuesto de los muebles.

—¿Qué haces? —Grace me miró a los ojos a través del espejo.

—Comprar los muebles para el apartamento.

—¿En serio? ¿Puedo ayudarte?

—¿Por qué sonríes tanto? —pregunté extrañado.

—¡Porque me encanta comprar cosas de casa!

Por su cara parecía que acababa de ganar la lotería.

Cerré la pestaña de la cabaña en cuanto se levantó. Quería que fuese una sorpresa.

Se sentó a mi lado sobre el colchón. Apoyó la cabeza en mi hombro desnudo y sentí el calorcito recorrerme el cuerpo.

—A ver, ¿qué tienes en el carrito? —me preguntó.

Le enseñé lo que había metido, que se resumía en una cama, un juego de sábanas grises y una mesita de noche.

—¿Solo vas a comprar una mesita de noche? —cuestionó.

—Claro. Vivo solo y tengo la intención de que eso siga siendo así.

No sé por qué coño dije eso. Probablemente porque era la verdad.

Grace se quedó callada unos segundos, pero enseguida dijo:

—Zac, esa mesita es enana. Ahí no te caben la lamparilla y un libro. Además, no pega nada con la cama. Vamos a buscar otra más bonita.

Intentó convencerme de comprar otra más grande e infinitamente más cara. Yo desestimé su idea enseguida. No necesitaba tanto y tampoco quería gastarme todo lo que había cobrado por el audiolibro en amueblar la casa.

Se notaba que ella llevaba lo de su amor por los libros a otro nivel. No paraba de sugerirme que comprase cosas que no necesitaba:

—¡Mira ese carrito qué mono! ¡Podrías ponerlo en el dormitorio y llenarlo de libros!

—Es un carro para la despensa —comenté divertido.

—¿Y qué? —Ella se despegó de mi hombro para esbozar una mueca—. Yo tengo uno en mi habitación, verde, precioso. Queda monísimo lleno de novelas.

—Si no te digo que no…, pero no tengo tantas como tú. Y ahora estoy comprando lo básico que necesito para mañana. De la decoración ya me encargaré más adelante.

Ella me hizo un mohín y la encontré adorable.

Un momento…

«¿Adorable? ¿Desde cuándo usas ese adjetivo para describir a una tía?».

Aparté la mirada, incomodado por el rumbo de mis pensamientos, y volví a centrarla en la pantalla.

—¿Puedo acompañarte a recoger las cosas? —me preguntó entusiasmada.

—¿Por qué te emocionas tanto? Es IKEA, no Hogwarts.

—Ya te lo he dicho, me encanta ver muebles. Así puedo ayudarte a escoger un buen sofá. —Sonrió satisfecha—. Eso sí que no puedes comprarlo por internet, tienes que probarlo en la tienda.

Pasamos treinta minutos más llenando el carrito de cosas que necesitaba.

—Gracias por ayudarme, chica de los libros —le dije después de pagar.

—Me gusta que me llames así —reconoció.

La rodeé con el brazo; parecía que mi cuerpo no se cansaba de su cercanía. Me apetecía tocarla todo el tiempo y disfrutaba de su compañía. Grace apoyó la cabeza en mi hombro otra vez. Estiró el brazo y acarició con el dedo índice los trazos del tatuaje de mi bíceps izquierdo. Tuve la certeza de que, a partir de ahí, las cosas solo podían empeorar.

35

NEURONAS (n.): Células nerviosas que pierdes sin darte cuenta.

Grace condujo el primer tramo hasta Columbus, la ciudad de Ohio en la que paramos a visitar un par de librerías y a comer. Cuando el camarero me puso delante la tarta de queso, Grace estiró la mano con la cucharilla por delante. Me gustaba que ya cogiese de mi plato sin preguntar. Clavé la cuchara en la tarta y me la llevé a la boca. Mientras masticaba, decidí que había llegado el momento de contarle lo de la cabaña. A partir de ese punto, nos desviaríamos de la ruta inicial y se daría cuenta.

—Oye —empecé como el que no quiere la cosa—, he pensado que podríamos visitar el lago Erie. ¿Te apetece?

—Pero ¿eso nos pilla de paso?

—No exactamente. —Me saqué el móvil del bolsillo para enseñarle Google Maps—. Según he visto solo nos añadiría hora y pico para mañana, pero como es la última noche, igual podríamos quedarnos a dormir en el pueblecito ese. ¿Qué te parece? —Se lo pregunté con la mayor indiferencia posible.

—Me parece bien. —Sonrió mientras devoraba el postre.

Intenté que el alivio no se reflejase en mi expresión.

—Estupendo, pues yo me encargo de cancelar la reserva del hotel que teníamos y de coger otro en el pueblecito este —comenté con la vista en el teléfono.

—Genial —dijo con la boca llena.

Abrí el correo con la reserva de la cabaña y suspiré. Esperaba que le gustase.

Llegamos a Erie a las cinco de la tarde. Conduje hasta las afueras, y después por una carretera secundaria que cruzaba el bosque. La cabaña de madera estaba a orillas del lago.

Aparqué frente al porche delantero. Inspiré hondo al bajarme del coche y el aire puro me llenó los pulmones. Olía a naturaleza y a tierra mojada. Al estar rodeados de árboles, el calor era bastante soportable.

Grace y yo decidimos ver primero el interior de la casa y luego volver al coche a por las maletas. Abrí la puerta con el código que me dieron en Airbnb y le cedí el paso. Entramos en un salón que tenía los techos altos, las paredes blancas y con ventanales que daban al lago azul. Estaba conectado con una cocina pequeña y apañada que tenía todo lo indispensable.

—¿Te gusta? —le pregunté a Grace tan pronto como nos adentramos en él.

—¡Es preciosa! —Me sonrió.

Me agarró la mano y tiró de mí para ver la habitación principal. La estancia era acogedora. Lo único que tenía era una cama de matrimonio con la colcha verde, una chimenea y dos mesitas de noche de madera rústica. Allí los ventanales también daban al lago. Grace abrió uno, se descalzó y salió a la terraza. Yo me recosté en la pared y me quedé mirándola.

—¡Aquí hay un sofá perfecto para leer! —exclamó emocionada.

Sonreí al verla tan contenta.

«Sabía que eso le gustaría».

Grace se dejó caer y la perdí de vista.

—¡Zac, ven, es comodísimo!

Crucé la habitación hasta allí y me detuve en la puerta. Grace estaba tumbada en el sofá de mimbre, tenía las piernas cruzadas a la altura de los tobillos y sostenía un libro abierto encima de la cara. Su bolsa estaba sobre la mesita blanca.

—No puedes leer este libro tú sola —le dije al ver que se trataba de *Calentando motores*.

—¿Por qué no? —Ella bajó la novela y me miró.

—Porque este te lo leo yo —dije quitándoselo.

Al erguirme, doblé la esquina de la página que ella había estirado y lo cerré.

—¿Puedes dejar de doblar las páginas, por favor? —me pidió con un tono lastimero.

—Cuando me regales el marcapáginas.

Ella se estiró para sacar otro libro de su bolsa.

—Voy a sacar las cosas del coche —le dije.

—¿Necesitas ayuda?

—No te preocupes. —Me incliné para robarle un beso antes de internarme en la habitación.

Dejé el libro en la mesita de noche y crucé la casa.

Saqué las cosas del maletero y las cargué hasta la habitación.

Cuando regresé a la terraza, me la encontré dormida con un libro histórico sobre el regazo. Era increíble la facilidad que tenía para quedarse frita en cuestión de minutos y en cualquier lugar que pillase. Estaba convencido de que sería capaz de hacerlo de pie.

Retrocedí sobre mis pasos con cuidado de no despertarla. Volví a salir y me monté en el coche. Conduje hasta el supermercado que estaba a las afueras del pueblo. Había decidido prepararle la cena. Vagabundeé por los pasillos pensando qué comprar o qué le gustaría más. Hice memoria de todas las cosas que la había visto comer, pero no terminaba de decantarme por nada. Hasta que no pasé por el pasillo de los quesos no recordé lo que había dicho en el almacén cuando nos quedamos encerrados: «¿A quién no le gusta el queso?».

A Grace le encantaba el queso en todas sus formas.

Eso me hizo recordar lo que le había dicho a Lauren en mi despedida: «Me llevó a Central Park y me preparó un pícnic con queso, sándwiches, fruta y Skittles... Y de postre me trajiste mis *cup cakes* favoritos, los de Magnolia Bakery».

Me dejé llevar por un impulso y eché en la cesta lo que ella había dicho: una tabla de queso, sándwiches de pavo, unas manzanas y una bolsa de Skittles. Después busqué el postre. Encontré unos *cupcakes* minúsculos de chocolate recubiertos de *frosting* blanco. No eran los de red velvet de Magnolia Bakery, pero esperaba que le gustasen, porque me sentía un poco gilipollas haciendo todo eso.

Algo más tarde abrí la puerta principal de la cabaña con sigilo. Grace seguía dormida en el mismo sitio en el que la había dejado. Podía caer una bomba atómica sobre aquel lago azul y ella ni se inmutaría. Volví a entrar en la casa. Cogí una manta del armario y bordeé la propiedad para llegar al muelle, evitando pasar por la terraza donde descansaba la chica que me traía de cabeza.

El sol del atardecer se reflejaba sobre el agua en calma. Observé el paisaje que tenía delante. El lago era inmenso. Aquella zona estaba llena de árboles y no había más casas alrededor. Extendí la manta sobre la tierra de la orilla y coloqué encima las cosas que había comprado. Cuando terminé, me erguí y contemplé el pícnic.

—¿Qué es todo esto? —Oí la voz adormilada de Grace a mi espalda.

Mierda.

Giré sobre los talones y me encontré con su mirada interrogante.

—La cena —contesté como si fuese obvio.

—¿Has hecho esto para mí?

—Sí. —Asentí y me rasqué la barbilla.

Grace se lanzó a mis brazos y me sentí menos tonto con ella contra mi pecho.

—¡Me encanta! —exclamó conmovida—. ¡Qué bonito, por favor! ¡Muchas gracias!

Dios. ¿Por qué se emocionaba tanto? Si ni siquiera había cocinado nada.

—Bah, no me las des, son cuatro cosas —dije abrazándola.

—Pero son las cuatro cosas que me gustan.

Cuando me besó, su tacto cálido barrió todas mis emociones dejando solo una capa de orgullo. Esa chica era como Tormenta, manejaba el tiempo y la atmósfera a mi alrededor.

Nos sentamos sobre la manta, el uno frente al otro. Abrí la botella de vino tinto y lo serví en las copas. Le entregué una y brindamos.

—¡Está buenísimo! —comentó ella.

—Obvio —respondí degustando el sabor afrutado—. Es californiano.

Ella negó con la cabeza y le dio otro sorbo. Durante un rato, nos limitamos a comer y a disfrutar de una charla agradable.

—¡Mira, patos! —exclamó señalando el agua.

Giré el cuello para ver a unas cuantas aves nadar por el lago. Intenté disimular un escalofrío. Cuando volvió a mirarme, sonrió.

Era increíble cómo se emocionaba con tan poco.

¿Un libro nuevo? Saltaba contenta.

¿Tenían tarta de queso de postre en el restaurante? Pegaba un bote en la silla.

¿Un sencillo pícnic a orillas del lago? Se empañaba su mirada.

Grace era puro sentimiento, vivía las emociones muy intensamente y sus estados de ánimo eran contagiosos.

Le devolví la sonrisa y me la quedé mirando mientras mordía un trozo de queso.

—¿Nos hacemos una foto? —me preguntó.

—Claro.

—Tiene que ser con tu móvil, no tengo el mío aquí —me dijo.

Me recosté para sacarme el teléfono del bolsillo. Ella se acercó a mí y sonrió a la cámara. Después, me quitó el móvil para dar el visto bueno y solo me dijo: «Luego me la pasas».

En lugar de volver a su sitio, se quedó sentada a mi lado, con su pierna rozando la mía. Me incliné para coger un trozo de queso y con la otra mano acaricié distraído su muslo.

—Me gusta que hagas eso —confesó de pronto.

—¿El qué?

—Tocarme todo el tiempo.

Me tragué el bocado mientras intentaba mantener mis emociones a raya.

Grace estaba preciosa bañada por la luz dorada del atardecer. Se colocó el pelo detrás de la oreja, dejando a la vista un pendiente en forma de pájaro. Al verlo caí en la cuenta de que todavía no le había hecho la pregunta más obvia.

—¿Llevas un pendiente de cada porque los pierdes?

—Claro que no —contestó haciéndose la ofendida—. Llevo uno de cada porque es mi seña de identidad.

—Seguro...

—Puede que esta tradición empezase porque he perdido unos cuantos pendientes a lo largo de mi vida —reconoció haciendo una mueca.

Me reí mientras abría la bolsa de Skittles. Cogí un puñado y dejé la bolsa en su sitio. Estaba separando los caramelos rojos del resto en la palma de la mano cuando Grace dijo:

—¿Y tú siempre organizas los caramelos por colores antes de comértelos, como un maniático?

Observé los que tenía en la mano. Los rojos estaban aparte.

—Llevas el vicio al *Candy Crush* más allá, ¿eh? —se rio.

—Eso parece —dije metiéndome los caramelos rojos en la boca.

Grace me robó uno de los morados de la mano y después cogió un *cupcake*. Me observó con una expresión traviesa mientras masticaba.

De pronto, apartó la vista y miró en todas direcciones. Cuando volvió a centrar los ojos en mí, empezó a soltarse los botones del vestido.

En lugar de preguntarle qué hacía, parpadeé expectante.

No sabía qué se proponía, pero me encantaba asistir al espectáculo en primera fila.

Se arrodilló sobre la manta y se desabrochó hasta el último botón. Un velo de imprudencia cargaba su mirada. Acto seguido, se levantó y dejó que la prenda se cayera al suelo, quedándose en ropa interior y obligándome a carraspear. Después, me dio la espalda y caminó por el muelle sin mirar atrás.

Apoyé la mano en el suelo y me levanté para seguirla. Grace me atraía igual que las flores a las abejas. Las tablas se quejaron cuando las pisé.

Ella se detuvo al llegar al borde para quitarse el sujetador. Para entonces, yo ya estaba excitadísimo y la polla se me quedaba sin espacio dentro de los vaqueros. Giró el cuello para mirarme por encima del hombro y me sonrió antes de lanzarse al agua. Emergió a los pocos segundos, justo cuando llegué al borde.

—¿Vienes? —me preguntó—. ¡Está buenísima!

«No me jodas... Hay putos patos vigilando desde la orilla. No me meto ahí ni muerto».

—Me encantaría. —Arrugué la nariz—. Pero llevo las lentillas.

—Pues no metas la cabeza.

Apoyó las manos sobre la madera, cerca de donde estaba yo, y me observó. Intuía sus pezones a través del agua. En ese momento, un pato aterrizó unos metros por detrás de Grace y yo me estremecí. Ella arrugó las cejas y giró el cuello en la dirección en la que miraba yo.

—¿Te dan miedo los patos? —me preguntó cuando volvió a observarme.

—Miedo tampoco, pero no me entusiasma su compañía —reconocí.

—Eso es adorable —se rio—. Venga, ven. Te prometo que yo los espantaré por ti.

—Nah, no tengo ganas. —Negué con la cabeza.

Ella me salpicó antes de sumergirse en el agua. Cuando volvió a salir, dejó sus bragas rojas y empapadas a mi lado, sobre la madera.

—Por si necesitas un incentivo —me dijo riéndose.

Grace me dio la espalda y nadó en la dirección opuesta. Su culo perfecto fue lo que terminó de decidirme.

«A la mierda...».

Me deshice de la ropa en tiempo récord y me tiré al agua de cabeza con los párpados bien apretados. En cuanto salí a la superficie, esperé unos segundos para abrir los ojos. En aquella parte hacía pie, el agua me llegaba por el pecho. Antes de que me diese tiempo a separar los párpados, Grace enroscó las piernas alrededor de mi cintura y me echó los brazos al cuello. Como cada vez que me tocaba, mi cuerpo reaccionó de manera automática. La sujeté del culo y ella me dio un beso. Sabía a *frosting* de vainilla.

—Muy bien, Zac —dijo riéndose—. Superando tus miedos.

—Solo me he tirado porque tienes un culo fantástico.

Mentira. Me había tirado porque era incapaz de resistirme a sus sonrisillas.

—¿Puedo confesarte una cosa? —me preguntó en un susurro.

—Sí.

—¿Te acuerdas de que te conté que tengo una lista de propósitos?

—Sí. La de acostarse con el escocés y colarse en un sitio, ¿no?

—Esa… Quiero que sepas que gracias a ti he tachado un propósito.

Sabía que se refería a ver el amanecer en el Gran Cañón, pero no se lo dije. Ella no sabía que había leído los cinco primeros puntos.

—¿Cuál? —me hice el tonto.

Ella acercó la cara a mi oído para decir:

—El de tener un multiorgasmo.

Aparté el cuello, como si me hubiese dado un latigazo, para mirarla.

—¿Ah, sí? —pregunté con un deje de suficiencia en la voz.

—¿Por qué tienes esa sonrisa de capullo arrogante?

—Porque nunca he estado más orgulloso de mí mismo.

Grace soltó una carcajada que me hizo hinchar más el pecho.

—¿Tienes más propósitos guarrillos que pueda ayudarte a cumplir? —le pregunté bromeando.

—No. —Ella negó con la cabeza—. Solo el de acostarme con un escocés, y en ese no puedes hacer nada.

Aparté la mirada un segundo. Me dije que era para vigilar que los patos no se nos acercaban, pero lo cierto era que me incomodaba pensar en Grace acostándose con otro tío. El hilo de mis pensamientos se vio interrumpido cuando su lengua se encontró con mi cuello. Repartió un montón de besos húmedos y calientes por mi piel y me mordió el lóbulo de la oreja.

—¿Alguna vez lo has hecho en un lago? —me preguntó en el oído.

—No.

Retrocedió para verme la cara.

—¿Y tú? —quise saber.

Negó con la cabeza mientras se lo preguntaba. El deseo que brillaba tras su mirada vidriosa hizo que mi entrepierna palpitara de anticipación.

—Yo tampoco —me contestó en un murmullo—. ¿Te gustaría...?

—¿Por qué no?

—¿No te importa que nos puedan pillar?

—Creo que esa es la gracia de hacerlo en un sitio público, ¿no?

Ella asintió con una sonrisilla juguetona y deslizó una mano por mi torso. Saber que haríamos algo juntos por primera vez hizo que la sensación cálida que arrasaba mi pecho se calentase otro poco más.

Tuve que tragar saliva cuando su palma resbaló por mi estómago. Grace me besó despacio y se me olvidó todo: que estábamos en un lago, que nos rodeaban los patos y que el viaje acababa al día siguiente.

En cuanto me la agarró, mi sonrisa se evaporó. Durante un rato solo fuimos un lío de besos húmedos, caricias resbaladizas y respiraciones entrecortadas.

Cuando comenzó a anochecer, caminé de espaldas, llevándola de vuelta al muelle conmigo. La dejé sobre las escaleras, la mitad de su cuerpo sobresalía del agua, y le acaricié un pezón con suavidad. Ella me echó las manos al cuello y me besó. Se estremeció cuando subí una mano por su pierna para colar un dedo en su interior.

—Zac —gimió con la voz amortiguada contra mi hombro cuando moví la mano.

Saqué la lengua para lamerle la clavícula.

El agua se agitaba por nuestros movimientos impacientes.

La manera en la que se aferraba a mis hombros dejaba claro que estaba tan necesitada como yo.

Entre besos, nos apremiamos el uno al otro para salir del agua.

Mientras ella subía por las escaleras, yo me impulsé por el bordillo. Nos encontramos en la tarima de madera. Coloqué una mano en su cintura y la atraje hacia mí para besarla. El agua que goteaba de nuestros cuerpos enseguida formó un charco a nuestros pies.

Después de recoger la ropa, Grace tiró de mi mano hacia el césped. Apartamos los restos de la cena y la ayudé a tumbarse sobre la manta. Me recosté sobre ella y la besé. Su piel mojada resbalaba contra la mía.

—Dios. Eres preciosa —susurré mirándola fijamente—. ¿Alguna vez te he dicho que tienes los ojos más bonitos del mundo?

—No.

—Pues los tienes. Son preciosos...

«Eh. Neuronas llamando a Zac Anderson: ¿qué cojones dices?».

Joder.

No le había dicho que me encantan sus faldas o verla desnuda.

No.

Acababa de decirle que tenía los ojos preciosos.

Mis pensamientos pasaron a un segundo plano cuando reaccionó a mis palabras sonriendo.

Le besé los labios y después la cicatriz pequeña que tenía debajo de la barbilla.

—¿Qué te pasó ahí? —le pregunté.

—Me caí de un columpio cuando era pequeña.

Apreté los labios contra la cicatriz. Después, le besé el cuello y el esternón.

—¿Y aquí? —le pregunté al besar la cicatriz diminuta que tenía entre los pechos.

—También fue de pequeña —explicó—. Me clavé el alambre oxidado de una verja por acariciar a un perrito monísimo.

Rocé con la nariz su estómago y ella tembló.

—¿Y aquí... qué te pasó? —le pregunté al ver la cicatriz que adornaba su rodilla izquierda. El raspón que tenía en la derecha ya sabía cómo se lo había hecho.

—Me caí un Halloween. Estaba jugando al pillapilla y llevaba un disfraz de robot un poco aparatoso —reconoció con una sonrisa tímida.

De pronto, quería besar todas sus cicatrices y oír la historia detrás de cada una de ellas, pero tendría que ser en otro momento porque Grace me empujó del hombro, instándome a cambiar posiciones. Me tumbé sobre la manta y ella se me sentó a horcajadas encima. Se estiró en busca de mi cartera y sacó un preservativo. Hizo amago de entregármelo, pero yo negué con la cabeza.

—Pónmelo tú, por favor —le pedí.

Mientras Grace deslizaba el condón sobre mí, me clavé las uñas en las palmas. La sensación en mi estómago se convirtió en un tirón cuando me guio a su entrada. El tacto cálido de su piel me hacía perder la cabeza. Bajó despacio, con las manos apoyadas en mi pecho. Cuando estuvimos completamente unidos, cerré los dedos sobre sus caderas. Ella me agarró las manos y las sujetó con delicadeza sobre la manta. Intenté moverme debajo de ella, pero Grace negó con la cabeza.

—Esta noche quiero ser yo la que te vuelva loco —me dijo antes de incorporarse.

No pude contestar. Estaba todavía aturdido por el vuelco tremendo que dieron algunos de mis órganos vitales. Al verla moverse sobre mí, con la cabeza echada hacia atrás y sus pechos balanceándose, me quedé sin aire en los pulmones. Me ahogaba.

Grace cogió ritmo y un gemido ronco se escapó de entre mis dientes apretados.

—Me muero cuando gimes así —reconoció acariciándome el pecho.

El corazón me martilleaba con tanta fuerza que acabaría rompiéndome la caja torácica. Ella se tomó mi segundo gemido como la señal que necesitaba para moverse con más ímpetu sobre mí. Durante un momento dejé que tuviese todo el control de la situación y me limité a disfrutar. No podía apartar los ojos de ella. Era perfecta. Estaba guapísima con el pelo húmedo pegado a la cara, los ojos vidriosos y las mejillas sonrosadas. Cuando contrajo las paredes de la vagina, supe que estaba cerca de terminar. La detuve sujetando sus caderas.

—Todavía no... —le rogué.

Normalmente, cuando se corría, yo aguantaba un rato más. Pero en aquel momento sería incapaz. Estaba demasiado desnudo y expuesto. Necesitaba alargarlo todo lo posible.

Grace pareció entender lo que me ocurría. O quizá se sentía igual que yo, porque solo se inclinó en mi dirección y me pasó una mano por el cabello en un gesto más que cariñoso. Sentí que me fundía cuando atrapó mis labios en un beso sensual.

—Zac, por favor... —pidió contra mi boca.

—Joder, si me lo pides así... —La agarré las caderas y me moví debajo de ella una sola vez.

Grace gimió y comenzó a moverse encima de mí. Desoyendo a mi cerebro y a la idea de alargarlo, le rodeé el culo con las manos y la levanté un poco. Gemimos a la vez cuando volvimos a estar unidos.

Se irguió y apoyó las palmas en mi pecho.

Me encantaba verla así. Desinhibida, enseñándome su cara vulnerable y abandonada al placer que le proporcionaba tenerme dentro. Apreté la mandíbula y empujé las caderas mientras sus músculos se contraían a mi alrededor. Nos movíamos en sincronía. Subí una mano por su cuerpo, se la pasé por encima de un pecho y la guie hasta su cuello. Le acaricié la mandíbula mientras sus gemidos rasgaban el silencio. Ese gesto iba unido a la palabra «íntimo».

Estábamos prácticamente a oscuras, pero las luces del porche se reflejaban en los ojos brillantes de Grace y con esa iluminación me bastaba. Por cómo se apretaba contra mí, era evidente que estaba al borde de estallar. Había llegado el momento de ceder a sus deseos. Moverme dentro de ella se sentía tan bien que no podía concentrarme en otra cosa.

Grace no tardó en alcanzar el orgasmo, catapultando el mío. Cuando me corrí, supe que quería volver a acostarme con ella esa noche. Necesitaba dárselo todo y ser yo quien estuviese al mando de la situación. Quería entregarme a ella por última vez.

Me tragué el nudo de la garganta cuando se recostó sobre mi pecho.

Y entonces lo sentí. Las puñeteras mariposas despertándose en mi estómago.

Estaba jodido. No tenía el insecticida a mano.

36

CRUSH (n.): Jamie Fraser, Xaden Riorson, Jace Wayland, general Kirigan, Edward Cullen y ahora también Zac Anderson.

Nos quedamos tumbados al raso, bajo el cielo estrellado, un buen rato. Corría una brisa ligera que agitaba el agua unos metros más allá y que nos traía el olor de la tierra mojada y de las flores silvestres. No nos habíamos movido para vestirnos ni teníamos intención de hacerlo. Yo estaba la mar de a gusto con la cabeza apoyada en el pecho de Zac y disfrutando del baile de sus dedos sobre mi espalda.

—¿De dónde viene el terror a los patos? —le pregunté cuando cubrió nuestra desnudez con la manta.

—Cuando era pequeño —comenzó—, todos los domingos mi padre nos llevaba a mis hermanos y a mí a un lago que había cerca de casa, en Salinas. Un día nos encontramos con cinco patitos, me acerqué a uno para darle de comer y salió otro gigante de la nada y me dio un picotazo en la mano.

—¡Ay, no, pobre! —Me tapé la boca.

—Recuerdo que empecé a llorar y Will vino corriendo a por mí. Me cogió en brazos y nos alejamos de aquel monstruo.

Sentí un pellizquito en el corazón al visualizar a un mini Zac llorando mientras su hermano mayor lo consolaba.

—Siempre has estado muy unido a tus hermanos, ¿no? —le pregunté.

—Sí. Aunque de pequeño pasaba más tiempo con Katie que con Will, por la diferencia de edad y eso…

Durante unos segundos solo se oyó el cantar de los grillos. Me moría por preguntarle más cosas sobre sus hermanos, pero me daba un poco de reparo.

—Will y yo nos unimos más cuando falleció Katie —siguió Zac de pronto—. Nuestros padres estaban tan centrados en el vacío que había dejado mi hermana que se olvidaron un poco de nosotros… No los culpo, fue una situación muy jodida para todos.

—Ya… —Suspiré.

Quería decir algo más, pero no sabía qué.

—Cuando Will se marchó a Manhattan a estudiar escritura, me centré más en el fútbol americano. Mi padre entrenaba al equipo del instituto y nos enseñó a jugar desde la cuna. Estaba muy orgulloso de que su hijo fuese el *quarterback* estrella del equipo… Se me daba tan bien que un ojeador me ofreció una beca para estudiar en Stanford.

—Vaya, eso es increíble —comenté con admiración.

Me embargó una sensación de orgullo. Una beca para Stanford eran palabras mayores. Era un logro muy importante y difícil de conseguir.

—Oye, si te admitieron allí, ¿por qué te fuiste a San Diego? —pregunté.

Zac respiró profundamente antes de continuar:

—Me lesioné el hombro jugando con mis amigos y perdí la beca.

—Lo siento mucho… Me imagino que debió de ser muy difícil para ti.

—Sí. Fue una época complicada. Al haber perdido lo que mejor se me daba, no sabía qué hacer con mi vida. Me dio por beber e hice muchas tonterías. Por fortuna, mi hermano terminó la carrera y decidió volver a California. Nunca me lo ha dicho, pero sé que regresó para estar cerca de mí. Cada mañana se encargaba de llevarme a la rehabilitación del hombro y cada noche hablaba conmigo. Así fue como terminamos de convertirnos en uña y carne…

La nostalgia de Zac apretó el nudo de mi garganta. Incapaz de soltar palabra, apoyé la palma contra su pecho. Como si con esa leve presión que ejercía pudiese arropar su corazón de alguna manera.

—La noche que toqué fondo, Will y yo tuvimos una conversación sobre Katie. Acabábamos de salir de nuestra primera sesión de terapia de grupo y había sido bastante duro.

Al oír esas palabras, sentí la necesidad de abrazarlo muy fuerte. A diferencia de mí, la mayoría de sus cicatrices no eran visibles.

—Recuerdo que le dije que sentía que estaba olvidándome de ella —siguió en tono monocorde—. Él la conservaba viva entre las páginas del libro que estaba escribiendo. No sé si sabías que los tres hermanos protagonistas estaban inspirados en nosotros.

—No tenía ni idea.

Zac continuó pasados unos segundos:

—Justo estábamos paseando y nos topamos con una tienda de tatuajes veinticuatro horas. Entré sin planteármelo. Llevar a mi hermana grabada en la piel me parecía una buena manera de recordarla. Cuando terminaron de tatuarme el brazo, Will me sorprendió haciéndose el mismo.

—Eso es muy bonito… —Un par de lágrimas silenciosas rodaron por mis mejillas y aterrizaron en su pecho.

Él no hizo ningún comentario al respecto y siguió contándome su historia.

—A los pocos días empecé el último curso de instituto. Al llegar a mi taquilla descubrí que alguien había pegado encima un cartel para la audición de *Romeo y Julieta*. A mi hermana le encantaba Shakespeare, así que lo consideré una señal.

—¿Entonces fue cuando te cogieron para la obra?

—Sí. Así fue como empecé teatro y conocí a Madison, y, poco a poco, la vida fue poniéndose en su sitio otra vez.

Reflexioné un instante sus palabras mientras recuperaba la compostura.

—¿Cómo acabaste estudiando Medicina? —le pregunté.

—La medicina es algo que siempre me ha llamado la atención. Ese interés se intensificó cuando palabras como «cáncer», «seguro médico» y «quimioterapia» pasaron a formar parte de mi día a día. Era mi verdadera vocación, pero tardé un poco más en verlo porque estaba decidido a contentar a mi padre con el fútbol.

—¿Por qué te mudas a Manhattan? —pregunté.

Zac soltó una risita grave ante mi interrogatorio.

—Porque voy a participar en la investigación de Nancy Sullivan, una de las eminencias en el campo de la leucemia infantil.

—¿Y después de eso montarás tu clínica de salud gratuita? —inquirí al recordar lo que me había contado en casa de mi hermana.

—Sí. Mi idea es ahorrar todo lo que pueda en Manhattan para ello. Mis padres se endeudaron al pagar el tratamiento médico de Katie. Lo pasamos fatal, pero el pueblo entero nos ayudó... No quiero que nadie más se sienta así, es horrible e injusto.

Ahí estaba. El verdadero fondo del iceberg. Cuanto más profundo nadaba, más hondo quería llegar.

—Creo que nunca me has contado cómo acabaste siendo editora —dijo un rato más tarde.

—La historia no tiene nada de misterio —contesté—. Ya te conté que mi madre es bibliotecaria... Ella nos inculcó a mi hermana y a mí el amor por la literatura desde que éramos pequeñas. Aprendí a leer prontísimo, me encantaba cerrar los ojos e imaginarme todos los cuentos que leía. En casa siempre primaban los libros por encima de los juguetes. Creo que solo hubo unas Navidades en las que un regalo me hizo más ilusión que los libros. Fue cuando nos trajeron *Línea directa* —confesé con una risita.

—¿Qué es eso? —preguntó extrañado.

—El juego en el que llamabas por teléfono y tenías que adivinar quién era tu cita. Nosotras tuvimos el que te podía tocar Chris Evans de novio, ¿sabes? —me reí—. Cuando no era famoso, vaya.

—No sé por qué no me sorprende.

—Pero bueno, a lo que iba, mi madre hizo un buen trabajo con nosotras. Supongo que por eso las dos estudiamos literatura y, como ya sabes, Natalie terminó siendo profesora, y yo, editora.

Durante un instante, guardamos silencio. Cerré los ojos y me concentré en las sensaciones que me producían sus caricias en la piel.

—Creo que ya sé cómo habría sido nuestro romance en el instituto —le dije de pronto.

—A ver, sorpréndeme...

Se me escapó la risa. Me incorporé para mirarlo y descubrí que me observaba con interés. Su rostro estaba alumbrado por la luz tenue que nos llegaba del porche.

—Teniendo en cuenta que somos un poco cliché —empecé—, yo diría que, cuando te descarriaste, nos ayudamos mutuamente. Tú me enseñaste a ligar, o algo así, y yo te enseñé a analizar las oraciones sintácticas para lengua. Quedábamos siempre en la biblioteca después de clase, y un día nos besamos.

—Yo te habría llevado al baile de fin de curso —aseguró.

—No creo que hubiésemos llegado tan lejos. Te habrías liado conmigo un par de veces a escondidas y luego habrías ido al baile con la animadora de turno para hacerlo todo más cliché.

—Claro que no. Habría ahorrado para recogerte en limusina y todo.

—No te iba a hacer una mamada en la limusina, Zac.

Él se rio y me atrajo contra su cuerpo para darme un beso.

—No habría sido en la limusina —comentó—. Después de que nos coronasen rey y reina del baile, me habría colado en tu casa por la ventana y ahí nos habríamos acostado.

Sonaba tan creíble que podía visualizarlo.

—Me imagino tu habitación de adolescente llena de pósteres de fútbol.

—Y yo la tuya llena de pósteres de tíos y corazones.

—Los sigo teniendo —me reí—. Y todavía conservo el teléfono que tenía en forma de hamburguesa.

Zac soltó una carcajada. Estaba más guapo que nunca, despeinado y con los ojos brillantes. Era increíble cómo su mirada cálida hacía que mi corazón suspirase. Algo amenazaba con estallarme en el pecho, algo que no paraba de crecer y que pronto necesitaría más espacio.

Le devolví la sonrisa y supe que estaba perdida. Y lo peor era que no me importaba con tal de que siguiese mirándome así, con esa mezcla perfecta de pasión y ternura. Volví a recostarme contra su pecho y cerré los ojos. Me encantaba estar así más de lo que era razonable.

—¿Cuál es tu cliché favorito? —me preguntó acariciándome la sien.

—«Él se enamora primero» —confesé sin pensar.

—¿Por qué?

—Supongo que porque nunca me ha pasado… Yo me enamoro muy rápido.

Zac no contestó.

Había intentado construir una coraza para no subirlo a un pedestal. Y casi lo había conseguido. El problema era que se había subido él solito haciendo cosas como leerme un libro para dormir, prepararme un pícnic o interesarse siempre por todo lo que tuviese que decir.

La voz mezquina de mi cabeza aprovechó el silencio para recordarme que daba igual lo mucho que me gustase. No podía olvidarme de que sus gestos encantadores venían de que era un casanova detallista, pero no había un interés romántico disfrazado tras ellos.

No quería fantasear porque esa misma mañana él había dicho que no necesitaba dos mesillas de noche porque viviría solo y tenía toda la intención de que eso siguiese siendo así. Aunque yo no controlaba lo que sentía, sí tenía clara una cosa: Zac y yo no habríamos funcionado en el instituto y tampoco funcionaríamos ahora.

Mis pensamientos no fueron más allá porque Zac dijo:

—Me están acribillando los mosquitos. ¿Entramos y leemos un rato el libro del momento?

—Vale.

Acepté su oferta e intenté no pensar en que esa noche sería la última que me dormiría escuchando su voz profunda y tranquila.

Al día siguiente empezamos la mañana de buen humor. Me reí cuando Zac canturreó «You Belong With Me», de Taylor Swift, mientras conducía, y mi corazoncito sonrió cuando me dijo: «Estarás contenta, ya me la has pegado».

Él condujo las primeras tres horas y media. Después de comer en una hamburguesería que estaba a pie de carretera, cogí el relevo del volante. Cuando Zac puso la dirección de mi casa en el navegador, tragué saliva. En poco más de tres horas llegaríamos a Manhattan y nuestros caminos se separarían.

Empecé conduciendo por la autovía. Llegado un punto me vi obligada a desviarme a una carretera secundaria de doble sentido por una obra. El navegador nos sumó veinte minutos más de viaje.

Conforme avanzaba por la carretera destartalada, mi estado de ánimo fue empeorando. Estaba un poco tensa y nerviosa por la despedida. A eso había que añadirle que estaba a punto de bajarme la regla y, por lo general, mi humor se nublaba bastante. Además, me parecía raro que Zac no me preguntase nada. Solía hacerlo cuando detectaba el más mínimo cambio de humor en mí, pero desde que habíamos salido de la vía de servicio no había abierto la boca.

En el momento en que apareció el cartel que indicaba que quedaban doscientas millas para llegar a Manhattan, no aguanté más y se lo solté:

—Me da pena que se acabe el viaje.

Zac siguió mirando por la ventanilla unos segundos. Juraría que lo oí suspirar.

—Eso es que te lo has pasado bien en mi compañía —bromeó.

—Sí —musité para mí misma—. Por eso me da pena saber que no nos veremos más.

—¿Qué dices, rubia?

«¿Rubia?».

¿Dónde había quedado el «Grace» o el «chica de los libros»?

No me dio tiempo a decirle que no me gustaba que me llamase así porque él siguió:

—Claro que nos seguiremos viendo…

Una chispita de esperanza se encendió en mi pecho.

—Mi hermano está saliendo con tu mejor amiga. Digo yo que coincidiremos, ¿no?

Con esas palabras Zac apagó la chispita de un soplo. El aire acondicionado convirtió el coche en un iglú.

Esa no era la respuesta que me esperaba.

Que me doliese solo significaba una cosa y no me la podía creer: ¿de verdad había sido tan tonta como para pillarme del único hombre que jamás me prometería nada?

—¡Grace, cuidado! —exclamó Zac con urgencia.

Me había distraído. Fue un solo segundo.

Vi demasiado tarde el trozo de madera que estaba en mitad de la carretera. Me entró el pánico e hice lo peor que se podía hacer en una situación así: dar un volantazo.

El coche dio un bandazo. Apreté el volante con fuerza, como si así pudiese evitar perder el control del vehículo. Pisé el freno hasta el fondo y un grito digno de película de terror me desgarró la garganta cuando nos salimos de la carretera. Las ruedas chirriaron. El corazón casi se me salió por la boca. El Mustang dio un par de tumbos hasta detenerse.

Sin pensar en lo que hacía, me solté el cinturón y me lancé a abrazar a Zac.

—Joder, ¿estás bien? —me preguntó alarmado.

Me aferré a su cuerpo. Estaba muy asustada y temblando.

—Sí. Sí —respondí en un resuello—. ¿Y tú?

—Sí. —Me apretó contra él—. Tranquila.

—Madre mía…

Aquella era mi segunda experiencia cercana a la muerte en un año, tenía que ser una señal. Mis pensamientos eran un enjambre. Me notaba la cara desencajada y tenía ganas de llorar. Zac debió de darse cuenta.

—Me has devuelto lo de los pastelitos, ¿eh? —bromeó mientras me frotaba la espalda.

—¿Por qué estás tan calmado? —le pregunté al apartarme—. Casi nos mato.

—Porque estamos bien, que es lo más importante.

Zac se estiró sobre el asiento y apagó el motor. Acto seguido, se bajó del coche y yo le imité. Esperaba que me sujetase la cara entre las manos, como en una comedia romántica, y que me confesase que, al haber estado a punto de morir, se había dado cuenta de que quería estar conmigo. Por desgracia, mi vida no la había guionizado Nora Ephron y, en lugar de declararme sus sentimientos, Zac solo dijo:

—Hemos reventado una rueda…

—Lo siento mucho.

—Grace, para de disculparte —me pidió—. No tengo una de repuesto. Voy a llamar al seguro.

Asentí, nerviosa. Me sentía fatal. ¿De verdad habíamos tenido un accidente a un par de horas del destino? Eso solo podía pasarme a mí. Cada vez estaba más convencida de que mi vida era un programa de cámara oculta.

Los coches seguían pasando a nuestro alrededor levantando aire y haciendo mucho ruido. Me sorprendió para mal que nadie se detuviese para preguntarnos si necesitábamos ayuda.

Estaba tan asustada que ni siquiera conseguía llorar. La adrenalina me impedía estarme quieta y mientras Zac hablaba con los del seguro, yo caminé de un lado a otro junto al coche.

—Nos recogerán en media hora y nos llevarán al taller —me informó al colgar.

Cuando llegamos, el mecánico nos dijo que era posible que no nos devolvieran el coche hasta el día siguiente. Ante eso, Zac y yo cogimos una habitación en el hotel más cercano.

—Mira el lado positivo —me dijo al dejar las pertenencias en nuestra habitación—. Tenemos una noche más para terminar *Calentando motores…* —Sonrió con picardía.

Ese comentario me hizo recordar que lo único por lo que Zac estaba conmigo era el sexo. Para él, que nunca repetía con la misma chica, esto no era más que una aventura de vacaciones. Y eso era lo que tenía que significar para mí también, ¿verdad? Eso era lo que yo me había prometido que sería.

Decidimos salir a dar un paseo por el pueblo. En la calle hacía un calor insoportable, así que, pasado un rato, entramos en la primera cafetería que encontramos. El local parecía muy antiguo, unas fotos desgastadas del pueblo decoraban las paredes y olía a bollería.

—Toma. —Zac dejó sobre la mesa los cafés con hielo que habíamos pedido.

—Gracias.

Sorbí por la pajita y asentí sorprendida. El café estaba bueno. Zac iba a probar el suyo cuando le llamaron por teléfono.

—Sí, soy yo… Juraría que está en la guantera… Entiendo, entonces tiene que estar en el maletero… Mmm… Vale, en cinco minutos puedo estar ahí, sí. Gracias… Hasta ahora.

Lo miré expectante cuando colgó.

—Eran los del taller, no encuentran la tuerca de seguridad de la llanta y la necesitan para quitarla y poder cambiar la rueda. Tiene que estar en el maletero, pero no quieren tocar mis cajas, así que voy a acercarme un momento, ¿vale? Tú quédate aquí con el café. Enseguida vuelvo.

—Eh, vale. —Me chocó un poco que no quisiese que fuésemos juntos, pero no le rebatí.

Zac vació el café de un trago y dejó el vaso en la barra. Cuando salió por la puerta, recuperé mi novela de la *tote bag*. Necesitaba leer para distraerme del cúmulo de emociones que revoloteaban en mi interior tras el accidente, y tampoco quería volver a darle vueltas al tema de Zac. No había llegado a la segunda página cuando una voz grave y potente dijo:

—Ese libro me gustó mucho.

Levanté la vista y me quedé paralizada. Tenía delante a un hombre altísimo y guapísimo.

—¿Sí? —respondí—. Me han hablado muy bien de él.

—Yo no paro de recomendarlo en mi librería.

«¿Tiene una librería?», pensó una vocecita encantada.

—Kenneth MacLeod. —Extendió la mano en mi dirección.

—Grace Harris —respondí estrechándosela.

Tenía la mano grande, áspera y caliente. Sus ojos verdes eran muy llamativos.

—Tu apellido es escocés, ¿no? —le pregunté cuando la solté.

—Sí. Nací en Edimburgo, pero me crie en Manhattan.

—¿En serio? —pregunté—. ¡Qué casualidad! Yo vivo allí, en Hell's Kitchen —terminé llevándome la mano al pecho.

Kenneth me devolvió la sonrisa, agarró el respaldo de la silla libre y entonces me dijo:

—¿Puedo sentarme aquí?

37

QUIZÁ (adv.): Palabra perfecta para meter la pata.

Salí del taller una hora más tarde con el coche. Después de aparcarlo cerca del hotel, llamé a Grace dos veces, pero no me cogió el teléfono. Tampoco me había contestado al mensaje que le había mandado hacía rato, en el que la informaba de que tardaría un poco en volver. Extrañado, regresé a la cafetería en la que la había dejado.

Me quedé pasmado en la puerta al ver que no estaba sola. Había un tío sentado frente a ella al que solo le veía la espalda. Seguro que era un memo del que no había conseguido deshacerse. Avancé hasta ellos con la intención de usar la táctica del novio que ya nos había funcionado con anterioridad. Sonreí con anticipación, deseoso de echarle de mi sitio.

Estaba a punto de llegar a ellos cuando Grace se llevó la mano al pecho, echó la cabeza hacia atrás y soltó una carcajada alegre. La sonrisa se me quedó congelada en la cara.

«¿Quién coño es este tío?».

—Hola —saludé a Grace deteniéndome a su lado.

Ella apartó los ojos de él y por fin me miró.

—Hola —me respondió—. Zac, este es Kenneth. —Lo señaló con la palma de la mano—. Kenneth, este es Zac, mi hermano pequeño —soltó de manera atropellada.

«¿Acaba de presentarme como su puto hermano pequeño?».

Me quedé en *shock*. ¿Había algo más hiriente que eso? Sus palabras me escocieron tanto que no supe reaccionar. No entendía qué estaba pasando, pero en sus ojos me pareció leer el mensaje: «Sígueme la corriente».

—Encantado, Zac. —Oí la voz del tal Kenneth.

Giré el rostro para verlo alargar la mano en mi dirección con una sonrisa de anuncio de Colgate en la cara.

—Igualmente —contesté, estrechándosela.

Aunque me jodiese, tenía que reconocer que no era feo. Y por supuesto tenía un acento impostado de esos que le encantaban a Grace.

—Kenneth es escocés y tiene una librería —me informó ella con una sonrisa.

No me pasó desapercibido que remarcase las palabras «escocés» y «librería».

—Y resulta que le encantan los libros de Roger Santoro —siguió, encantada—. Es uno de mis autores —explicó malinterpretando mi ceño fruncido.

«Genial. O sea que el tío es don Perfecto...».

—Qué bien... —comenté como el que no quiere la cosa—. ¿Nos vamos? —Señalé con la cabeza la puerta. Estaba impaciente por largarme.

Ella volvió a centrar su atención en el escocés.

—¿Me das un segundo? —le pidió de manera escueta.

—Claro. —Sonrió él—. Los que quieras.

Hice un esfuerzo hercúleo por no poner los ojos en blanco.

«Encima es un conquistador de pacotilla».

Era imposible que se hubiese fijado en él, ¿verdad?

Grace se levantó y me cogió del brazo para apartarme de la mesa. Cuando nos alejamos lo suficiente me dijo:

—¿Te importa adelantarte y esperarme en la habitación?

«¿Cómo? ¿Piensa quedarse aquí con él?».

Un sentimiento amargo e irracional tensó todos mis músculos. Estaba confundido y empezaba a mosquearme. Cogí aire y negué con la cabeza mientras decía:

—No.

Mentira. Claro que me importaba. Quería que se viniera conmigo, pero no se lo dije.

—No tardaré nada —aseguró ella con otra sonrisa—. Ahora te alcanzo.

—Vale.

Recogí mi orgullo magullado y me largué.

Mientras caminaba apresurado hasta el hotel, mis pensamientos iban a doscientos por hora.

Estaba molesto con Grace por haberme presentado como su hermano pequeño. No me jodas, ¿no podía haber dicho que era su amigo? Por supuesto que no. Había dicho que era su puñetero hermano pequeño porque quería que al maldito escocés le quedase claro que no era una amenaza.

También estaba molesto conmigo mismo por sentir cosas que no debía, por haber permitido que todo eso llegase tan lejos y porque tenía un caos importante en la cabeza.

Y, sobre todo, estaba cabreado con el escocés de los cojones por salir de debajo de una piedra en el último segundo, y por parecer más el Príncipe Encantador de Disney que un ser humano normal y corriente.

En el fondo, sabía que no tenía ningún derecho a recriminarle nada a nadie. Ni siquiera comprendía por qué me sentía así. Por eso, según entré en la habitación, me senté en la cama y cogí el móvil. Intenté evadirme durante unos minutos jugando al *Candy Crush*. Por alguna razón, no dejaba de revivir la escena que acababa de presenciar. Me distraje al imaginarla riéndose otra vez por algo que hubiese dicho el tío ese, y perdí.

Dejé el móvil sobre el colchón y me froté la frente.

¿Qué me pasaba?

Estaba irritado, preocupado y desconcertado.

Me gustase o no, había perdido el control con Grace. Había ignorado la señal de STOP y, en lugar de frenar cuando tuve que hacerlo, aceleré sin querer. No obstante, estaba a tiempo de parar lo que sentía y evitar el accidente, ¿no? ¿O era demasiado tarde y estaba condenado al siniestro total?

Quizá Grace me importaba más de lo que estaba dispuesto a

admitir, pero eso no tenía ningún sentido. Yo no tenía relaciones y lo nuestro solo era algo pasajero.

El pensamiento de no volver a verla me produjo un retortijón tan desagradable en el estómago que, con la vista clavada en el techo, empecé a reconsiderar cuáles eran mis opciones.

¿Qué podía hacer? ¿Proponerle mantener lo que teníamos sin compromiso?

Sopesé esa idea un instante. Seguir quedando en Manhattan sin ataduras ni formalidades parecía la solución perfecta para paliar este dolor de estómago, y así ganaría tiempo para aclarar la mente.

Enseguida caí en la cuenta de que no podía ser tan egoísta de pedirle algo así a Grace. Ella, que llevaba la palabra «relación» escrita en la frente, me diría que no sin pestañear. Además, por encima de lo que sentía primaba una cosa: no quería hacerle daño.

Joder. Estaba hecho un lío de cojones. Efectivamente, aquello parecía un siniestro total.

Cuando Grace regresó a la habitación veinte minutos más tarde, yo ya había llegado a la conclusión de que tenía que tragarme las sensaciones amargas que sentía y acabar el viaje de buenas.

—Hola —me saludó al entrar.

—Hola —contesté sin despegar la vista del teléfono.

—¿Qué te han dicho del coche?

—Que ya está listo.

—¡Ah! —exclamó sorprendida—. Vale. Entonces... ¿nos vamos o nos quedamos?

Tragué saliva. Al despegar la vista del móvil me encontré con sus ojos expectantes.

—No sé. —Me encogí de hombros contestando a su pregunta—. Dímelo tú —agregué en un tono más cortante del que pretendía.

A la mierda mi propósito de quedarme calladito.

—¿Te pasa algo? —preguntó adentrándose en la habitación.

Se detuvo a los pies de la cama. La preocupación de su mirada me hizo sentir un poco mal. Claro que a ella no le había importado dejarme colgado por el tío ese…

Lo mejor era quitar la tirita del tirón. Yo lo sabía. Había quitado muchas. Por eso respiré hondo y me sinceré:

—La verdad es que me ha molestado que me hayas dejado tirado…

—¿Tirado? —Parpadeó extrañada.

—Sí. Tirado por el escocés.

—Pero si no he tardado nada en volver…

—Ya… —Asentí un par de veces con los labios apretados.

Eso era verdad, pero a mí me escocía el pecho igual.

—Bueno, ¿y el tío ese…, qué? —le pregunté con la mayor indiferencia posible—. ¿De dónde ha salido? ¿Es de por aquí?

—¡Qué va! —respondió con suavidad—. Vive en Manhattan —comentó mientras retrocedía para dejar su bolsa sobre la mesa.

«¿Vive en Manhattan?».

—Genial —musité.

—Quiere enseñarme su librería la semana que viene —añadió sin mirarme.

Una piedra pesada se instaló en mi estómago.

—Sí…, seguro que eso es lo que quiere —ironicé.

La sensación amarga de mi pecho ganó terreno sin que pudiera evitarlo.

—¿Qué has dicho? —Grace cambió a un tono más ácido.

Me había oído perfectamente, pero estaba dándome la oportunidad de rectificar.

—Que está claro que lo único que quiere ese tío es echarte un polvo —contesté con brusquedad.

—Y eso es muy distinto de lo que quieres hacer tú, ¿verdad?

Me levanté de golpe, como si hubiese recibido una descarga eléctrica del colchón.

—Al menos yo digo las cosas a las claras —dije—, y no me las doy de don Perfecto.

—¿Por qué te metes con él? Ni siquiera habéis hablado, y es majísimo.

—Por Dios, Grace, es tan de manual lo que está haciendo...
—comenté mientras me acercaba a ella—. Solo le ha faltado decirte que tiene un puto castillo en las Tierras Altas para que caigas rendida a sus pies.

Grace retrocedió como si hubiese visto un fantasma. Mi reacción la había pillado desprevenida. Poco a poco la comprensión fue manifestándose en su rostro.

—Pero ¿a ti qué más te da? —preguntó, inclinando la cabeza al mirarme.

Al llegar a la conclusión más obvia, abrió los ojos sorprendida.

—¿Estás celoso? —sonaba ultrajada.

«¡Joder, pues claro que estoy muerto de celos!».

En lugar de responder, me pasé la mano por la cara y ella siguió:

—Mira, no sé qué te pasa, pero no tienes ningún derecho a estar celoso porque nosotros no somos nada.

—¿Te crees que no lo sé? —pregunté a la defensiva—. Encima coges y me presentas como tu puñetero hermano pequeño, para que le quede clarito a él también...

Intercambiamos una mirada herida y ella negó con la cabeza.

—No lo entiendo... —empezó con recelo—. Tú no quieres nada conmigo.

—¿Cómo lo sabes? —Perdí la paciencia—. ¡No me lo has preguntado!

—¡Zac, está clarísimo que buscamos cosas diferentes! Tú no quieres una relación y yo...

—¡Quizá sí quiero! —la interrumpí sin poder contenerme.

—¿¿Qué quieres decir con eso??

—Que quizá sí quiero tener una relación contigo.

—¿Quizá? —Grace alzó el tono, incrédula, y me observó como si hubiese perdido la cabeza.

—No lo sé... —confesé—. No estoy cien por cien seguro.

Mis palabras no le cayeron bien. En aquel momento creí que lo mejor para ambos era que fuese sincero. Pero tenía un nudo en el estómago y estaba muy confuso.

—Esto es alucinante —contestó—. Hace un rato decías que volveríamos a vernos en Manhattan cuando coincidiésemos por

Will y Raquel, como si tú y yo fuésemos poco más que colegas, y como si te diese igual no volver a saber nada de mí... ¿Y ahora me saltas con que «quizá» quieres una relación? —Negó con la cabeza cuando guardé silencio—. Claro que no estás seguro... —agregó con sarcasmo—. Lo que te pasa es que estás confundido. Crees que por haber pasado tres días en la cama conmigo quieres algo, cuando los dos sabemos que después de echar tres polvos más te cansarás de mí y, a la larga, me romperás el corazón.

—Bueno, lo estamos pasando bien así, ¿no? —pregunté al aproximarme más a ella—. ¿No quieres ver dónde nos lleva esto?

Grace me miró decepcionada.

Ojalá pudiera rescatar las palabras que acababa de pronunciar y tragármelas.

—No, Zac. —Negó con vehemencia—. Ya sé cómo acaba esta película. Estoy cansada de verla. Estoy harta de acabar frustrada y con la autoestima por los suelos. Tú representas todo lo que ahora mismo no busco en un hombre.

Esa afirmación me dolió igual que si me hubiesen abierto en canal con un bisturí y sin anestesia. La tenía delante, al alcance de la mano, y la sentía a miles de millas de distancia.

—Yo tengo claro que quiero salir con una persona que esté segura de mí —siguió ella—. Yo soy un «sí», no un «quizá». Como dices, lo hemos pasado bien, pero por mi parte esto se acaba aquí.

—¡Joder, te estoy diciendo que estoy dispuesto a considerarlo! —Gesticulé, desesperado.

—Genial..., ¿y tengo que contentarme con eso? —preguntó, incrédula, alzando más la voz—. ¿Con otro tío que no sabe si quiere estar conmigo al cien por cien?

—¡Yo no puedo ofrecerte otra cosa ahora mismo!

—¡Y yo no voy a arriesgarlo todo por un «quizá»!

Grace inspiró hondo, la mirada apenada que me dirigió se me clavó como un puñal en el pecho.

—Prefiero gastar mi energía en una persona que sí esté segura —agregó.

Sentí que me quedaba sin aire en los pulmones. Solté una risa amarga y todo estalló por los aires.

—¿En el maldito Ken de la Barbie? —pregunté indignado—. ¿En serio?

—Se llama Kenneth —escupió entre dientes—. Y él sí parece interesado de verdad.

La herida del rechazo se reabrió de golpe, activando el instinto de supervivencia. Mi mente giraba a toda hostia, como el tambor de una lavadora. Esbocé una sonrisa sarcástica y no me corté un pelo cuando le dije de malas maneras:

—¡Al menos él te servirá para tachar otro punto de tu lista!

Grace abrió la boca y me miró horrorizada, como si no pudiese creerse lo que acababa de decir.

—¿Sabes qué? —dijo de pronto—. ¡Lo he pensado mejor: no quiero quedarme aquí ni un solo segundo más!

Agarró el asa de su maleta y se encaminó hacia la puerta.

Mientras la veía marcharse solo podía pensar en que, a veces, bastaba un simple giro de volante para que las cosas se estropeasen.

38

VIAJE (n.): Camino que, quieras o no, siempre llega a su fin.

«No llores. No llores. No llores», me repetía mientras Zac conducía por la Décima Avenida. En cuestión de minutos giraría a la derecha en la Cincuenta y dos, llegaríamos a mi portal y todo terminaría. El malestar que asolaba mi pecho había aumentado desde que los rascacielos de Manhattan se habían dibujado en el horizonte, cuando todavía estábamos en Nueva Jersey.

Diferentes estados de ánimo me habían acompañado durante el trayecto. Me había montado en el coche muy enfadada por la discusión. Las últimas palabras de Zac me habían sentado fatal. Cuantas más vueltas le había dado a lo que había pasado, más confundida me había sentido. No entendía por qué se había cabreado tanto y por qué se había puesto celoso si en el fondo no quería nada serio conmigo.

Al final un enorme sentimiento de tristeza se había impuesto por encima del enfado y de la incredulidad. Zac había tenido gestos, detalles y miradas que me habían hecho sentir especial. Me sentía viva a su lado. Despertaba mi lado más atrevido, me hacía reír y me escuchaba. Todas esas cosas habían hecho que me pillase sin querer. Mi corazón latía con muchas ganas de pasárselo bien a su lado. Estaba apenada porque me habría encantado seguir con él, pero Zac me había facilitado las cosas al no querer asumir el riesgo. Los dos sabíamos cómo terminaría todo: él solo pretendía divertirse un rato y yo acabaría con el corazón roto. Y yo no quería eso. Yo quería estar con alguien que estuviese seguro de darme el cien por cien, y no estaba dispuesta a terminar más herida de lo que ya estaba.

Por su parte, Zac no había hablado desde que salimos del hotel. Su silencio me pesaba en el pecho tanto como todo lo que me había dicho. Las dos últimas horas se me habían hecho más largas que las cincuenta que habíamos pasado recorriendo el país de punta a punta.

En aquel momento reinaba una sensación de falsa tranquilidad en el coche. Eran las nueve y estaba anocheciendo. A nuestro alrededor se oía el ruido del tráfico, el claxon de los conductores impacientes y una sirena de policía a lo lejos. Me concentré en lo que veía por la ventanilla, cualquier cosa era mejor que mirar de soslayo a Zac.

Intenté centrar la mente en las personas que caminaban por la calle y entraban en las tiendas y en los restaurantes que plagaban la ciudad. Apreté los párpados con fuerza y suspiré cuando nos detuvimos en el semáforo delante de Añejo. Días atrás le había contado que era mi restaurante mexicano favorito y él me había pedido que le llevase cuando volviésemos. Ese plan se había desdibujado de nuestro futuro. Cuando sentí que el coche volvía a ponerse en marcha, me atreví a abrir los ojos.

Estábamos cruzando mi barrio. Debería embargarme un sentimiento de familiaridad, pero parecía que dentro de mi pecho solo había espacio para la pena y el desconcierto. Me sentía una extraña en la ciudad en la que había pasado los últimos diez años de mi vida. Y también me sentía una extraña para Zac.

Nada de eso tenía sentido.

Conforme nos acercábamos a mi calle, sentí los pedacitos de mi corazón desprendiéndose como si fuese pintura desconchándose. Cuando Zac estacionó en doble fila, delante de mi casa, estaba tan nerviosa que las manos me temblaban y no fui capaz de desabrocharme el cinturón de seguridad a la primera.

—Grace… —empezó en tono taciturno.

—Estoy bien —dije al aire mientras recogía mis cosas del suelo.

Al bajarme del coche, tuve la sensación de que me olvidaba algo, pero no recordaba el qué, y no quería darme la vuelta para comprobar el asiento. Respiré hondo y cuadré los hombros al oír su puerta cerrarse.

«Vamos, Grace. Un minuto y todo habrá terminado».

Zac y yo nos reencontramos delante del maletero.

Cuando me dio la maleta, nuestros dedos se rozaron por accidente. Aparté la mano a toda prisa al sentir un hormigueo familiar. El nudo que me oprimía la garganta se ciñó un poco más alrededor de mi campanilla.

Nuestras miradas volvieron a cruzarse y supe que lo nuestro había acabado. Zac estaba muy serio.

—Ha sido divertido, ¿no? —me preguntó.

Se me encogió el estómago.

«No llores, no llores, no llores, no llores…».

—Sí. —Asentí—. Mucho.

—No quería acabar así…

—No digas nada más, por favor —le pedí con un hilo de voz.

Cualquier cosa que pudiese añadir se pegaría como una lapa a mi corazón y me amargaría más aún.

Él tragó saliva al asentir y dejó mi otra maleta en la acera.

Hizo amago de abrazarme, pero retrocedí como si fuese un escorpión. A excepción de mi cabeza, todo mi cuerpo protestó ante esa decisión. Si me abrazaba, me rompería ahí mismo, y no pensaba hacer eso. Me sentía tan estúpida que lo único que salvaguardaría mi dignidad sería no llorar delante de él.

«Ha llegado el momento de decirle adiós», me dijo una voz apenada.

Las palabras de despedida salieron de mis labios después de arañarme la garganta:

—Cuídate mucho…

—Y tú —me contestó.

No fui capaz de decir nada más.

Agarré el asa de la maleta y, con todo el dolor de mi corazón, me di la vuelta.

—Gracias por acompañarme —habló a mi espalda.

Asentí sin volverme para que supiera que lo había oído. Di un paso en la dirección opuesta a él y, al dar el segundo, me volví para mirarlo por última vez.

—El amor es un riesgo —le dije—. Deberías intentar perderle el miedo a que te rompan el corazón y deberías querer sin miedo a la cicatriz.

Él se quedó ahí, mirándome impertérrito, con las manos en los bolsillos.

Y yo le di la espalda y arrastré las maletas hasta el portal. Con cada paso que di, el corazón me latió de manera dolorosa, como un pez que daba los últimos coletazos antes de morir fuera del agua.

Giré la llave en el portal y luché contra el impulso de darme la vuelta para ver si seguía ahí. Cuando la puerta se cerró detrás de mí, se me empañó la vista.

Entré en el ascensor y me apoyé contra la pared.

Siempre que volvía a casa después de unas vacaciones estaba contenta, con ganas de tumbarme en el sofá y revisar las fotos que había sacado a lo largo del viaje. En aquella ocasión, solo quería meterme en la cama y ponerme una canción triste en bucle para vaciarme llorando.

Despedirme de él había dolido, pero encontrarme con la soledad de un piso vacío fue peor. Según cerré la puerta de casa, empecé a llorar desconsolada.

—¿Grace…? —oí la voz de Suzu.

Mi amiga apareció al fondo del pasillo. Caminamos la una hacia la otra.

—¿Qué ha pasado? —preguntó preocupada.

—Cientos de cosas —respondí entre lágrimas.

En cuanto nos abrazamos, me rompí. Suzu me sostuvo mientras el nudo de mi garganta se aflojaba. Me frotó la espalda con cariño y esperó paciente hasta que le dije:

—He vuelto a pillarme y él… —Sollocé incapaz de seguir—. Nunca soy suficiente —agregué al cabo de un rato.

—Grace, por ahí no.

Suzu se apartó y se sacó el móvil del bolsillo.

—¿Qué haces? —le pregunté mientras me secaba las lágrimas.

—Activar el protocolo de rupturas y escribir a Raquel.

—No le escribas ahora —le pedí—. Seguro que es tardísimo en España.

—Me da igual.

—De verdad que solo quiero acostarme y ponerme la versión de «All Too Well» de diez minutos.

Suzu separó los párpados y me miró sorprendida.

—¿La de diez minutos? —observó horrorizada—. Pero ¿qué ha hecho Anderson?

Suzu no esperó respuesta. Tiró de mi mano hacia el salón, me obligó a tomar asiento en el sofá y se perdió en la cocina. Regresó poco después con una bolsa de regalices, una botella de margarita del que ya venía preparado y mi taza con la cara de Chris Evans.

Sin preguntar, la llenó hasta arriba. Colocó el móvil en su trípode, sobre la mesa, y llamó a Raquel.

Nuestra amiga tardó en descolgar. Estaba en un sitio a oscuras y no la veíamos.

—Un momento, chicas —susurró—. Ahora vengo —le dijo a lo que supuse que sería Will—. Duérmete otra vez, cariño.

Oímos el ruido de una puerta cerrarse al otro lado de la pantalla y, de pronto, se hizo la luz y apareció la cara adormilada de Raquel.

—¿Qué pasa? —nos preguntó parpadeando con dificultad.

—Grace acaba de volver del viaje —explicó Suzu—. Y nos necesita.

Los ojos de Raquel se centraron en mí. Me imaginé que debía de tener la máscara de pestañas corrida y los ojos hinchados, porque solo dijo:

—¡Ay, Dios mío, Grace! ¿Qué ha pasado?

Me encogí de hombros y aparté la mirada cuando sentí las lágrimas calentarme las mejillas otra vez. Estaba helada, triste y desorientada.

—Zac y yo nos liamos en Palo Alto —les informé.

—¿El primer día del viaje? —preguntó Raquel sorprendida.

—Sí.

—¿Y eso? —cuestionó Suzu—. Cuando te fuiste, estabas muy convencida de que no iba a pasar nada entre vosotros.

Cogí el cojín rosa de terciopelo y me abracé a él.

—Hicimos *fake dating* en su fiesta de despedida —confesé—. Es una historia muy larga…

En ese momento, tuve que hacer una pausa para llorar y Suzu me abrazó.

—Tenemos tiempo —contestó Raquel.

Asentí y cogí aire.

No sé cuánto rato estuve hablando, pero les conté todo lo que había pasado desde el principio. Les hablé de Lauren y de por qué le propuse a Zac fingir que estábamos juntos, del beso que se nos fue de las manos y de cómo en Las Vegas dijimos aquello de que «lo que pasa en Las Vegas se queda en Las Vegas». No dejé de llorar mientras les contaba que me curó la rodilla en el Gran Cañón, que fue monísimo con mi sobrina, que llevaba siempre un Epipen en el bolsillo, que me había regalado un libro erótico y que me había preparado un pícnic la noche anterior. Ellas se cabrearon cuando les relaté la discusión que habíamos tenido hacía unas horas.

—Y entonces ha dicho que al menos el escocés me serviría para tachar un punto de mi lista de propósitos —terminé.

—*Será gilipollas* —dijo Raquel en español.

—Hay que ser mamarracho —apuntó Suzu.

Al recordar la lista, me la saqué del bolsillo y la desdoblé para leerla. Ahí fue cuando terminé de quebrarme.

Observé el papel que llevaba meses acompañándome.

<u>PROPÓSITOS QUE CUMPLIR ANTES DE LOS 30</u>

☑ Convertirme en editora jefa.

☑ Improvisar un viaje.

☐ Hacerme un tatuaje.

☑ Ver el amanecer en el Gran Cañón.

☑ Bañarme desnuda en ~~el mar.~~ un lago.

☑ Tener un multiorgasmo.

☐ Acostarme con un escocés.

☑ ~~Aprender otro idioma.~~ Aprender guarrerías en español.

☐ Colarme en algún sitio.

☑ ~~Participar en una competición de baile.~~ Bailar «Enchanted» en una fiesta de máscaras.

☑ ~~Dormir bajo las estrellas.~~ Hacer el amor bajo las estrellas. (de las Vegas)

☑ Pedir un deseo en la Fontana di Trevi como Lizzy McGuire.

☑ Ver una pedida de mano en ~~Central Park.~~ Las Vegas.

☑ Hacer fake dating, **proximidad forzada, una sola cama, sports ro**-mance, age gap.

☐ No enamorarme del primer gilipollas que me haga caso.

Al leer el último punto terminé de asimilarlo.

—Me he enamorado del primer gilipollas que me ha hecho caso —confesé derrotada.

Una enorme sensación de pena se adueñó de mí al entender que nunca podría dibujar un tic al lado del último punto, y también al ser consciente de que había cambiado media lista sin darme cuenta.

—Soy idiota… —continué—. Con la de novelas románticas que he editado… ¿cómo he podido enamorarme del *player*?

Mis amigas compartieron una mirada cautelosa.

—Grace, por lo que nos has contado, Zac ha sido encantador contigo. Es normal que te hayas enamorado —comentó Suzu.

Desconecté de sus palabras de ánimo en cuanto una vocecita cruel me recordó: «Dos rupturas en un año».

—¿Vosotras… creéis que es difícil enamorarse de mí? —les pregunté sobrecogida.

—Alto ahí. —Raquel se puso seria—. Grace, eres la mejor, y si mi cuñado es miope y no ha sabido verlo, es su problema.

—Eso es —agregó Suzu rodeándome los hombros con el brazo—. Eres la bomba. Eres amable, divertida…

—Cariñosa y dramática… —siguió Raquel.

—Estás buenísima y eres más blandita que un algodón de azúcar.

Solté una risita llorosa.

—Eres la mejor amiga que nadie puede tener —aseguró Raquel.

—Y alegras nuestros días. La vida sería aburridísima sin ti, Grace Harris —apuntó Suzu—. Podemos llorar contigo si quieres, podemos insultar a Zac, abrazarte o lo que necesites, pero no te eches tierra encima.

—Suzu tiene razón. Grace, tienes clarísimo lo que quieres y estás luchando por ello. Concédete eso y sé buena contigo misma.

Asentí.

La Grace del año pasado ahora estaría mendigando el amor de Zac. La del presente estaba aprendiendo a ponerse a sí misma por delante. Estaba en el camino correcto.

—Sé que tenéis razón —les dije entre lágrimas— y sé que he tomado la mejor decisión, pero ahora mismo duele.

—Para nosotras eres un «sí» —Suzu me cogió la mano—, y para quien seas un «quizá»… esa persona no merece tus lágrimas.

Mientras me calmaba, me dejé sostener por mis amigas. Su apoyo me hizo sentir arropada, valorada y querida.

En mi cabeza la vida era una *sitcom*. El problema era que todavía no había aparecido el protagonista masculino que pasaría a la siguiente temporada. Me dolía que Zac se hubiese quedado en un secundario gracioso que solo había estado conmigo un par de capítulos.

Cuando terminé de llorar, me sobrecogió una sensación enorme de vacío en el pecho. Entonces recordé que lo que me había olvidado en su coche era mi corazón, que seguía debajo del asiento del copiloto.

39

TRATAMIENTO (n.): Medio que se emplea cuando no puedes prevenir la enfermedad.

Me sentía como una mierda. Mientras conducía hasta Brooklyn fui dándole vueltas a lo que acababa de ocurrir con Grace. Era increíble lo rápido que se había torcido todo entre nosotros. Ni siquiera iba a autoengañarme diciendo que solo estábamos follando, porque hacía días que no lo sentía así y porque había tenido gestos con ella que decían otra cosa.

Grace me importaba. Tanto como para plantearme intentar algo con ella sin estar seguro del todo. Eso era un gran avance viniendo de mí. Hacía años que no tenía nada más allá de un rollo de una noche. Por tanto, era comprensible que estuviese hecho un lío, ¿no? Como también lo era que me escociese que se hubiese cerrado tan rápido a que las cosas fluyesen sin compromiso entre nosotros.

Sus palabras resonaban en mi cabeza por encima del tráfico ruidoso: «Después de echar tres polvos más, te cansarás de mí y, a la larga, me romperás el corazón».

No quería hacerle daño. Esa era la última de mis intenciones.

«Ya se lo has hecho», me recordó una vocecita.

Una punzada amarga me atravesó el pecho al recordar la mirada triste que me había dedicado antes de irse.

«Prefiero gastar mi energía en una persona que sí esté segura».

Pensándolo fríamente, lo entendía, pero en caliente los celos irracionales se habían apoderado de mí y le solté el comentario lapidario del escocés. Un arrepentimiento horrible me carcomía. Lo que le había dicho estaba fuera de lugar. Grace podía acostarse con quien quisiese y a mí no debería dolerme porque no éramos nada.

Probablemente nuestro error había sido llevar el juego de la parejita feliz demasiado lejos.

Cuando entré en casa de mi hermano media hora después, estaba rayado de cojones. Hasta que me llegasen los muebles de IKEA dormiría ahí. Dejé la maleta en la entrada y atravesé el loft arrastrando los pies. Al llegar a la habitación de invitados, me dejé caer sobre la cama y enterré la cabeza en la almohada.

Después de autocompadecerme un rato llegué a la conclusión de que las cosas eran mejor así. Nada me repelía más que las palabras «boda», «compromiso», «amor» y «romanticismo», y parecía que todas ellas sobrevolaban la cabeza de Grace. Ella buscaba el «sí, quiero» de los epílogos, y yo prefería cortarme el dedo antes que ponerme un anillo y atarme a una persona «para siempre». Queríamos cosas distintas, por eso lo mejor era mantener la distancia emocional. En unos días sería capaz de verlo. Y ella también. Solo de pensar en que podría hacerle daño se me retorcían las tripas. Grace se merecía un buen tío.

En aquel instante, me conquistaron mis demonios. Por supuesto que ella se iría con otro, igual que había hecho Madison. A fin de cuentas, yo solo era el tío atractivo con el que echar un par de polvos, ¿no?

Los ojos se me empañaron, pero me obligué a controlar las lágrimas. Esa amargura que estaba sintiendo era el recordatorio de por qué no podía poner el corazón en juego otra vez.

Aquella noche di muchísimas vueltas en la cama. Echaba de menos el calor que desprendía Grace, la manera perfecta en la que su cuerpo encajaba con el mío y el sonido de su respiración tranquila. El sueño me atrapó mientras intentaba convencerme por enésima vez de que había hecho lo correcto.

El lunes empecé el trabajo nuevo motivado y cansado por la falta de sueño. Intenté mantener la cabeza en los pasillos del hospital, pero de cuando en cuando aparecía Grace en mis pensamientos.

Cuando salí, me acerqué a comprar un colchón hinchable. No quería seguir durmiendo en Brooklyn y comerme el atasco para llegar al corazón de Manhattan.

Ese día recibí mis cajas de la mudanza de Palo Alto. No las abrí porque prefería esperar a tener los muebles montados para colocar las cosas. Después de hinchar el colchón en la habitación, me senté en él para probarlo. Me recosté y, sin querer, mi mente vagó hacia Grace.

«Ya estás pensando en ella otra vez...».

Tan pronto como ese pensamiento colisionó en mi cerebro, bajé al gimnasio del sótano de mi edificio y entrené hasta que no pude más. Funcionó. Esa noche caí derrotado en la cama.

Me pasé tres días siguiendo el mismo *modus operandi*: concentrado en el trabajo y empleando mi tiempo libre en matarme en el gimnasio. Eso me ayudaba a no pensar. Y, si detectaba que la mente se me estaba yendo demasiado hacia ella, aumentaba la velocidad de la cinta de correr o me cargaba con más peso las máquinas.

Debería estar contento, estaba en una ciudad nueva y en un trabajo que me hacía bastante ilusión. Pese a que no me sentía así, intenté adaptarme a mi nueva vida, escribí a mi familia y amigos, subí fotos de mi día a día a Instagram, incluso salí a tomar unas cervezas con mis nuevos compañeros de trabajo.

Estaba haciendo un esfuerzo por no pensar en Grace, pero todo me recordaba a ella: las nueces del supermercado, la pareja que vi besándose en la puerta del hospital y hasta los tacos que me pedí para cenar el miércoles por la noche. Era como si esa ciudad enorme y sus ocho millones de habitantes estuviesen recordándome que, entre aquellas calles transitadas, Grace respiraba el mismo aire que yo. Quería saber qué tal le había ido en el trabajo después de las vacaciones y quería contarle cómo me estaba yendo a mí.

Cualquier excusa me parecía buena para escribirle, pero no lo hice.

El jueves por la tarde recibí el pedido de IKEA. Lo primero que hice fue arrastrar por el suelo las cajas y llevar cada una a la habitación que le correspondía. Tardé cuatro horas en montar la cama solo. Cuando terminé, estaba derrotado y me dejé caer sobre el colchón.

Después de descansar unos minutos, me dije que podía sacar fuerzas de algún lugar para montar la mesilla de noche. Planté los pies en el suelo y observé la caja que me desafiaba desde un rincón. Estiré la mano para cogerla y algo me detuvo.

«Zac, esa mesita es enana. Ahí no te caben la lamparilla y un libro. Además, no pega nada con la cama. Vamos a buscar otra más bonita».

Volví a recostarme sobre la cama. De pronto, se me habían quitado las ganas de montarla. No tenía ningún sentido, porque a mí esa mesita me gustaba. Y vivía solo, los muebles de mi casa solo tenían que gustarme a mí, ¿verdad?

Al día siguiente me fui derechito del trabajo a casa para seguir montando muebles. Antes de ponerme manos a la obra, arrastré la maleta hasta la lavadora. Con la semana de locos que había tenido, solo había sacado las cosas que había ido necesitando. Dentro de uno de los pantalones me encontré una servilleta. Al sacarla del bolsillo se me encogió el corazón. Era la servilleta del Bellagio en la que Grace me había escrito la *review* después de acostarse conmigo por primera vez. Ver su caligrafía redonda y perfecta me hizo tragar saliva.

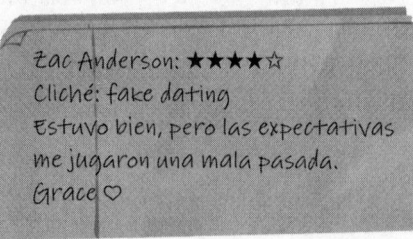

Zac Anderson: ★★★★☆
Cliché: fake dating
Estuvo bien, pero las expectativas me jugaron una mala pasada.
Grace ♡

Cogí aire y le di la vuelta al papel. Yo también le había escrito un mensaje a ella en Las Vegas. De hecho, a partir de ese momento, fui acumulando distintas servilletas de los sitios en los que parábamos. Le había escrito mensajes en todas ellas sin saber por qué, pues nunca había tenido la intención de dárselas. Poseído por un instinto que no comprendía, dejé la servilleta en el suelo y fui buscando todas las que tenía desperdigadas dentro de los bolsillos. Cuando las recopilé todas, tenía un nudo en la garganta. Sabía que no era una buena idea leer lo que había escrito en ellas y, aun así, lo hice. Cuando terminé, solté un suspiro eterno y me quedé pensativo.

Grace me desordenaba las emociones y aumentaba mis niveles de dopamina. Era inteligente, creativa y divertida. Me gustaba que le patinase la lengua al hablar cuando estaba nerviosa y que se le escapasen comentarios inapropiados. Le encontraba cierto encanto a que fuese tan patosa y a que se sonrojase por todo, incluso me parecía adorable que babease dormida. Esa mujer me encantaba. Y también me gustaba el hombre que era yo cuando estaba con ella. Todo lo que hacía tenía una repercusión en mi corazón: cuando se reía, me latía deprisa y lo sentía lleno de vida, y cuando me tocaba, parecía que me recorría una corriente eléctrica.

«El amor es un riesgo. Deberías intentar perderle el miedo a que te rompan el corazón y deberías querer sin miedo a la cicatriz».

Llevaba ese comentario clavado como una daga en el pecho.

Hacía tiempo que había construido un muro de piedra a mi alrededor. Me había empeñado tanto en mantener a la gente fuera que había cavado un foso profundo y lo había rodeado de una alambrada de espinas. Sin embargo, Grace se había escurrido con torpeza entre las trampas que había puesto y había entrado en el castillo por la puerta grande. Y, ahora que no estaba, la echaba mucho de menos.

En ese instante la realidad me golpeó de lleno: quería estar con ella. Quería regalarle libros y *cupcakes*, lavarme los dientes con ella y abrazarla cada noche antes de dormir. Quería estar ahí cuando cerrase un libro y que me contase por qué le había gustado tanto. Quería pasear con ella por Central Park y tararear las canciones de Taylor Swift en el coche. ¿Qué digo? No quería tararear, quería llevarla al puñetero concierto y verla saltar emocionada con «Love Story». Quería ser su persona favorita.

Esos pensamientos me llevaron a otro más preocupante: si no me daba prisa, llegaría otro tío a comprarle los libros y los *cupcakes*.

Era verdad que me daba un miedo terrible enamorarme. Pero había una cosa que me daba más miedo aún: no intentar algo con una chica maravillosa por ser un cobarde.

«Joder. He sido un gilipollas».

Me levanté de un salto, dejé las servilletas en la encimera de la cocina y salí disparado hacia mi habitación. Cogí la mesilla de noche que no había sacado de la caja y conduje hasta IKEA.

Unas horas más tarde, contemplé satisfecho mi trabajo. Había comprado el juego de mesillas que le gustaba a Grace. Las había montado y había colocado una a cada lado de la cama para que tuviese un lugar en el que dejar su libro cuando se quedase a dormir. Tenía toda la intención de dejar entrar al amor en casa.

Había aprovechado la visita a Brooklyn para pasar por The Ripped Bodice, la librería de novela romántica que le gustaba, y le había comprado un libro de esos de «cita a ciegas». Después de tirarme un buen rato leyendo las sinopsis sin ver las portadas, acabé decantándome por uno de segundas oportunidades, confiando en que ella me daría una a mí.

Dejé el libro en la mesilla y regresé a la cocina. Sobre la encimera descansaba el montón de servilletas que le había escrito y la caja de *cupcakes* de red velvet que acababa de comprarle en Magnolia Bakery.

En mi mente había trazado un plan de reconquista infalible: le daría los *cupcakes* junto con las servilletas con el pretexto de que las usase para limpiarse el *frosting*.

De pronto, estaba nervioso. Eran las diez de la noche, pero no quería esperar al día siguiente para decirle lo que sentía. Las ganas de verla aumentaban en mi interior. Me saqué el móvil del bolsillo; no sabía si llamarla o mandarle un mensaje. Mientras lo pensaba entré en Instagram. Me llevé una grata sorpresa al ver que, después de días sin actualizar, había subido algo a sus historias. Pinché encima de su foto para ver lo que había subido y me quedé congelado. Grace se había cortado el pelo unos centímetros y volvía a llevarlo por debajo de la barbilla.

«Creo que todo cambio de vida radical requiere un cambio de *look* acorde», recordé sus palabras.

Mi cerebro cortocircuitó al entender que eso significaba que había pasado página y que lo nuestro se había acabado antes de empezar.

El corazón se me encogió en el pecho y se me cerró la garganta.

La siguiente historia que había subido terminó de confirmar mis sospechas: estaba en una librería. Probablemente porque había quedado ya con el escocés.

El tercero me remató: era la foto de una copa de vino al lado de un plato de pasta en lo que parecía ser un restaurante refinado. Al verlo, el alma se me cayó a los pies.

Tragué saliva intentando suavizar el nudo que me ardía en la garganta. Me sentía muy estúpido. Mientras pateaba la ciudad de arriba abajo, ella ya no me estaba dedicando ni un solo pensamiento.

Tiré el móvil sin cuidado sobre la encimera y me froté la cara.

Era incapaz de controlar la tensión que crecía en mi pecho.

No podía presentarme en su casa con un libro. ¿En qué cojones estaba pensando?

Abrí la caja de Magnolia Bakery y le quité el envoltorio a un *cupcake*. Estaba buenísimo, pero al morderlo se me revolvió el estómago.

Mi hermano se presentó en mi apartamento a la mañana siguiente.

—¿Qué ha pasado? —preguntó mientras entraba en tromba.

—Yo también me alegro de verte, William —contesté fingiendo indignación—. ¿Qué tal en España? Mi viaje bien, gracias por preguntar —apunté mientras cerraba la puerta.

Will me abrazó.

—En España muy bien —me dio una palmada en la espalda—, pero no he venido a hablar de eso —dijo al apartarse.

—¿Has venido a ayudarme a montar muebles? —bromeé.

Le hice un gesto con la mano señalando el interior de mi domicilio.

Will atravesó la cocina hasta el salón, esquivando las cajas. Se detuvo en mitad de la estancia y echó un vistazo a su alrededor. El suelo estaba cubierto de cartones, envoltorios de plástico, listones de madera y tornillos. Después me observó unos segundos, intentando adivinar lo que me pasaba. Fingí una sonrisa para tranquilizarlo. Él me conocía lo suficiente como para entender que no tenía ganas de hablar.

Sin decir nada, rescató del suelo las instrucciones del mueble de la televisión.

—¿Por dónde ibas? —cuestionó.

—Estaba a punto de empezar. ¿Quieres beber algo?

—No, gracias. Estoy bien.

Will se sentó en el suelo, cruzó las piernas y ordenó las piezas. Separó los tornillos por tamaños e hizo lo mismo con los tacos, con los listones de madera y con los rieles de los cajones. Me agaché frente a él y entre los dos comenzamos a montar el mueble.

—¿De verdad le dijiste que «quizá» querías una relación con ella? —me preguntó al cabo de unos minutos.

No me pasó desapercibido el énfasis en la palabra «quizá».

—Sí —contesté mientras martilleaba un taco en la madera blanca.

—¿Cómo se te ocurre decirle eso?

Me distraje un segundo y me di un martillazo en el dedo pulgar.

—¡Au! —grité y solté el martillo—. ¡Me cago en todo! ¡Joder!

El dolor se extendió por mi dedo de manera automática. Apreté la mandíbula y el aire se me escapó entre los dientes en forma de quejido. Me notaba el corazón palpitando en la mano.

Gruñí de frustración y de dolor, y apoyé la espalda contra la pared. El dedo me ardía como si se estuviese quemando. Por su parte, Will suspiró hondo y dejó lo que estaba haciendo.

—¿Estás bien?

—Estoy de putísima madre —ironicé—. ¿No lo ves?

—Zac… —empezó usando su tono autoritario y respetable de hermano mayor.

—Estos muebles son una basura —le interrumpí—, no me extraña que los villanos de tus novelas se llamen como ellos. ¿Cómo se llama este? ¿Besta? Podrías ponérselo al siguiente.

Flexioné las rodillas y me rodeé el pulgar izquierdo con la mano derecha, como si así pudiese paliar el dolor que sentía.

Will guardó silencio y me observó con compasión.

Hacía una semana que no sabía nada de Grace. Ni siquiera la decepción que me había llevado la noche anterior había servido para aplacar el enorme sentimiento de vacío. Seguía echándola de menos. Me moría por verla, por saber cualquier cosa de su vida. Ella se había encargado de sacar mi corazón del bote de formol en el que estaba guardado. Y ahora volvía a tenerlo lleno de heridas. Sin darme cuenta, me pasé la mano por el pecho. Al final me tocaría hacerle una visita al cardiólogo que estuviese de guardia esa noche.

«Joder. ¿Desde cuándo me había vuelto un dramas?».

Suspiré y tiré por la ventana la poca dignidad que me quedaba:

—¿La has visto? —le pregunté con un nudo en el estómago.

—No.

Asentí con la vista clavada en el suelo.

—¿Por qué no me cuentas todo desde el principio? —La voz de mi hermano resonó en mi apartamento.

—¿Para qué? —Me encogí de hombros al mirarlo—. Si ya te lo han contado.

—Ya, pero a mí me interesa tu versión.

En aquel momento, me asoló el cansancio que llevaba días camuflando. Cuando no estaba trabajando, estaba entrenando, y cuando no, estaba montando muebles. El sentimiento de desáni mo que había enterrado a lo largo de la semana me acompañaba desde la noche anterior.

—Te veo un poco... desganado —observó Will.

«Abatido —pensé—. La palabra que buscas es abatido».

Me froté la frente y suspiré.

Era plenamente consciente de mi aspecto. Tenía unas ojeras importantes, llevaba las gafas de ver, eran las doce de la mañana y seguía en pijama. Estaba frustrado y de bajón.

—Venga, Zac, cuéntamelo... —insistió Will—. No puede ser tan malo.

—No me apetece que pienses que soy un idiota.

—Tranquilo, eso llevo pensándolo veintiocho años.

Quise reírme, pero en lugar de una risa despreocupada me salió un sonido estrangulado que le pondría los pelos de punta a cualquiera.

—He sido un gilipollas —confesé derrotado—. Y lo he estropeado todo.

Hice una pausa para respirar hondo y después le conté todo lo que había pasado. Desahogarme y expresar en voz alta lo que sentía no solucionó el problema, pero me ayudó a quedarme más tranquilo. Hacía años que no le hablaba a Will de una mujer. Le hablé del viaje, de cómo el rollo de una noche se había transformado en algo más, de la discusión que habíamos tenido y de los celos. Will me escuchó con atención. No me interrumpió ni una vez. Ni siquiera habló cuando yo hacía pausas para coger aire. Sí que puso los ojos como platos cuando le conté que desde la noche del baile de máscaras no había vuelto a quedar con ninguna chica, y también cuando le conté que la tarde anterior me había borrado Tinder porque la mera idea de pensar en abrirlo me daba náuseas.

—Así que mi editora es tu...

—Mi elefante rosa, sí —lo corté—. Ni siquiera sé desde cuándo.

Hacía siglos le había pedido a Will que no pensase en un elefante rosa para ilustrar la idea de que, si le pedías a alguien que no pensase en algo, lo primero que haría sería pensar en ello. Teniendo en cuenta que no podía dejar de pensar en ella, y que tampoco quería hacerlo, podía afirmar con total seguridad que Grace Harris era mi elefante rosa.

—Entonces ¿quieres estar con ella? —me preguntó Will.

—Sí, claro que quiero, pero…

—Joder, ya era hora —me interrumpió aliviado.

Arrugué las cejas al mirarlo.

—Bueno, y ¿ahora qué? ¿Qué piensas hacer para solucionarlo?

—Nada… —contesté.

—¿Cómo que nada? ¿Tú estás tonto o qué?

—No lo entiendes. —Me pasé una mano por la frente—. No tengo nada que hacer. Grace se ha cortado el pelo.

Mi hermano me miró como si fuese gilipollas.

—¿Y… eso significa algo?

—Eso significa que ha pasado página —aseguré—. Además, aunque me cueste, tengo que respetar su decisión. Y su decisión es no estar conmigo.

—Porque le abriste la puerta de la relación a medias. Asomaste la cabeza como un cobarde en lugar de abrir la puerta de par en par y decirle que la querías.

—Yo no he dicho que la quiera ni que esté enamorado…

—Venga, Zac, no me jodas… —resopló Will—. Le has preparado un pícnic en un lago. Claro que la quieres.

—Las cosas no son tan fáciles. Grace es una chica enamoradiza y yo… —No supe acabar la frase.

—Sé que te acojona que vuelvan a hacerte daño… —empezó—. Pero tú siempre has sido el caballero romántico. Por el amor de Dios, si le compraste un anillo a Madison antes de acabar la universidad. Tú eres ese tío, Zac. Eres el típico que quiere la casita, la familia y el golden retriever. Llevas años convenciéndote de que ya no eres así, pero los dos sabíamos que este día llegaría. Así que vete a buscarla y dile lo que sientes.

—Pensaba hacerlo —reconocí pasados unos segundos—. Ayer compré la mesilla de noche que le gustaba, un libro de esos de «cita a ciegas» que le encantan y fui a por una caja de sus *cup-*

cakes favoritos. Pensaba dárselo junto a una cosa que le he escrito en unas servilletas, pero...

—¿Le has escrito una cosa romántica en unas servilletas?

Aparté la mirada, incómodo.

—Menuda moñada. ¿Me dejas contarlo en mi siguiente novela? —me preguntó con un tono vacilón—. Creo que esto es lo típico que le encantaría leer a una chica.

—¡Vete a tomar por culo! —exclamé lanzándole un trozo de cartón.

Él sonrió y yo negué con la cabeza.

—¿Por qué no sigues adelante con el plan de reconquista? —me preguntó.

—¿Has oído algo de lo que te he dicho? Tío, me dijo que represento todo lo que no busca en un hombre y se ha cortado el pelo y me ha superado...

—Eso es una gilipollez como un templo de grande.

—Y encima ha quedado con el escocés... —suspiré—. Es que un puto librero escocés, no me jodas —dije indignado—. ¿Qué puedo hacer al lado de ese tío?

Mi hermano se levantó y se acercó a mí.

—¿Sabes una cosa? —me preguntó al tenderme la mano.

La atrapé y me ayudó a incorporarme.

—Ese puto librero escocés no tiene nada que hacer al lado de un Anderson —aseguró dándome una palmada en la espalda—. Nosotros conseguimos siempre lo que queremos, así que espabila de una puñetera vez.

40

PROPÓSITOS (n.): Objetivos que, aunque quieras, no siempre puedes cumplir.

—¿Seguro que no se puede hacer con anestesia? —le pregunté a la tatuadora por enésima vez.

—Grace —empezó ella con suavidad—, te prometo que casi ni te vas a enterar.

—Con el miedo que me dan las agujas… —murmuré para mí misma—. Esto es todo un logro.

—Claro que sí —dijo Raquel.

Miré a mis amigas desde la camilla en la que me había tumbado bocarriba. Raquel me enseñó el dedo pulgar en un gesto que significaba «tú puedes» y Suzu se limitó a infundirme ánimo con una sonrisa tranquilizadora.

Estiré el brazo como me había indicado la chica y suspiré.

—Estoy lista —le dije a Jane.

—Si te duele mucho y necesitas que pare, me dices, ¿vale? —me contestó ella.

Asentí y cerré los ojos.

Cuando oí el zumbido de la pistola de tatuar, me inquieté un poco. El hilo musical estaba demasiado bajito como para desviar la atención. Jane debió de darse cuenta de que me había puesto tensa, porque enseguida me dio conversación.

—¿A qué te dedicas? —me preguntó en un tono amigable.

—Soy editora.

—Es la editora jefa de Evermore Publishers —corrigió Raquel.

—¿Ah, sí? —siguió Jane.

Tras un par de preguntas sobre mi trabajo, terminó de tatuarme.

—¿Ya está? —pregunté sorprendida.

—Sí —me sonrió ella—. ¿Te ha dolido mucho?

—Qué va, tenías razón, casi no me he enterado.

—¿Qué tal te lo ves? ¿Te gusta?

Me incorporé hasta sentarme en la camilla, con las piernas colgando. Observé el tatuaje diminuto que adornaba la cara interna de mi muñeca. Tenía la piel enrojecida, pero el tatuaje era precioso. Los trazos finos y negros conformaban un libro abierto del que salían un par de estrellas, un planeta, una medialuna y un corazoncito chiquitito. Al verlo, se me saltaron las lágrimas. Aquella tinta que decoraría mi piel para siempre tenía muchísimo significado para mí. Llevaba años pensando hacerme ese tatuaje y haberme animado a dar el paso me hacía sentir valiente y orgullosa.

—¡Me encanta! —susurré, conmovida—. ¡Muchas gracias!

—Me alegro —contestó ella—. Voy a por un apósito para tapártelo y ahora te explico cómo curártelo, ¿vale?

—Sí. Genial.

En cuanto me quedé sola en el cuartito con mis amigas, les mostré el antebrazo y ellas se acercaron para apreciar los detalles.

—¿Os gusta? —les pregunté entusiasmada.

—Es una pasada —dijo Raquel.

—Es precioso —apuntó Suzu.

—Creo que ahora entiendo a la niña de Gru —les dije—, cuando decía lo de «es tan bonito que me quiero morir». Bueno, creo que la niña decía «blandito», pero vosotras me entendéis.

Ellas se rieron de mi imitación pobre y yo volví a emocionarme.

—No sé qué me pasa —les dije mientras me limpiaba las lágrimas con el dorso de la mano—. Estoy tontísima hoy.

—Has tenido una semana muy intensa —me dijo Suzu frotándome el hombro—. Es normal…

Volver a la rutina después del viaje se me había hecho un poco cuesta arriba. No había dormido mucho, la mitad de la plantilla seguía de vacaciones y había tenido que trabajar muchísimo. Y luego estaba el tema de Zac. Llevaba una semana sin saber de él y lo había echado de menos. En un par de ocasiones me había enfadado conmigo misma por ello, pero al final decidí dejar de castigarme. Lo que sentía no se podía controlar, no podía hacer nada por apagarlo más que confiar en que con el tiempo lo olvidaría. Por suerte, mis amigas habían estado ahí para mí, como el refugio en mayúsculas que eran. Me había pasado la mitad de la semana haciendo planes después del trabajo con Suzu: me había acompañado a cortarme el pelo, habíamos ido a nuestro mexicano favorito y de compras, y había recibido un montón de fotos de Chris Evans de parte de Raquel para subirme los ánimos. Además, había retomado las clases de baile y eso siempre me hacía feliz.

Cuando mis amigas y yo salimos del estudio de tatuaje, fuimos a The Smith para hacer un *brunch* tardío. Mientras esperábamos las tortitas, Raquel nos hizo un resumen de su viaje a España con Will. Brindamos con mimosas para celebrar que tenía visado por tres años más, y puede ser que yo chillase de la emoción un poquito más alto de la cuenta. Suzu nos contó su experiencia en el retiro de yoga y nos habló del aluvión de llamadas que había recibido de autores que estaban interesados en que los representara.

—Bueno, ¿y tú qué? —me preguntó Raquel cuando terminó con sus tortitas—. ¿Has contestado al librero ya?

«Mierda».

Se me había olvidado.

Kenneth me había escrito esa misma mañana para quedar por la tarde. Con los nervios de tatuarme, se me había pasado contestarle. A lo largo de la semana habíamos intercambiado unos cuantos mensajes. En todos ellos había sido majísimo y en un par de ocasiones había manifestado su interés en conocerme mejor. Yo le había contestado siempre de manera escueta.

—Se llama Kenneth —les recordé—. Y no le he contestado todavía porque hemos salido de casa corriendo.

—¿Seguro que solo ha sido por eso? —quiso saber Suzu.

Pasé el dedo por el borde de la copa y suspiré.

—Le voy a decir que no —contesté serena.

Ellas intercambiaron una mirada cómplice, no les sorprendía mi respuesta.

—No me apetece quedar con él cuando aún estoy pensando en Zac —me sinceré—. Prefiero quitármelo de la cabeza antes de conocer a otra persona, y ahora mismo no me siento preparada.

—Está bien que no quieras forzar nada si no estás lista. —Raquel alargó el brazo por encima de la mesa y me dio un apretón en la mano.

—Pues, si lo tienes tan claro, yo no demoraría la respuesta más tiempo —apuntó Suzu.

Asentí y cogí el móvil para contestarle exactamente eso. Después, me quedé pensativa un instante. Saqué la lista del bolsillo y dibujé un tic al lado del propósito: «Hacerme un tatuaje».

—Gracias por haberme acompañado a tatuarme, chicas —les dije—. No sé si me habría atrevido sin vosotras.

—No nos des las gracias más veces, por favor —repuso Suzu.

—A veces creo que mi verdadera historia de amor sois vosotras —les dije cuando guardé el teléfono en la *tote bag*—. Gracias por estar siempre ahí, por escucharme y aconsejarme. Real que no sé qué sería de mi vida sin vosotras dos. Cada vez estoy más convencida de que, si nuestra vida fuese un libro, nuestro cliché sería el de «familia encontrada».

Ellas me miraron enternecidas.

Pasamos un día agradable las tres juntas. Visitamos librerías, fuimos a tomar café a un sitio nuevo que había descubierto Raquel y paseamos por Central Park para ver si teníamos la suerte de presenciar alguna propuesta de matrimonio.

A media tarde nos despedimos porque ellas habían quedado para cenar con sus respectivas parejas. Yo no tenía ningún plan, así que volví andando a casa. Caminé hasta la avenida Columbus y de ahí tenía pensado bajar en línea recta por la Novena. Mientras esperaba en el paso de cebra, el cartel del cine más cercano llamó mi atención. Siempre había querido ir al cine sola, pero nunca me había atrevido por vergüenza al qué dirán. Decidida a cambiar eso, crucé la acera y me fui directa a las taquillas. Me compré un cubo de palomitas de mantequilla y entré en la sala con una sonrisa. Estaba otro paso más cerca de ser la mujer que quería.

Dos horas y media más tarde, cuando las luces se encendieron, esperé a que los siete espectadores abandonasen la sala. Se me había ocurrido una locura en mitad de la proyección y quería llevarla a cabo. El corazón me iba a tope. Me colgué la *tote bag* del hombro y salí justo cuando entraba un chico con el uniforme del cine para limpiar la sala.

Una vez en el pasillo miré de un lado a otro. El letrero de la sala de enfrente indicaba que la película que se estaba proyectando había empezado hacía veinte minutos. Sin pensármelo dos veces, volví a mirar a los lados para asegurarme de que nadie me veía y empujé la puerta. Subí las escaleras a toda prisa. Era la primera vez que me atrevía a colarme en un sitio.

Ocupé un asiento libre en la última fila, que estaba prácticamente vacía, y me llevé una mano al pecho para calmar la respiración. Tenía la adrenalina a tope. Contuve la risa porque me sentía una fugitiva. Estaba contenta de poder tachar otro propósito de mi lista.

Más tarde, la noche neoyorquina me recibió con los brazos abiertos. Corría una brisa veraniega que me haría los veinte minutos de paseo más agradables. Me puse los cascos y esquivé a los turistas, que se paraban cada dos pasos en la calle Broadway para sacar fotos de los carteles de neón.

Cuando llegué a casa, eran las once y media de la noche. Fui directa a mi cuarto y me puse el pijama de verano, el negro de satén que tenía el borde del escote de encaje. Después, me senté frente al escritorio y saqué mi lista de propósitos de la *tote bag*.

Pinté un tic al lado del que rezaba: «Colarme en algún sitio».

Aquel era el último propósito que podría cumplir. Dudaba

mucho que fuese a tachar el de «acostarme con un escocés» en un futuro cercano, y el último, «no enamorarme del primer gilipollas que me haga caso», tampoco podía hacerlo ya al haberme pillado por Zac.

Quería contarle que me había colado en un sitio gracias a su idea del cine, pero sabía que contactar con él era una idea pésima y que al único sitio al que me llevaría sería a rayarme más.

Abrí Instagram y su cara apareció entre las de mis amigas, indicando que había subido una historia. Paseé el pulgar por encima de la pantalla unos segundos y al final me decidí a ver lo que había compartido. El corazón me dio un salto tremendo en el pecho al verlo. Apreté el dedo contra la pantalla para que la imagen no saltase a la siguiente y así poder ver la foto bien.

Zac había subido un *selfie* desde el hospital. Llevaba un pijama azul claro con una bata blanca encima; alrededor del cuello le colgaba el fonendoscopio. Parecía un poco cansado, pero estaba guapísimo. Encima de su cabeza había escrito: «Mi primera guardia ».

Era curioso cómo una sola imagen podía alterar tanto mi corazón, llenándolo de alegría por verlo y de tristeza porque ya no formaba parte de mi vida.

En lugar de quedarme enfrascada en esos pensamientos tristes, doblé el papel que me había acompañado los últimos meses y me sentí orgullosa de mí misma. Había llevado a cabo casi toda la lista, aunque hubiese modificado ligeramente algunos puntos, y me había convertido en la protagonista de mi novela, que era lo que había pretendido desde un principio.

Salí de mi cuarto descalza, me tumbé en el sofá y me puse en Netflix *Celebrity Bake Off*. Después de un rato de ver a los concursantes hornear pastelitos, me entró hambre. Caminé hasta la cocina para coger algo dulce del armario de los caprichos. Una caja blanca que descansaba sobre la encimera llamó mi atención de inmediato porque tenía el logo marrón de Magnolia Bakery y un pósit pegado. Extrañada, me acerqué para leerlo.

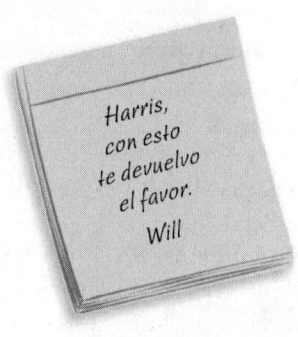

Harris,
con esto
te devuelvo
el favor.
Will

Me sorprendió que el mensaje de Will fuese para mí. Levanté la tapa y encontré mitad de una servilleta rosa. Todo mi cuerpo se quedó en vilo cuando reconocí la caligrafía cursiva y desordenada de Zac. Se trataba de la servilleta que había firmado en mi despacho el mes anterior. En ella podía leerse: «Grabo el audiolibro y vienes al viaje conmigo».

En el reverso, había escrito un mensaje nuevo:

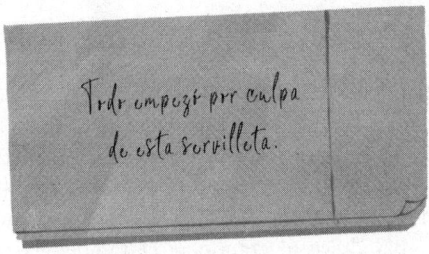

Todo empezó por culpa
de esta servilleta.

Al coger el papel rosa, vi que debajo había unas cuantas servilletas más. Las saqué con cuidado de la caja y tragué saliva. No tenía ni idea de qué iba eso y estaba nerviosa.

La segunda tenía el logo del hotel Bellagio en dorado en una esquina. Era la reseña que le había escrito en Las Vegas después de acostarnos juntos por primera vez. Debajo, él había dibujado una flecha. Le di la vuelta al papel y me encontré con otro mensaje de Zac:

> Para mí la noche ha sido increíble.
> Cinco estrellas se quedan cortas.

Dejé la servilleta encima de la rosa y me concentré en la siguiente. Aquella tenía el logo de la Ruta 66, y era del *diner* de los años cincuenta de Misuri.

> Es normal que la camarera se haya fijado en ti.
> Estás guapísima con el vestido amarillo, chica de los libros.

La cuarta servilleta era del restaurante mexicano de Indianápolis.

> Creo que a partir de ahora pediré siempre dos postres ;)

Con las manos temblorosas dejé ese trozo de papel junto a los demás. La última tenía el logo de Magnolia Bakery.

> Lo siento.
> ~~Quizá sí quiero.~~
> 100 % sí, quiero.

Una gota se estampó contra el papel y me di cuenta de que estaba llorando. ¿Zac acababa de declararse a través de unas servilletas que había ido recolectando a lo largo del viaje?

Se me escapó una risita tonta y llorosa.

La dejé junto a las otras y cogí la caja vacía. Un millón de preguntas arrollaban mis pensamientos: ¿Dónde estaban los *cupcakes*? ¿Zac se los había comido? ¿Por qué no había venido a darme la caja él mismo? ¿Por qué los había dejado Will en mi encimera? ¿Le había mandado Zac porque no se atrevía a venir?

Y la que resonaba por encima de todas: ¿y ahora qué hago?

Aquello era lo más bonito que alguien había hecho por mí.

Zac me había escrito un puñado de mensajes que eran románticos a su manera. Aunque lo que de verdad me había enternecido era que hubiese guardado todas esas servilletas y que hubiese ido a mi pastelería favorita a por la última.

Inspeccionando la caja, me quedé congelada. En la cara interna de la tapa había otro mensaje de Zac: «Para la chica por la que he perdido la cabeza».

Un aluvión de emociones intensas tomó el control de mi pecho. Esas palabras terminaron de decidirme.

Casi corrí hasta el salón. Cogí el móvil de la mesa y lo llamé. Mientras los tonos iban sucediéndose uno tras otro, la impaciencia fue creciendo en mi interior. No respondió. Volví a intentarlo, obteniendo el mismo resultado. Sin pensar en lo que hacía, eché las servilletas a la caja vacía, me calcé las deportivas sin los calcetines y salí corriendo de casa. Solo tenía clara una cosa: necesitaba respuestas y no podía esperar un día entero a que terminase su guardia.

41

HOSPITAL (n.): Establecimiento al que corres en busca de una cura.

Demasiado impaciente para esperar al ascensor, bajé las escaleras corriendo, con cuidado de no tropezarme. Era la una de la madrugada del sábado y pretendía coger un Uber.

—¡Vamos! —Agité el teléfono, como si así fuese a conseguirlo más rápido.

Cuando me harté de esperar en el portal, caminé a toda prisa hasta la Novena Avenida. Alcé la mano un par de veces, pero todos los taxis iban ocupados. El centro estaba plagado de gente que salía con ganas de divertirse. Se me ocurrió correr unas cuantas calles mientras intentaba parar uno. Conseguí mantener el ritmo durante unos minutos, pero a la tercera calle iba ahogándome y con un flato terrible en el costado.

Un taxi se paró en doble fila unos metros por delante. Corrí más rápido que Bella por Volterra y asusté a la pareja que se bajaba del vehículo.

—¡Al hospital del… Monte Sinaí! —exclamé en un resuello al cerrar la puerta.

—¿Se encuentra bien? —me preguntó la conductora.

—Sí —respondí agitada—, pero dese prisa…, por favor.

La mujer puso el intermitente izquierdo y enseguida nos sumamos al tráfico.

Según mi móvil, en trece minutos llegaríamos al hospital. El corazón me latía furioso en el pecho. No tenía ni idea de qué iba a decirle a Zac. Solo de pensar en él, ya sentía que un torbellino arrasaba mi estómago. Moví las piernas, nerviosa, mientras avanzábamos por la avenida Madison. Observé la caja que tenía sobre el regazo; se había aplastado un poco tras la carrera. Traté de ahuecarla y volver a dejarla como estaba, pero las marcas en el cartón eran visibles.

Pasados unos minutos, la conductora le pitó al coche de delante cuando dio un frenazo sin precedentes. Un montón de conductores tocaron el claxon. Extrañada, miré por la ventanilla y vi que estábamos frente a The Corner Bookstore.

La conductora se bajó del coche al ver que el conductor del taxi de delante también se apeaba. Se asomó por la avenida, intercambió un par de palabras con el otro señor y negó con la cabeza.

—¿Qué pasa? —le pregunté cuando volvió a subirse.

—Una grúa se está llevando un coche que está mal aparcado. Vamos a estar aquí un buen rato.

Mi móvil indicaba que estaba a nueve minutos andando del hospital.

«Si corres, igual reduces el tiempo a la mitad», dijo la voz del optimismo.

—¡Me bajo aquí! —exclamé de pronto—. ¿Cuánto le debo?

—Veinte dólares.

Salté del vehículo después de pagar, me puse los cascos para motivarme y eché a correr calle arriba al ritmo de «I Can See You». No sabía en qué edificio estaría Zac, pero la intuición me pidió empezar por urgencias. Corrí lo más rápido que pude, sujetando la caja vacía como si dentro fuese mi propio corazón.

Llegué al hospital despeinada y con la lengua fuera. Para colmo, las zapatillas me habían hecho rozaduras. En cuanto entré en el pabellón cojeando, me quité los cascos y el hombre que estaba tras el mostrador de seguridad se levantó de golpe.

—Señorita, ¿se encuentra bien?

No tenía tiempo para hacer un precontrol, así que le escupí lo primero que se me ocurrió:

—¡Me he comido una nuez… y soy alérgica! —exclamé sin aliento.

Atravesé las puertas correderas sin esperar a que me diese una respuesta y me acerqué al mostrador de recepción de pacientes con una mueca de dolor en el rostro. Las heridas de los talones me escocían; se me había levantado la piel. El pecho me subía y bajaba a toda velocidad.

—¿Cuál es el motivo de su visita? —me preguntó una señora que tenía el pelo canoso.

—Tengo que ver al... doctor Anderson... Es urgente.

La mujer me miró como si hubiese perdido la cabeza. Probablemente porque esa era la imagen que daba con mi cara de impaciencia y aferrada a una caja de *cupcakes*.

—Necesito su carnet de identidad, la tarjeta de su seguro y que me cuente qué síntomas tiene antes de dejarla pasar a la sala de espera.

—Mire, usted no lo entiende... —La apunté con el dedo—. Podría morir ahora mismo si no me trata un médico.

—Señorita, ¿está bajo los efectos de algún estupefaciente?

—¿Qué? —Arrugué las cejas—. ¡No!

En los ojos determinados de esa mujer vi que no me iba a dejar pasar.

Guiada por un impulso, me abalancé sobre el mostrador, pulsé el botón del micrófono de megafonía y exclamé:

—¡Doctor Anderson, a urgencias...! —No me dio tiempo a continuar porque la mujer me lo arrebató de un manotazo.

—¡Seguridad! —exclamó la señora sin perder el tiempo.

En cuestión de segundos, tenía a dos hombres fornidos detrás.

—Señorita, necesitamos que nos acompañe a la salida —me dijo uno de ellos.

Haciendo gala de una imprudencia digna de estudio, alcé el rostro y les dije:

—Si quieren que me vaya, tendrán que sacarme a la fuerza.

Dicho y hecho.

Dentro de las cosas estúpidas que había hecho a lo largo de mi vida, desafiar a dos armarios de seguridad encabezaba la lista. Cada uno me agarró de un brazo y me alzaron en el aire.

—¡Suéltenme!

Revolverme solo sirvió para que me sujetasen con más fuerza. Estaba segura de que esa visita a urgencias acabaría con una fotografía mía pegada a la puerta en un cartel de PROHIBIDA LA ENTRADA.

En ese instante, la puerta de la sala de espera se abrió y Zac apareció ataviado con su uniforme. Al verlo, mi corazón se desbocó.

—¡Zac! —exclamé.

Él abrió los ojos de par en par por la sorpresa.

—¿Grace? —Me observó desconcertado—. ¿Estás bien?

—¿La conoce? —le preguntó uno de los gigantes que me sujetaban.

Su cara se puso de todos los colores al ver que me retenían contra mi voluntad. Intenté zafarme del agarre de los de seguridad y eso le puso en marcha.

—Sí. Sí —contestó alarmado.

En cuanto me liberaron, ya lo tenía delante.

—¿Qué estás haciendo aquí? —me preguntó preocupado—. ¿Qué ha pasado?

—He venido para saber por qué te has comido mis *cupcakes* —dije estampando la caja vacía contra su pecho.

Él bajó la mirada, confundido, y cogió la caja.

Acto seguido, Zac suspiró aliviado.

—Dios, Grace, me has dado un susto de muerte. Pensaba que te había pasado algo…

—No. —Negué con la cabeza para proceder a sincerarme a la carrera—: Estaba viendo la tele, he ido a la cocina a por algo de picar y me he encontrado la caja. He leído las servilletas y me he puesto nerviosa, te he llamado y como no me cogías…

—¿Has salido de casa en pijama? —adivinó.

—Sí… —Asentí—. No podía esperar para decirte que por tu culpa no puedo tachar el último propósito de mi lista, que es «no enamorarme del primer gilipollas que me haga caso».

Zac se puso tan blanco como la bata. Parecía conmocionado, como si acabase de darle un puñetazo en el estómago. No sabía si se alegraba de oírlo o si quería vomitar en la papelera más cercana.

445

Me quedé en vilo unos segundos.

—¿No piensas decir nada? —le pregunté.

—¿Yo soy el gilipollas? —me preguntó, señalándose con el dedo índice.

—Claro.

Las comisuras de su boca se estiraron aún más hacia arriba cuando se inclinó en mi dirección.

—Grace, me muero por besarte, pero tenemos que hablar —empezó, y yo contuve la respiración—. Quiero hacer las cosas bien, así que necesito que me escuches atentamente.

—De acuerdo.

—Lo siento mucho —se disculpó—. Me acojoné y no supe reaccionar. Siento haberte hecho daño y no haberte dicho antes cómo me sentía. Sé que no es excusa y que crees que soy un gilipollas, pero quiero estar contigo.

El arrepentimiento era evidente en sus ojos y en su voz.

—¿Estás seguro?

—Estoy doscientos por cien seguro.

Se me empañó la mirada.

Zac nunca me había dicho nada por decir ni me había hecho falsas promesas. Parecía tan convencido como decía y, aunque le aterrase que le rompiese el corazón, estaba dispuesto a arriesgarse. Igual que yo.

—Quiero hacer contigo todas las cosas que lees en los libros… —continuó en un susurro para que nadie nos escuchara, aunque para nosotros el mundo había desaparecido.

—¿Follar contra una pared? —le interrumpí divertida.

Zac se rio antes de asentir.

—Quiero follar contra una pared, pero también pasear por Central Park, ir al cine y a cenar para que me robes el postre.

Me reí y se me saltaron las lágrimas. Abrí la boca para contestar, pero me puso el dedo índice sobre los labios.

—¡Shhh, déjame terminar! —me pidió—. Sé que tienes un montón de novios literarios, que probablemente pensarán que soy un capullo por robarles a la chica, pero estoy aquí contigo y te prometo que haré todo lo posible por estar a la altura de esos tíos ficticios.

«Si sigue hablando así, me desmayaré y tendrá que reanimarme».

—¿Cómo se respiraba? —le pregunté bromeando—. Se me ha olvidado.

Zac soltó una risita ronca que desencadenó un hormigueo por mi cuerpo.

—Es increíble —dijo—. Cada vez que hablo contigo, me rio como un loco o me pongo cachondo.

—¿Cuál ha sido ahora?

—Las dos... Te quiero, Grace.

Mi corazón entró en parada.

—Yo también te quiero —murmuré.

Sus ojos azules brillaban con la misma emoción que los míos. Nos acercamos el uno al otro y por fin nos besamos. El anhelo se propagó por mi pecho como un incendio descontrolado cuando su lengua se encontró con la mía. Su mano libre bajó hasta mi cintura y me estrechó contra él, en mitad de uno de esos besos que te robaban la razón y el aliento.

—Me encantaría seguir enrollándome contigo, pero estoy trabajando y tenemos público —dijo pasado un rato.

Aparté la vista y me topé con la recepcionista mirándonos encandilada. Parecía más entretenida que yo cuando Alex Karev y Jo Wilson se besaron por primera vez. Me reí sola al llegar a esa conclusión.

—¿Qué pasa? —me preguntó Zac.

—Al final tu vida sí que es un poco como *Anatomía de Grey*, ¿no? —dije todavía riéndome.

Zac sonrió. Estaba irresistible con el uniforme, la bata y el fonendoscopio colgado.

Sonreí y le eché los brazos al cuello.

—Estás muy atractivo con el uniforme.

—¿Ah, sí? —Se inclinó con una sonrisa petulante en el rostro—. Tú estás guapísima en pijama, como siempre.

—No seas mentiroso, estoy hecha un desastre —comenté, siendo consciente de mi aspecto.

Hundí la cara en su pecho, muerta de la vergüenza.

—No es verdad y, aunque lo estuvieras, me daría igual. Yo te quiero sucia, en pijama y con legañas.

«Me derrito».

Eché la cara hacia atrás para mirarlo.

—Madre mía, eso es lo más romántico que me han dicho nunca... —comenté.

Zac apretó los labios contra los míos en un beso largo, casto y sin lengua. Se apartó un millón de horas antes de lo que me hubiese gustado. Lo miré disconforme y él solo me dijo:

—¿Por qué no te vas a dormir y vienes a buscarme luego?

Asentí.

—¿A qué hora? —le pregunté.

—Salgo a las ocho.

—Vale. —Me puse de puntillas para besarlo por última vez—. Nos vemos a las ocho —prometí.

Antes de que me diese la vuelta por completo, él me retuvo del brazo.

—Espérame aquí un momento, anda —me pidió, devolviéndome la caja—. Voy un segundo a mi taquilla.

Zac abandonó la sala y regresó unos minutos después.

—Toma —me entregó las prendas que llevaba en las manos—. Para que no te vuelvas en pijama. Seguro que ahora hace algo de frío.

Acepté su camiseta gris y al ponérmela sonreí porque olía a él.

—¿Tienes ropa de repuesto en la taquilla? —le pregunté sospechando que no era así.

—Tú no te preocupes por eso.

Sujetó en el aire una chaqueta vaquera que nunca le había visto y me ayudó a ponérmela. La prenda me llegaba casi a la altura del pantalón del pijama, tuve que darles una vuelta a las mangas porque eran muy largas.

Cuando me giré, él sonrió y mi corazón suspiró de amor. Fue un gesto distinto a todos los que me había dedicado antes. No era una sonrisa sexy. Era una auténtica y bonita.

Se inclinó y me robó un beso más. Luego, apretó los labios contra mi frente y entonces dijo:

—Te veo en un rato.

A las ocho y un minuto, Zac salió del hospital con el uniforme puesto; ya no llevaba ni la bata ni el fonendoscopio. Estaba tan impaciente por el reencuentro como yo. Se lo veía cansado pero contento. Yo me sentía igual. Apenas había pegado ojo por culpa de la emoción de volver a verlo, como me sucedía de pequeña cuando volvía al colegio después de las vacaciones o la noche previa a que saliese un libro que llevaba mucho tiempo esperando.

—Hola —me saludó con una sonrisa radiante.

—Hola —dije antes de ponerme de puntillas para besarlo.

—¿Qué te parece si pasamos por mi casa? —me propuso—. Quiero enseñarte una cosa, y así me ducho, me cambio de ropa y vamos a desayunar unos *cupcakes*. O lo que tú quieras.

—Vale —contesté encantada con el plan.

Zac me agarró la mano y caminamos hacia su casa. Enseguida nuestras palmas comenzaron a sudar por el calor del verano, pero eso no haría que le soltase.

—Oye, no llegaste a contarme qué ha pasado con mis *cupcakes* —le pregunté cuando nos detuvimos frente a su portal.

—Me los comí —me contó mientras abría la puerta—. Iba a llevártelos, pero vi que te habías cortado el pelo. Recordé lo que dijiste de que un cambio de vida requería un cambio de *look* acorde, y pensé que habías decidido dejarme atrás, como a tu ex.

—¿Te acuerdas de eso?

—Me acuerdo de todo lo que me cuentas, Grace.

Sonreí para mis adentros y entré la primera en el portal.

—Esta vez me he cortado el pelo por mí —aseguré mientras pasábamos al ascensor—, porque ya me he acostumbrado a verme con el pelo corto y me gusta.

—Te queda muy bien.

—Gracias.

Zac pulsó el botón de la planta veinte.

—Entonces... ¿te comiste los *cupcakes* en un momento de

tristeza absoluta porque no sabías si la chica que quieres te había cambiado por otro?

Él me miró sorprendido antes de entrecerrar los ojos.

—¿Por qué lo dices tan alegre? —cuestionó—. ¿Te encanta saber que lo he pasado mal por ti?

—No es eso. De hecho, me sabe fatal que lo hayas pasado mal, pero me siento menos tonta sabiendo que no he sufrido sola.

—Pues sí, me los comí porque me sentía un gilipollas y estaba en la mierda.

Me cedió el paso para salir del ascensor y después me adelantó para abrir la puerta de su apartamento.

—Está todo lleno de cajas —me advirtió.

Anduve hasta el salón con cuidado de no pisar nada. El mueble de la televisión ya estaba montado. En el suelo se apilaban varias cajas; una de ellas estaba abierta y repleta de trofeos. Zac apoyó la mano sobre mi baja espalda y me condujo hasta su habitación. Nos detuvimos en el umbral. Él me abrazó desde atrás y yo le agarré las manos.

La primera vez que vi ese cuarto estaba vacío. Ahora una cama de proporciones épicas ocupaba el centro, cubierta con una colcha de rayas blancas y grises. Tenía una mesita de noche de madera a cada lado, con una lamparilla encima. Sobre una de ellas había algo envuelto en un papel de flores. El corazón se me aceleró al comprender antes que yo lo que había pasado.

—Esta no es la mesilla que compraste —murmuré—. Y hay dos.

—Ya. Las he comprado por ti, para que puedas dejar tus libros y para que te quedes a dormir cuando quieras —me dijo.

Me visualicé durmiendo a su lado esa noche, después de hacer el amor susurrándole lo mucho que lo quería.

Él atrapó mi mano y me guio hasta la mesilla cercana a la ventana. Cogió el regalo y me lo entregó.

—Te compré eso en la librería romántica que te gusta.

Lo acepté sin apartar los ojos de los de Zac. Estaba atónita.

—Es un libro a ciegas. Me leí todas las sinopsis y creo que ese es el que más te puede gustar. Es un *second chance romance* y tiene tu cliché favorito: «él se enamora primero».

Bajé la vista hacia el libro envuelto y contuve las lágrimas. Nunca me había sentido tan escuchada por un hombre. Me derretí al imaginármelo en mi librería favorita leyendo las sinopsis. Seguro que había arrancado más de un suspiro entre la gente.

—Gracias —Sonreí mientras me derretía—. Seguro que me encantará.

—En realidad lo cogí para decirte que empezaba nuestro *second chance romance* —bromeó.

Le reí la gracia y él se quedó muy serio. Suspiró y entonces dijo:

—Has venido a buscarme tú, pero yo llevaba días esperándote. «Me muero...».

Ese fue el preciso instante en el que estalló mi corazón.

No sabía qué decirle, así que di un paso adelante para demostrarle con un beso lo que sentía. Empezó siendo casto, pero no tardó en descontrolarse.

—Te quiero —dije contra sus labios.

Me aparté para dejar el libro sobre la cama, y él enseguida tiró de mis caderas en su dirección para volver a besarme.

—Joder, dime que me has echado tanto de menos como yo a ti. —Sonó un poco desesperado al decirlo.

—Te he echado muchísimo de menos —confirmé antes de volver a apretar los labios contra los suyos.

—La noche que nos conocimos —comencé—, les dije a mis amigas que no creía que fuese a entrar el amor por la puerta, y justo entraste tú... —reconocí, y noté como me sonrojaba—. Luego me hablaste y yo me puse nerviosísima y... me colé un poco por ti.

Zac sonrió de oreja a oreja. Tenía los labios enrojecidos.

—Quiero decirte una cosa, y quiero que suene romántico, pero... —Se detuvo.

—¿Qué? —le pregunté.

—Me apetece mucho follar contigo.

Solté una risita. Su voz me calmaba, me excitaba y me hacía feliz.

—A mí también me apetece —confesé.

—Quiero que me repitas como un millón de veces que me quieres mientras te corres.

—Sí. Definitivamente eres un romántico —me reí.

—¿Has visto?

Él me besó el cuello y yo perdí el hilo de mis pensamientos.

—Zac —dije con un último resquicio de lucidez—. Ya sé lo que quiero hacer después.

Él me hizo un gesto con la barbilla que significaba: «Dispara».

—Quiero ir a por *cupcakes* y que termines de leerme la novela que dejamos a medias. Y también quiero que me cuentes el momento exacto en el que te enamoraste de mí, que me digas qué estaba haciendo, qué ropa llevaba puesta, y especialmente necesito que me cuentes qué hizo que te fijases en mí.

Zac soltó una carcajada mientras negaba con la cabeza.

—¿Qué te parece mi plan? —le pregunté.

Mi corazón terminó de derretirse cuando susurró:

—Me parece el mejor plan del mundo, chica de los libros.

Epílogo

SERVILLETA (n.): Trozo de papel que sirve para que otra persona se derrita por ti.

Dos años después...

Era la segunda vez que Grace y yo nos mudábamos juntos. La primera fue cuando se vino a vivir a mi apartamento de Yorkville dos años atrás. Ahora nos habíamos mudado a un apartamento más grande en el mismo barrio. Grace había puesto la excusa de que con una casa más grande podríamos adoptar un perro, pero yo sabía que el cambio se debía a que no cabían más libros.

Lo primero que montamos en el piso nuevo fue la cama. Acabamos tan cansados que, cuando terminamos, pedimos tacos a nuestro restaurante mexicano favorito y nos los comimos sentados en la moqueta del salón, usando una caja como mesa. Después, nos quedamos un rato tumbados en el suelo, hablando sobre cuántos muebles nos veíamos capaces de montar ese día y riéndonos de nuestras tonterías. Grace estaba preciosa con el sol de primavera iluminando su cara. Me tumbé sobre ella para besarla, con cuidado de no aplastarla.

—Amor... —empezó en tono meloso.

—¿Qué?

Hacía tiempo que respondía a ese mote cariñoso.

—Me encanta nuestra casa nueva —me dijo con una sonrisa.

453

—A mí me encantas tú.

Sí. Era oficial. Cuando se trataba de ella y estábamos en la intimidad de nuestro hogar, me convertía en un tío tremendamente moñas. En ocasiones me sentía un poco ridículo cuando se me escapaban esos comentarios, pero luego Grace me sonreía así, como si yo fuese lo más importante para ella, y me olvidaba de todo.

Grace volvió a besarme y coló las manos por debajo de mi camiseta. Perfiló mis labios con la lengua y se restregó contra mí.

—¿Ya estás cachonda? —adiviné.

—Es culpa tuya —aseguró antes de robarme un beso—. Me dices cosas bonitas con esa voz tan sexy y… una no es de piedra.

Me reí antes de besarla. Era curioso que se excitase igual si le soltaba el comentario más obsceno del mundo que si le decía que estaba loco por ella. Pensando en eso, se me encendió la bombilla y me puse de pie.

—¿Qué te parece si vamos a la cama? —le propuse, y la ayudé a levantarse.

—Me parece la mejor idea que has tenido hoy.

La arrastré hasta el dormitorio entre besos y la empujé con suavidad al interior.

—Espérame aquí —le pedí—. No tardo.

Cerré la puerta sin darle tiempo a replicar.

Corrí por el apartamento hasta la entrada. Abrí la maleta y rebusqué la ropa que quería ponerme. Acto seguido, me encerré en el baño del pasillo. Me desnudé a la velocidad del rayo y me vestí con el *kilt* granate que me había guardado para sorprenderla. Lo había comprado a escondidas el mes pasado durante nuestras vacaciones en Escocia. Ella no lo sabía, pero me había leído la saga Outlander al completo, entre otros libros de escoceses, cuando las guardias del hospital lo habían permitido. Quería meterme bien en el papel para ella y me había comprado hasta los puñeteros calcetines largos. No me molesté en ponerme camiseta. Después de vestirme, di un paso atrás para verme bien en el espejo.

«Estoy increíble».

Sonreí de medio lado al imaginar cómo se sonrojaría Grace y me pasé una mano por el pelo para peinármelo.

—¡Zac...! —chilló Grace de pronto.

Di un respingo por el susto. Abrí la puerta una rendija.

—¿Qué pasa? —contesté alzando la voz—. ¡Estoy en el baño!

—¡Necesito que vengas ahora mismo! —exclamó con voz temblorosa.

El corazón se me detuvo al oír un sollozo y corrí hasta la habitación. Abrí la puerta de un tirón y me la encontré sentada en la cama, llorando, y con la cara escondida entre las manos. Crucé la estancia en dos zancadas y me arrodillé delante de ella.

—Hey, amor, ¿qué pasa? —le pregunté preocupado.

En lugar de responder, siguió llorando.

—Grace, me estás asustando.

Ella por fin levantó la vista. Tenía los ojos azules llenos de lágrimas y la nariz roja. Se me encogió el estómago al verla así.

Grace se limpió las lágrimas con el dorso de la mano y se sorbió la nariz.

Parpadeó confundida al ver mi ropa.

—¿Qué llevas puesto? —me preguntó extrañada.

Joder. Esa no era la reacción que esperaba.

—¿Por qué llevas un *kilt*? —alzó la voz sorprendida y se sonrojó visiblemente—. ¡Estás guapísimo! —comentó con la voz llorosa—. ¿Quieres que me dé un infarto?

Esa sí era la reacción que esperaba.

—Ahora llegaremos a eso —le dije—. Cuéntame primero por qué lloras, por favor...

Grace cogió una cajita de terciopelo que estaba a su lado y la extendió en mi dirección.

«Joooooooòodeeeeer. Me cago en todo».

Me pasé la mano por la cara.

Sabía que tenía que haberle pedido a Will que me guardase la caja durante la mudanza. Por supuesto que lo primero que haría Grace al quedarse sola en una habitación sería hurgar en todas las cajas.

—¿Zac...? —empezó insegura.

No pensaba pedírselo así, ni en ese momento, ni llevando ese atuendo, pero con Grace nunca salía nada como esperaba y eso era una de las cosas que más me gustaba de ella. Y ya que estaba arrodillado…

—¿Esto es para mí? —me preguntó.

—Quizá… —tragué saliva—. ¿Eres la mujer de la que estoy enamorado?

—Sí. —Sonrió con suavidad.

—Entonces, sí. Es para ti.

—Es precioso —aseguró—. Es el anillo más bonito de la historia de los anillos.

—¿Ya la has abierto?

Ella se mordió el labio y asintió. En su mirada no había ni un ápice de culpabilidad.

—Dios, Grace, ¿qué voy a hacer contigo?

—¿Pedirme matrimonio…? —preguntó con una sonrisilla insolente.

De pronto, estaba nervioso. Eso era ir un paso más allá en nuestra relación. Un paso que hacía muchos años creí que jamás me atrevería a dar.

Cogí la cajita de su mano.

—No pensaba hacerlo así…

—Así es perfecto —me cortó con rapidez.

—Pero eres una impaciente y una cotilla… —seguí.

—Se supone que ahora tienes que decirme cosas bonitas.

—No —negué con una sonrisa—. Se supone que ahora es cuando te digo por qué estoy enamorado de ti.

—¿Estás enamorado de mí porque soy una impaciente y una cotilla?

—Y también porque no me dejas hablar —bromeé.

Ella me dio un empujoncito en el hombro.

—Estoy enamorado de ti porque eres una mujer ansiosa, inteligente, divertida y sexy como ninguna. Me encanta que camines de un lado a otro cuando no sabes qué hacer, que lo revuelvas todo y encuentres el anillo con el que iba a pedirte matrimonio el mes que viene…

Ella se rio.

—Me hace mucha gracia que te emociones tanto por todo y que digas lo primero que te viene a la cabeza cuando te pones nerviosa.

Grace sonrió mientras se le caían las lágrimas.

Abrí la cajita y la extendí en su dirección.

—Grace Harris, ¿quieres…?

—Sí, quiero —contestó con una sonrisa.

Extendió la mano y yo negué con la cabeza mientras me reía.

—Grace, te quiero y quiero estar contigo. Donde sea. Para siempre.

—Hace mucho tiempo dijiste que no creías en los «felices para siempre».

—Te mentí —confesé—. Sí que creía en ellos, pero me daba miedo que no fuesen para mí. Y ahora, contigo, creo que no he estado más seguro de nada en la vida. Tú eres lo que más quiero. Quiero una vida entera contigo y saber que moriré viejito a tu lado, y sentiré que la aventura se me habrá hecho corta.

Ella me pasó la mano por el pelo en un gesto íntimo y cariñoso. Intercambiamos una mirada cargada de sentimiento mientras deslizaba el anillo por su dedo anular.

—¿Quieres casarte conmigo? —le pregunté al final.

—Quizá sí quiero.

—Quizá, ¿eh? —Tiré la caja a un lado y la empujé con suavidad sobre el colchón.

Le sujeté las muñecas por encima de la cabeza con una mano y con la otra le hice cosquillas.

—¡Es broma! ¡Es broma! —exclamó—. ¡Sí que quiero! ¡Sí a todo!

Sentí que un millón de fuegos artificiales me explotaban dentro del pecho. No había un hombre más afortunado sobre la faz de la tierra que yo.

—Eso está mucho mejor —murmuré pegado a su boca.

—Que conste que solo me caso contigo para que me lleves al estreno de la película de tu hermano. Por si acaso conozco a Chris Evans.

—¿Me dejarías por él? —le pregunté haciéndome el ofendido.

—No… Solo le invitaría a unirse a nuestra relación.

—Los cojones… —Negué con la cabeza—. Aquí estamos solo tú y yo.

La besé y ella me apartó empujándome del pecho.

—¿Por qué vas vestido de escocés?

—Para que taches de tu lista de propósitos lo de acostarte con un escocés de una vez.

—Ese propósito caducó hace años, cuando empecé a salir contigo.

—Ya, pero es que eso es algo que no me ha dejado tranquilo… Y no me he leído toda la saga de Outlander para nada.

—¿Te has leído los libros de Outlander por mí? —preguntó emocionada.

—Es increíble todo lo que hago por amor —me jacté.

—Sí, seguro que esto lo has hecho por amor y no por sexo.

—Lo he hecho por hacerte feliz —aseguré—. Y ya de paso vamos a disfrutar los dos —acabé guiñándole un ojo.

Sin decir nada más, le metí la lengua en la boca. Durante un instante nos dedicamos a volvernos locos el uno al otro con besos y caricias. Llegó un punto en el que mi erección era más que evidente. Grace me rodeó las caderas con las piernas. Cuando me froté contra ella se dio cuenta de que lo único que nos separaba eran sus bragas.

—¡Ay, madre! —tragó saliva—. ¿No llevas nada debajo del *kilt*?

—¿A ti qué te parece, *sassenach*? —dije despacio antes de proceder a devorarle los labios una vez más.

Un año más tarde

—*No me puedo creer que me hayas liado para hacer esto* —refunfuñó Will al montarse en mi coche.

—*¿A qué te he liado?* —le pregunté divertido mientras lo abrazaba—. *¿A ir a un viaje de hermanos increíble?*

—Me has liado para ir al infierno a por una servilleta…

Solté una carcajada. Cuando mi hermano se ponía en modo gruñón, yo me descojonaba vivo.

—Venga ya, Will, Las Vegas no es tan horrible —aseguré.

Me puse las Ray-Ban de aviador y encendí el motor.

—¿De verdad no puedes escribirle los votos a Grace en una hoja, como hacen las personas normales?

—Qué va, tío. Eso se lo dejo a los sosainas como tú —bromeé mientras aceleraba para dejar Manhattan atrás.

—Mucho mejor ser el moñas del reino —ironizó él.

—Ahora en serio. Necesito la servilleta del Bellagio. Fuimos testigos en ese hotel y le va a encantar.

«Se volverá loca y me comerá a besos en mitad de la ceremonia», me corté de añadir.

Hoy, dos meses después, me complace ver que no me equivocaba. Grace sigue llorando de manera escueta por la servilleta. No puedo dejar de mirarla. No hay palabras en el diccionario que describan con precisión lo preciosa que está vestida de blanco. Yo también estoy guapísimo con el esmoquin. Grace me lo dice con la mirada. Eso y que me quiere mucho.

En el fondo sabía que esa chica me cambiaría la vida. Lo supe desde que posé los ojos en ella la primera vez, y lo sé ahora mientras espero que pronuncie las palabras que más ansío escuchar. Grace se aclara la voz y me sonríe. La calidez de su mirada azul me atrapa. Tengo un nudo apretándome la garganta. La vista se me empaña cuando abre la boca y dice:

—Sí, quiero.

Sin poder contenerme, acaricio su mejilla y la beso, porque desde hace mucho tiempo no hay dudas de que lo nuestro será siempre un «sí».

Agradecimientos

¿Por dónde empiezo? Quizá esta vez la primera pregunta es evidente: ¿cómo se supera a Zac Anderson? Es para una amiga...

En primer lugar, me gustaría dar las gracias a las lectoras y a la comunidad de bookstagram, por haber pedido esta historia hasta la saciedad. No me esperaba el apoyo tan grande que me encontré con «*Yo también*» *no es* «*Te quiero*», he alucinado muchísimo con tanto amor. ¡Gracias, gracias, gracias! Confieso que ha sido divertido leer vuestros mensajes preguntando por Zac y Grace, y contestarlos diciendo: «Ojalá, a mí también me encantaría escribir sobre ellos» cuando ya lo estaba haciendo. Me he sentido bastante Taylor Swift con eso. Espero que os haya gustado esta historia y que les hayáis cogido el mismo cariño infinito que yo a los personajes. También espero que encontréis a vuestro Zac (si no lo habéis hecho ya) o a vuestra Grace. Realmente creo que todas necesitamos a una Grace en nuestra vida. Creo que es mi personaje favorito de esta serie, y también que es la amiga increíble que todas merecemos.

Pasando a mis agradecimientos especiales:

Adri, solo puedo decirte que eres el mejor compañero de vida, de aventuras y de todo. Gracias por apoyarme, por empujarme siempre hacia arriba, por vivir tanto mis historias, por animarme y cuidarme, y por creer en mí hasta el infinito y más allá. Ya estoy llorando, lo confieso.

Tamm, antes he dicho que todos necesitamos una Grace, pero también necesitamos una Tamara. Gracias por ser mi «no editora» una vez más. Por estar ahí siempre, por ayudarme a poner las cosas en perspectiva y simplificarlas, y por animarme siempre con fotos graciosas, ja, ja.

A mi parabatai, Inma, gracias por ser mi lectora más crítica, por creer en mí, por escucharme y apoyarme, por prestarte siempre a salir en mis vídeos y por abrirme las puertas de tu casa y de tu corazón, tal como hace Zac con Grace. Igual que en la historia anterior, hay un par de guiños a tu persona, espero que los encuentres.

A mi editora, María, mil gracias por haber confiado en esta historia (yo ya estoy deseando que contemos la siguiente, socorro). Gracias por estar al otro lado de la pantalla, por enamorarte de mis personajes, por hacer el trabajo divertido y por eliminar la gran cantidad de kilómetros que nos separan para nuestras reuniones.

Ceci, gracias otra vez por venir a buscarme con café, por pasear conmigo y por mis supercamisetas del doctor Amor. Creo que podemos decir que fuiste la primera persona en enamorarse de Zac. Gracias por haber sido mi mayor apoyo en California, *forever in my heart*.

Ana, gracias por enviarme pódcast y escuchar los míos. Creo que eres la persona que mejor me entiende en todo el mundo. Ali, gracias por ser mi diseñadora «no oficial», eres la mejor y dejas todo tan bonito que me quiero morir (citando a Grace ^^). Maru, gracias por ponerle risa a todo lo surrealista de la vida. Raquel, gracias por ponerles color a mis audios grises, y por ser mitad Raquel mitad Grace. Lau, gracias por resolver mis dudas médicas. Mimi, gracias por todas las palabras de apoyo que me dedicas siempre. Al resto de mis amigas: Erica, Yanira, Silvia A., Silvia B., gracias. Y, como siempre, a mis hermanos: sin vosotros la vida sería tremendamente aburrida. Agradecimiento especial a Anna con dos enes por ciertas dudas graciosas. Paloma, cincuenta millones de gracias por escucharme y apuntarte a un bombardeo con los vídeos de TikTok (tienes un futuro prometedor en el cine, ja, ja).

Todas las personas que nombro son grandes apoyos en mi vida, por ellas la amistad tiene tanto sentido en mis libros. Gracias por entenderme, por apoyarme, por venir a mis presentaciones, por acompañarme cuando salen mis libros y beberos un Aperol conmigo, y por sentiros tan orgullosas de mí como si fueseis mi madre. Mamá, sé que tú también estás orgullosa. Bueno, que os quiero mucho a todas y paro ya.

Por último, pero no menos importante, gracias a todo el equipo de Penguin que ha formado parte de esto: mi editora técnica, Marta; mis correctoras, Mari Carmen y Mercedes; Anna Puig, de diseño, y Sandra, persona con la que tengo que ir al cine. Ana Hard, gracias por la mejor portada del mundo mundial. Clara y Camino, gracias por leerme.

Y ahora la pregunta del millón: ¿cómo superamos a los Anderson? Yo ya sé la respuesta, pero os dejo quedaros un rato más amando a Zac y Will. Tal y como voy a hacer yo.